DANA MELE

Eine wie wir

Aus dem amerikanischen
Englisch von Franziska Jaekel

Arctis

Die Originalausgabe erschien 2018 unter dem Titel *People like us*
im Verlag G. P. Putnam's Sons/Penguin Random House, New York.

Alle Shakespeare-Zitate stammen aus der Übersetzung
von August Wilhelm Schlegel.

Deutsche Erstausgabe
1. Auflage
© Atrium Verlag AG, Imprint Arctis, Zürich 2019
Alle Rechte vorbehalten

All rights reserved including the right of reproduction in whole or in part in any form. This edition published by arrangement with G. P. Putnam's Sons, an imprint of Penguin Young Readers Group, a division of Penguin Random House LLC.
Copyright © 2018 by Dana Mele

Übersetzung: Franziska Jaekel
Satz: Greiner & Reichel, Köln
Druck und Bindung: GGP Media GmbH, Pößneck
Printed in Germany 2019
ISBN 978-3-03880-021-7

www.arctis-verlag.de
www.facebook.com/ArctisVerlag
www.instagram.com/arctis_verlag

Für Luke, Sam, Mala, Floyd, Evie, Felix und all die anderen Charaktere, die ich auf Eis legen musste. Leute, eure Namen sind in Druck. Ihr lebt.

Und für Benji, den es wirklich gibt und der mir geduldig erlaubt hat, dieses Buch zu schreiben.

1

Im silbrigen Mondlicht schimmert unsere Haut wie Knochen. Nach dem Halloweenball nackt im eisigen Wasser des North Lake zu baden, ist eine Tradition an der Bates Academy, obwohl nicht viele Schülerinnen den Mut dazu haben. Vor drei Jahren war ich die erste Neuntklässlerin, die nicht nur hineingesprungen ist, sondern auch so lange unter Wasser blieb, bis die anderen dachten, ich sei ertrunken. Was nicht meine Absicht gewesen war.

Ich bin gesprungen, weil ich es konnte, weil ich gelangweilt war, weil eine aus der Zwölften sich über mein armseliges Ramschladenkostüm lustig gemacht hatte und ich beweisen wollte, dass ich besser war als sie. Ich bin bis zum Grund getaucht, vorbei an Moosbüscheln und seidigen Laichkrautstängeln. Und dort verharrte ich, vergrub meine Finger im weichen, bröckligen Schlamm, bis meine Lunge sich verkrampfte, denn obwohl das eiskalte Wasser wie Messerklingen in die Haut stach, war es völlig still. Es war friedlich. Es war, wie in einem dicken Eisblock eingeschlossen zu sein, sicher und beschützt vor der Welt. Wenn ich gekonnt hätte, wäre ich dort geblieben. Aber mein Körper ließ das nicht zu. Ich brach durch die Wasseroberfläche, die Mädchen aus der Oberstufe schrien meinen Namen und reichten mir eine Flasche schalen Champagner. Als die Campuspolizei auftauchte, zerstreuten wir uns. Das war meine offizielle »Ankunft« an der Bates. Ich war zum ersten Mal von zu Hause weg und ich war ein Niemand. Ich war fest entschlossen, zu einem Bates-Girl zu werden, und gleich nach diesem Tauchgang wusste ich genau, was für ein Mädchen ich sein wollte – das zuerst springt und zehn Sekunden zu lange unter Wasser bleibt.

Jetzt sind wir in der Zwölften und keine aus der Neunten hatte sich getraut mitzukommen.

Meine beste Freundin, Brie Matthews, läuft voraus, ihr geschmeidiger Star-Läuferinnen-Körper schneidet durch die Nachtluft. Normalerweise ziehen wir uns unter den dornigen Büschen am Seeufer neben dem Henderson-Wohnheim aus. Das ist unser traditioneller Treffpunkt, nachdem wir sonst immer in einem unserer Zimmer vorgeglüht haben und dann, immer noch verkleidet, gemeinsam über den Rasen zum See gestolpert sind. Aber Brie hat heute Abend ein vorzeitiges Aufnahmeangebot von Stanford erhalten und ist deshalb völlig aus dem Häuschen. Sie bestand darauf, dass wir uns zehn Minuten vor Mitternacht mit ihr treffen, was uns gerade genug Zeit zwischen Ball und Baden ließ, um unsere Wertsachen und unseren Anhang loszuwerden und uns mit Erfrischungen zu beladen. Sie wartete am Rand des Rasens auf uns, nur mit einem Bademantel bekleidet und einem freudestrahlenden Grinsen im Gesicht. Ihre Wangen waren gerötet und ihr Atem heiß und süß vom Apfelwein. Sie ließ den Bademantel fallen und sagte: »Traut euch doch!«

Tai Carter rennt direkt vor mir und hält sich die Hände vor den Mund, um sich das Lachen zu verkneifen. Sie trägt immer noch ein Paar Engelsflügel, die zusammen mit ihren langen, silbrig schimmernden Haaren im Wind flattern. Der Rest unserer Gruppe folgt uns. Als Tricia Parck über eine Wurzel stolpert, laufen alle fast ineinander. Cori Gates bleibt stehen, lässt sich auf den Boden fallen und lacht sich halb tot. Ich werde langsamer und grinse, aber die Luft ist bitterkalt und ich habe überall Gänsehaut. Es verpasst mir noch immer einen Kick, wenn ich mich ins eisige Wasser stürze, aber viel lieber ist mir inzwischen, mich danach kichernd mit Brie unter einen Berg aus Decken zu kuscheln.

Ich will gerade zum Endspurt über das tote Moos ansetzen, das sich vom Notausgang des Henderson-Wohnheims bis zum Ufer des Sees erstreckt, als ich Brie schreien höre. Tai stoppt abrupt, aber ich dränge mich an ihr vorbei auf das Geräusch von spritzendem Wasser zu. Bries verzweifelt ansteigende Stimme überschlägt sich fast, während sie immer wieder und immer schneller meinen Namen ruft. Ich presche durch das Gebüsch, Dornen reißen weiße und rote Streifen in meine Haut. Dann greife ich nach ihren Händen, zerre sie hoch und aus dem See.

»Kay ...«, haucht sie an meinem Hals, ihr tropfnasser Körper zittert heftig, ihre Zähne klappern. Mein Herz klopft wild gegen meinen Brustkorb, während ich sie nach Blut oder Schnitten absuche. Ihr volles schwarzes Haar klebt feucht an ihrem Schädel, ihre glatte braune Haut ist – anders als meine – unversehrt.

Plötzlich nimmt Tai meine Hand und drückt sie so fest, dass meine Fingerspitzen taub werden. Ihr Gesicht, normalerweise zwischen einem echten und einem spöttischen Grinsen gefangen, ist seltsam leer und starr. Ich drehe mich um und ein merkwürdiges Gefühl überkommt mich, als würde sich meine Haut Zelle für Zelle in Stein verwandeln.

Da ist eine Leiche im See.

»Geht und holt unsere Sachen«, flüstere ich.

Jemand hinter uns huscht davon, trockenes Laub wirbelt auf. Bruchstücke des Mondlichts liegen wie zersplittertes Glas auf der Wasseroberfläche. Am Ufer reicht ein Gewirr aus Wurzeln bis ins seichte Wasser. Die Leiche treibt nicht weit von uns entfernt nur wenige Zentimeter unter Wasser, ein Mädchen mit blassem, nach oben gerichtetem Gesicht. Ihre Augen sind geöffnet, ihre Lippen weiß und offen, ihr Gesichtsausdruck wirkt wie benommen, aber das ist nicht alles. Ein elegantes weißes Ballkleid ist wie eine Blüte um sie ausgebreitet. An ihren nackten Armen reichen lange Schnitte bis zu den Handgelenken. Mit halbem Bewusstsein zucke ich zusammen, als ich eine Hand auf meiner Schulter spüre.

Maddy Farrell, die Jüngste von uns, hält mir mein Kleid hin. Ich nicke steif und ziehe mir das lockere schwarze Hängerkleid über den Kopf. Ich bin Daisy Buchanan aus *Der große Gatsby*, aber mein Kleid gehört eigentlich zu dem Kostüm, das Brie letztes Jahr getragen hat, und ist eine Nummer zu groß für mich. Jetzt wünschte ich, ich hätte mich als Astronaut verkleidet. Ich bin nicht nur halb erfroren, sondern fühle mich auch nackt und schutzlos in dem hauchdünnen Teil.

»Was sollen wir jetzt machen?« Maddy schaut mich fragend an. Doch ich kann meinen Blick nicht vom See abwenden und ihr antworten.

»Ruf Dr. Klein an«, sagt Brie. »Sie wird die Eltern informieren.«

Ich zwinge mich, Maddy anzusehen. Ihre weit auseinanderstehenden Augen glänzen vor Tränen, dunkle Streifen laufen über ihre Wangen. Ich streiche beruhigend über ihr weiches goldenes Haar, ohne eine Miene zu verziehen. Dabei hämmert mein Herz zum Zerspringen und irgendwo in meinem Kopf schrillt eine Sirene, aber ich bringe sie mit der Kraft meiner Vorstellung zum Schweigen. Ein Raum aus Eis, still, sicher. Nicht weinen. Eine einzige Träne kann zu der Schneeflocke werden, die eine Lawine auslöst.

»Die Schule kommt zuerst. Dann die Cops«, sage ich. Es ist schlimm, wenn Eltern aus den Nachrichten erfahren, dass das eigene Kind tot ist, bevor sie angerufen werden. Auf diese Weise hat mein Vater von meinem Bruder erfahren. Das war bezeichnend.

Maddy holt ihr Handy heraus und wählt die Nummer der Schulleiterin, während der Rest von uns auf den toten Mädchenkörper starrt. Mit den offenen Augen und den geöffneten Lippen, als wollte sie etwas sagen, sieht sie beinahe lebendig aus. Aber nur beinahe. Es ist nicht die erste Leiche, die ich je gesehen habe, aber die erste, die scheinbar meinen Blick erwidert.

»Kennt sie jemand von euch?«, frage ich schließlich.

Niemand antwortet. Unglaublich. Wir sechs, jeder für sich, besitzt wahrscheinlich mehr soziales Kapital als der Rest der Schülerschaft zusammen. Gemeinsam müssten wir eigentlich jede einzelne Schülerin kennen.

Und auf dem Halloweenball sind nur Schülerinnen erlaubt. Zu anderen Veranstaltungen dürfen wir Jungs und andere Verabredungen von außerhalb des Campus mitbringen. Das Mädchen im See ist in unserem Alter, stilvoll gekleidet und geschminkt. Ihr Gesicht kommt mir bekannt vor, aber ich kann es nicht einordnen. Besonders nicht so. Ich beuge mich vor, verschränke die Arme, damit ich nicht so heftig zittere, und werfe einen genaueren Blick auf ihre Handgelenke. Ein grausiger Anblick, aber ich finde, wonach ich suche: ein dünnes, neonfarbenes Plastikbändchen.

»Sie trägt das Armband. Sie war auf dem Ball. Sie ist eine von uns.« Ich schaudere bei diesen Worten.

Tricia starrt auf das leicht gekräuselte Wasser des Sees, ohne den Kopf weit genug zu heben, um den Anblick der Leiche noch einmal ertragen zu müssen. »Ich hab sie schon mal gesehen. Sie geht hier zur Schule.« Gedankenverloren dreht sie ihre seidigen schwarzen Haare zusammen und lässt sie dann über die perfekte Kopie des Ballkleides von Emma Watson in *Die Schöne und das Biest* fallen.

»Jetzt nicht mehr«, sagt Tai.

»Nicht witzig.« Brie funkelt sie böse an, aber früher oder später musste jemand etwas gegen die angespannte Stimmung tun. Es bringt mich wieder ein bisschen zu mir. Ich schließe die Augen und stelle mir vor, wie sich die Dicke der Eiswände verdoppelt und verdreifacht, bis kein Platz mehr ist für die Sirenen in meinem Kopf, kein Platz mehr für mein Herz, um in einem völlig chaotischen Rhythmus zu klopfen.

Ich stehe jetzt aufrechter da und mustere Maddys Kostüm – Rotkäppchen mit einem skandalös kurzen Kleid und einem warmen Umhang.

»Kann ich mir deinen Umhang borgen?« Ich strecke einen Finger aus, sie schiebt den Umhang von ihren blassen, knochigen Schultern und reicht ihn mir. Ich fühle mich nur ein bisschen schlecht dabei. Es ist kalt und ich bin ein Jahr älter. Irgendwann ist sie an der Reihe.

Eine heulende Sirene erfüllt die Luft und rot-blau blinkende Lichter rasen über den Campus auf uns zu.

»Das ging schnell«, murmele ich.

»Klein hat wahrscheinlich beschlossen, auch die Cops zu informieren«, sagt Brie.

Cori taucht aus der Dunkelheit auf. Sie umklammert eine

Flasche Champagner, ihre katzenartigen grünen Augen leuchten förmlich im dämmrigen Licht. »Ich hätte Klein anrufen können. Aber niemand hat gefragt.« Cori lässt nie eine Gelegenheit aus, die Verbindung ihrer Familie zur Schulleiterin zu erwähnen.

Maddy wärmt sich mit ihren Armen. »Tut mir leid. Ich habe nicht nachgedacht.«

»Typisch Notorious«, sagt Tai und schüttelt den Kopf.

Maddy starrt sie wütend an.

»Ist doch egal. Sie wird auch bald hier sein.« Brie legt einen Arm um Maddy. Ihr Bademantel sieht dick und weich aus und Maddy schmiegt ihre Wange dagegen. Ich verenge die Augen zu Schlitzen und will ihr den Umhang zurückwerfen, schieße jedoch weit übers Ziel hinaus, sodass er im See landet.

Tai stochert mit einem Ast nach dem durchnässten Haufen, fischt ihn schließlich heraus und klatscht ihn mir vor die Füße. »Ich erinnere mich an sie. Julia ... Jennifer ... Gina?«

»Jemima? Jupiter?«, blaffe ich sie an und wringe den Umhang so gut es geht aus.

»Wir wissen ihren Namen nicht und zuerst hat sie nicht mal jemand erkannt«, sagt Brie. »Es wäre irreführend, wenn wir der Polizei erzählen, dass wir wüssten, wer sie ist.«

»Ich kann ihr nicht ins Gesicht sehen. Sorry. Ich kann einfach nicht. Also ...« Maddy steckt die Arme in ihr Kleid und sieht mit ihrer kreidebleichen Haut und der verschmierten Wimperntusche wie eine gruselige, armlose Puppe aus. »... sollen wir lügen?«

Brie schaut mich Hilfe suchend an.

»Ich glaube, das hat Brie nicht gemeint. Wir sollten einfach sagen, dass wir sie nicht identifizieren können, und es dabei belassen.«

Brie drückt meine Hand.

Die Campuspolizisten sind zuerst da, der Wagen bremst vor dem Henderson-Wohnheim ab, sie springen raus und preschen auf uns zu. So habe ich sie noch nie gesehen und es kommt mir auf eine erbärmliche Art beängstigend vor. Natürlich sind die beiden keine echten Cops. Ihr einziger Job ist es, uns umherzufahren und Partys aufzulösen.

»Beiseite, Ladys.« Jenny Biggs, eine junge Beamtin, die uns nach Dienstschluss oft über den Campus begleitet und gern ein Auge zudrückt, was unsere privaten Abendgesellschaften betrifft, scheucht uns aus dem Weg. Ihr Partner, ein echter Hüne von einem Officer, walzt an uns vorbei und watet ins Wasser. Ein bitterer Geschmack bildet sich auf meiner Zunge und ich grabe die Fingernägel in meine Handflächen. Es gibt keinen wirklichen Grund dafür, aber ich verspüre der Leiche gegenüber eine Art Beschützerinstinkt. Ich will nicht, dass er sie mit seinen behaarten Händen anfasst.

»Dürft ihr überhaupt einen Tatort betreten?«, raune ich Jenny in der Hoffnung zu, dass sie eingreift. Sie war in all den Jahren immer nett zu uns, hat Witze gemacht und es mit den Regeln nicht so genau genommen, fast wie eine große Schwester.

Sie sieht mich scharf an, aber bevor sie etwas erwidern kann, tauchen die echten Cops und ein Krankenwagen auf. Die Rettungssanitäter sind vor den Cops am See und einer von ihnen watet hinter Jennys Kollegen ins Wasser.

»Bleiben Sie weg vom Opfer!«, schnauzt eine Polizistin, eine groß gewachsene Frau mit einem starken Bostoner Akzent, die gerade zum Seeufer rennt.

Der Campusofficer, inzwischen hüfttief im Wasser, dreht sich um und stößt mit dem Rettungssanitäter zusammen.

»Die reinste Olympiade der Inkompetenz«, murmelt Tai. Ein anderer Officer, ein abgebrochener Tony-Soprano-Verschnitt, nickt Jenny geringschätzig zu, als wäre sie irgendeine Dienerin. »Holen Sie den Kerl da raus«, sagt er. Jenny wirkt leicht angefressen, winkt ihrem Kollegen aber zu, der den Rettungssanitäter widerstrebend am Arm packt. Sie begleiten ihn zum Ufer hinauf und werfen den echten Cops vernichtende Blicke zu. Die Polizistin, die die Rettungsaktion zurückgepfiffen hat, schaut uns plötzlich an. Sie hat ein spitzes Kinn, glänzende Knopfaugen und übertrieben gezupfte Augenbrauen, was sie wie eine Art halb fertige Übung aus einem Kunstkurs für Anfänger wirken lässt.

»Ihr seid also die Mädchen, die die Leiche gefunden haben.« Ohne auf eine Antwort zu warten, führt sie uns zum Wasser, während weitere Polizisten eintreffen und das Gebiet weiträumig absperren.

Brie und ich sehen uns fragend an und ich versuche, Jennys Blick aufzufangen, aber sie ist zu sehr damit beschäftigt, den Schauplatz des Geschehens abzusichern. Nach und nach kommen Schülerinnen aus den Wohnheimen. Sogar die Hausmütter – für jedes Wohnheim ist eine Erwachsene verantwortlich – treibt es nach draußen an den Rand der neu errichteten Sicherheitsgrenze aus Absperrband.

Die groß gewachsene Polizistin lächelt steif. »Ich bin Detective Bernadette Morgan. Wer von euch hat angerufen?«

Maddy hebt die Hand.

Detective Morgan zieht ein Smartphone aus ihrer Hosentasche und richtet es auf uns. »Ich habe ein schreckliches Gedächtnis, Mädchen. Was dagegen, wenn ich das aufzeichne?«

»Natürlich nicht«, sagt Maddy. Dann huscht ihr Blick mit einem entschuldigenden Ausdruck zu mir.

Detective Morgan verfolgt die Szene interessiert. Sie wirft mir ein schiefes Lächeln zu, bevor sie sich wieder an Maddy wendet. »Du brauchst keine Erlaubnis von deiner Freundin.« Tai starrt auf das Smartphone. »O mein Gott, ist das ein iPhone 4? Ich wusste gar nicht, dass die noch hergestellt werden. Oder dass es legal ist, Aussagen von Minderjährigen damit aufzunehmen.«

Das Lächeln der Polizistin hellt sich auf. »Zeugenaussagen. Habe ich eure Zustimmung oder sollen wir aufs Revier fahren und eure Eltern dazuholen?«

»Na, machen Sie schon«, sagt Tai und legt zitternd die Arme um sich.

Die anderen nicken, nur ich zögere eine Millisekunde. Jenny ist eine Sache, aber ansonsten vertraue ich Cops nicht besonders. Ich musste die halbe achte Klasse lang mit verschiedenen Polizisten reden und das war eine höllische Erfahrung. Andererseits würde ich eine Menge tun, um meine Eltern da rauszuhalten.

»Na schön«, sage ich.

Detective Morgan lacht. Es klingt nasal und bissig. »Bist du dir sicher?«

Die Kälte beginnt an mir zu nagen und ich kann nichts dagegen tun, dass meine Stimme vor Ungeduld und Ärger förmlich trieft. »Ja, sprich weiter, Maddy.«

Aber Bernadette ist noch nicht fertig mit mir. Sie zeigt auf Maddys nassen, zusammengeknüllten Umhang in meinen Händen. »Hast du den aus dem Wasser geholt?«

»Ja, aber er war noch nicht im See, als wir hier ankamen.«

»Wie ist er dorthin gekommen?«

Ich spüre, wie mein Gesicht trotz der nächtlichen Kälte ganz warm wird. »Ich habe ihn reingeworfen.«

Die Polizistin saugt ihre Wange ein und nickt.»Wie man das halt so macht. Den werde ich mitnehmen müssen.«

Shit. So fängt es an. Mit Kleinigkeiten wie dieser. Ich halte ihr den Umhang hin, aber sie ruft über ihre Schulter nach einem Kollegen. Ein kleiner Mann mit blauen Nitrilhandschuhen kreuzt auf und steckt den Umhang in eine Plastiktüte.

Sie dreht sich wieder zu Maddy um.»Und jetzt von Anfang an.«

»Wir sind zum Schwimmen hier rausgekommen. Brie ist vorneweggerannt. Ich habe sie schreien gehört und –«

»Wer ist Brie?« Detective Morgan richtet die Handykamera nacheinander auf uns. Brie hebt die Hand.

»Und dann haben wir die Leiche neben ihr im Wasser entdeckt. Kay hat gesagt, dass ich zuerst Dr. Klein und dann die Polizei anrufen soll«, erklärt Maddy.

»Nein, das habe ich nicht.« Meine Stimme klingt angespannt und fröstelnd.»Das war Brie.«

Detective Morgan wendet sich zu mir und lässt die Kamera langsam von Kopf bis Fuß an mir entlangwandern, wobei sie an den aufgekratzten Hautstellen besonders sorgfältig ist.»Du bist Kay«, sagt sie mit einem merkwürdigen Lächeln.

»Ja, aber eigentlich hat Brie gesagt, dass Maddy zuerst Dr. Klein anrufen soll.«

»Was spielt das für eine Rolle?«

Diese Frage überrascht mich.»Tut es das nicht?«

»Sag du es mir.«

Ich presse die Lippen fest aufeinander. Ich weiß aus Erfahrung, wie Polizisten Aussagen aufnehmen und die Worte dann verdrehen, sodass am Ende etwas herauskommt, was man gar nicht gemeint hat.»Entschuldigung, aber stecken wir in Schwierigkeiten?«

»Kennt jemand von euch das tote Mädchen?«

Ich sehe die anderen an, aber niemand springt für mich ein. Maddy hat die Arme immer noch unter ihrem Kleid verschränkt und schaukelt steif hin und her. Cori beobachtet die Polizisten am See mit einem seltsam faszinierten Gesichtsausdruck. Tricia schaut bedrückt zu Boden, ihre nackten Schultern zittern. Tai sieht mich nur ausdruckslos an und Brie nickt mir zu, damit ich fortfahre.

»Nein. Stecken wir nun in Schwierigkeiten?«

»Ich hoffe nicht.« Detective Morgan gibt einem Officer über unsere Köpfe hinweg ein Zeichen und ich werfe Brie einen kurzen Blick zu. Sie sieht besorgt aus und ich frage mich, ob ich das auch sein sollte. Sie hält sich einen Finger an die Lippen und ich nicke kaum merklich, während ich gegenüber den anderen die Augenbrauen hochziehe. Tai nickt monoton, Tricia und Cori verschränken ihre kleinen Finger, nur Maddy wirkt ernsthaft verängstigt.

In diesem Moment sehe ich, wie Dr. Klein sich einen Weg durch die Menge bahnt, eine kleine, aber Respekt einflößende Frau, tadellos gekleidet und beherrscht, selbst zu dieser Uhrzeit und unter diesen Umständen. Mit einer winzigen Handbewegung winkt sie einen Officer aus dem Weg und marschiert direkt auf uns zu.

»Kein weiteres Wort«, sagt sie und legt eine Hand auf meine Schulter und eine auf Coris. »Diese Mädchen stehen unter meiner Obhut. In Abwesenheit ihrer Eltern bin ich ihr Vormund. Ohne meine Anwesenheit dürfen sie nicht befragt werden. Haben Sie das verstanden?«

Detective Morgan will protestieren, aber das hat keinen Zweck, wenn Dr. Klein ganz in ihrer Rolle als Schulleiterin aufgeht.

»Diese Schülerinnen haben gerade eine entsetzliche Entdeckung gemacht. Ms Matthews ist völlig durchnässt und riskiert eine Unterkühlung. Sollten Sie nicht gewillt sein, sie drinnen weiterzubefragen, müssen Sie ganz einfach noch einmal wiederkommen. Ich richte mich auch während der Unterrichtsstunden gern nach Ihrem Zeitplan.«

Detective Morgan lächelt wieder, ohne die Zähne zu zeigen. »Na schön. Die Mädchen *haben* eine Menge durchgemacht. Geht ruhig und schlaft gut. Lasst bloß nicht zu, dass so eine winzig kleine Tragödie eure tolle Party ruiniert.« Sie ist im Begriff zu gehen, dreht sich dann aber noch einmal zu uns um. »Ich melde mich.«

Dr. Klein bringt uns zurück zu den Wohnheimen und wirft noch einen kurzen Blick auf das Seeufer.

Ich wende mich an Brie. »War echt fies, was sie da gesagt hat.«

»Stimmt«, erwidert Brie aufgewühlt. »Es klang fast wie eine Drohung.«

2

Am nächsten Morgen hat die Neuigkeit die gesamte Schule infiziert. Mein Wohnheim befindet sich auf der anderen Seite des Campus und ich wache auf von den Sirenen draußen und einem gedämpften Schluchzen über mir. Ich öffne die Augen und sehe Brie am Rand meines Bettes hocken, das Gesicht an das Fenster gepresst. Sie ist schon geduscht und angezogen und schlürft Kaffee aus meiner »I ♥ Bates Soccer Girls«-Tasse. Der Anblick der Tasse jagt mir einen Stromstoß über den Rücken. Am Montag ist ein entscheidendes Spiel und als Vorbereitung habe ich heute Vormittag ein langes Training angesetzt. Ich springe aus dem Bett, binde mein dickes, welliges rotes Haar zu einem straffen Pferdeschwanz zusammen und ziehe mir Leggings über.

»Jessica Lane«, sagt Brie.

Eisiger Frost überzieht meine Haut und meine Schultern verkrampfen sich. »Was?«

»Das Mädchen im See.«

»Nie von ihr gehört.« Ich wünschte, Brie hätte mir ihren Namen nicht genannt. Es war schon fast unmöglich, ihr unbewegtes, friedliches Gesicht aus dem Kopf zu bekommen, als ich letzte Nacht wach neben Brie in meinem schmalen Wohnheimbett lag, und jetzt muss ich mich konzentrieren. Ich will jedes noch so kleine Detail der letzten Nacht aus meinem Gedächtnis streichen. Drei Jahre lang war ich stabil und jetzt möchte ich nicht wegen dieser Sache zusammenbrechen. Eine einzige Schneeflocke.

»Aber ich. Sie war in meinem Mathekurs.« Ich spüre ein flaues, nagendes Gefühl im Magen. »Vielleicht war es doch keine so gute Idee, vor der Polizei zu behaupten, dass wir sie nicht kannten.«

»Zerbrich dir nicht den Kopf darüber.« Sie setzt sich zu mir und dreht eine meiner Locken um ihren Finger. »Ich meine, ich kannte sie nur ganz, ganz flüchtig. Wir konnten den Cops nicht alles erzählen. Sie hätten sich nur darauf eingeschossen und unser Leben komplett ruiniert.«

Brie hatte ihren eigenen, ganz anderen Grund, den Gesetzeshütern gegenüber skeptisch zu sein. Zum einen sind ihre Eltern Top-Strafverteidiger und sie will beruflich auch in diese Richtung. Wahrscheinlich weiß sie mehr über Strafrecht als die meisten Jurastudenten im ersten Studienjahr. Alles, was du sagst, kann und wird gegen dich verwendet werden. Seit sie im letzten Jahr die Debattierclub-Regionalmeisterschaften gewonnen hat, wurde dieses Zitat zu einem Mantra für sie: »Tanze, als würde dich niemand sehen; schreibe E-Mails, als könnten sie laut bei einer Vernehmung vorgelesen werden.« Zum anderen hat Brie eine rassistische Ungleichbehandlung durch Polizisten schon selbst erlebt. Natürlich nicht an der Bates, wie sie immer betont. Aber sogar ich habe mitbekommen, wie anders die Dinge außerhalb der Schule laufen. Als einmal eine Party außerhalb des Campus aufgelöst wurde, ist ein Cop direkt an mir vorbeigegangen – an einer Minderjährigen mit einer offenen

Bierflasche – und hat Brie zu einem Alkoholtest aufgefordert. Sie hatte eine Dose Limo in der Hand. Trotzdem musste sie in das Testgerät pusten.

Ich seufze. »Und man kann Maddy nichts erzählen, wenn man nicht will, dass die ganze Schule davon erfährt.«

»Das ist nicht fair.«

Es geht hier gar nicht um *fair*. Letztes Jahr hat Maddy versehentlich die Namen der Neuzugänge unserer Fußballmannschaft online veröffentlicht, bevor wir sie aus ihren Zimmern »entführen« konnten, was zu unserem traditionellen Aufnahmeritual gehört. Diese Tradition schweißt uns als Team zusammen und abgesehen davon macht es höllisch Spaß. Nimmt man der Initiationsnacht den Schrecken, geht auch der Glücksrausch verloren, wenn man erfährt, dass man aufgenommen wurde. Dass man gut genug ist. Aber nein. Maddy sind die Namen durchgesickert, die ich ihr für die Website per E-Mail geschickt hatte, und ich musste Bries Mantra auf die harte Tour lernen. Schreibe E-Mails, als könnten sie laut bei einer Vernehmung vorgelesen werden – oder in einem für alle Schüler zugänglichen Community-Forum.

Vielleicht waren wir doch nicht ganz fair zu Maddy. Vor ein paar Wochen hat Tai mit diesem »Notorious«-Spitznamen angefangen, den ich ehrlich gesagt nicht ganz verstehe. Aber das werde ich auf keinen Fall als Einzige zugeben. Selbst Brie verhält sich Maddy gegenüber neuerdings ziemlich distanziert, ich bin nur noch nicht dahintergekommen, woran das liegt. Maddy ist nicht so originell wie Tai oder so lernbegierig wie Brie und sie besitzt innerhalb unserer Clique den Ruf als Dummchen, obwohl sie eigentlich sehr intelligent ist. Sie hat den zweitbesten Notendurchschnitt der elften Jahrgangsstufe, ist Kapitänin der Feldhockeymannschaft und gestaltet die Websites aller

Sportteams. Sie hat nichts von der Zeit, die sie dafür investiert, aber wir können uns dadurch besser präsentieren. Ich glaube, ihr fehlt einfach der gewisse Zynismus, den der Rest von uns verbindet, und die Leute neigen dazu, das als Schwäche auszulegen. Sie erinnert mich an meine beste Freundin zu Hause, Megan Galloway. Sie hat immer nur das Gute in allem gesehen. So eine Weltanschauung ist gefährlich, aber ich beneide das. Manchmal habe ich das Gefühl, ich sehe nur die schlechten Seiten.

»Wie auch immer, sie ist identifiziert. Ihre Eltern wurden informiert. Es ist überall in den Nachrichten.« Brie deutet zur Zimmerdecke und ich blicke leicht durcheinander auf. Das Weinen scheint stärker zu werden.

Ich lege die Hand vor den Mund und zeige nach oben. »War das ihr Zimmer?«

Brie nickt. »Ich denke, ja. Vor dem Zimmer hängt Absperrband und das Geheule geht schon zwei Stunden so. Ich kann gar nicht glauben, dass du davon nicht wach geworden bist.«

»So bin ich eben.« Ich bin ein berüchtigter Tiefschläfer – falls und wenn ich es schaffe, schaltet sich mein Hirn aus – und das weiß niemand besser als Brie. Sie war zwei Jahre lang meine Mitbewohnerin, bevor wir das Einzelzimmerprivileg der Zwölften bekommen haben, und wir übernachten noch immer oft zusammen.

Sie grinst für einen Moment, dann verschwindet ihr Lächeln. »An der Bates gab es seit über zehn Jahren keinen Selbstmord mehr.«

»Ich weiß.« Sie ist taktvoll genug, nicht zu erwähnen, dass es in der Vergangenheit, als ihre Mom hier noch zur Schule ging, eine regelrechte Epidemie gab. Ein ganzer Flügel des Henderson-Wohnheims war fast dreißig Jahre lang geschlossen.

»Wie kann es sein, dass du sie nicht kanntest?«, fragt Brie.

»Vielleicht hat sie viel Zeit außerhalb des Campus verbracht.«

Ich ziehe mir ein Sweatshirt über, schnappe mir meinen Schülerausweis und Schlüssel, zögere dann aber, als meine Hand schon auf dem Türknauf liegt. Ich werfe einen Blick auf den Kalender, der über meinem Bett hängt. Meine Eltern haben ihn mir im September mitgegeben und alle Spieltage mit einem roten Marker dick eingekreist. Beim Spiel am Montag werden mich drei Scouts unter die Lupe nehmen und anders als meine Freundinnen kann ich nicht auf einen Haufen Geld zurückgreifen, wenn mir kein Collegestipendium angeboten wird. Ich bin nicht das typische Bates-Girl aus einer der wohlhabenden Familien Neuenglands. Ich bin nur wegen eines »vollen Schülerstipendiums« hier, das Codewort für Sport, weil meine Noten nicht ausreichen, um mich über Wasser zu halten, und meine Eltern sich das Schulgeld nicht leisten können. Aber heute gelten mildernde Umstände und es könnte einen schlechten Eindruck machen, das Training trotzdem durchzuziehen. Das müssten sogar meine Eltern verstehen.

Ich drehe mich zu Brie um. »Sollte ich das Training besser absagen?«

Sie wirft mir einen ihrer »Ich will dir ehrlich keine Vorwürfe machen«-Blicke zu. »Kay, das Training ist bereits abgesagt.«

»Das können die nicht machen!«

»Natürlich können sie das. Wir leiten doch nicht die Schule. Sport, Musik, Theater, alle außerschulischen Aktivitäten sind auf Eis gelegt, solange die Ermittlungen laufen.«

Ich lasse mich wieder aufs Bett fallen, mir schwirrt der Kopf. »Du machst Witze. Montag ist der wichtigste Tag meines Lebens.«

Sie legt einen Arm um meine Schulter und zieht mich an ihren warmen Körper.»Ich weiß, Süße. Es ist ja auch nicht endgültig vorbei, sondern nur aufgeschoben.«

Ich werfe meinen Schlüssel auf den Boden und drücke meine Stirn gegen Bries Schulter, meine Augen brennen.»Ich dürfte gar nicht so aus der Fassung sein, oder?«

»Doch, solltest du. Dir ist nur nicht ganz klar, warum du so aus der Fassung bist. Die letzte Nacht war traumatisch.«

»Du verstehst das nicht.« Ich löse mich von ihr und drücke die Fingerknöchel in meine Augenhöhlen.»Ich kann nicht nach Hause gehen. Selbst wenn du nicht schon deinen Collegeplatz hättest, stünde für dich absolut nichts auf dem Spiel.«

»Das ist weder fair noch wahr.«

Ich mustere ihre ernsten, mahagonifarbenen Augen und die gerunzelte Stirn. Ihr weiches, wolkenartiges Haar umrahmt ihr Gesicht fast wie ein Heiligenschein. Sie ist immer so akkurat und gefasst. Sie passt gar nicht in mein Zimmer oder mein Leben, wo das nukleare Chaos herrscht. Sie hat Köpfchen, Ausstrahlung, Geld und eine perfekte Familie.

»Du verstehst das nicht«, wiederhole ich leise.

»Es wird sich zeigen, dass es sich um einen klaren Fall handelt«, sagt Brie entschieden. Sie steht auf und schaut wieder aus dem Fenster.»Eindeutig Selbstmord.«

»Was genau wird dann untersucht?«

»Ob es eine Fremdeinwirkung gab, vermute ich.«

»Mord?«

»Das wird immer geprüft, wenn jemand gewaltsam ums Leben gekommen ist.«

Die Worte hallen in meinem Kopf wider. Ein gewaltsamer Tod. Sie sah so ruhig, so friedlich aus, aber der Tod ist hart und unerbittlich. Er ist schon per Definition ein gewaltsamer Akt.

»Hier?«

»Mörder gibt es überall, Kay. In Pflegeheimen und Notaufnahmen. Auf Polizeirevieren. Überall, wo man eigentlich sicher sein sollte. Warum nicht in einem Internat?«

»Weil wir schon seit vier Jahren hier sind und jeden kennen.«

Brie schüttelt den Kopf. »Mörder sind auch nur Menschen. Sie essen dasselbe und atmen dieselbe Luft. Sie machen nicht gerade auf sich aufmerksam.«

»Vielleicht doch, wenn man richtig zuhört.«

Brie schiebt ihre Finger zwischen meine. Meine Hände sind immer kalt, ihre sind immer warm. »Es war Selbstmord. In ein paar Tagen geht es mit Sport weiter. Du wirst angeworben. Ganz sicher.«

Dass ihr das Wort *Selbstmord* so leicht über die Lippen kommt, irritiert mich. Es liegt etwas Giftiges darin, wie die zerrissenen Teile von mir, die kaum zusammengeflickt sind und die Brie nicht sehen soll. »Jetzt werden sie uns mit Schülerversammlungen zum Thema Warnzeichen bombardieren und warum man sich nicht umbringt und so 'n Scheiß. Denn das ist nachträglich ja so hilfreich.« Was in einem Punkt sogar stimmt, wenn man an die Vergangenheit der Bates denkt. Zumindest ist es besser als nichts. Aber für die Person, die gegangen ist, und für alle, denen sie etwas bedeutet hat, ist es ein Scheißdreck.

Brie zögert. »Na ja, auf jeden Fall sollten wir ab jetzt netter zu unseren Mitschülerinnen sein. Denk mal darüber nach.«

Ich sehe ihr in die Augen und suche irgendwo in den Tiefen nach meinem schattenhaften Ich. Vielleicht gibt es da draußen eine bessere Version von mir, und falls sie wirklich existiert, dann in Bries Gedanken. »Nett ist subjektiv.«

»Du sprichst wie ein echtes Bates-Girl. Wir sind so egozentrisch. Wie selbstsüchtig muss man sein, um nicht zu bemerken, wenn jemand vor einem Zusammenbruch steht?«

Für den Bruchteil einer Sekunde denke ich, dass sie von mir spricht.

Aber das tut sie nicht. Sie spricht von Jessica.

Ich atme wieder.

»Du kandidierst noch nicht als Präsidentin. Es ist nicht deine Aufgabe, jedermanns beste Freundin zu sein. Nur meine.« Ich packe sie in einer dicken Bärenumarmung.

Sie seufzt und schmiegt ihre Stirn an meinen Nacken. Ich erlaube mir einen Moment der Ruhe und nehme den Duft ihrer Haare wahr – ein Augenblick in einem anderen Universum, wo ich ein guter Mensch bin und Brie und ich zusammen sind. Dann zwinge ich mich zu einer Frage. »Hast du versucht, Justine anzurufen?«

Sie holt ihr Handy aus der Tasche und wählt, während sie mir antwortet. »Sie geht nicht ran. Sie schläft samstags immer lange.«

Justine und Brie sind ein Paar. Brie und ich gehen grundsätzlich nicht mit Bates-Schülerinnen aus, deshalb landen wir meistens bei den Schülern von der Easterly, der hiesigen staatlichen Highschool. Ich habe mich kürzlich von *meinem* Easterly-Freund getrennt, dem »überaus Untreuen« Spencer Morrow. Tai hat sich den Namen für ihn ausgedacht, nachdem wir erfahren hatten, dass er fremdgegangen war, und wir leidenschaftlich über ihn herzogen. Aus irgendeinem Grund fand ich das zum Totlachen und es wurde sein Spitzname.

Ich höre eine schwache, raue Morgenstimme am anderen Ende der Leitung und Bries Gesicht hellt sich auf. Sie drückt mich weg und das Zimmer kommt mir plötzlich kälter und leerer vor, als sie aufsteht, sich ihren Kaffee nimmt und auf den Flur hinauseilt. Ich wünschte, Justine würde samstags noch länger schlafen. Ich wünschte, sie würde das ganze Wochenende schlafen. Ich bahne mir einen Weg zum Fenster, wobei ich aufpasse, nicht über die Landminen aus Klamotten und Lehrbüchern und Trainingssachen zu stolpern. Waschtag ist erst morgen.

Draußen wimmelt es von Menschen wie an einem Einzugstag, aber das sind nicht nur Schülerinnen und ihre Familien. Es stehen eine Reihe TV-Übertragungswagen am Straßenrand, davor hasten Frauen mit Clipboards ungeduldig umher und erteilen großen Kerlen Befehle, die Kameras um ihren Oberkörper geschnallt haben. Da sind auch Dutzende Leute mit den gleichen hellblauen T-Shirts, auf denen ein Logo abgebildet ist, das aussieht wie ein Unendlichkeitssymbol aus zwei verbundenen Herzen. Und überall drängen sich verwahrloste, obdachlos wirkende Städter mit trüben Blicken. Einige von ihnen weinen sogar. Es herrscht das totale Chaos. Die T-Shirt-Leute haben einen Tisch aufgestellt und bieten Kaffee und Bagels an. Vielleicht sollte ich dorthin gehen anstatt in die Mensa, wo ich bei diesem Gewühl wahrscheinlich sowieso nie ankomme.

Immer zwei Stufen auf einmal nehmend, renne ich die Treppe hinunter und hoffe, dass ich nicht auf Jessicas Familie stoße, die bestimmt ihr Zimmer ausräumt. An der Vordertür treffe ich auf Jenny, die dort Wache steht, und lächle ihr kurz zu.

»Konntest du schlafen?«, frage ich.

Sie schüttelt den Kopf. »Pass auf dich auf, Kay.«

»Möchtest du einen Kaffee oder so?«

Sie lächelt schwach. »Das wäre toll.«

Ich hüpfe zum Tisch, wo die Leute in den blauen T-Shirts Kaffee ausschenken und Bagels verteilen, und greife nach zwei leeren Bechern. Ich will sie gerade füllen, als mir ein Typ hinter dem Tisch die Becher aus der Hand reißt. Ich starre ihn erschrocken an. Ich kenne sein Gesicht, aber nicht seinen Namen. Er geht auf die Easterly wie Spencer und Justine und ist regelmäßig auf ihren Cast-Partys. Weil Justine die Hauptrolle in den meisten Theaterstücken spielt, habe ich ihn ziemlich oft gesehen, aber nie auf der Bühne. Wahrscheinlich ist er für die Technik zuständig.

Sleeve-Tattoos bedecken seine nackten, muskulösen Arme vom Handgelenk bis zu den Ellbogen. Seine Unterlippe ist gepierct und seine lockigen, dunklen Haare fallen ihm über die Augen, als wäre er gerade aufgestanden. In der hautengen Jeans und dem zerrissenen schwarzen Sweater sieht er wie ein abgewrackter Rockstar aus, was die Koks-Schniefnase und die blutunterlaufenen Augen noch verstärken. Ich bemerke das zusammengeknüllte Papiertaschentuch in seiner Hand und frage mich, ob er nicht doch eher geweint hat, als sich in aller Frühe an einem Samstagmorgen ein paar Lines zu ziehen.

Doch meine vorübergehende Sympathie löst sich augenblicklich in Luft auf, als er den Mund aufmacht.

»Jetzt mach dich vom Acker.«

»Tut mir leid, hätte ich dafür bezahlen sollen?«

Er funkelt mich nur böse an.

Dieser Typ ist echt asozial, ein kompletter Spinner, auch wenn er ohne seine »Gequälter Künstler«-Ausstrahlung und sein selbstgefälliges Auftreten ziemlich heiß sein könnte.

»Der ist nicht für dich«, sagt er schließlich.

Ich schaue mich verwirrt um. »Für wen denn dann?«

Er deutet wortlos auf das Gedränge.

»Was?«

Er seufzt und seine dunklen Augen verengen sich, dann beugt er sich vor und flüstert verlegen: »Wir sind wegen Jessicas Leuten hier, den Obdachlosen.«

»Oh …« Ich richte mich auf. »Ich dachte, es geht um die Menschenmenge.«

»Ich meine die Menschenmenge.«

Ich blicke mich noch einmal um und mir wird klar, dass er recht hat. Die Leute, die den Parkplatz bevölkern, sehen nicht nur obdachlos aus, sie *sind* obdachlos. Die meisten hier sind wahrscheinlich aus Obdachlosenheimen.

Ich drehe mich wieder zum Sleeve-Tattoo-Typ um. »Warum?«

»Sie trauern um eine verlorene Freundin. Im Gegensatz zu anderen.« Er schnipst mit den Fingern. »Nun hau schon ab.«

Ich mustere die Kaffeebecher, die er mir weggenommen hat, und schaue dann zu Jenny hinüber. »Kann ich wenigstens einen haben?«

Er sieht mich verächtlich an. »Nein, kannst du nicht. Geh zu Starbucks.«

»Das ist ein Fünf-Meilen-Fußmarsch. Und der Kaffee ist nicht für mich.« Ich zeige auf Jenny. »Das ist Officer Jenny Biggs. Sie hatte Dienst, als die Leiche gefunden wurde, und hat seitdem nicht geschlafen. Kannst du dir vorstellen, so lange wach zu sein, nachdem ein Mädchen gestorben ist, das du geschworen hast zu beschützen?«

Er seufzt, gießt Kaffee ein und reicht mir den Becher. »Na gut. Aber wenn ich dich davon trinken sehe, setze ich dich auf die schwarze Liste.«

Ich verdrehe die Augen. »Von deinem Obdachlosenheim?«

»Das Glück kann sich schnell wenden, Kay Donovan.«

»Okay, Hank.«

Er wirkt irritiert. »Mein Name ist Greg.«

Ich zwinkere. »Gut zu wissen. Und zieh deine Ärmel runter, es ist eiskalt.«

Ich schlängele mich durch die Menge und bringe Jenny den Kaffee, die ihn wie Schnaps in einem Zug runterkippt. »Ich hoffe, der Fall wird schnell gelöst, Kleine.« Sie wirft mir ein aufmunterndes Lächeln zu, sieht mir dabei aber nicht in die Augen, was mich ein wenig verunsichert. Ich bemerke, wie sie ihr Handy gegen den Oberschenkel drückt, und frage mich, ob sie etwas Neues erfahren hat, während ich mich mit Greg unterhalten habe.

»Sieht es denn danach aus?«, frage ich, obwohl ich weiß, dass sie nicht darauf antworten wird.

Sie zuckt mit den Schultern und deutet auf das Wohnheim. »Danke für den Kaffee.«

Ich gehe zurück in mein Zimmer, verschlinge ein paar Energieriegel und einen Vitamindrink, dann öffne ich meinen Laptop und googele nach den neuesten Nachrichten. Ich erfahre, dass Jessicas Familie aus der Gegend kommt und dass Jessica eine gemeinnützige Organisation gegründet hat, die Obdachlosen hilft, einen Job zu finden, und ihnen über ein von Jessica entwickeltes Online-Lernprogramm einen Computer-Grundkurs ermöglicht. Ziemlich beeindruckend für eine Highschoolschülerin, selbst an der Bates. Ansonsten finde ich nicht viel. In den Artikeln steht, dass sie kurz nach Mitternacht im See gefunden wurde, die Todesursache aber noch nicht geklärt ist. Ich lese noch ein paar weitere Beiträge. Nirgendwo werden ihre Handgelenke erwähnt.

Außerdem ist in keinem der Artikel von einer mutmaßlichen Fremdeinwirkung die Rede, nur in einem steht, dass ihr Tod untersucht wird. Ich werfe einen Blick auf die verbliebenen Spieltermine, die auf meinem Kalender eingekreist sind. Die Uhr tickt. Jedes Datum ist ungeheuer wichtig und es gibt keinen Grund davon auszugehen, dass die Ermittlungen rechtzeitig abgeschlossen sind, um die Saison fortzusetzen, damit ich von den Scouts entdeckt werde. Meine Eltern werden ausflippen.

Wie bestellt klingelt mein Handy. Es ist mein Vater. Ich zögere, doch dann gehe ich ran.

»Hey, Dad.«

»Wie war das Training, Sportsfreundin?«

»Das musste ich absagen.«

»Wieso?«

»Jemand ist gestorben. Eine Schülerin.«

»Oh. Eine Mitspielerin von dir?«

»Nein, jemand anderes.« Ich setze mich aufs Bett und ziehe die Knie an die Brust. Normalerweise telefoniere ich sonntags mit meinen Eltern und es macht mich ein wenig nervös, dass Dad außer der Reihe anruft. Als wolle er wegen irgendwas eine Bombe platzen lassen.

»Hmm.«

»Ist alles okay?«, frage ich.

»Vielleicht solltest du bei der gewohnten Routine bleiben. Dich nicht aus der Bahn werfen lassen. Du weißt schon, um der jüngeren Mädels willen. Um mit gutem Beispiel voranzugehen.«

Plötzlich dämmert mir, dass er wahrscheinlich schon von Jessicas Tod gehört hat und genau aus diesem Grund anruft. »Es war nicht meine Entscheidung, Dad. Die Schule hat alle sportlichen Aktivitäten abgesagt, solange der Todesfall untersucht wird.«

»Was?«, höre ich die Stimme meiner Mutter im Hintergrund. Na toll. Ich hätte wissen müssen, dass sie mithört. In Gegenwart meiner Mutter darf man nicht vom Tod sprechen. Ich grabe die Fingernägel in meinen Nacken, um mich für diesen Fehler zu bestrafen.

»Frag sie wegen Montag.« Ich höre, wie sie sich den Hörer schnappt. »Was ist mit dem Spiel am Montag?«

Ich rolle mich zu einem Ball zusammen und kneife die Augen zu. »Ist gestrichen. Ich kann absolut nichts dagegen tun. Ich bin auch nicht gerade froh darüber, genau wie ihr. Glaub mir.«

Mein Vater flucht im Hintergrund.

»Das ist nicht akzeptabel«, sagt meine Mutter. »Hast du mit Dr. Klein gesprochen?«

»Nein, Mom. Ich wende mich nicht an die Schulleiterin. Ich kann sie doch nicht einfach anrufen und nach irgendwas verlangen. Sie ist nicht der Kongress.«

»Du hast es nicht mal versucht? Soll ich es probieren? Es ist nicht der richtige Zeitpunkt, um sich einfach zurückzulehnen und auf das Beste zu hoffen. Wir müssen weiter an dem Plan festhalten.«

»Jemand ist gerade gestorben«, sage ich leise. Und mit Absicht. Denn ich muss dieses Gespräch beenden.

Sie will etwas sagen, aber ihre Worte gehen in einem tiefen Seufzen unter.

Ich beiße mir auf die Unterlippe. Ein langes Schweigen entsteht. Dann beginnt meine Mutter wieder zu sprechen, ihre Stimme bebt. »Gibt es sonst noch etwas, worüber du reden willst, Schatz?«

»Nein«, sage ich und halte den Atem an, bis es sich anfühlt, als würde mein Kopf jeden Moment platzen.

»Lass uns bald wieder telefonieren«, sagt sie.

Mein Vater kommt noch einmal ans Telefon. »Zeit für Brainstorming. Ruf die Leute an, schreib Briefe. Was auch immer nötig ist, um dir die Angebote zu sichern. Du hast viel zu hart gearbeitet, um dir jetzt etwas durch die Lappen gehen zu lassen. Du stehst das durch, wie alles andere. Alles klar?«

»Alles klar.«

Ich lege auf und stoße Luft mit einem enormen Zischen aus, dann schlage ich auf meine Matratze ein und drücke mein Kissen fest an die Brust. Ich wünschte, Spencer wäre nicht so überaus untreu. Ich wünschte, Justine wäre nicht aufgewacht, dann könnte ich Brie anrufen, um mich abzureagieren. Ich wünschte, meine Eltern würden nur ein Mal den Mund halten und zuhören. Nichts läuft so, wie ich es gern hätte. Ich kann am Montag nicht spielen. Mir sind die Hände gebunden. Zur Hölle mit dir, Jessica Lane.

Ich setze mich auf und zwinge mich zu einem tiefen, beruhigenden Atemzug. Ich kenne die Todesursache, ich habe die Leiche gesehen und ich weiß, dass ihre Familie und ihre Organisation aus der Umgebung sind. Aufgeschnittene Pulsadern, hoher Druck an der Schule. Wenn die Polizei keinen Selbstmordfall lösen kann, liegt das nur daran, dass die Beamten überfordert sind. Aber das bin ich nicht. Ich habe es schon erlebt. Ich musste hilflos mit ansehen, wie alles um mich herum zusammenbrach, war zu langsam, um es aufzuhalten, bis alles in Trümmern lag. Meine beste Freundin und mein Bruder sind tot, mein Vater war am Boden zerstört, meine Mutter stand kurz davor, ihr Leben ebenfalls wegzuwerfen. Und ich, eingeschlossen in Eis.

Ich schließe die Finger um mein Handy und stelle es auf stumm, die Stimme meiner Mutter hallt noch in meinem Kopf wider. Ich bringe das in Ordnung. Ich kann das. Bevor auch das nächste Spiel abgesagt wird.

Ein *Ping* kündigt eine neue E-Mail an und ich sehe zum Computerbildschirm hinüber. In der Betreffzeile steht »Update Sportstipendium«. Mein Herz beginnt zu rasen. Ich ziehe den Laptop zu mir und öffne die Nachricht.

Liebe Kay,

ich bedaure, dir mitteilen zu müssen, dass mir zweifelhafte Handlungen aus deiner Vergangenheit zu Ohren gekommen sind und deine Berechtigung, ein Sportstipendium zu erhalten, auf dem Spiel steht. Mir selbst wird es nicht möglich sein, ein College zu besuchen, deshalb hast du mein aufrichtiges Mitgefühl. Aus diesem Grund wäre ich vielleicht auch bereit, über deine Vergehen hinwegzusehen, aber nur, wenn du einverstanden bist, mir bei der Vollendung meines letzten Projektes zu helfen. Klick auf den Link am Ende dieser E-Mail und folge meinen Anweisungen. Nach jeder Aufgabe, die du ausgeführt hast, wird ein Name aus der Liste verschwinden. Solltest du bei einer der Aufgaben innerhalb von vierundzwanzig Stunden versagen, wird ein Link dieser Website zusammen mit einem Beweis deines Verbrechens an deine Eltern, die Polizei und jede Schülerin der Bates Academy geschickt.

Solltest du es schaffen, wird niemand je erfahren, was du getan hast.

Ganz herzlich
deine Jessica Lane

PS: Auch auf die Gefahr hin, dass es klischeehaft klingt, Kay: Es wäre nicht gerade gut für dich, wenn du mit der Polizei sprichst. Das war es nie, stimmt's?

Die E-Mail wurde von Jessicas Bates-Account verschickt. Für einen Moment schießt mir der Gedanke durch den Kopf, dass sie noch am Leben ist, und ich weiß nicht, ob ich lachen oder weinen soll. Vielleicht ist das alles nur ein gewaltiger, surrealer Irrtum. Was natürlich auch bedeuten würde, dass wir ein blutendes Opfer allein im See gelassen haben. Es wäre ein Wunder, aber wir wären wahrscheinlich des versuchten Mordes schuldig oder etwas in der Art. Oh Gott, ich bin erledigt. Dann beruhige ich mich wieder. Ich weiß ganz sicher, dass sie tot ist.

Es ist möglich, dass eine andere Person die E-Mail von ihrem Account gesendet hat. Aber der Gedanke ist so grotesk, dass ich mir das kaum vorstellen kann. Sie muss die Nachricht vor ihrem Tod geschrieben und zeitlich so geplant haben, dass sie erst jetzt bei mir angekommen ist. Anhand der Formulierung sieht es so aus, als hätte sie gewusst, dass sie sterben würde. Ihr *letztes* Projekt. Kein Collegebesuch. Vielleicht interpretiere ich aber auch nur zu viel hinein. Irgendwann steht immer ein letztes Projekt bevor und es gibt eine Menge Gründe, nicht aufs College zu gehen.

Diese E-Mail könnte die Cops davon überzeugen, dass sie doch nicht ermordet wurde. Ich könnte sie der Polizei weiterleiten und die Ermittlungen damit womöglich sofort beenden.

Aber der Nachtrag jagt mir einen kalten Schauer über den Rücken.

Am Ende der Seite steht der Link *jessicalanefinalproject. com.* Ich klicke darauf.

Der Bildschirm wird für eine Weile schwarz, dann erscheint die Abbildung einer rustikalen Landhausküche mit gusseisernem Backofen. Langsam tauchen Buchstaben auf der Scheibe des Ofens auf, bis der Name der Website glasklar vor mir steht:

*Rache ist süß: Eine köstliche Anleitung
zum Beseitigen von Feinden.*

3

Ich klicke hektisch auf den Link, aber die Seite ist mit einem Passwort geschützt. *Rache ist süß.* Jessicas letztes Projekt ist ein Rachefeldzug. Und sie beginnt ihn bei mir. Ich starte einen weiteren vergeblichen Versuch, die Seite zu öffnen, dann schiebe ich den Laptop so weit wie möglich von mir weg. Trotzdem kann ich den Blick nicht davon lösen.

Ich wünschte, Spencer hätte nicht so eine blöde Scheiße gebaut. Er ist ein genauso begnadeter Zocker wie Sportler, er hätte sich problemlos in die Seite hacken können. Ich scrolle durch meine jüngsten Anrufe. Sein Name stand nie weiter als ein Wischen nach unten in der Anrufliste und das deprimiert mich. Ich warte immer noch darauf, dass er anruft und sich wieder entschuldigt, dass er sich nach mir erkundigt, mir etwas Beliebiges erzählt, damit ich wieder an ihn denke. Aber offenbar kann ich das vergessen.

Ich werfe mein Handy aufs Bett und wende mich wieder meinem Laptop zu. Ich logge mich in das Schulnetzwerk ein und scrolle durch die Schülernamen auf der Suche nach jemandem, der mir helfen könnte. Die Bates ist eine angesehene MINT-Schule, es wird also großer Wert auf den wissenschaftlich-mathematischen Bereich gelegt und eine ansehnliche Zahl von Schülerinnen weiß zumindest ein wenig über Computerprogrammierung. Maddy, Brie und Cori absolvieren in diesen Fächern ein ziemliches Lernpensum. Ich könnte Maddy fragen – sie hat die meisten Computerkurse –, aber ich bin unschlüssig. Wegen der Drohung in der Nachricht möchte ich eigentlich nicht, dass meine Freundinnen etwas von Jessicas Projekt erfahren, ganz besonders nicht Maddy. Eigentlich wäre es mir lieber, wenn niemand darin verwickelt wird, mit dem ich näher zu tun habe. Je geringer die soziale Glaubwürdigkeit, desto besser. Nur für den Fall, dass doch etwas herauskommt und dann mein Wort gegen ein anderes steht.

Nola Kent. Neben dem Namen ist ein kleiner grüner Punkt, also ist sie online. Ich zögere, bevor ich ihr eine persönliche Nachricht schicke. Vor zwei Jahren, als Nola an diese Schule gewechselt ist, waren Tai, Tricia und ich ziemlich gemein zu ihr. Vor allem hinter ihrem Rücken. Wir haben uns einen gut gewählten Spitznamen ausgedacht und ein oder zwei Gerüchte gestreut. Aber das ist ewig her. Ihr wäre es wahrscheinlich sogar peinlicher als mir, wenn ich sie darauf ansprechen würde. Ist ja nicht unsere Schuld, wenn sie sich wie eine Mischung aus Bestattungsunternehmer und Mörderpuppe anzieht. Und sie war seitdem bei ein paar Fußballspielen, also gehe ich mal davon aus, dass sie nicht mehr sauer ist.

Hey, bist du da? Ich drücke auf Enter und warte.

Ihr Klassenfoto taucht auf, zusammen mit Auslassungspunkten, also antwortet sie. Sie ist ziemlich klein und wirkt irgendwie verwahrlost mit ihren dicken, langen Haaren, die ihren übrigen Körper zu erdrücken scheinen. Ihre Haut ist porzellanweiß und sie hat hellblaue Augen, die so rund sind, dass sie immer irgendwie abwesend wirkt. Das erste Wort, das mir in den

Sinn kommt, wenn ich an Nola Kent denke, ist *nichtssagend*. Sie hat einfach nichts Besonderes an sich, zumindest dachten wir das, als wir anfingen, sie zu verarschen. Doch wie sich herausstellte, hat sie doch äußerst nützliche kleine Eigenschaften. Sie kann zum Beispiel echtes Chaos bei Programmen und Computersystemen anrichten.

Hi.

Ich habe ein Problem, ich komme nicht auf eine Website.

Passwortgeschützt?

Ja.

Hast du das Passwort?

Nein.

Solltest du es haben?

Ist eine lange Geschichte.

Erzähl sie mir.

Ich seufze. Ich muss wissen, was Jessica gegen mich in der Hand zu haben glaubt und was sie mit Feinden und Rache meint. Nola ist meine beste Chance, das herauszufinden, ohne die Informationen an die große Glocke zu hängen.

Treffen wir uns.

Wo in dem Gewimmel?

Bibliothek.

In fünf Minuten.

Ich nehme den Hintereingang des Wohnheims, um dem Menschengedränge zu entgehen, und laufe den Hügel zur Bibliothek hinunter. Die Luft riecht nach Holzrauch und Apfelwein, genau wie es an einem frühen Novembersamstag sein sollte. Die Stimmen der Reporter und Trauernden wehen von der Vorderseite des Gebäudes herüber. Einige haben begonnen, Hymnen zu singen, während andere sich weiter unterhalten. Es klingt wie eine Mischung aus Trauerfeier unter freiem Himmel und riesiger Parkplatz-Party. Das Ganze ist plump und bizarr und gruselig. Abseits der Trauergesellschaft sind nicht besonders viele Schülerinnen zwischen den Wohnheimen und dem Schulinnenhof unterwegs. Ich werde langsamer und kicke nachdenklich tote Blätter vor mir her. Heute sollte eigentlich ein großer Tag werden. Training bis fünf, Abendessen mit Brie und Justine, und dann wollten wir eine endgültige Entscheidung treffen, ob man Spencer je wieder vertrauen kann. Ich meine, die Antwort ist eigentlich ziemlich offensichtlich. Laut Justine, einer äußerst verlässlichen Gerüchtequelle an der Easterly, hat er mich mit einer Bates-Schülerin betrogen, und zwar in dem Café, wo wir uns zu unserem ersten offiziellen Date getroffen haben. Aber Menschen ändern sich. Jeder hat in der Vergangenheit Dinge getan, die er oder sie bereut. Heb die Hand, wenn das bei dir nicht der Fall ist. Yeah …

Ich gehe die Treppe zur obersten Etage der Bibliothek hinauf, weil dort die geringste Wahrscheinlichkeit besteht, dass ich jemandem begegne. Dann sende ich Nola eine Nachricht, dass ich da bin. Die oberste Etage ist absolut retro. Hier gibt es VHS-Kassetten, Mikrofilme und altmodische Karteikarten. Aber das alles muss irgendeinen Wert haben, sonst hätte die Schule den Kram schon längst ausrangiert. Im Grunde ist es ein Friedhof für alte Medien, und ich bin ziemlich sicher, dass uns hier oben niemand stören wird. Ich finde einen bequemen, von Motten zerfressenen grünen Cordsessel, der bestimmt genauso alt ist wie die VHS-Sammlung, mache es mir darin bequem und öffne den Laptop auf meinem Schoß.

»Hi.«

Mir entfährt ein leiser Schrei. Nola hockt auf einem Bücherregal direkt über meinem Kopf und ist ganz in Schwarz gekleidet wie ein verdammter Rabe.

»Was machst du da oben?«

Sie springt flink herunter, schiebt das Kinn über meine Schulter, streckt ihr knochiges Handgelenk aus und beginnt auf meiner Tastatur zu tippen. »Auf dich warten, Lahmarsch.« Sie stößt mich mit der Schulter an, bis ich auf dem Sessel Platz für sie mache und ihr den Computer ganz überlasse.

Nachdem sie einen genaueren Blick auf den Racheblog geworfen hat, richtet sie ihre riesigen Augen auf mich. »Warum stalken wir ein totes Mädchen?«

Ich rutsche unbehaglich auf dem Sessel hin und her. Für jemanden, den ich kaum kenne, ist diese Sache viel zu vertraulich. Jetzt kommt die Idee sogar mir völlig bescheuert vor. »Wie ich schon sagte, lange Geschichte. Vertrau mir einfach, denn es ist wirklich wichtig, dass ich Zugang zu dieser Website bekomme.«

Sie kneift die Augen zusammen. »Warum?«

Ich zögere einen Moment. Jessica hat geschrieben, dass ich nicht zur Polizei gehen soll. Von Nola Kent war nicht die Rede. »Jessica hat mich darum gebeten.«

Sie hält kurz inne. »Wart ihr befreundet?«, fragt sie dann.

Es gibt Momente, da muss man lügen. »Irgendwie schon, aber wir waren nicht die besten Freundinnen.«

»Warum hat sie dir das Passwort nicht gegeben?«

»Hör zu, ich muss einfach wissen, was auf dieser Website ist. Jessica hat mir eine Nachricht hinterlassen und ich habe sonst keine Möglichkeit, darauf zuzugreifen. Es sind im Grunde ihre letzten Worte.«

Sie klappt meinen Laptop zu. »Das klingt nicht sehr überzeugend.«

»Was willst du?«

»Du hast kein Geld.« Das sagt sie völlig sachlich. In einem herablassenderen Tonfall hätte es mich weniger getroffen.

»Und du brauchst keins«, sage ich. Das stimmt. Sie ist wie die anderen. Sie zieht sich vielleicht nicht so an und verhält sich nicht so wie sie, aber ihre Familie gehört ebenfalls zum alten Geldadel Neuenglands.

Meine Worte scheinen sie überrascht zu haben, denn es dauert einen Moment, bevor sie etwas erwidert. »Hol mich in dein Team, wenn ihr wieder spielen dürft.«

Mir fällt die Kinnlade herunter. »Aber ... du warst noch nie bei einem Probetraining.«

Sie zuckt mit den Schultern, ihr Gesicht ist völlig ausdruckslos. »Ich habe nicht gesagt, dass mich Fußball interessiert. Ich sagte, ich will ins Team.«

Ich starre sie an. »So viel Einfluss habe ich nicht. Der Trainer trifft solche Entscheidungen.«

Sie glaubt mir kein Wort. »Du hast genügend Einfluss.«

»Ich müsste eine Spielerin rauswerfen, die wirklich hart dafür trainiert hat, um ins Team zu kommen.«

»Tja«, sagt sie gedehnt. »Das ist die Wahl, die ich dir überlasse.«

Ich denke darüber nach. Ich habe tatsächlich genügend Einfluss. Als Kapitänin leite ich das Team. An der Bates ermuntern Lehrer und Trainer die Schülerinnen dazu, die volle Verantwortung und Leitung zu übernehmen. Ich hasse die Vorstellung, eine Mitspielerin rauszuschmeißen, die ihren Platz verdient hat. Andererseits brauche ich Nolas Hilfe. Widerwillig gebe ich ihr meine Hand, die sie mit kühlen Fingern schüttelt.

»Ausgezeichnet«, sagt sie. »Ich wollte schon immer cool sein.« Sie grinst mich spöttisch an. »Ich kann doch jetzt cool sein, richtig?«

Ich überlasse ihr meinen Laptop. »Schließ bloß keine Anwendungen.«

»Schon kapiert.« Sie öffnet den Deckel und tippt drauflos. Dann startet sie einen Download.

»Hey!« Ich will mir den Computer schnappen, aber sie zerrt ihn aus meiner Reichweite.

»Entspann dich. Ich mache dein steinaltes Betriebssystem schon nicht kaputt. Ich lade nur ein Programm herunter, das ich ständig benutze und mit dem man echt gut Passwörter knacken kann. Jessica war eine ziemlich raffinierte Programmiererin, aber der menschliche Verstand kann sich nur so viele Kombinationen ausdenken ...«

»Kanntest du sie?«

»Aus dem Informatikkurs. Hab nie mit ihr gesprochen.« Sie öffnet das Programm und tippt wie wild, dann sieht sie mich triumphierend an. »Siehst du?«

Das Wort *L@br@dor* ist auf dem Bildschirm markiert.

Ich starre sie an. »Kannst du mein Passwort auch so leicht herausfinden?«

Sie gibt mir den Laptop zurück. »Das willst du bestimmt nicht wissen.«

Ich klicke wieder auf den Blog und gebe das Passwort ein. Der Backofen öffnet sich und in seinem Inneren taucht erneut die Überschrift der Seite in verbrannten roten Buchstaben auf: *Rache ist süß: Eine köstliche Anleitung zum Beseitigen von Feinden.* Ich klicke auf den Titel und darunter erscheinen sechs Kategorien: Vorspeise, erster Gang, Hauptgang, Zwischengang, Beilage, Dessert. Ich klicke auf Vorspeise. Die Abbildung eines verbrannten Tennisballs mit einem Rezept für *Tai Burned Chicken* taucht auf. Gleichzeitig erscheint ein Backofen-Timer, der auf 24:00:00 eingestellt ist und sofort abwärts zu ticken beginnt. Ich klicke auf den Timer, aber es gibt keine Möglichkeit, ihn anzuhalten oder die Zeit zu ändern.

Nola versucht es mit ein paar Befehlen und zuckt dann mit den Schultern. »Vielleicht bleibt der Link nur vierundzwanzig Stunden aktiv?«

Ich weiß genau, was dahintersteckt. Es ist die Zeit, in der ich die Aufgabe erfüllen muss.

Ich klicke auf die nächste Kategorie, bekomme aber nur eine Fehleranzeige: *Ofen bereits in Betrieb. Küche erst wieder verfügbar, wenn der Timer zurückgesetzt ist.*

»Wie entzückend«, sagt Nola.

Als ich mir das Rezept genauer ansehe, wandern meine Mundwinkel nach oben. Das muss ein Scherz sein.

TAI BURNED CHICKEN
Nimm ein Hühnchen, weiß und rot
Mock, mock, verspotte es bis zum Tod
Brandmarke es mit 3,5 im Schnitt
Verbrenn es lebendig Schritt für Schritt
Stopfe es mit Scharapowas Skandal
Sieh es an und erkenn das Flammenmal.

Nola schaut mich aus den Augenwinkeln an. »Ich bin kein Meister der poetischen Bildsprache, aber es sieht fast so aus, als hätte Jessica irgendwelche großen Pläne mit Tai Carter. Was hat Tai ihr getan?«

Ich runzele die Stirn. »Ich glaube nicht, dass sie sich wirklich kannten.« Als wir die Leiche gefunden haben, wusste Tai nicht mal ihren Namen. Wie sehr kann man jemanden verletzen, dessen Namen man nicht kennt?

Nola zuckt mit den Schultern. »Von Gedichten bekomme ich

Migräne. Alles bedeutet immer irgendwas anderes. Zumindest wenn es nach Mr Hannigan geht. Vielleicht sehen wir uns das Ganze mal im Hannigan-Stil an und beginnen mit der Überschrift.« Sie fährt mit dem Finger unter den Zeilen entlang und ahmt dabei den leicht singenden irischen Tonfall unseres Englischlehrers nach. Schade, dass sie nicht seine markanten, attraktiven Gesichtszüge hat, denn das würde die verstörende Metaphorik vielleicht etwas abmildern. Ihre Finger sind schlank und zierlich und ihre Nägel in einem glänzenden Auberginenfarbton lackiert. Während sie auf den Bildschirm starrt, lässt das bläuliche Licht, das von meinem Laptop ausgeht, sie noch blasser und dünner erscheinen.

»Tai Burned Chicken«, liest sie vor. »Eigentlich müsste es *Thai* geschrieben werden, es sei denn, es ist wirklich das Mädchen gemeint. Burned. Es geht um Essen, aber auch um Rache, richtig? Und Chicken. Wieder Essen, aber das könnte sich auch auf einen Feigling beziehen.«

»Tai ist kein Feigling«, sage ich.

Sie sieht mich interessiert an. »Ach ja?«

Ich habe null Bock, meine Freundinnen ausgerechnet vor Nola Kent zu verteidigen. »Vertrau mir.«

Nola wirkt enttäuscht. »Okay«, erwidert sie und verdreht übertrieben die Augen. »Ich *vertraue* dir.« Sie geht zur nächsten Zeile. »*Nimm ein Hühnchen, weiß und rot.* Offensichtlich die Schulfarben der Bates. *Mock, mock, verspotte es bis zum Tod.* Na ja, ich kenne Tai nicht so gut wie du, aber hat deine Busenfreundin nicht den Ruf, eine Klugscheißerin zu sein?«

Ich grinse. »Das stimmt.« Tai ist nicht nur witzig, sie ist auch unverblümt clever. Das macht es noch peinlicher, wenn sie ihr Augenmerk scharf auf jemanden richtet. Sie wird die nächste Tina Fey oder Amy Schumer, daran besteht kein Zweifel. Tina

Fey hat sogar zugegeben, dass sie in der Highschool gemein zu anderen war. Natürlich würde ich Tai nicht als gemein bezeichnen. Die Wahrheit tut nur manchmal weh, besonders wenn die Leute darüber lachen. Und Tai macht dabei keine Unterschiede. Jeder bekommt sein Fett weg. Ich bin die berüchtigte Ausborgerin. Damit gängelt sie mich. Eine eisige Welle der Übelkeit erfasst mich jedes Mal, wenn sie mit der Ausleihmasche anfängt, aber jeder kriegt, was er verdient. Die anderen haben gelacht, als ich Lada Nikulajenko den Spitznamen Hodor verpasst habe, weil sie über eins achtzig groß ist und so schüchtern, dass man nie ein Wort von ihr hört, außer wenn sie die Lehrer bei der Aussprache ihres Namens korrigiert. Aber das konnte ich nur tun, weil ich mir auch jedes Mal ein Lächeln abringe, wenn Tai darauf herumreitet, dass ich mir die geborgten Klamotten selbst nie leisten könnte. Es geht immer in beide Richtungen. Fair ist fair.

»Da ist auch noch diese unerträgliche *Mock-mock*-Sache«, fügt Nola hinzu, »wie bei *Henry V*, auf dem Hannigan letzten Monat so herumgeritten ist. Dabei geht es um Tennisbälle, stimmt's?«

»Oh mein Gott!« Vor Prüfungen pauke ich immer wie verrückt und dann verschwinden die Informationen aus meinem Hirn, aber Shakespeare hat tatsächlich einen Dialog geschrieben, in dem er das Wort *mock* wiederholt benutzt, um das Aufprallen eines Tennisballs auf dem Platz zu imitieren. »Also vermute ich mal, dass Jessica Gedichte mochte.«

»Oder sie mochte Mr Hannigan«, sagt Nola und zieht neckisch eine Augenbraue hoch.

»Stopp!« Plötzlich schäme ich mich dafür, dass wir so zwanglos über Jessica reden, als wäre sie eine Klassenkameradin, über die wir ablästern. Was wäre, wenn sie sich wirklich in einen Lehrer verliebt hätte? Hannigan wäre die erste Wahl, wenn man sich einen aussuchen müsste. Er ist seit diesem Jahr neu an der Bates, extrem attraktiv und flirtbereit. Es gab Gerüchte, dass mit einer Schülerin sogar mehr als ein Flirt gelaufen sei, aber keine Beweise. Ich glaube es auch nicht. Aber diese Betonung …

Ich wende mich wieder dem »Rezept« zu und lese die nächste Zeile. »*Brandmarke es mit 3,5 im Schnitt.* Das ist Tais Notendurchschnitt.« Das weiß jeder. Die Durchschnittsnoten hängen in der Großen Halle aus, um uns zu motivieren Schrägstrich uns zu blamieren.

»*Verbrenn es lebendig Schritt für Schritt*«, fährt Nola fort. Sie schaut mich an.

»Verbrennen. Beleidigen. Tais Spezialgebiet. Die Linie zwischen witzig und verletzend wird verwischt.«

»Wie unterscheidet sich eine Beleidigung von Spott?«

»Bei der Spott-Zeile geht es um Sport. Verbrennen ist tödlich.«

»Und dann ist da noch *Scharapowas Skandal*. Das klingt wie schlechtes Laientheater.«

»Ernsthaft? Marija Scharapowa ist ein Tennis-Superstar. Vor ein paar Jahren gab es einen Riesenskandal, als sie wegen Dopings gesperrt wurde. Aber es ist kompliziert, weil das Mittel, das sie genommen hat, ein zugelassenes Medikament war.«

»Wie auch immer, ist mir scheißegal. Mir sagt das nur, dass deine Freundin Tai es offenbar wie Scharapowa gemacht hat. Die Frage ist nur, woher Jessica das wusste.«

»Also, *falls* das wahr ist, hätte sie sich nur in Tais E-Mail-Account hacken müssen, um alles zu erfahren, was Tai dort jemals erwähnt hat, richtig?«

Tanze, als würde dich niemand sehen.

Nola nickt. »Jess war eine solide Programmiererin. Diese Computertrainingsprogramme, die sie entwickelt hat, waren legal.«

»Aber ich glaube nicht, dass Tai so etwas tun würde. Eine wie wir nimmt keine Drogen. Das wäre automatisch ein Schulverweis.«

Nola schenkt mir ein leicht verächtliches Lächeln. »Eine wie ihr?«

Ich spüre, wie meine Wangen warm werden. »Tai könnte eines Tages Profi werden. Meine Freundinnen und ich haben eine Menge zu verlieren.«

»Wie trostlos, immer etwas darstellen zu müssen«, sagt Nola.

Ich denke an meinen Bruder. Nachdem er gestorben war, konzentrierten sich die Zeitungsartikel auf seine sportlichen Leistungen, aber sie gingen nicht darauf ein, was für ein Mensch er war, im Guten wie im Schlechten. Megans Tod wurde ganz anders behandelt. Sie war keine Star-Athletin oder Schülerin an einer renommierten Privatschule. Es gab ein paar Artikel, aber darin stand nichts über ihre Leistungen, ihre Hoffnungen und Träume, nichts, was sie besonders machte. Nur, was ihr passiert war.

»Wir haben alle viel zu verlieren«, sage ich. »Die Bates ist wie eine goldene Eintrittskarte. So was wirft man nicht einfach weg.«

Draußen geht langsam die Sonne unter. Rosa- und orangefarbenes Licht fällt durch das Dachfenster auf Nolas blasses Gesicht und lässt ihre Augen leuchten. »Warum hat Jessica das dann getan?«

4

Bevor ich mich auf die Suche nach Tai mache, gehe ich zu Bries Zimmer, um ihr das *Gatsby*-Kostüm zurückzugeben. Ich lausche kurz auf Anzeichen, ob sie beschäftigt ist, und höre ein gedämpftes Kichern. Justine ist bei ihr. Na toll. Ich streiche den feinen Seidenstoff glatt und lasse das Kleid auf dem polierten Holzfußboden neben ihrer Tür liegen. Dann gehe ich zur Treppe. Ich hasse es, die berüchtigte Ausborgerin zu sein (und gelegentliche Diebin), die auf Freundinnen, Bekannte und sogar beliebige Schülerinnen angewiesen ist, die mir während der Stunden ohne Schuluniform Klamotten zur Verfügung stellen. Aber es geht nicht anders.

Das *Gatsby*-Kostüm war eins der außergewöhnlichsten Kleider, die ich jemals getragen habe. Unter dem Stoff fühlte sich meine Haut wie elektrisiert an. Als Daisy Buchanan wollte ich aufregend wirken. Geschmeidig und sexy und ein bisschen gefährlich. Ich bin traurig, dass ich es Brie zurückgeben muss, aber man kann nicht einfach »vergessen«, so ein auffälliges Teil zurückzugeben.

Als ich nach draußen komme, blutet die Sonne über dem See, eine Blüte aus feurigem Orange und Rot zwischen den schwarzen knotigen Ästen, sie erweckt den Eindruck, der Frühherbst sei zurück. Ich gehe über den Innenhof zum Sportbereich, als die Kirchturmglocke eine Melodie läutet, die ich nicht kenne. Ich drehe mich um und starre auf die Silhouette der Schulgebäude. Ein atemberaubender Anblick bei Sonnenuntergang. Durch die wunderschöne gotische Architektur, die spindeldürren Türme und malerischen elisabethanischen Landhäuser wirkt der Campus wie eine Mischung aus Elite-Uni und Hogwarts.

Tai trainiert im schwindenden Licht allein auf einem der Tennisplätze. Die Schule hat auch Tennisplätze in der Halle, aber Tai trainiert lieber bei jedem Wetter draußen, was nicht an allen Schulen geht. Sie ist perfekt in Form, so wie sie den Ball elegant annimmt, schlägt oder schmettert. Meine Brustmuskeln entspannen sich, als ich mich dem Platz nähere, und ich spüre, wie sich auch meine Schultern reflexartig senken. Tai hat keinen Grund zu betrügen. Sie ist allen anderen aus ihrem Team so weit voraus, dass es immer fast peinlich ist, ihnen beim Training zuzusehen. Mich verlässt erneut der Mut. Warum ist sie so gut?

Ich werfe die Hände gegen den Maschendrahtzaun und heule wie ein Zombie und sie wirbelt herum und schleudert ihren Tennisschläger nach mir.

»Was soll das, Kay? Ich dachte schon, du bist dieses Mädchen aus dem See.« Sie öffnet ihren Pferdeschwanz, schüttelt ihr feuchtes Haar aus und kämmt es mit den Fingern durch. Sie trägt ein makellos weißes Tennisoutfit, das mit dem charakteristischen Bates-Rot abgesetzt ist.

Ihre Bemerkung wischt mir das Grinsen aus dem Gesicht. »Zu früh gefreut.«

»Schleich dich nicht noch mal so an.« Sie holt sich ihren Schläger und sucht ihn nach Kratzern ab.

»Lust auf Abendessen?«

Sie verzieht das Gesicht. »Alle heulen und tun ganz melodramatisch, als wäre ihre Mom gestorben.«

Typisch Tai. Ihre Mom starb, als Tai in der Neunten war, aber sie übergeht diese Tatsache, ohne eine Miene zu verziehen. Und sie wäre stinksauer, wenn ich auch nur das geringste Mitgefühl zeigen würde.

Ich knuffe sie am Arm. »Es *ist* jemand gestorben.«

»Aber doch niemand Wichtiges.«

»Ernsthaft, Tai?«

Ihre Lippen verziehen sich zu einer scharfen, asymmetrischen V-Form. Tais Haut ist so straff, dass ihre Haare immer streng nach hinten gekämmt aussehen, auch wenn sie offen um ihr Gesicht fallen. Sie hat eine spitze Nase, ein spitzes Kinn und so helle Wimpern und Augenbrauen, dass sie ohne Make-up so gut wie unsichtbar sind.

»Ich meine es ernst. Ihre Freunde sollten traurig sein. Aber ich erinnere mich an sie. Sie hatte keine Freundinnen an der Bates. Sie war aus der Stadt.«

»Also trauern wir nicht, weil sie nicht reich war?«

Tai verdreht die Augen. »Das habe ich nicht gesagt. Jessica Lane war eine Diebin.«

Ich lache laut auf. »In allen Artikeln, die ich gelesen habe, steht, dass sie Mutter Teresa war.«

»Tja, das war sie nicht. In unserem ersten Jahr wohnten wir auf demselben Flur und meine Mutter hatte mir diese wirklich wunderschöne Schachtel Designerseife aus der Provence geschickt.«

»Jessica hat deine Seife geklaut?«

Sie grinst verlegen, aber ich sehe, dass sie in Wirklichkeit ziemlich aufgewühlt ist. Sie erwähnt ihre Mutter nicht oft.

»Ich kann es nicht beweisen. Aber die Seife war weg und Jessica hatte ihren Duft an sich. Ich habe meine Mutter danach nicht wiedergesehen oder noch einmal mit ihr gesprochen, also war die Seife wichtig für mich.«

Als wir uns dem Innenhof und den Wohnheimen nähern, hake ich mich bei ihr unter. »Okay, sie war eine Diebin.«

Sie schweigt für einen Moment. »Also habe ich ihre Festplatte geklaut.«

»Wieso?«

»Ich habe sie zurückgegeben. Aber erst nachdem unsere Aufsätze fällig waren.« Sie seufzt. »Das ist so eine Sache, die einen wurmt, wenn jemand gestorben ist. Man erinnert sich an Kleinigkeiten, mit denen man der Person unrecht getan hat. Auch wenn sie es verdient hatte.«

Eine Böe bläst mir meinen Schal ins Gesicht und ich löse meinen Arm von ihr, um ihn wieder zu richten. Jetzt oder nie. Frag einfach. »Ich brauche deinen Rat.«

Irreführung. Manchmal ist Irreführung nötig.

»Sicher.«

Ich atme tief ein und sehe mich auf dem Campus um. Die Sonne ist gerade hinter dem Horizont verschwunden und zeichnet die gotische Architektur des Schulinnenhofs samtig blau. Die Laternen, die den gepflasterten Weg säumen, leuchten in einem sanften Gelb wie Gefäße mit Hunderten Glühwürmchen, die sachte über uns schwirren.

»Hast du schon mal darüber nachgedacht, eine leistungssteigernde Droge zu nehmen?«

Tais helle Augen mustern mich mit einer Spur Herablassung. »Wer hat das nicht? Wenn du nicht erwischt wirst, ist es nichts anderes, als Kaffee zu trinken, damit du länger lernen kannst.«

Mir schnürt sich die Kehle zu und ich versuche, meine Be-
klommenheit zu verbergen. Ihre Antwort verheißt nichts Gutes. »Ich finde, das ist schon ein bisschen was anderes.«
»Nehmen wir das Beispiel Meldonium, das Mittel, mit dem
Marija Scharapowa erwischt wurde. Es ist absolut legal.«
»Nicht in den USA.« Ich stopfe meine Hände in die Taschen.
Ich weiß nicht, wie ich mich locker verhalten soll. Hände sind
das größte Problem, wenn es nichts für sie zu tun gibt. Das fiel
mir auch am schwersten, als ich mit dem Fußball angefangen
habe. Ich hatte immer den Reflex, den Ball zu fangen, mein Gesicht zu schützen oder um mich zu schlagen. Hände sind zu
sehr Teil von uns. Sie verraten uns.

»In Russland wird es andauernd verschrieben. Es erhöht nur
die Durchblutung, was die Belastungsfähigkeit verbessert.«

»Ja, aber es wurde aus einem bestimmten Grund verboten.
Es verschafft dir einen Vorteil.«

Sie bleibt stehen und sieht mich ernst an. »Du brauchst gar
keinen Rat.«

Ich seufze und blicke ihr in die Augen. »Was willst du damit
sagen?«

»Nichts. Dieses Gespräch ist beendet.« Sie wendet sich zum
Gehen.

»Du musst dich stellen.«

Sie wirbelt herum, ihre Augen sind mondgroß im Licht der
Laternen. »Wie bitte?«

»Jemand weiß davon. Ich werde erpresst, damit ich dich
anzeige, aber wenn du es tust, wäre das bestimmt besser für
dich.«

Ihr Gesicht wird kreidebleich. »Besser für mich? Hier
herrscht eine Null-Toleranz-Politik. Ich fliege von der Schule.
Ich habe es dir erzählt, weil ich dir vertraut habe und weil ich

weiß, dass du dich im Fußball auch verbessern musst. Ich dachte erst, du wolltest mich um Hilfe bitten.«

Mein Mund fühlt sich so trocken an wie das Laub, über das wir gehen. »Nein. Tut mir leid.«

»Geht es dabei um Georgetown? Ich kann sofort dort anrufen und absagen. Wir machen nicht mal denselben Sport, Kay. Das ist dir klar, oder?«

»Es geht nicht darum. Ich sage dir die Wahrheit.«

Sie schüttelt den Kopf. »Wow, Kay, ich weiß, dass du dich von Erfolg bedroht fühlst, aber das ist ein anderes Level.«

»Oder vielleicht hast du so viel Angst davor, zu verlieren, dass du nicht fair spielen kannst.« Ich bekomme mit, wie ein paar Leute ihre Fenster öffnen, und senke die Stimme. »Ich meine es todernst. Jemand weiß es. Wie hätte ich sonst davon erfahren sollen?«

»Dann nenn mir Namen.« Sie baut sich vor mir auf. »Sonst gehe ich davon aus, dass nur du dahintersteckst.«

Jetzt schüttele ich den Kopf. »Ich würde es dir sagen, wenn ich könnte, aber die haben auch etwas gegen mich in der Hand. Glaub mir, die ganze Sache ist echt übel. Bitte, Tai. Wenn du dich stellst, ist die Schule vielleicht nachsichtig.« Es gibt so viele Lügen. Selbsterhaltende Lügen und betäubende Lügen.

»Wenn das Konsequenzen für mich hat, ist das deine Schuld«, sagt sie, aber ihre Stimme klingt flehend.

Ich wende mich in Richtung Mensa zum Gehen, denn ich weiß, wenn sie jetzt noch etwas hinzufügt, breche ich in Tränen aus.

Und dann sagt sie es.

»Na schön. Aber hör zu, Kay, egal, was mit mir passiert, du wirst die Bates ohne Auszeichnung, ohne Stipendium und ohne Zukunftsaussichten verlassen. Und du wirst direkt in das Loch

zurückfallen, aus dem du gekrochen bist, bevor du hierher-
kamst. Wenn ich rausgeworfen werde, gehe ich nächstes Jahr
trotzdem an ein Elite-College. Aber hey, wenn du nicht so viel
Zeit damit verbracht hättest, dir meine Klamotten auszuborgen
und Brie an die Wäsche zu gehen, wärst du vielleicht sogar eine
echte Gefahr.«

Ich drehe mich langsam zu ihr um, meine Gedanken rasen
so schnell, dass ich keinen zu fassen bekomme. Sag etwas. Sag
nichts. Zerstöre sie. Vergib ihr.

»Ich *bin* eine Gefahr«, sage ich leise. Sie hat ja keine Ahnung.

Sie kommt auf mich zu, bis unsere Gesichter nur noch wenige Zentimeter voneinander entfernt sind. »Jeder hat seine
eigenen Prioritäten. Ich will erfolgreich sein und mir einen Namen machen. Deine sind nur Verkleiden spielen und keinen Sex
haben.«

Fehdehandschuh hingeworfen.

*

Beim Abendessen ist es in der ganzen Mensa düster und niemand redet. Samstagabends ist es immer ziemlich ruhig, weil
sich die meisten Schülerinnen aus der Oberstufe eine Genehmi-
gung holen, außerhalb des Campus zu essen, doch heute Abend
sind fast alle aus Solidarität dageblieben. Mrs March, unsere
Hausmutter, hat, ihrem puterroten Gesicht und den blutunterlaufenen Augen nach zu urteilen, den ganzen Tag geweint. Sie
sitzt still in einer Ecke und stochert in ihrem Essen herum. Ich
habe das Gefühl, dass ich zu ihr gehen und etwas sagen sollte,
aber mir fallen keine passenden Worte ein. »Ihr Verlust tut mir
sehr leid«, ist wahrscheinlich nicht ganz angemessen, weil es ja

nicht wirklich ihr Verlust ist. Direktion und Personal behaupten immer, dass die Bates eine Familie ist, aber das stimmt nicht. Wir sind eher ein Team, aber selbst das trifft nicht ganz zu. Wir sind zwei Teams. Lehrkräfte und Mitarbeiter sind ein Team und die Schülerinnen das andere. Innerhalb der Teams wird es noch komplizierter, ich kann dies mit der gemessenen Autorität einer zweijährigen Mannschaftskapitänin sagen. Und anders, als es die Trainer einem von klein auf einbläuen, während man als Anfänger hektisch über das Feld rennt, ist nicht jedes Teammitglied unverzichtbar.

Deshalb gibt es Einschnitte. Deshalb gibt es Bänke. Deshalb sitzt einem während jeder Saison ständig die Angst im Nacken, zu versagen, selbst den Sommer über, in der Nebensaison, in der Vorsaison, in der Nacht vor einem großen Spiel. Selbst als Mannschaftskapitänin ist man sich bewusst, dass eine falsche Entscheidung den Absturz bedeuten kann und man im Handumdrehen ersetzt wird. Fehler zählen. Jessica gehörte zwar zum Schülerinnenteam, aber sie wird mir nicht fehlen. Ich fühle mich deshalb schlecht. Oder vielmehr leer als schlecht.

Nach meinem epischen Krach mit Tai will ich lieber allein sitzen, um weiteren Dramen aus dem Weg zu gehen. Tai kann heute Abend gern das Sorgerecht für unsere Freunde haben. Mir fehlt die Kraft für eine weitere Auseinandersetzung. An den runden Eichentischen in der Mensa gibt es jeweils sechs Plätze und die meisten sind besetzt. Ich nehme mir fünf leere Tabletts und verteile sie auf dem Tisch, damit die Leute gleich mitkriegen, dass ich keine Lust auf Gesellschaft habe. Ein paar Mädchen aus meiner Mannschaft winken mir im Vorbeigehen mitfühlend zu und ich erhalte ein paar gedämpfte Beileidsbekundungen von irgendwelchen Neunt- und Zehntklässlerinnen, die wahrscheinlich annehmen, dass ich trauere oder so.

Zum größten Teil werde ich jedoch in Ruhe gelassen. Aber nach ein paar Minuten legen sich zwei Arme um meine Taille und ich spüre Bries Wange an meiner.

»Wie geht's dir, Süße?«

Die dunklen Gefühle verschwinden. Ich lächle zu ihr auf.

»Schrecklich. Ist Justine gegangen?«

Sie setzt sich mir gegenüber. »Theaterprobe. An der Easterly geht das Leben weiter. Also, ich habe gehört, dass du Tai auf dem Hof attackiert hast?«

Ich seufze in meine Hand. »Klar. Ich habe Tai auf dem Hof attackiert. Mit einem Kerzenständer.«

Sie beugt sich vor, ihre Augen glühen förmlich. Das Einzige, was Brie mehr liebt als dunkle Schokolade mit Karamell und Meersalz, sind Gerüchte. »Kay …« Sie zieht meinen Namen verführerisch in die Länge und mein Blick bleibt an ihren Lippen hängen.

»Tai nimmt Dopingmittel«, platzt es aus mir heraus.

Sie trommelt mit den Fingern auf den Tisch und kaut an ihrer Unterlippe. »Bist du sicher?«

»Ganz sicher.«

»Ich will dich ja nicht als Lügnerin bezeichnen … ich … es klingt einfach nicht nach Tai.«

Sie glaubt mir nicht. Ich kann es ihr nicht verübeln. Ich habe es zuerst ja auch nicht geglaubt.

»Das bedeutet nicht, dass sie es nicht getan hat.«

»Lass uns Gericht spielen«, schlägt sie strahlend vor. Das ist eins von Bries Lieblingsspielen. Sie lässt es wie einen Spaß aussehen, will aber eigentlich nur zeigen, wie clever sie ist. Ihrer Meinung nach setzen sich Wahrheit und Gerechtigkeit selbstverständlich immer durch. Und sie gewinnt normalerweise.

»Na gut.«

»Du erhebst die Anklage und ich verteidige.«

»Okay …« Das wird schwierig. Ich kann Brie nicht von dem Racheblog erzählen und andere Sachbeweise habe ich nicht. »Tai Carter ist eine der talentiertesten Tennisspielerinnen, die die Bates Academy je gesehen hat. Sie besiegt jede Spielerin, die gegen sie antritt. Sie ist zweifellos ein Naturtalent. Aber sie hilft nach. Ich habe keinen objektiven Beweis, aber ich bin ziemlich sicher, dass wir uns einen beschaffen können. Tatsächlich hat Tai zugegeben, Meldonium zu nehmen, ein stark leistungsförderndes Mittel, das Marija Scharapowa eine Dopingsperre von zwei Jahren eingebracht hat. Und ein Geständnis ist der erdrückendste Beweis von allen.«

Brie fällt die Kinnlade herunter. »Die Verteidigung hat nichts hinzuzufügen. Aber woher wusstest du davon?«

»Anonyme E-Mail.«

»Echt gruselig. Vermutlich ist der Absender jemand aus dem Tennisteam. Ich frage mich nur, warum die E-Mail an dich geschickt wurde. Wieso wurde Tai nicht einfach angezeigt?«

»Ich soll sie anzeigen. Wenn ich es nicht tue, sorgt der Absender dafür.«

»Was wirst du tun?«

Ich zucke mit den Schultern. »Ich habe ihr gesagt, dass sie sich selbst stellen soll. Dann drückt die Schule vielleicht ein Auge zu. Nur darum ging es bei meiner angeblichen Attacke. Sie ist total ausgeflippt.«

Brie schaut zu »unserem« Tisch hinüber. Unsere Freundinnen haben die Köpfe zusammengesteckt und tuscheln. Tricia wirft mir einen vorwurfsvollen Blick zu.

»Das nimmt kein gutes Ende«, sagt Brie.

Ich würde Brie so gern von dem Racheblog erzählen. Denn

das ist erst der Anfang. Aber ich darf nicht riskieren, sie in die Sache mit reinzuziehen. Ich hole daher aus.

»Wusstest du, dass Tai Jessica kannte?«

Brie hebt eine Schulter und stützt ihr Kinn mit der Hand ab.

»Sie hat das Gegenteil behauptet.«

»Sie hat ihre Festplatte geklaut, sodass Jessica einen Aufsatz nicht rechtzeitig abgeben konnte.«

»Na und? Denkst du, Jessica steckt dahinter? Wann hast du diese E-Mail bekommen?«

»Ich habe sie erst heute geöffnet.«

»Und sie war anonym.« Brie schaudert. »Kein günstiger Zeitpunkt. Weiß Tai davon?«

»Wenn Jessica sie jemals bedroht hätte, glaubt Tai nicht, dass es über die beiden hinausgegangen wäre. Sie war total überrascht, als ich es erwähnte. *Und* sie schien auch überrascht zu sein, dass damit meiner Meinung nach irgendetwas nicht stimmt. Obwohl ich denke, dass ich sie darauf gebracht habe.«

»Das bleibt alles unter uns.« Brie reibt sich müde die Stirn. »Tai ist so gut wie weg«, sagt sie leise. »Ich glaube kaum, dass sich das vermeiden lässt. Aber du hast recht, es wäre wirklich besser, wenn sie sich stellt. Vielleicht sollte ich mit ihr reden.« Plötzlich dreht sie sich wieder zu mir. »Und du hast sonst niemandem davon erzählt?«

»Natürlich nicht.« Tai würde ausrasten, wenn sie herausfände, dass Nola Bescheid weiß. Aber sie wird mir sowieso nie verzeihen.

»Ich meine nur, weil Tricia und Cori dich nicht mehr in Ruhe lassen würden. Und erzähl es vor allem nicht Maddy.« Sie macht ein langes Gesicht.

»Warum kannst du Maddy nicht leiden?«

Brie zieht die Augenbrauen hoch. »Leg mir keine Worte in den Mund.« Sie schaut über meinen Kopf hinweg und winkt einem Tisch zu, an dem Mitglieder aus dem Debattierclub sitzen. Sie sind die Einzigen auf dem Campus, die Anzüge tragen, wenn wir die Schuluniformen weglassen dürfen. Ich kann das nicht leiden.

Ich zögere. »Geht es nur mir so oder scheinen alle in letzter Zeit Anti-Maddy zu sein?«

Sie richtet den Blick wieder auf mich. »*Anti?*«

»Es sieht nicht so aus, als würde sie ihren Spitznamen besonders toll finden.«

Brie nickt. »Vielleicht hören die anderen damit auf, wenn sich Tai jetzt um ganz andere Dinge Sorgen machen muss.«

»Aber ich meine ... Notorious? B.I.G., oder was?«

Brie lacht los. »Eher wie R.B.G., denke ich. Maddy steht nicht wirklich auf Hip-Hop.«

»Was bedeutet Notorious R.B.G.?«

Ihr Lächeln verschwindet. »Ruth Bader Ginsburg«, sagt sie schnell. »Richterin am Obersten Bundesgericht.«

»Was hat das mit Maddy zu tun?«

»Frag Tai.« Brie seufzt und stützt ihr herzförmiges Gesicht wieder mit der Hand ab. »Ich hasse diese Spitznamen. Können wir das Thema Maddy einfach sein lassen?«

Manchmal verstehe ich Brie nicht. Sie hat keine Feinde und sie redet kaum irgendwelchen Mist über irgendwen. Aber wenn sie es tut, geht es immer um eine Person, mit der ich am wenigsten gerechnet hätte. Und dann sagt sie es auch noch durch die Blume, sodass ich nie genau weiß, warum sie eigentlich so angepisst ist. Es ist, als wollte sie mir einen Anstoß geben, selbst dahinterzukommen, damit sie sich nicht die Hände schmutzig machen muss. Aber heute Abend habe ich keine Lust, ihr Spielchen mitzumachen. Und glücklicherweise muss ich das auch nicht.

»Hat die Polizei schon Nachforschungen bei dir angestellt?«

Mir bleibt kurz das Herz stehen. »Ich habe nicht mit der Polizei gesprochen.«

»Gut. Denn dann würdest du ziemlich dumm dastehen. Vielleicht sogar seltsam schuldig. Bleib einfach cool.«

Erst jetzt dämmert mir, dass sie gar nicht von dem Racheblog spricht, sondern von den Ermittlern am Tatort.

»Du denkst also, dass sie Nachforschungen anstellen?«

Brie nickt. »Wir sind die einzigen Zeugen.« Mein Gesichtsausdruck scheint zu zeigen, wie ich mich bei dem Gedanken fühle, von der Polizei befragt zu werden, denn sie schiebt ihr Tablett zur Seite und schaut mir direkt in die Augen. »Sprich mir nach: Ich komme nicht ins Gefängnis.«

Ich schnipse einen zusammengeknüllten Trinkhalm nach ihr. »Du kommst nicht ins Gefängnis.«

»Jeder von uns hat ein Alibi.«

»Nicht gerade ein stichfestes«, betone ich. »Wir waren zwischen Ball und See für eine halbe Stunde nicht zusammen. Tricia hat ihren Freund angerufen, Tai hat noch was zu trinken besorgt und ich habe meine sexy Stiefel gewechselt –«

Brie verdreht die Augen. »Dann sind wir alle verdächtig. *Falls* es überhaupt Mord war. Aber das war es nicht.«

»Warum sollten sie dann weiter ermitteln?«

»Weil noch keine vierundzwanzig Stunden vergangen sind, Kay. Wenn diese Polizistin uns noch mal befragt, sagen wir einfach alle, dass wir die ganze Zeit zusammen waren. Problem gelöst.«

»Tja, dann sorge aber auch dafür, dass jeder diese Info bekommt, Brie.« Ich halte kurz inne. »Aber kam es dir nicht vor, als hätte es die Polizistin besonders auf mich abge-

»Das ist doch paranoid. Wie auch immer, ich sagte ja schon, dass du die Ermittlungen nicht zu ernst nehmen solltest.« Sie schiebt ihren Stuhl zurück und schaut zur anderen Seite der Mensa hinüber. »Ich werde mit Tai reden.«

Ich folge ihrem Blick und sehe Nola mit einem offenen Laptop auf dem Bauch auf einer Bank an der Seite des Raums liegen. Sie hebt ihren Fuß zu einem merkwürdigen Winken. Dabei kommen Strümpfe mit einem schwarzen Paisleymuster unter ihrem Rock zum Vorschein. Brie schaut mich fragend an.

Ich winke Nola mit der Gabel zu und vermeide Bries Blick. »Sie hilft mir bei den Hausaufgaben.«

»Warum hast du *mich* nicht gefragt?«

»Du bist nicht kompetent genug.« Ich grinse flirtend.

»Ist das so?« Sie wirft einen weiteren Blick auf Nola. »Interessant.«

»So schräg ist sie gar nicht.«

»Seit wann?«

»Du warst doch diejenige, die gesagt hat, dass wir netter zu unseren Mitschülerinnen sein sollen.«

»Aber ausgerechnet Nekro?«, flüstert Brie.

Ich sehe mich schnell um, um sicherzugehen, dass Nola immer noch außer Hörweite ist. »Tai hat sich den Spitznamen ausgedacht.«

»Du hast ihn oft benutzt.«

»Du hast gelacht.«

Sie senkt den Blick. »War nicht lustig.«

»Außerdem ist es ewig her und niemand sagt das noch. Außer dir anscheinend. Also, hast du ein Problem damit, dass ich mit Nola lerne?«

Brie lacht plötzlich auf und ich fühle mich gleich besser. Ich schaffe es einfach nicht, sie lächeln zu sehen, ohne zurückzulächeln. Reine Biochemie.

»Gott, nein. Ich fühle mich nur schlecht. Wie kann man nur so eigennützig sein«, sagt sie.

»Nicht ganz«, erwidere ich. »Wir haben einen Deal. Ich –« Brie hätte bestimmt etwas dagegen, dass ich den Trainer davon überzeugen will, jemanden aus dem Team zu werfen, nur damit Nola mitmachen kann. »Ich gebe ihr Fußballstunden.«

Sie wirkt ganz und gar nicht überzeugt, hebt aber trotzdem ihr Milchglas, um mit mir anzustoßen. »Gut gespielt, Kay.« Sie nimmt einen Schluck und schaut mich dabei nachdenklich an. »Aber wenn du dem Hacker in die Quere kommst, kannst du dir dein Grab schaufeln.«

Am Nachbartisch hört Abigail Hartford auf zu reden und funkelt Brie für ihre ungeschickte Wortwahl böse an, dann senkt sie rasch den Blick und wird rot. Niemand funkelt Brie böse an. Sie ist viel zu nett. Doch Brie wirkt beschämt.

»Du weißt, was ich meine«, flüstert sie und steht auf. »Okay, ich gehe wieder zu den anderen rüber.«

»Ja, gut. Übrigens, kommt Justine morgen zur Trauerfeier?«

Brie schüttelt den Kopf. »Das tue ich ihr nicht an. Es war schon schlimm genug, heute Vormittag über den Campus zu gehen. Und jetzt stell dir das Gedränge der Trauernden in der Irving-Kapelle vor.«

»Sollte lustig werden.«

»Wieso?«

»Ich wollte sie nach einem Typ von der Easterly fragen. Er ist auch in der Theatergruppe. Du wirst ihn nicht kennen, aber sie ganz bestimmt.«

»Sag schon.«

»Okay, sein Name ist Greg. Er ist groß, hat tätowierte Arme und ist von der genervten Sorte. Ich glaube, dass er Jessica kannte.«

Sie grinst. »Du hast so was von keine Ahnung, das ist echt bezaubernd. Creepy Greg war Jessicas Freund. Das weiß sogar ich.«

»Also hast du Jessica doch gekannt.« Ich bin sauer über ihren Ton. »Du hast nicht nur gewusst, dass sie Mathe belegt hat.«

Bries Wangen erröten leicht. »Nur durch Justine. Möchtest du noch etwas fragen?«

»Glaub nicht.«

Sie beugt sich über den Tisch und spielt mit dem Freundschaftsarmband, das ich am Handgelenk trage. Eins der wenigen Relikte von früher, die ich immer bei mir habe, ein schlichtes Wildlederband mit einem Herzen, das auf der Innenseite angekokelt ist. Megan hat es in einem Sommercamp für mich gebastelt.

»Mach dir keine Gedanken wegen Tai«, sagt Brie. »Wir waren alle da.«

Ich bekomme jedes Mal einen emotionalen Peitschenhieb, wenn sie erst von Justine redet und dann mich berührt. »Was?«

»Tai ist manchmal nicht sehr nett. Ich meine, im Herzen ist sie es. Aber die Dinge, die sie sagt, sind es nicht. Man kann nicht allem ein Comedy-Etikett aufdrücken und erwarten, dass das jeder okay findet. Ich habe wegen ein paar Bemerkungen von ihr sogar schon geweint.«

»Was für welche?«

Sie schüttelt den Kopf. »Das wiederhole ich nicht. Niemals.«

»Warum nicht?«

Sie schaut mir direkt in die Augen. »Weil du dann bei einem Streit genau wüsstest, was du sagen musst, um mich fertigzumachen. Und wenn du diese Dinge sagst, wäre unsere Freundschaft am Ende, ohne eine Chance auf Versöhnung.«

»Ich kann nicht glauben, dass sie dich so schlimm verletzt haben soll und du nie etwas erwähnt hast.«

Sie schluckt, als wäre ihr Mund plötzlich völlig ausgetrocknet. »Du bist dieser Grenze auch schon gefährlich nah gekommen, Kay.«

Ich breche den Blickkontakt ab. Ich kann das einfach nicht.

»Aber du bist immer noch mit Tai befreundet.«

Sie legt ihre Serviette an den Rand des Tisches und beginnt, sie systematisch glatt zu streichen und in immer kleinere Dreiecke zusammenzufalten. »So ist das eben mit Tai. Wir machen da alle irgendwie mit. Keiner von uns ist besser. Jeder hat eine dunkle Seite.«

Ich schiebe meinen Teller weg, mein Magen dreht sich um und Panik macht sich breit, als ich mich frage, ob mein Name vielleicht auch im Racheblog auftauchen wird. Wie Tais. Letztendlich gehören wir alle zur selben Clique. Ich habe auch über andere gelästert und sie schikaniert, besonders zu Beginn des Schuljahres und während der Probetrainingszeit. Aber ich war nie einfach nur gemein.

Fast nie.

An diesem Abend gehe ich in der Halle laufen. Ich laufe eigentlich lieber am See im einladenden Duft der Pinien, aber heute bin ich zu aufgewühlt, um draußen allein zu joggen. Auf dem Weg zurück zu meinem Wohnheim greife ich im Dunkeln nach meinem Handy und wähle Justines Nummer. Sie nimmt ab, im Hintergrund läuft laut ein Song von Sia.

»Warte!«, ruft sie ins Telefon. Die Musik wird leiser. »Hey, Kay.«

»Hi, ich muss dich um einen Gefallen bitten.«

»Alles in Ordnung bei dir?« Ihre sanfte Stimme klingt leicht besorgt.

»Bin nur ausgepowert. Hast du Gregs Nummer?«

»Newman? Weiss? Vanderhorn?«

»Creepy Greg?« Bei den Worten zucke ich zusammen.

»'ne Menge Tattoos, Lippenring, Dr. Finsterblick?«

»Ja, das ist er!«

Sie lacht. »Du hättest ihn äußerlich beschreiben sollen, anstatt mir einen beliebigen Spitznamen an den Kopf zu werfen.«

»Sorry. Brie hat ihn so genannt und ich dachte, damit wäre es klar. Kannst du mir seine Nummer geben?«

»Bleib dran, ich schaue nach.« Ich höre Papier rascheln. »Was willst du von Judgy McJudgerson?«

»Ich will ihm nur ein paar Fragen über Ms Lane stellen.«

Ihre Stimme wird wieder sanfter. »Oh, Süße, möchtest du reden?«

»Nein, mir geht's gut. Ich möchte nur, dass alles schnell wieder normal wird. Und die Ermittlungen vorangehen.«

»Ich hab sie.« Sie liest mir die Nummer vor.

»Muchas.« Ich beende das Gespräch und wähle gleich Gregs Nummer. Es klingelt fünf- oder sechsmal, dann geht die Mailbox ran. Ich lege auf und versuche es erneut. Diesmal nimmt er beim ersten Klingeln ab.

»Hallo?« Er klingt genervt und angeschlagen.

»Hi, hier ist Kay Donovan. Ich suche nach Greg …« Ich verstumme, als mir klar wird, dass ich seinen Nachnamen gar nicht kenne.

»Hier ist Greg Yeun. Ist gerade kein guter Zeitpunkt.«

»Okay, tut mir leid.«

»Warte. Kay Donovan?« Jetzt klingt er verärgert. »Woher hast du meine Nummer?«

»Von Justine Baker.«

Er stöhnt laut. »Was willst du?«

»Ich rufe ein anderes Mal an.«

»Jetzt bin ich sowieso wach.«

»Es ist Samstagabend halb neun.«

»Ich war bis vier Uhr auf den Beinen. Und du?«

Ich beiße mir auf die Zunge. »Es tut mir wirklich leid, dass ich dich störe. Ich habe darüber nachgedacht, wie unhöflich ich heute zu dir war. Dafür möchte ich mich entschuldigen.«

»Na klar.«

»Und ich habe gehört, dass du mit Jessica zusammen warst. Ich würde gern ein bisschen mehr über sie erfahren. Ich weiß, dass es ein ungünstiger Zeitpunkt ist, aber –«

Er seufzt. »Bist du Reporterin für eure Schülerzeitung oder so was?«

»Nein, ich leite eine persönliche Ermittlung.«

Er schnaubt. »Also bist die eine kommende Kriminalbeamtin.«

»Nicht ganz. Es … lässt mir einfach keine Ruhe, was mit Jessica passiert ist. Das klingt vielleicht merkwürdig, aber für mich ist es etwas Persönliches, auch wenn wir nicht befreundet waren.«

»Wir waren zusammen, haben aber Schluss gemacht.«

Der Exfreund ist immer verdächtig. Das weiß jeder.

»Können wir uns vielleicht treffen?«

Es entsteht eine Pause. »Jetzt?«

Ich sehe auf die Uhr. »Klar.« Ich habe zwar keine offizielle Erlaubnis, den Campus zu verlassen, aber ich bin viel zu aufgekratzt, um mir darüber Gedanken zu machen. Brie und ich

sind schon Dutzende Male an der hinteren Seite des Sees abgehauen und in die Stadt gelaufen. Es ist okay, solange man sich
unauffällig verhält.

»Gut«, sagt er. »Und wo wollen wir uns treffen?«

»Kennst du das Café Cat?«

»Zwanzig Minuten.«

5

Ich durchwühle eine Weile meinen Wandschrank, bevor ich mich auf den Weg zu dem Treffen mit Greg mache. Mode hat den Ruf, affektiert zu sein, aber sie ist eine Form der Kunst, die ich verstehe. Mit ihr können sich Menschen und das Umfeld verwandeln, sie kann etwas verstecken oder verführen, Herzen brechen oder zum Singen bringen. Als ich zum ersten Mal in meine Schuluniform geschlüpft bin, habe ich fast geweint. Ich habe mich in das Zimmer meiner Mutter eingeschlossen und eine Stunde damit verbracht, mich in ihrem großen Spiegel aus allen Blickwinkeln zu betrachten. Ich habe Dutzende verschiedene Posen ausprobiert, Hunderte Gesichtsausdrücke, sogar Tonfälle, -arten und -höhen beim Sprechen. Die Uniform passte, aber sie passte nicht zu *mir*. Und als ich den marineblauen Blazer und den Faltenrock, die weiße Bluse mit dem gerafften Stoff an der Knopfleiste, der weicher ist als jedes Laken, auf dem ich jemals geschlafen habe, und die rote Krawatte in meinen Koffer legte, fühlte ich mich wie ein anderer Mensch.

Jetzt bin ich ein wenig wie Greg angezogen, vielleicht steigt damit meine Chance, sein Vertrauen zu gewinnen. Ist eine subtile, unterbewusste Sache. Aber es funktioniert.

Leute vertrauen anderen, die ihnen ähnlich sind. Daher habe ich mich für eine schwarze Alexander-McQueen-Patchworkjeans entschieden, die Tricia nie zurückkriegen wird, und ein dunkles Hemd mit Kragen. Meine Haare sind zu einem straffen Knoten zusammengebunden, was mich ein wenig älter wirken lässt und ein bisschen wie eine Ermittlerin in einem polizeilichen Verfahren. Ich stecke ein Notizbuch und den Laptop in meinen Rucksack und schnappe mir noch meine Lesebrille. Ich brauche sie nicht wirklich, aber ich wirke damit seriöser. Nach kurzer Überlegung entscheide ich mich, meinen dunkelblauen Wollmantel überzuziehen. Ich trage ihn fast nie auf dem Campus, weil er mir viel zu groß und an vielen Stellen zerrissen ist. Er wurde oft ausgebessert und sieht insgesamt wie ein Secondhandfetzen aus. Aber er hält wärmer als die deutlich schmeichelhaftere Balenciaga-Bomberjacke, die mir Tai zu Weihnachten geschenkt hat, und ich habe nicht vor, heute Abend Leuten zu begegnen, denen das wichtig wäre. Außerdem fühle ich mich damit irgendwie sicherer. Der Mantel gehörte meinem Bruder, und wenn ich ihn trage, fühle ich mich ihm nahe.

Am Empfangstresen im Erdgeschoss lächle ich dem Sicherheitsmann zu und trage *Bibliothek* in das Zielfeld ein. Dann schreibe ich mich in der Bibliothek ein, schleiche zur Hintertür heraus und mache mich auf den Weg zum See.

Es ist heute noch kälter als letzte Nacht, aber ich trage ja meinen warmen Wollmantel. Der Himmel ist klar und der Mond und die Sterne spiegeln sich im ruhigen Wasser. Ich vermeide die Stelle, wo Brie Jessicas Leiche gefunden hat, haste am Ufer entlang und versuche, in der Deckung der Büsche zu bleiben, damit mich niemand entdeckt. Jetzt wäre kein guter Zeitpunkt, beim Wegschleichen erwischt zu werden.

Das Café Cat war schon immer mein Lieblingsgeheimtreff-
punkt. Es ist vom Campus aus gut zu Fuß zu erreichen, liegt
aber nicht so nah, dass es von vielen Schülern oder Lehrkräften
besucht wird. Es ist klein und es gibt dort nur einfachen oder
koffeinfreien Kaffee und Tee. In der Stadt gibt es noch sieben
weitere Cafés, also herrscht hier nicht viel Betrieb. Genau der
richtige Ort, um nicht aufzufliegen. Und es ist billig.

Das Café ist von oben bis unten mit kitschigen Gemälden
und Katzenfiguren dekoriert, im Hintergrund läuft immer leise altmodische Big-Band-Musik. Als ich die Tür aufdrücke, er-
klingt ein Miau von einem Band. Die Luft riecht nach Kaffee-
bohnen und Räucherkerzen, Lampen im Tiffany-Stil sorgen für
ein warmes orangefarbenes Licht. Ich sehe mich nach Greg um,
während ein Mädchen mit pechschwarzen kurzen Haaren und
übertrieben geschminkten Augen meine Bestellung aufnimmt,
doch ich entdecke ihn nirgendwo.

»Pass auf dich auf, Süße.« Die Kellnerin schnalzt mit ihrem
Kaugummi und gibt mir meinen Kaffee.

»Danke.« Ich gehe zum Selbstbedienungstresen und nehme
mir Sahne und Zucker. Als ich den Kaffee mit einem Plastik-
stäbchen umrühre, das oben mit einer grinsenden Katze ver-
ziert ist, höre ich wieder das Miau und drehe mich um. Greg
betritt das Café, er ist klitschnass. Ich habe gar nicht mitbekommen, dass es inzwischen regnet.

Er sieht mich. »Schöner Abend für einen Spaziergang.«

»Ich habe das Unwetter gerade verpasst.«

»Vielleicht erwischt es dich ja auf dem Rückweg.« Er lächelt
wenig begeistert und sucht einen Tisch in der Ecke aus, ohne
etwas zu bestellen.

Ich nehme meinen Kaffee und meinen Rucksack mit zu ihm
hinüber und stelle meinen Laptop auf, um mir Notizen zu ma-

chen. Er holt ein Sandwich aus seinem Rucksack. Irritiert sehe ich zu, wie er abbeißt.

»Was?«, fragt er mit vollem Mund.

»Du kannst doch nicht dein eigenes Essen in ein Restaurant mitbringen«, flüstere ich mit einem verstohlenen Blick zur Kellnerin, die am Tresen lehnt und in einer Snowboard-Zeitschrift liest.

»Wieso nicht? Hier wird kein Essen angeboten. Ist keine Konkurrenz.«

»Also warst du schon mal hier. Mit Jessica?«

Er nickt. »Und anderen.«

Ich frage mich, wer die anderen waren. Aus irgendeinem Grund überrascht es mich, dass er Dates mit mehreren Bates-Schülerinnen hatte. Er kommt mir einfach nicht wie der Bates-Typ vor. Ich verharre mit den Fingern über der Tastatur. »Also, wie hast du Jessica kennengelernt?«

»Tinder.« Er mustert mich und wartet auf eine Reaktion, aber ich signalisiere ihm, dass er fortfahren soll. »Ich arbeite häufig ehrenamtlich und habe durch einen Flyer in der Kirche von ihrer Organisation erfahren. Ich bin zu einer der Veranstaltungen gegangen und wir sind ins Gespräch gekommen.«

Ich tippe, während er redet. »Und wann war das?«

»Etwa vor einem Jahr. Wir sind aber erst über Neujahr zusammengekommen.«

»Während der Ferien?«

»Wir leben beide das ganze Jahr über hier«, erinnert er mich.

»Ach, stimmt ja.« Ich halte inne. »Was hat dich zu ihr hingezogen?«

Er lächelt schwach und streicht sich die Haare aus seinen stechenden Augen. »Führst du Ermittlungen durch oder schreibst du einen Liebesroman?«

Ich verziehe keine Miene.»Jedes Detail ist relevant.«

»Okay, wenn du meinst. Sie war nett. Großzügig. Beeindruckend. Sie hat mit fünfzehn ihre eigene Organisation gegründet. Wie viele Leute kennst du, die das von sich behaupten können?«

Ich schüttele den Kopf.»Niemanden.«

»Sie war natürlich hübsch, aber das sind viele. Alles andere an ihr kommt eher selten vor.« Er fummelt an seinem Lippenpiercing herum.»Ich habe mich gern mit ihr unterhalten und war gern mit ihr zusammen. Das ist es, was wirklich zählt, oder? Und ich schätze, das beruhte auf Gegenseitigkeit.«

»Du schätzt?«

»Ich kann keine Gedanken lesen.«

»Warum habt ihr euch getrennt?«

Seine Miene verfinstert sich.»Ich kann keine Gedanken lesen.«

»Okay. Wann hast du das letzte Mal mit ihr gesprochen?«

»Gestern Abend.«

»Die letzten Worte?« Er zuckt zusammen, was mir peinlich ist.»Entschuldige, das habe ich falsch ausgedrückt. Ich meinte –«

»Ich weiß, was du meinst«, unterbricht er mich. Er holt sein Handy aus der Tasche und zeigt mir den letzten Teil ihrer Unterhaltung um 21:54 Uhr.

Greg Yeun: Wenn es dir leidtut, warum hast du es dann getan?

Jessica Lane: Ich sagte nicht, dass ich es bereue. Eine Entschuldigung bedeutet nicht automatisch Bedauern. Es tut mir leid, dass ich dich verletzt habe. Es tut mir leid für dich.

Greg Yeun: Ich tue dir leid?

Jessica Lane: Du drehst mir die Worte um. Hör auf damit.

Greg Yeun: Weißt du, was ich bereue? Dich kennengelernt zu haben.

Mein Herz beginnt zu klopfen. Das sind gefährliche Worte. »Wie lange ist es her, dass ihr Schluss gemacht habt?«

»Offiziell drei Wochen. Aber du weißt vielleicht, wie sich Dinge hinziehen können.« Seine Wangen werden leicht rot und seine Augen glänzen, als würden ihm gleich die Tränen kommen, aber sein Blick bleibt fest.

Für den Bruchteil einer Sekunde verspüre ich den seltsamen Drang, den Arm auszustrecken und über sein Haar zu streichen, denn ich kenne diesen Gesichtsausdruck nur zu gut. Ich selbst hatte ihn unzählige Nächte allein in meinem Zimmer, habe in die Dunkelheit gestarrt und mir gewünscht, ich wäre jemand anderes oder an einem anderen Ort. Und bis zum Morgen war mir das immer gelungen. Aber er weiß nicht, wie man das macht. Ich würde ihn am liebsten an den Schultern rütteln und ihm sagen, dass man die schlimmsten Dinge vergessen kann. Dass man sie nur immer und immer wieder vergessen muss.

»Nichts hält ewig«, sage ich schließlich.

Er schluckt schwer und nickt.

»Ich bin jetzt auch etwa seit drei Wochen von Spencer getrennt.« Die Unterhaltung auf Gregs Handy wirkt schmerzlich vertraut. Und in Zusammenhang mit Jessicas Tod bekommt sie einen unheilvollen Beigeschmack. Wie schrecklich es auch klingt, ich würde gern hören, dass Jessica selbstmordgefährdet war. Greg soll der Polizei einen Grund liefern, Mord von der Liste zu streichen.

»Eine letzte Frage. Hat sie mich jemals erwähnt? Oder sonst jemanden von der Bates?«

Er mustert mich eindringlich. »Nein.«

Warum verhält er sich dann mir gegenüber die ganze Zeit so feindselig? Das ergibt keinen Sinn. Er muss etwas über die Verbindung zwischen Jessica und mir wissen.

»Warum hast du zugestimmt, dich mit mir zu treffen? Und mir das alles zu sagen?«

»Die Cops werden mich früher oder später befragen. Ich sollte dir also für die Möglichkeit danken, mich darauf vorzubereiten.«

»Sie haben sich noch nicht bei dir gemeldet?«

Er schüttelt den Kopf. »Das werden sie noch. Aber wer weiß. Sie halten mich wahrscheinlich nicht für den Hauptverdächtigen. Ich war in der Nacht nicht dort.«

Ich erhebe mich steif und halte ihm meine Hand hin. Er nimmt sie mit eisigen Fingern. Sein Blick ist leer und er zittert in seinen nassen Klamotten.

»Danke für das Treffen«, sage ich.

»Viel Glück bei deinen Ermittlungen. Ich hoffe, du kriegst den Killer.«

»Ich hoffe, es gibt keinen Killer.« Meine Stimme klingt etwas wackelig.

Sein Blick wandert über mein Gesicht. »Jess war glücklich. Sie war so voller Leben. Sie strahlte förmlich. Sie hatte jede Minute ihres Lebens geplant. Und *falls* sie sich je selbst hätte verletzen wollen, dann nicht auf diese Art. Sie hatte Angst vor scharfen Klingen. Sie hat sich nicht mal die Beine rasiert. Das hätte sie sich nie angetan. Es muss jemand anderes gewesen sein. Und das war ganz sicher nicht ich. An deiner Stelle wäre ich vorsichtig, Kay.«

Ich drücke beide Hände auf die Tischplatte, um mich abzustützen. »Warum ich?«

»Wer ist die Verbindung zwischen dir und Jess?«

Ich schüttele den Kopf.

»Spencer. Der Beziehungszerstörer höchstpersönlich.«

6

Ich renne den ganzen Weg zurück durch den Regen und trop-
fe Matsch auf den Boden der Bibliothek, als ich mich wieder
austrage. Ich gehe direkt zu Bries Wohnheim und hämmere an
ihre Tür. Sie schaut bei schwachem Licht einen Film, bittet mich
sofort herein und wirft mir ein paar trockene Klamotten zu.

»Spencer hat mit Jessica geschlafen«, platzt es aus mir heraus.

Sie sieht mich zweifelnd an. »Bist du sicher?«

»Verdammt sicher.« Während ich ihr alles erkläre, schäle ich
mich aus meinen nassen Sachen und schlüpfe dankbar in das
Flanellhemd und die Boxershorts. »Ich habe mich gerade mit
Greg getroffen. Er sagt, sie hätte ihn mit Spencer betrogen. Sie
haben vor drei Wochen Schluss gemacht. Weißt du noch, was
Justine gesagt hat? Dass Spencer mich mit einer von der Bates
betrogen haben soll?« Ich werfe Brie einen bedeutungsvollen
Blick zu. »Und Greg meint, dass es auf keinen Fall Selbstmord
gewesen sein kann. Sie war glücklich, sie hatte Pläne, sie hasste
scharfe Klingen.«

»Damit hat Greg ein Motiv.« Sie macht mir Platz auf dem
Bett.

»Und ich.«

Sie kämmt meine wirren Haare mit den Fingern durch.

»Von allen Personen im Universum musste ausgerechnet Spencer Sex mit einem toten Mädchen haben.«

»Klingt ziemlich krank, wie du das sagst.«

Aber wenn ich mir Jessica vorstelle, sehe ich sie nur als Leiche im See. Und jetzt sehe ich Spencer mit ihr, wie sie ihre kalten weißen Arme um seinen Hals legt und wie seine Hände langsam ihr durchnässtes Kleid hochschieben.

Ich kann sie mir nicht lebendig vorstellen. Ich erinnere mich nicht, sie oft auf dem Campus gesehen zu haben. Nach der Neunten konnten wir viele unserer Kurse selbst wählen und Jessica hat sich ihre Wahlfächer vermutlich in den wissenschaftlich-mathematischen Fachbereichen gesucht, genau wie Nola und Maddy. Cori, die sich schon seit dem Kindergarten auf ein Medizinstudium vorbereitet, hat auch hauptsächlich diese Wahlfächer belegt. Poeten wie Tricia oder eine wie ich, die jeden Tag etwas Neues wollen, tendieren eher zu den Geisteswissenschaften. Tai wird von ihren Eltern zu Kursen gedrängt, die sie für eine gute Vorbereitung auf ein Jurastudium halten, nur für den Fall, dass es mit der Tennisprofikarriere nicht klappt. Brie hat einen völlig überladenen Stundenplan, weil sie fest entschlossen ist, alle Fachrichtungen durchzuziehen. Deshalb schafft sie es auch, mit vielen Leuten befreundet zu sein, ohne so oft auszugehen wie wir anderen.

Obwohl es also eine kleine Schule ist, ist es dennoch möglich, jemandem nicht zu begegnen.

»Greg hat mir auch ein paar ziemlich belastende Textnachrichten von dem Abend gezeigt, als sie starb. Die er sich mit Jessica geschrieben hat, meine ich.«

»Was hast du mit Creepy Greg zu tun?«

»Ich werde erst wieder gut schlafen können, wenn diese Mordsache vom Tisch ist.« Es fällt mir immer schwer, Brie anzulügen, und ich hoffe, ich kann das durchhalten. Ich will *wirklich*, dass die Mordermittlungen eingestellt werden. Das Training muss endlich wieder losgehen. Ich brauche dieses Stipendium, um mir meine Eltern vom Hals zu halten, und auch, damit sie nicht durchdrehen. Aber wenn ich mit dem Racheblog nicht weitermache, spielt das alles eh keine Rolle mehr. Denn was Jessica gegen mich in der Hand hat, wird alles zerstören, wofür ich so hart gearbeitet habe.

Ich knipse eine Lampe an und Brie schirmt ihre Augen ab. Sie trägt einen himmelblauen Ralph-Lauren-Pyjama, ein passendes Stirnband hält ihre Haare aus dem Gesicht. Das Licht spiegelt sich in ihren Augen, die dadurch noch runder und heller wirken als sonst. Selbst mitten in der Nacht ist Brie wunderschön.

Sie seufzt laut und hält den Film an. »Kay, du musst aufhören, dich deswegen so verrückt zu machen.«

»Tja, ich finde es eher merkwürdig, dass du dich nicht *stärker* für den Mord an einer Mitschülerin interessierst. Deren Leiche wir gefunden haben. Und bei dem wir womöglich unter Verdacht stehen.«

Sie legt einen Finger auf meine Lippen. »Du bist schon wieder paranoid. Niemand verdächtigt irgendjemanden, irgendetwas getan zu haben. Und falls doch, würde das eher Greg betreffen. Oder vielleicht Spencer. Wir sind fein raus.«

Bei dem Gedanken, dass es Spencer gewesen sein könnte, kribbelt meine Haut. »Warum sollte Greg mir all diese Informationen geben, wenn er schuldig wäre? Er sagte, er wolle sich auf eine Polizeibefragung vorbereiten, aber –«

»Das ist vernünftig. Anwälte üben immer wieder mit Klienten und Zeugen, damit ihre Aussagen klar sind.«

Ich zittere und ziehe meine nackten Beine unter die Decke. »Sie hatten einen Riesenstreit, bevor wir sie gefunden haben. Etwa zwei Stunden vorher.« Meine Haare sind jetzt mehr oder weniger glatt und Brie streichelt meinen Nacken. Ich drehe mich zu ihr um und sehe sie an.

»Das passt ziemlich gut in den zeitlichen Ablauf. Aber ohne Beweise können wir nicht einfach davon ausgehen, dass sie ermordet wurde.«

»Greg tut es. Denn sie hatte alles, was sie wollte.«

»Niemand hat alles, was er will.«

Unsere Gesichter sind ganz nah und ich frage mich, wie lange sie das zulassen wird. Mein Herzschlag setzt aus. Ich atme nicht mehr. Ich bin durch ihre Nähe wie paralysiert, vergiftet vom Verlangen, und für einen schmerzhaften Augenblick denke ich, dass sie mich küssen wird. Das ist unsere kaputte Schallplatte, der Moment, den wir verdammt sind, immer und immer wieder zu durchleben. Und es gibt keinen Ausweg, als zu stoppen und von vorn anzufangen.

Plötzlich steht Brie auf und beginnt, die nassen Klamotten zusammenzulegen, die ich auf den Boden geworfen habe. Ich kneife die Augen zu und zwinge mich zurück in meine Rolle.

»Du weißt nie, was im Kopf eines anderen vorgeht. Manchmal sind die Leute einfach unglücklich.«

»Denkst du nicht, sie hätte ihm gesagt, wenn etwas nicht stimmt?« Ich hebe das Handtuch auf, das ich durchgeweicht habe, und rolle es zu einem ordentlichen Ball zusammen. Sie nimmt es mir ab, schüttelt es aus und hängt es auf.

»Manchmal haben die Leute das Gefühl, es nicht zu können.«

Ich nehme Bries Hand, eine Welle der Angst durchströmt mich. »Du würdest es mir sagen, oder?«

Sie zögert nur einen Sekundenbruchteil. »Ja.«

»Warum kannst du mir dann nicht erzählen, womit Tai dich zum Weinen gebracht hat?«

Sie schaut auf meine Hand, die in ihrer liegt, und ich folge ihrem Blick. Sie ist größer und muskulöser als ich, aber ihre Hände sind weich und zierlich, während meine ganz trocken und viel zu groß für meine schmalen Handgelenke sind. Ich fühle mich immer gehemmt, wenn ich Händchen halte.

»Das ist etwas anderes.«

»Ist es nicht. Ich würde mir nie verzeihen, wenn dir etwas passiert und ich es hätte verhindern können.«

Sie sieht mich lange an, ohne ein Wort zu sagen. »Wenn ich nicht mit dir rede, rede ich mit Justine.«

Meine Augen fühlen sich an, als würden Nadeln darauf einstechen, aber ich nicke und stehe abrupt auf.

»Ich will nicht deine Gefühle verletzen, Kay. Ich sag nur, dass wir alle ein Sicherheitsnetz haben, das über verschiedene Menschen gespannt ist. Manche Dinge erzähle ich dir, andere erzähle ich Justine. Du sagst mir auch nicht alles, stimmt's?«

Fast. Fast alles.

Brie ist die Einzige an der Bates, die weiß, dass meine beste Freundin und mein Bruder gestorben sind, aber sie weiß nicht, wie. Sie weiß, dass meine Mutter Selbstmord begehen wollte, aber nicht, dass es meine Schuld war. Sie weiß gerade so viel über mich, wie man wissen und verzeihen kann. Und sie gibt mir das Gefühl, dass mein Freakshow-Leben total normal ist. Genau das liebe ich so an Brie. Sie hat mir beigebracht, dass jeder Geheimnisse hat und sie zu verbergen Teil unserer menschlichen Erfahrung ist.

»Ich versuche, vor dem Schlafengehen noch ein bisschen zu lernen.«

»Okay.« Sie umarmt mich. »Lass das Ganze nicht so an dich rankommen, Kay.«

Während ich kurz darauf um etwas Schlaf kämpfe, lese ich mir alte Nachrichten von Spencer durch. Ich wünschte, ich würde nicht so sehr wie Greg klingen und er nicht so sehr wie Jessica. Ich überlege, ob ich Spencer schreiben sollte, was ich herausgefunden habe, dass Greg unter Verdacht stehen könnte, das Mädchen umgebracht zu haben, mit dem er mich betrogen hat, und dass es mit uns definitiv vorbei ist, aber das wäre zwecklos. Jedes Mal, wenn ich ihm schreibe, dass es aus ist, endet es damit, dass wir wieder zusammenkommen.

Stattdessen spiele ich in einer Wiederholungsschleife die letzte gespeicherte Sprachnachricht ab, die ich noch von ihm habe, bis ich eingeschlafen bin. Es ist eine Geburtstagsnachricht vom Sommer. Sie ist fünfzehn Sekunden lang. Ich schäme mich, weil ich mich so daran klammere, nur um seine Stimme zu hören. Aber ich drücke trotzdem auf Wiederholen, bis ich in die Dunkelheit abdrifte.

Am nächsten Tag lasse ich das Frühstück für einen extralangen Morgenlauf ausfallen, um den Kopf frei zu bekommen. Nach einer erfrischenden Dusche treffe ich die anderen vor der Mensa und wir gehen gemeinsam zur Kapelle. Es ist ein klarer Morgen und der Himmel ist erschreckend blau. Es ist immer seltsam, wenn eine Beerdigung oder eine Trauerfeier an einem herrlichen Tag stattfindet. Ich hake mich bei Brie ein, während wir mit dem Rest der Schülerschaft über den Innenhof laufen – eine Armee aus Teenagermädchen in angemessenen schwarzen Kleidern und mit respektvollen Frisuren und Make-up. Weil es eine Trauerfeier ist, wurden wir angewiesen, unsere Uniformen wegzulassen. Die meisten meiner Mitschülerinnen mussten in ihrem Leben wahrscheinlich noch nicht oft mit Tragödien zurechtkommen, aber wir sind alle gut geschult, was formelle Anlässe betrifft. Das ist unsere Art.

Tai ist nicht da, aber heute Morgen stand ihr Name noch auf der Liste und der Ofen-Timer auf dem Racheblog tickt.

Niemand sagt etwas zu mir, bis ich schließlich das Wort ergreife. »Können wir über Tai reden?«

Tricia spuckt den Kaugummi aus, den sie ständig kaut. »Ist das dein verdammter Ernst?« Sie sieht wie immer modelmäßig umwerfend aus. Ihre Haare streichen um ihren schwanenartigen Hals, lange Wimpern rahmen ihre sonst warmen tiefbraunen Augen ein. Im Moment wirken sie kalt wie Eis.

Brie winkt feierlich einer ihrer Teamkolleginnen aus der Leichtathletikmannschaft zu und dreht sich dann wieder zu uns. »Tai hat übertrieben. Kay hat sie nicht attackiert.«

»Wir hatten Streit. Es ist vorbei.«

Cori balanciert auf einem Bein, während sie einen heruntergerutschten Kniestrumpf an ihrer sommersprossigen Wade hochzieht. »Ich kann nicht glauben, dass du dein Verhalten auch noch verteidigst. Ich habe gehört, dass sie geht. Für immer.«

Ich versuche, mich unauffällig zu verhalten. »Hat sie dir das gesagt? Wann geht sie?«

»Nein, sie hat es mir nicht gesagt. Sie hat eine totale Kommunikationssperre. Aber *ich* erfahre gewisse Dinge.«

Brie wirft mir einen Blick zu. Das kann nur bedeuten, dass diese Info direkt aus Kleins Büro bei Coris Eltern ankam. Die ganze Sache muss blitzschnell über die Bühne gegangen sein.

»Gib nicht Kay die Schuld«, sagt Maddy leise. »Tai würde nicht klein beigeben. Und sie wäre nicht aus der Schule geflogen, wenn *sie* nichts falsch gemacht hätte.«

Inzwischen sind wir mitten auf dem Weg stehen geblieben

und alle starren mich an. Ich winke sie zur Seite unter eine kahle Weide, damit die anderen vorbeigehen können. Tricia zögert am Rand des Wegs und blickt auf ihre Louboutins. Dann zieht sie die Schuhe aus und rennt mit finsterer Miene barfuß über das kalte Gras.

»Du verheimlichst etwas.« Cori wickelt einen gewundenen Zweig um ihren Arm, bis er umknickt. Ihre sonst so rosigen Wangen sehen heute ganz blutleer aus. »Warum erzählst du uns nicht, was wirklich passiert ist?«

»Ja, Kay. Keine Geheimnisse«, sagt Tricia.

Brie legt den beiden eine Hand auf den Arm. »Es ist nicht Kays Geheimnis, sondern Tais.«

Tricia steigen Tränen in die Augen, doch sie verflüchtigen sich sofort wieder. »Sie ist meine beste Freundin. Wenn sie wirklich einen Fehler gemacht hat, hätte sie mir davon erzählt.«

Ich sehe eine nach der anderen an. »Wollt ihr damit sagen, dass ich etwas erfunden habe, um ihr eins auszuwischen?«

Für einen Moment sagt niemand ein Wort.

»Tai kommt schon klar«, sagt Brie entschieden. »Wir kommen alle klar. Wir wissen nicht mal sicher, ob sie wirklich geht.«

»Und wo ist sie dann?« Tricia legt mit steifen Schultern die Arme fest um ihre Brust. Sie sieht aus, als würde sie gleich zusammenbrechen. Ich würde sie gern trösten, aber ich bin hierfür verantwortlich.

Die Glocke der Kapelle läutet und zeigt damit den Beginn des Gottesdienstes an.

»Ich weiß es nicht«, antworte ich niedergeschlagen. »Mehr kann ich nicht sagen. Es tut mir leid.«

»Kommt, Leute.« Tricia wendet sich von mir ab und hakt sich bei Maddy und Cori ein. »Es ist Zeit, die Gefallenen zu ehren.«

Die Bänke der kleinen Kapelle sind voll besetzt mit Schülerinnen und weiteren Mitgliedern der Gemeinde, in jeder Ecke drängen sich Leute. Jessicas Familienmitglieder sitzen in der ersten Reihe. Sie sehen wie die prototypische Bates-Familie aus, trotz der Tatsache, dass sie ein Stipendium hatte. Ihre Mutter ist eine große Frau mit breiten Schultern und scharf geschnittenen Gesichtszügen. Ihre Augen sind geschwollen und blutunterlaufen, aber sie weint nicht während des Gottesdienstes. Ihr Vater sitzt stoisch da, hat die Kiefer zusammengepresst und die Finger wie grobe Seemannsknoten verschränkt. Es gibt eine jüngere Schwester, die für die Bates noch nicht alt genug ist, und einen älteren Bruder, gut aussehend, am Boden zerstört, den Arm beschützend um die Schulter seiner Schwester gelegt. Heute wird es keine Beerdigung geben – sie wird privat stattfinden, nachdem die Untersuchung der Leiche abgeschlossen ist –, aber es wurde ein großes gerahmtes Bild von Jessica aufgestellt, umgeben von Kaskaden aus Lilien.

Ich hasse Lilien. Sie sind die blumigen Maskottchen des Todes und jeder weiß das. Ich musste ihren Gestank schon oft einatmen, vermischt mit dem schweren Geruch von katholischem Weihrauch – während der Trauermessen für meine vier Großeltern, dann für Megan und nur zwei Monate später für meinen großen Bruder Todd. Das war in dem Jahr, bevor ich an die Bates gewechselt bin. Lilien können mir gestohlen bleiben.

Der Gottesdienst dauert länger als üblich, weil er mit einer Reihe zusätzlicher Predigten, Gedichte und Lieder vollgestopft ist, anschließend werden Gebäck und Kaffee gereicht. Der Raum ist voller Schülerinnen und Lehrer und ich gebe mein Bestes, höflich zu nicken, als einer nach dem anderen vorbeigeht. Es erinnert mich an Todds Totenwache, als wir gezwungen waren, jeden Trauergast zu begrüßen. Als würden wir eine Party geben oder etwas in der Art. Ich nahm es allen übel, die gekommen waren, weil sie mir das Gefühl gaben, ich müsste sie unterhalten. Jetzt spüre ich dieselbe Verbitterung in mir aufsteigen, während Mitschülerinnen mich in rührselige Umarmungen schließen und Lehrer mir die Hand schütteln. Leise Worte sollen Trost spenden, werden aber vermutlich in einer Endlosschleife bei allen Schülerinnen im Raum wiederholt. Wie von einem Roboter.

Schließlich schaffe ich es, Tricia und Brie in einen einsamen Winkel zu ziehen, wo wir ungestört sind. Ich beobachte Jessicas Familie und knabbere an einem Schokocroissant, als Maddy aufgeregt herüberhuscht und Cori am Arm mit sich schleift.

»Notorious hat wohl Neuigkeiten«, bemerkt Tricia.

Maddy ignoriert sie. »Wir müssen über Tai reden.«

»Haben wir das nicht schon getan?«, fragt Cori und richtet ihren Kragen im Buntglasfenster.

»Ich weiß, was *passiert* ist«, sagt Maddy bedeutungsvoll. Sie winkt uns näher zusammen und flüstert uns zu: »Sie hat gedopt.«

»Hat sie nicht.« Tricia beäugt mein Croissant und nimmt einen Schluck Kaffee. Tricia war in der Neunten extrem übergewichtig, aber nach einer Operation und einem Sommer harter Diät war sie körperlich wie verwandelt. Jetzt verzichtet sie darauf, außerhalb ihres täglichen, von einem Ernährungsberater festgelegten Bedarfs etwas zu essen. Sie war damals umwerfend und sie ist es auch jetzt, aber sie hält erbittert an ihrem Speiseplan fest.

»Interessant.« Brie neigt den Kopf in meine Richtung.

»Warum hatte sie wohl immer so viel Energie?«, gibt Maddy zu bedenken.

»Weil wir uns jeden Tag sechs Tassen Kaffee reinpfeifen«, sage ich.

»Ja, aber Tai war zu gut. Niemand spielt so gut und hat dann noch Zeit für ein Sozialleben.« Cori trinkt ihren Pappbecher aus und schleicht davon, um sich noch mal nachzufüllen.

Tricia beißt sich auf die Unterlippe und fügt dann hinzu: »Ich bin froh, dass es das ist.«

Ich mustere sie neugierig. »Wieso?«

Sie zuckt mit den Schultern. »Ich hatte Angst, dass es etwas mit Jessicas Tod zu tun haben könnte. Das ist echt paranoid von mir, ich weiß. Aber sie kannte Jessica definitiv besser, als sie behauptet hat. Tai hasste sie.«

»Also kanntest du Jessica auch«, sagt Brie.

»Ich weiß nur, dass Tai sie nicht ausstehen konnte.« Tricia wischt sich den dünnen Pony aus den Augen. »Jeder hat Geheimnisse«, sagt sie.

Ich sehe zu Brie, aber ihr Blick ist auf die andere Seite des Raums gerichtet. Nola balanciert auf einem Bein wie eine Balletttänzerin und leckt den Zucker von einem Krapfen.

Ich bahne mir einen Weg zu ihr. »Hey!«

Sie macht ein elegantes Plié. »Bonjour.«

Heute hat sie sich dunkle Katzenaugen geschminkt, was ihr zusammen mit den blassen, fast farblosen Lippen einen Sechzigerjahre-Retro-Look verleiht. Im Gegensatz zu den anderen Schülerinnen hat sie sich nicht für ein schwarzes Kleid entschieden, was in Anbetracht ihrer sonst üblichen Klamottenwahl ziemlich komisch ist. Stattdessen trägt sie die normale Bates-Academy-Schuluniform.

»Hast du das von Tai gehört?«

»Ich habe gehört, dass ich recht hatte und du falschlagst.«

»Stimmt.«

Ein neckisches Grinsen umspielt ihre Lippen. »Sag es.«

»Ich lag falsch und du hattest recht.«

Sie nickt und beißt von ihrem Krapfen ab. »Mann, ist das ein Dreck.« Sie wirft ihren Teller in den Müll und geht nach draußen. Ich ziehe mein winziges Jäckchen über mein schwarzes Kleid und folge ihr.

Ein böiger Wind pfeift über den See und lässt ein paar verirrte Pappteller und Pappbecher über den Rasen vor der Kapelle hüpfen. Er umweht meine Beine und pustet mir ein paar Strähnen ins Gesicht, die sich aus meinem geflochtenen Zopf gelöst haben.

»Ich brauche deine Hilfe, um das Passwort für das nächste Rezept zu knacken.«

»Und als Gegenleistung …?«

Ich bleibe stehen. »Wir haben doch schon eine Abmachung.«

»Für das Anfangspasswort. Was bietest du mir jetzt an?« Sie holt ein Päckchen Zigaretten aus ihrer Tasche und zündet sich eine an. Ich ziehe sie hinter die Kapelle. Rauchen ist strengstens verboten.

»Ich habe nichts für dich.«

Sie lehnt sich an den Müllcontainer und trippelt gedankenverloren mit dem Fuß. »Verschaff mir ein Date mit Jessicas Ex.«

Ich blinzele. »Mit Greg Yeun? Ich glaube kaum, dass er im Moment offen für Verabredungen ist.«

»Ich suche nicht nach der großen Liebe, mich reizt die Herausforderung.«

Zweifellos will sie *mich* herausfordern. »Ich … ich weiß nicht, ob ich das hinkriege. Ich bin kein Zuhälter.«

Sie zuckt mit den Schultern. »Die Passwortsoftware ist ziemlich einfach. Wahrscheinlich brauchst du mich gar nicht.«

»Okay, ich tue es«, sage ich hastig und bereue es sofort. Ich habe keine Ahnung, wie ich das anstellen soll.

Sie steckt sich die Zigarette zwischen die Lippen und zieht ihr Handy aus der Tasche. »Wie hieß die Seite noch mal? Ein köstliches Gericht?«

»*Rache ist süß*. Warte mal.« Ich öffne die E-Mail von Jessica, kopiere den Link und sende ihn an Nola. Dann checke ich die Namensliste. Tai steht nicht mehr drauf. Aufgabe eins erledigt.

»Okay ...« Sie ruft die Website auf und tippt für eine Weile.

»Du hast die Passwortsoftware auf deinem Handy?«

Sie wirft mir einen vernichtenden Blick zu. »Was denkst du denn?« Sie tippt weiter, dann hält sie mir das Display hin. Ich sehe mir die Menüliste an. *Tai Burned Chicken* war die Vorspeise. Als Nächstes kommt der erste Gang. Ich klicke darauf. Das Rezept heißt *Pulled Parck Sandwich*. Tricia heißt Parck mit Nachnamen.

PULLED PARCK SANDWICH
Nimm ein Schweinchen, fett und pink
Schneid das Fett ab, wähl einen Drink
Am besten Irish Whiskey, alt und kühl
Serviert mit einem Brief, welch ein Gefühl
An einem Ort, wie es sich schickt
Spieß es auf, weil es mit ihm fickt.

Nola stößt einen Pfiff aus. »Deine Freundinnen sind echt pervers, Donovan.«

Ich lese das Gedicht noch ein paarmal durch. Tricia. Irisch. Ficken. »Nie im Leben.«

»Dass Tricia mit Hannigan schläft? Denn genau danach klingt es. Irisch? Alt? Dieser Scheiß mit Schweinchen und fett bedeutet nicht viel, aber der Rest trifft genau ins Schwarze.«

Mir ist schlecht. Tricias extremer Gewichtsverlust erklärt den fiesen ersten Reim. Aber Nola hat recht. Der Rest klingt wie eine Anspielung auf Hannigan. Und es gab dieses Gerücht über Hannigan und eine Schülerin im September, als er an der Schule als Lehrer anfing. Aber alle hatten es als *Fake News* abgetan, weil nie ein Name aufgetaucht war.

Ich reiche ihr das Handy zurück. »Damit will ich nichts zu tun haben.«

»Vielleicht interpretieren wir auch zu viel hinein.«

»Jessica war offenbar völlig durchgeknallt. Vielleicht hat sie –«

»Es verdient?« Nola schnipst ihre Zigarette weg. Sie stößt Rauch zwischen ihren blassen Lippen aus und verzieht sie dann zu einem spröden Lächeln. »Vielleicht. Aber willst du nicht mehr herausfinden?« Sie blickt auf das Display. »Obwohl ich keine Ahnung habe, was der Teil mit diesem ›Brief‹ oder dem ›Ort‹ bedeuten soll.«

Ich schnappe mir ihr Handy und tippe darauf herum. Das Bild für dieses Rezept zeigt eine Barserviette mit einer hingekritzelten Telefonnummer. Tricias Nummer. Ich tippe darauf und eine PDF-Datei öffnet sich. Es ist Tricias vorgezogene Bewerbung für Harvard, die ein Empfehlungsschreiben von Hannigan enthält. Auf der letzten Seite ist ein Screenshot von der Harvard-Zulassungsstelle. Ein Name auf der Liste lautet: Hannigan. Dort ist eine weitere PDF-Datei hinterlegt, ein Foto von Tricia und Hannigan in seinem Büro. Sie hat die Arme um seinen Hals gelegt, sein Kopf neigt sich für einen Kuss zu ihr hin.

»Tja, sieht nicht gut aus«, sagt Nola.

Die Hintertür der Kapelle geht auf und ich ducke mich hinter den Müllcontainer, aber es ist nur ein Lieferant von der Bäckerei, der einen Stapel weißer Gebäckschachteln zu seinem Lieferwagen trägt. Ansonsten ist der kleine Parkplatz zwischen der Kapelle und den Bäumen, die den See säumen, völlig menschenleer.

Mir schwirrt der Kopf. »Ich muss mit ihr reden.« Ich renne zurück zum Eingang der Kapelle und stürme durch die Tür. Mein Herz überschlägt sich in meiner Brust. Der Weihrauch vom Gottesdienst hängt noch in der Luft, vermischt mit dem Geruch nach süßem Gebäck und Kaffee. Mir dreht sich der Magen um und ich versuche, nicht zu atmen, während ich zu Brie und Tricia hinübermarschiere.

Brie rümpft die Nase. »Warst du rauchen?«

Ich schüttele energisch den Kopf. »Tricia, ich muss draußen mit dir reden.«

Sie folgt mir neugierig. »Was ist los?«

Ich warte, bis wir außer Hörweite der anderen Schülerinnen sind, die über den Rasen schlendern. »Ich weiß, das ist jetzt ziemlich aufdringlich, aber du musst ehrlich zu mir sein. Hast du ein Verhältnis mit Hannigan?«

Sie stutzt nicht mal für einen winzigen Moment. »Nein! Igitt!«

»Lüg mich nicht an.«

Sie legt eine Hand auf meinen Arm und lacht, bis ihre Grübchen zum Vorschein kommen. »Oh mein Gott, Kay. Ich lüge dich nicht an.«

Ich atme tief ein. »Du redest ständig davon, dass Typen in unserem Alter im Grunde noch Vorschulkinder sind.«

Ihr Blick huscht für einen Sekundenbruchteil zur Seite. »Einige sind es ja auch. Sieh dir Spencer an.«

»Trish!«

Sie schaut zu, wie unsere Mitschülerinnen aus der Kapelle strömen und an uns vorbei zu ihren Wohnheimen gehen. »Was hast du plötzlich gegen Hannigan?«

»Nichts, wenn es nicht wahr ist.« In Gedanken gehe ich alle Momente durch, bei denen ich bei ihm im Büro war, um eine Aufgabe durchzusprechen, die ich nicht ganz begriffen hatte. Er ließ mich Liebesszenen lesen, wenn ich die politischen Reden nicht verstanden hatte. Vielleicht wollte er mich nur dazu bringen, das zu lernen, was er abfragen würde. Aber jetzt macht mir das Angst.

»Warum suchst du dann nach einem Grund, dass er gefeuert wird?« Sie schaut reflexartig über die Schulter und wir sehen ein paar der Professoren am Eingang der Kapelle stehen und mit Schülerinnen reden. Hannigan ist mit seiner Frau da, die eine bemerkenswerte Ähnlichkeit mit Kate Middleton hat. Tricia sieht mich an. Sie scheint zusammengeschrumpft zu sein.

»Er ist ein Arsch, Trish. Es ist ein geschmackloser Machtmissbrauch, mit einer Schülerin zu schlafen.«

Sie dreht sich für einen Moment noch einmal zur Kapelle um, ihr schönes Profil wirkt angeschlagen. Wir sind alle für die Trauerfeier passend gekleidet, aber nur Tricias Gesicht spiegelt den Anlass auch wider. Sie und Tai waren beste Freundinnen und ich weiß, dass es auch daran liegt. Der Rest ist ihr gebrochenes Herz.

»Es ist nicht so, wie du denkst.«

»Er ist derjenige, der etwas Unrechtes getan hat, einhundert Prozent. Aber bitte, sei ehrlich zu mir«, sage ich leise.

Sie antwortet nicht gleich. »Dir geht es immer nur um dich.«

»Jemand weiß es und droht damit, es öffentlich zu machen.«

Sie sieht mich alarmiert an. »Es sei denn?«

»Kein ›Es sei denn‹. Er wird gefeuert und du verlierst deinen Platz an der Schule.«

»Wer steckt dahinter?«

»Ich weiß es nicht.«

»Wie praktisch. Hast du das auch Tai erzählt?«

»Ich habe Tai nicht gezwungen, zu gehen.« Aber das stimmt nicht. Ich habe sie gezwungen.

»Und warum soll *ich* gehen?«

»Du sollst nicht gehen.« Ich weiß nicht, was ich sonst sagen soll.

»Er auch nicht. Ich bin achtzehn. Ich kann tun und lassen, was ich will.«

»So funktioniert das aber nicht. Er ist Lehrer. Er hat unsere Zukunft in der Hand. Eine falsche Zensur –«

Ihre Augen beginnen zu glänzen, aber sie beißt die Zähne zusammen. »Du glaubst, du wärst so viel besser als ich.«

»Nein, wirklich nicht. Ich will dich nur warnen. Wenn es irgendeine Möglichkeit gibt, deine Spuren für vierundzwanzig Stunden zu verwischen –«

»Jetzt hast du mich gerade bedroht. Hör zu, ich mag ihn. Das gebe ich zu. Wir haben Zeit miteinander verbracht. Aber wir hatten nie wirklich Sex und ich lasse mich von dir nicht verurteilen.«

Zweifel schleichen sich in meine Gedanken. Es hat Konsequenzen, wenn man seinen Freunden nicht glaubt. Auf diese Weise ist zu Hause alles zusammengebrochen.

Der Moment, als die Kettenreaktion einsetzte, ruinierte unser Leben. Als Megan mir erzählte, was passiert war, was Todd getan hatte, zögerte ich und sagte: »Das war bestimmt ein Versehen.« Das war der Moment, als sie sich von mir abwandte. Danach war sie außerhalb meiner Reichweite. Niemand war in der Lage, wieder zu ihr durchzudringen. Und dann begann die Hölle auf Erden.

Jetzt sehe ich Tricia an und die ganze Schuld, die ich wegen Megan empfinde, fließt durch mich hindurch. Es ist zu spät, noch etwas für Megan zu tun. Es ist zu spät, Tai zu helfen. Aber vielleicht ist es noch nicht zu spät, für Tricia da zu sein. Und eins ist sicher: Wenn niemand mit mir redet, werde ich nie herausfinden, warum sich Jessica an allen rächen wollte.

»Kanntest du Jessica Lane?«

Sie schüttelt den Kopf und lächelt dann, als würden wir über unsere Kurse oder unseren Sport oder unsere Zukunft reden und nicht über unseren potenziellen Untergang. »Nope.« Sie wendet sich in Richtung Kapelle zum Gehen. »Es tut mir wirklich leid, dass die Spiele abgesagt wurden, Kay. Hoffentlich schaffst du es, mit deinen Noten durchzukommen.« Sie hält inne und blickt dann mit einem frommen Gesichtsausdruck zum Glockenturm. »Wunder geschehen.«

Mir fällt die Kinnlade herunter.

Und genau in diesem Moment tritt Spencer aus der Kapelle, eine nicht angezündete Zigarette baumelt zwischen seinen Lippen und er sieht wie immer aus, als hätte er die ganze Nacht durchgefeiert. Seine glatten sandfarbenen Haare wehen wild im Wind und er bleibt stehen, um die Zigarette mit einer Hand abzuschirmen, während er versucht, sie mit einem Feuerzeug anzuzünden, und dabei mit seinen blassblauen Augen blinzelt.

Ich erstarre für einen Augenblick, bin wie betäubt, ihn zu sehen, dann drehe ich mich abrupt um und mache mich auf den Weg zu meinem Wohnheim. Doch da hat er mich schon entdeckt.

»Katie D.«

Er weiß, dass ich es hasse, wenn er mich Katie nennt. Ich gehe weiter, aber er joggt los, holt mich ein und legt einen Arm um meine Schulter. Ich möchte mich an ihn schmiegen und ihn gleichzeitig von mir stoßen. Die Tatsache, dass er einfach auf Jessicas Trauerfeier auftaucht und so tut, als wäre nichts passiert, nach allem, was zwischen uns schiefgelaufen ist, fühlt sich wie ein Schlag in die Magengrube an.

»Lange nicht gesehen«, sagt er.

»Oder telefoniert.«

»Du hast gesagt, ich soll dich nicht anrufen.«

»Aus gutem Grund.«

Wir wechseln einen Blick, dann zuckt er mit den Schultern und nimmt einen langen Zug von seiner Zigarette. »Was hast du so gemacht?«

»Das Übliche. Mord und Chaos. Und du?«

»Dasselbe.« Er hat sich heute Morgen nicht rasiert, feine rötliche Bartstoppeln bedecken sein Kinn. Eine spezielle Spencer-Eigenart. Seine Gesichtsbehaarung passt nicht ganz zu den Haaren auf seinem Kopf. Sie passt zu meinen.

Wir sind fast an meinem Wohnheim angekommen. Der Parkplatz ist mit Schranken abgesperrt, um Platz für zusätzliche Autos zu machen, aber die meisten sind schon weg. Ich fühle mich hin- und hergerissen. Ich möchte diese Begegnung so schnell wie irgend möglich beenden. Auf der anderen Seite wünschte ich, dass sie endlos dauert.

Es wäre nicht ganz fair zu behaupten, dass unsere Beziehung eine Hassliebe war. Schmerzliebe würde es genauer beschreiben. Wir haben uns an dem Abend kennengelernt, als sich auch Brie und Justine kennengelernt haben, auf derselben Party. Brie und ich waren zusammen dort. Damals steckten wir noch in unserer Vielleicht-Phase. Ich hatte es schon ein paarmal vermasselt und das war eindeutig die letzte Chance. Es war eine Cast-Party für irgendein Stück, in dem Justine eine Rolle an der Easterly spielte, und es sah so aus, als stünden Brie und ich kurz davor, wirklich zusammenzukommen. Schließlich hatte ich sie dazu überredet, mit mir auszugehen. Zumindest dachte ich das. Ich dachte, wir hätten ein Date. Tricia hat zwei Stunden damit verbracht, meinen Körper von Haaren zu befreien, mich mit einem duftenden, klebrigen Zeug einzuschmieren, meine krausen Locken zu glätten und mich mit dem Talent einer Horrorfilm-Maskenbildnerin für Special Effects zu schminken. Tai hat mir ein tolles Paar Louis-Vuitton-Stiefel und ein baumwollseidenes Mixed-Print-Kleid von Coach geborgt. Nicht zu übertrieben – genau richtig. Zumindest solange es ein Date *war*.

Während der Vorstellung ging dann alles den Bach runter.

Das Stück war so deprimierend, dass ich weinen und den Zuschauerraum verlassen musste. Nachdem ich mich wieder eingekriegt hatte, war die Party bereits in vollem Gange. Als ich dort ankam, fand ich Brie etwas abseits in einer Ecke, wo sie mit dem Star des Stückes flirtete.

Also war es am Ende vielleicht doch kein Date.

Ich fand mich allein auf der Couch mit literweise Wodka-Cola wieder und tat so, als würde ich Nachrichten schreiben, um nicht wie ein total vereinsamtes Wesen zu wirken.

Und dann ließ sich dieser Typ neben mich plumpsen, als wären wir die besten Freunde. Er beugte sich zu mir und flüsterte: »Auf dem Handy tippen macht es noch schlimmer.«

Zwischen den anderen Partygästen stach er absolut hervor. Bates-Schülerinnen tendieren dazu, sich ihrem Status gemäß in einem Preppy-Stil zu kleiden, Ralph-Lauren-Polos und Burberry. In der Theatercrew der Easterly waren es eher Hipster mit einer Menge Schals und Westen, Skinny Jeans, Cardigans und Brillen. Spencer trug eine zerrissene Jeans, ein langärmeliges Red-Sox-Ringer-Shirt und abgewetzte Converse. Doch er strahlte ein Selbstvertrauen aus, das gleichzeitig herablassend und faszinierend auf mich wirkte, und das für jemanden, der so offensichtlich außerhalb seiner Liga war. Er sah aus, als sei er gerade erst aus dem Bett gekrabbelt und im Dunkeln auf diese Party gekommen. Ich hockte hier vielleicht verlassen auf der Insel der Außenseiter, aber ich sah immer noch umwerfend aus.

Ich legte mein Handy weg. »Auf dem Handy tippen macht was noch schlimmer?«

»Du solltest bei Burberry sein.« Er deutete mit dem Kinn in Richtung Brie.

»Woher weißt du das?«

»Steht auf ihrem Schal.« Er hielt seine Flasche schräg und ich warf einen weiteren verzweifelten Blick auf Brie, aber sie war völlig im Gespräch vertieft. Sie hängt sich da immer richtig rein. Aber nur, wenn jemand wirklich, wirklich ihr Interesse geweckt hat.

»Das ist nicht –«

»Du schaust die ganze Zeit zu ihr hinüber, sie aber nicht zu dir.«

Ich wandte mich wieder zu Spencer um, mein Gesicht glühte.

»Also bist du hier gestrandet. Aber vorzutäuschen, du hättest auf einer Party etwas Besseres zu tun, lässt dich noch trauriger wirken. Erster Fehler: deine Freundin mit Justine bekannt zu machen. Zweiter Fehler: es aussehen zu lassen, als würde es dich nicht stören.«

»Was schlägst du denn vor?«

»Mach sie eifersüchtig.«

Ich lachte. »Das wird nicht passieren, mein Lieber.«

Er zuckte mit den Schultern. »Wie du willst.«

Ich sah mich um. Mehr als eine Schülerin von der Easterly schaute neugierig zu uns herüber und in einigen Gesichtern stand unmissverständlich Neid geschrieben. Ich sah noch einmal zu Brie und Justine und endlich fing ich Bries Blick auf. Sie hob eine Augenbraue, als wollte sie fragen, was ich da treibe. Ich nickte ihr einladend zu, aber sie schüttelte den Kopf und hob den Finger, als wollte sie sagen: *Eine Sekunde noch.*

Ich drehte mich wieder zu Spencer. »Mit wem bist *du* hergekommen?«

Er grinste. »Die Frage ist eher, mit wem werde ich gehen? Möchtest du mir bei der Entscheidung helfen?« Er beschrieb ein paar Mädchen, die auf der Party waren, zählte Pros und Kontras auf und holte dann natürlich zum Schlag aus. »Oder ich helfe dir bei Burberry weiter. Du hast zwei grundlegende Möglichkeiten. Erstens, wir schnappen uns ein Zimmer. Wir könnten Blackjack und *Ich habe noch nie* … spielen und niemand wird den Unterschied merken. Zweitens, wir machen hier auf der Couch rum. Also ich wüsste, welche Option ich wählen würde.«

Mein Blick huschte wieder zu Brie. Sie hatte sich gegen die Wand gelehnt, sodass sie mich jetzt voll im Blick hatte. Aber sie machte weiterhin keine Anstalten, ihr Gespräch zu beenden oder mich wenigstens dazuzuholen.

Ich verlagerte meine Position, sodass ich schräg zwischen Brie und Spencer saß, und beugte mich näher zu ihm. »Amateur.«

Ein fasziniertes Lächeln kräuselte seine Lippen. »Das ist eine verräterische Anschuldigung.«

»Oh nein. Das ist eine Tatsache.« Ich nahm sein Bier und stellte es auf den Boden, dann zog ich ihn auf die Füße und platzierte ihn an einem Ende der Couch, während ich mich ihm gegenüber an das andere Ende setzte und die Beine unter mir anwinkelte. »So funktioniert Eifersucht nicht.«

Sein Lächeln wurde breiter, aber ich sah in seinen Augen auch Unsicherheit und Spannung aufflackern. Das nahm mir nicht den schmerzhaften Stich, mit dem Brie zum millionsten Mal mein Herz getroffen hatte, aber es lag etwas Unwiderstehliches in seinem Lächeln. Zumindest fiel es mir nun leichter, nicht zu ihr zu sehen.

»Nein?«

Ich schüttelte den Kopf. »Eifersucht muss langsam auflodern. Wir reden einfach weiter. Mit gesenkten Stimmen, sodass es niemand hören kann. Und ich lächle dann jedes Mal. Oder lache. Dann komme ich ein bisschen näher.« Um das zu demonstrieren, rutschte ich ein Stück zu ihm und senkte die Stimme zu einem Flüstern. »Nur ein kleines bisschen. Du musst es dir verdienen.«

Sein Atem beschleunigte sich und ich musste mir ein Lächeln verkneifen. Ich hatte so lange auf Brie gewartet und gewartet, dass ich ganz vergessen hatte, wie es sich anfühlt, begehrt zu werden. Es fühlte sich mitreißend an. Es fühlte sich sexy an. Er war sexy.

»Was bringt dich zum Lachen?«, fragte Spencer und beugte sich näher. Etwas unglaublich Verführerisches lag in seinem Lächeln. Gefährlich und gleichzeitig unschuldig. Ein Paradox. Deshalb stehen die Mädchen auf ihn, dachte ich. Sie können ihn nicht durchschauen. Plötzlich wurde mir klar, dass wir eine Menge Aufmerksamkeit auf uns zogen, und ich fragte mich, ob ich auch Bries geweckt hatte. Doch inzwischen wollte ich meinen Blick gar nicht mehr von Spencer abwenden. Nicht einmal für Brie, schon gar nicht, nachdem sie mich so gedemütigt hatte. Ich hoffte, dass sie zusah.

»Zurück in deine Ecke. Und hier kommt die letzte Regel. Du wirst mich nicht küssen, bis meine Lippen nur noch einen Atemzug von deinen entfernt sind, sodass ich, wenn ich ein Dementor wäre, dir deine Seele aussaugen könnte.«

»Außergewöhnliche Vorstellung. Das bedeutet aber eine Menge Lächeln, wenn man bedenkt, dass du beinahe explodiert wärst, als ich mich zu dir gesetzt habe.«

»Es ist eine größere Herausforderung.« Ich grinste.

»Das ist wirklich mal eine.« Er grinste zurück und die regelrecht kindliche Aufregung in seinen Augen war ansteckend. Er war nicht Brie, aber es würde Spaß mit ihm machen, eine verlockende Ablenkung sein.

Und das war er. Das war er immer, bis zum Ende. Ich wollte mich nie in ihn verlieben.

Ich wollte ihn nie verletzen.

Ich hätte natürlich auch nie gedacht, dass er mich verletzen könnte.

Jetzt schaut er mit seinem unschuldigsten Gesicht vom Fuß der Treppe zu mir hoch und die Versuchung, ihn nach einer gemeinsamen Spritztour mit dem Auto zu fragen, ist so groß, dass ich sogar einen Schritt auf ihn zugehen will. Doch da dreht er sich mit einem halbherzigen Winken um und geht den Weg zurück, während ich in seinen Schatten stolpere.

7

Nachdem ich an diesem Abend ein wenig gelernt habe, rufe ich Greg an. Mein erster Impuls war, mich bei Brie zu melden und ihr von Spencer und Tricia zu erzählen, aber wenn ich mich nicht zum Lernen zwinge, passiert diesbezüglich auch nichts, und ich will meine Rechnung mit Nola begleichen.

Als Greg abnimmt, höre ich Musik im Hintergrund. Für einen Moment stockt mir der Atem. Als Todd starb, habe ich seinen iPod geklaut und mir ununterbrochen seine Musik angehört – im Unterricht, beim Schlafen, beim Laufen endloser Kilometer. Das Album *xx* der Band The xx kam immer als Letztes, und wenn es zu Ende war, war auch ich am Ende. Es fiel mir unendlich schwer, erneut auf Play zu drücken, wieder von vorn anzufangen, aus dem Bett zu kommen.

»Hallo, Kay Donovan. Bin ich verhaftet?«

Ich atme wieder. »Nein, ich muss dich um einen Gefallen bitten.«

Er lacht kurz auf. »Ich wusste nicht, dass wir schon an dem Punkt angekommen sind, wo wir uns Gefallen tun.«

»Sind wir auch nicht unbedingt, aber wir haben eine Menge gemeinsam. Uns beiden wurden durch eine schmutzige Begegnung zwischen Spencer Morrow und Jessica Lane Hörner aufgesetzt.«

»Das ist eine ziemlich lockere Art, über so ein ernstes Thema zu reden.«

»Ja, aber so ist das Leben, und wenn du alles zu ernst nimmst, ertrinkst du darin.« Ich strecke mich auf meinem Bett aus und lege die Beine an die Wand. Meine Füße landen auf einem Poster des US-amerikanischen Frauenfußballteams.

»Du bist ja eine echte Philosophin.«

»Nicht wirklich. Aber zurück zur Sache. Ich möchte dich um ein Date bitten.«

Es entsteht eine Pause.

»Nicht mit mir. Mit jemandem, der mehr wie du ist. Sie ist etwas schräg. Und hübsch. Sie hat das gewisse *je ne sais quoi.*«

»Das ist sehr schwammig.«

»Sie spricht ein wenig Französisch, macht ein wenig Ballett und ist eine fiese Hackerin.«

Es herrscht Stille und ich checke mein Handy, um sicherzugehen, dass er nicht aufgelegt hat.

»Kay, du erinnerst dich schon noch daran, dass meine Exfreundin gerade gestorben ist, oder?«

»Wie ich schon sagte, es geht um einen Gefallen.« Ich suche verzweifelt nach einem überzeugenderen Argument. »Es wäre eine gute Ablenkung. Du kommst mal raus. Kannst die Depri-Musik abschalten.«

»Du wirfst doch auch nicht deinen Fußball hin, um Cheerleader zu werden, Kay.«

»So habe ich das nicht gemeint. Als mein Bruder starb, war das Einzige, was mich nicht durchdrehen ließ, rauszugehen und irgendwas zu machen. Ich weiß, dass jeder anders mit Trauer umgeht, aber …«

Seine Stimme klingt sanfter, als er wieder das Wort ergreift. »Das mit deinem Bruder tut mir leid. Aber ich bin nicht so der Macher. Außerdem wäre ich ein total langweiliges Date.«

»Ich glaube, du wärst ein echt aufregendes Date.«

Ich höre ein unterdrücktes Lachen und werde unwillkürlich rot. Das war eine dämliche Bemerkung.

»Du weißt aber auch, dass ich ein Verdächtiger in einem Mordfall bin, oder?«

»Es ist kein offizieller Mordfall, richtig?«

»Keine Ahnung. Sie haben das Wort jedenfalls nicht benutzt, als sie mich befragt haben, aber ich wurde schon zweimal vorgeladen. Das ist kein gutes Zeichen.«

Ich verberge ein erleichtertes Seufzen. Wenn sich die Polizei auf Greg konzentriert, stehen wenigstens wir nicht im Fokus der Ermittlungen. Vielleicht stellt Detective Morgan am Ende gar keine Nachforschungen mehr an. Aber ich schulde Nola trotzdem ihr Date.

»Außerdem hänge ich nicht besonders an der fraglichen Junggesellin.«

Er lacht. »Du bist eine schreckliche Verkäuferin, Kay Donovan.«

»Vielleicht. Aber wie gesagt, sie spricht ein wenig Französisch und macht ein bisschen Ballett. Und sie ist eine Künstlerseele, genau wie du.«

»Tja, künstlerisch interessierte Leute versammeln sich gern. Wir sind wie Krähen.«

Ein Krähenmord. »Also sind wir im Geschäft?«

»Nein, das wäre ja komplett einseitig. Was kriege ich dafür?«

Ich überlege. »Nenn mir etwas.«

»Lass uns noch einmal reden. Nicht als Date«, fügt er schnell hinzu. »Aber wir sollten uns irgendwann treffen und unsere Erfahrungen und Narben vergleichen. Ginge das?«

Ich nicke langsam, während ich darüber nachdenke. »Ja.« Eine gute Gelegenheit, ihn noch einmal unter die Lupe zu nehmen und etwas mehr über Jessicas Blog zu erfahren. »Aber zuerst ziehst du die Sache mit Nola durch.«

»Nola. Okay. Gib mir ihre Kontaktdaten.«

Am nächsten Tag geht der Unterricht weiter. Es fühlt sich merkwürdig an, im Klassenraum zu sitzen, mitzuschreiben und sich zu konzentrieren, als hätte es das letzte Wochenende nicht gegeben. Freitag scheint schon einen Monat her zu sein, aber seit Jessicas Tod sind erst drei Tage vergangen. Es ist so surreal, dem normalen Tagesablauf zu folgen, und ich schicke Tricia mehrere Nachrichten, um zu sehen, ob sie noch mit mir spricht. Sie antwortet nicht und sie kommt auch nicht zum Mittagessen. Brie erzählt mir, dass sie weder in Mathe noch in Vergleichende Literaturwissenschaft war. Aber sie steht immer noch auf der Liste und Hannigan war in seinem Büro, als ich vorbeigegangen bin, also hat sich die Aufgabe nicht auf magische Weise von selbst gelöst. Am Ende der Mittagspause bleiben mir noch fünfzehn Minuten, bevor der Ofen-Timer abgelaufen ist. In mir steigt Panik auf. Selbst wenn ich Tricia irgendwie dazu bringen kann, die Schule zu verlassen, würde ihr Name niemals so schnell aus dem Blog verschwinden. Ich gehe und rufe Nola an.

»Bin beschäftigt.«

»Leg nicht auf.«

»Dann schieß los, aber in einem Satz.«

»Ich habe nur noch fünfzehn Minuten Zeit, Tricia und Hannigan loszuwerden, und ich brauche deine Hilfe. Vierzehn Minuten!«

Nola schlendert aus der Mensa, entdeckt mich und winkt.

»Das waren zwei Sätze. Woher der Sinneswandel?«

»Reine Verzweiflung«, flüstere ich. Ich fühle mich schrecklich. Aber es wäre eine vorläufige Lösung. Hannigan muss gehen. Keine Frage. Doch dann dämmert mir etwas. Nur Tricias Name muss verschwinden. Nicht Tricia selbst. Das Programm erfasst nur, ob ihr Name entfernt wurde, und dafür kann Nola auf jeden Fall sorgen.

»Du musst für mich Tricias Namen aus der Liste löschen.«

Nola lehnt sich an einen Baumstamm und holt ihren Laptop aus dem Rucksack. »Das klingt nicht nach Aufspießen.«

»Ich habe mir die Regeln nicht ausgedacht.«

»Und Hannigan?«

»Ich werde ihn melden.«

Sie nickt. »Okay. Meine Bezahlung?«

»Nola, ich stehe unter Zeitdruck. Lass uns einfach sagen, ich schulde dir einen Gefallen, wann immer du willst. Okay?«

»Klingt gut.«

Während sie tippt, kritzele ich einen anonymen Brief, in dem ich Hannigan als Lehrer melde, der eine Beziehung zu einer unbekannten Schülerin hat, und stecke ihn in Dr. Kleins Postfach. Hannigan hinterlasse ich eine zweite anonyme Notiz, in der ich ihn wissen lasse, dass ich Klein den Namen der Schülerin und einen Fotobeweis liefern werde, wenn er nicht sofort kündigt. Doch als ich das Gebäude gerade wieder verlassen will, ruft mich Dr. Kleins Verwaltungsassistentin vom oberen Treppenabsatz und bittet mich, vor ihrem Büro Platz zu nehmen. Voller erstickender Angst warte ich und gehe davon aus, über Tricia ausgefragt zu werden, aber als ich das Büro betrete, erwartet mich dort neben Dr. Klein auch Detective Morgan.

»Setz dich«, sagt Dr. Klein und deutet auf einen azurblauen Wildlederstuhl.

Ich nehme Platz und lächle nervös. »Kann ich irgendwie helfen?«

»Detective Morgan wird dir ein paar Fragen stellen. Ich bin nur als Aufsichtsperson dabei.«

Ich wende mich an Detective Morgan. »Okay.«

Sie lächelt. »Wie geht es dir, Kay? Ein paar harte Tage, was?«

»Mir geht es gut.«

»Dein großes Spiel heute wurde abgesagt. Das ist hart.«

Zweimal *hart* in zwei Sätzen. Kein besonders beeindruckender Wortschatz.

»Ja, ist es.«

»Ich habe gehört, dass dir ein paar Scouts beim Spielen zusehen sollten. Anwerber fürs College.«

Es geht mir unglaublich auf die Nerven, wie sie mich, ohne zu blinzeln, anstarrt, ganz zu schweigen vom Ausmaß des Stalkings, das sie gerade betreibt.

»Das stimmt.«

»Hart«, sagt sie zum dritten Mal. Aus irgendeinem Grund ärgert mich das richtig.

»Wie kann ich Ihnen helfen?«

»Ich habe nur ein paar Fragen zu neulich Nacht, Kay. Ich darf dich doch Kay nennen?«

Ich versuche, mir meinen Ärger nicht anmerken zu lassen. »Das tut jeder.«

»Du hast ausgesagt, dass ihr Jessica kurz nach Mitternacht gefunden habt.«

»Ich habe nicht die Zeit genommen. Wir haben sie gefunden, dann sind Sie mit Ihren Leuten aufgetaucht und wir haben Ihnen sofort alles gesagt.«

Sie sieht ungläubig von Dr. Klein zu mir. »Nun, ich dachte, du hättest deiner Freundin Maddy gesagt, nicht die Polizei zu rufen.«

»Nein, meine Freundin Brie hat Maddy aufgefordert, zuerst Dr. Klein anzurufen. Wir wollten nicht, dass Jessicas Familie aus den Nachrichten oder dem Internet erfährt, dass ihre Tochter tot ist.«

Sie schreibt etwas in ihr Notizbuch. »Also hast du Maddy gesagt, sie soll uns nicht anrufen, weil –«

»Brie hat das zu Maddy gesagt.«

Sie runzelt dramatisch die Stirn. »Brie hat Maddy gesagt, sie soll uns nicht anrufen, um Jessicas Familie zu schützen.«

Ich schaffe es nicht, den genervten Tonfall aus meiner Stimme wegzulassen. Es kommt mir vor, als würde sie mir absichtlich die Worte im Mund verdrehen. »Ich sagte, dass sie Maddy aufgefordert hat, zuerst Dr. Klein anzurufen. Und dann die Polizei.«

Detective Morgan setzt eine gespielt unschuldige Miene auf. »Mein Fehler. Um Jessicas Familie zu schützen.«

»Ja.«

Sie blättert ihre Notizen durch. »Das widerspricht aber deiner Aussage am Tatort, dass du das Opfer nicht kanntest.«

Ich zwinkere. »Nein, ich kannte sie nicht.«

»Du hast doch gerade gesagt, du wolltest Jessicas Familie schützen.«

»Das habe ich. Aber ich wusste nicht, dass es ihre Familie war.«

Sie tippt skeptisch mit dem Kugelschreiber auf ihr Notizbuch. »Was stimmt denn nun, Kay?«

Ich atme tief ein und versuche, Ruhe zu bewahren. »Wir wollten die uns unbekannte Familie des Opfers schützen. Wir waren uns ziemlich sicher, dass sie eine Mitschülerin war und Dr. Klein sie kennen würde.«

»Okay.« Detective Morgan zieht die Augenbrauen hoch und notiert sich etwas. Sie sieht nicht so aus, als würde sie mir glauben. »So ...« Sie schaut wieder zu mir auf. »Als ich am Tatort eintraf, hattest du ein durchnässtes Kleidungsstück in der Hand und überall Kratzer an den Armen.«

Meine Kehle beginnt auszutrocknen. Mir gefällt nicht, welche Richtung das Gespräch nimmt. »Ich habe, wie ich schon sagte, den Umhang in den See geworfen. Wir wollten eigentlich schwimmen gehen. Und ich bin durch die Dornenbüsche, um Brie aus dem Wasser zu helfen.«

»Warum bist du nicht außen herum gerannt?«

»Weil meine Freundin geschrien hat und ich schnell zu ihr musste.«

»Wie viele Sekunden hast du gespart, indem du dich durch das Gebüsch geschlagen hast?«

»Das kann ich nicht genau sagen.«

»Schätze.«

Mein Blick huscht zu Dr. Klein. Sie nickt mir aufmunternd zu, doch ihre Hände sind fest gefaltet.

»Vielleicht zwanzig?«

Detective Morgan schreibt das auf. »Du warst den ganzen Abend mit deinen Freundinnen zusammen?«

»Ja, auf dem Ball.«

»Warst du auch mal allein?«

Ich zögere einen Moment. Brie meinte, wir sollten der Polizei erzählen, dass wir nicht allein waren. Aber ich habe keine Ahnung, ob sie das auch mit den anderen abgestimmt hat. Ich entscheide mich für eine Zwischenlösung.

»Nicht wirklich.«

»Was bedeutet *nicht wirklich*?«

»Nicht lange genug, um jemanden umzubringen.« Je länger ich rede, desto mehr wird mir klar, dass ich mir gerade selbst eine tiefe Grube grabe.

»Wie lange denn genau?«

»Keine Ahnung, ich habe so was noch nie gemacht.«

Sie grinst. »Sehr schlau. Aber um das noch mal festzuhalten, du warst den ganzen Abend nicht allein, nicht mal für eine Sekunde?«

Shit. »Ich war nur kurz in meinem Zimmer, um meine Schuhe zu wechseln, bevor wir uns am See getroffen haben.«

»Genau zu dem Zeitpunkt, als Jessica Lane ermordet wurde.«

»Ich wusste bis jetzt nicht, dass sie ermordet wurde.« Mein Blick wandert erneut zu Dr. Klein, aber sie schaut auf ihren Schreibtisch.

»Jetzt weißt du es. Vielleicht hilft das deinem Gedächtnis auf die Sprünge.« Detective Morgan klopft wieder mit dem Kugelschreiber auf ihr Notizbuch. »Du warst eine ganze Weile mit Spencer Morrow liiert.«

»Ja.« Vor meinem inneren Auge blitzt erneut das schreckliche Bild von den beiden auf, von *meinem* Spencer mit der toten Jessica. Tot, aber lebhaft, kalt, aber heißblütig. Warum kommt sie mir immer als Tote mit ihm in den Sinn?

»Du hast Schluss gemacht, als er anfing, sich mit Jessica Lane zu treffen.«

»Zu der Zeit wusste ich noch nichts davon.«

»Aber du weißt es jetzt?«

»Ich habe es gerade herausgefunden.«

»Praktisch.«

Mein Gesicht fühlt sich ganz heiß an und mein Herz pocht,

als wollte es aus meiner Brust springen. Am liebsten würde ich Detective Morgan anschreien, dass sie sich verpissen soll. Aber das würde nur einen noch schlechteren Eindruck erwecken.

»Ein paar letzte Fragen. Als Campus-Officer Jennifer Biggs am See ankam, hast du ihr gesagt, dass sie nichts anfassen dürfe, weil es ein Tatort sei, richtig? Da war ein Mädchen mit aufgeschnittenen Pulsadern im Wasser. Die meisten Leute würden bei so einem Anblick an Selbstmord denken. Was hat dich dazu veranlasst, von einem Tatort auszugehen?«

»Ich weiß es nicht.« Meine Stimme ist nur noch ein trockenes Krächzen.

»Aber gerade eben hast du ganz überrascht getan, als ich davon sprach, dass Jessica ermordet wurde. Und kurz davor hast du sie Opfer genannt und die Vermutung geäußert, dass es etwas dauern könnte, jemanden umzubringen. Das ist eine ziemliche Kombinationsgabe, Kay.«

»Ich wollte damit nicht –«

»Trifft es zu, dass du seit Jessicas Tod in fast ständigem Kontakt mit ihrem Exfreund stehst?«

»Nicht ständig.« Ich habe das Gefühl, gleich kotzen zu müssen. Der Raum dreht sich schneller und schneller wie ein Karussell.

»Warst du in der Nacht, in der Jessica starb, in ihrem Zimmer?«

Ich schüttele den Kopf und der Raum kippt scharf zur Seite.

»Gibt es sonst noch etwas, was du mir sagen möchtest? Irgendetwas?«

Ich öffne den Mund, würge trocken, dann beuge ich mich vor und übergebe mich auf den Boden.

Abgesehen von dieser ganzen Mordsache war der diesjährige Halloweenball der bisher beste. Als Zwölftklässlerinnen hatten wir das Sagen. Tricia schüchterte alle im Saal mit ihrem maßgeschneiderten Designerballkleid und ihren krassen Tanzbewegungen ein und Cori gab den Neuntklässlerinnen, die der Musik zugeteilt waren, die Playlist vor. Die Kunst-AG, die für die Deko verantwortlich war, hatte den Ballsaal in einen glitzernden Wald verwandelt, in dem Nebel und verzerrte Schatten waberten. Tai betrieb von den Toiletten aus eine geheime Cocktailbar und Maddy flitzte umher und machte Fotos, die sie auf der Veranstaltungs-Website hochlud, während Brie tanzte, plauderte und mit praktisch jedem im Saal ein Selfie machte. Für mich sind Partys immer ein bisschen schwieriger. Ich übernehme selten irgendeine Aufgabe wie meine Freundinnen. Ich habe immer das Gefühl, Begleitung oder Gast sein zu müssen, oder ich verziehe mich in eine Ecke. Aber das Verkleiden hilft. Als Daisy verkleidet entdeckte ich eine andere Gatsby-Figur, eine Rugbyspielerin aus der Elften in einem teuer wirkenden Anzug.

Leicht beschwipst wirbelte ich zu ihr hinüber, ignorierte die Rothaarige, mit der sie sich unterhielt, und setzte mein strahlendstes Daisy-Lächeln auf. »Hallo, Jay.«

Sie sah irritiert aus, schien aber erfreut über die Aufmerksamkeit. »Hey, Flapper-Girl.«

»Mrs Daisy Buchanan.«

»Ah! Der falsche Leo. *The Wolf of Wall Street.*«

Sie reichte mir die Hand, aber ich nahm ihr den Becher aus der anderen – ein Gingerale mit Limette und Gin –, trank ihn in einem Zug aus und zog sie dann zur Tanzfläche.

»Tanz mit mir, Jay«, sagte ich und legte meinen Kopf an ihre Brust.

Und sie tat es. So ist das mit Halloween, mit dem Verkleiden, mit den Rollen, in die man schlüpft. Am Ende des Abends machten wir im Gebüsch hinter dem Ballsaal rum. Maddy tauchte kichernd auf und schoss Fotos, während Cori applaudierte. »Wolf of Wall Street«, wer auch immer sie war, rappelte sich beschämt auf, sammelte ihre Klamotten auf und entschuldigte sich. Ich riss Maddy das Handy aus den Händen und löschte die Bilder.

»Ich muss mich für meine Freundinnen entschuldigen. Die Fotos sind weg.« Als Beweis hielt ich ihr das Display hin und scrollte rückwärts durch die Fotoliste.

Wolf lächelte mich verlegen an. »Was soll's. Wir sehen uns.« Sie huschte zurück ins Gebäude, ich schleuderte Maddy das Handy entgegen und ließ mich wieder auf den Boden fallen.

»Du bist so böse.« Maddy kicherte immer noch, plumpste atemlos neben mich und nahm einen Schluck aus ihrem glänzenden rosa Flachmann.

»*Böse* ist nicht das richtige Wort. Eher skandalös.« Cori streckte ihre langen, sommersprossigen Beine an der Backsteinseite des Gebäudes aus und legte den Kopf ins Gras.

Cori gehört zu *Gatsby*. Sie ist die geborene Adlige, Golfspielerin, vulgäre und schonungslose Persönlichkeit, scharfe Züge und scharfer Verstand. Sie kann manchmal so gehässig und starrsinnig sein, dass es ein Leichtes wäre, sie nicht zu mögen, aber sie kann auch schnell wieder freundlich sein, wenn sie will, darum verstehen wir uns.

»Ruhe in Frieden, Spencer.«

»Hast du mal wieder von ihm gehört?«, fragte Maddy.

Ich schüttelte den Kopf. »Er hatte seine Chance.«

»Wie machst du das …«, Maddy seufzte und blickte zum Himmel empor, »… dass dich jemand mag?«

»Ich mache das nicht.« Ich wünschte, sie hätte nicht diese Worte benutzt. »Jemanden mögen ist eine Sache. Tanzen eine andere. Du musst einfach fragen.«

Cori grinste. »Das war aber mehr als tanzen.«

»Dann *frag* nach mehr.«

Sie lachte laut auf, ein heiseres, herzhaftes Lachen. Coris Lachen ist so unverkennbar, dass es Tricia und Tai aus dem Gebäude lockte. Tai hatte ihre »Apotheke« in einer übergroßen Handtasche dabei und Tricia tanzte immer noch. Tai ging in die Hocke und öffnete die Tasche, um ihre Erfrischungen anzubieten.

»Scheint so, als wäre es an der Zeit, mal einen Gang höher zu schalten. Schokoladenwodka?«

»Gott, nein.« Ich drehte meinen Kopf zu ihr und die Sterne wanderten mit. »Gib mir was Prickelndes.«

»Prosecco. Mit einem Hauch Grapefruit- und Honiggeschmack.« Sie goss mir einen kleinen Flachmann ein, aber ich gab ihn ihr zurück und nahm mir die Flasche.

»Sollten wir uns schon mal auf den Weg zum See machen?« Tricia hob die Flasche und trank einen großen Schluck.

Ich setzte mich auf. »Wo ist Brie?«

»Wahrscheinlich in einer dunklen Ecke mit irgendeiner anderen armen Loserin«, sagte Cori kichernd.

Mir drehte sich der Magen um. Das würde sie Justine nicht antun. Und wenn, dann mit mir. Ich wäre die Auserwählte. Sie würde ihre Arme um mich schlingen, ihre Finger in meinen Haaren vergraben, unsere Lippen wären aufeinandergepresst, während wir uns eng aneinandergeschmiegt durch das raschelnde Laub wälzen und die Kälte einfach weglachen würden. Ich sollte die Auserwählte sein. Ich hätte es schon immer sein sollen. Plötzlich war ich bedrückt und genervt und hatte das Gefühl, dass der ganze Abend die reinste Verschwendung gewesen war.

Und dann war sie da, ragte über uns auf, außer Atem, zerzaust, die Augen glänzend vom Alkohol.

»Planänderung. Wir teilen uns kurz auf und treffen uns in dreißig Minuten wieder. Zurück in unsere Wohnheime, Wertsachen ablegen, erledigen, was erledigt werden muss, dann Treffen am See. Ich habe eine Überraschung.«

Ein boshaftes Grinsen umspielte Tais Mundwinkel, aber ich war nicht mehr in der Stimmung. »Was für eine Überraschung?«

»Es wird sich lohnen.« Brie begann in Richtung der Wohnheime zu rennen und warf noch einen Blick über die Schulter. »Dreißig Minuten!«

»Alles klar«, sagte Tricia. »Sie ist definitiv in irgendeiner dunklen Ecke zugange.«

»Sieht so aus, als würde sie noch schnell beenden wollen, was auch immer sie angefangen hat«, flüsterte Cori und die anderen brüllten vor Lachen.

Ich funkelte sie böse an. »Ihr seid wie die dämlichen Kerle aus einer Studentenverbindung.«

»Wir sind diejenigen, die von solchen Jungs ausgenutzt werden, Kay.« Tai trank noch einmal einen langen Schluck und rülpste auf ihren Handrücken, die anderen lachten hemmungslos. »Wir Unschuldslämmchen.«

Ich lasse meine Nachmittagskurse für eine Halbmarathonrunde um den See sausen und versuche, beim Yoga in einem der privaten Meditationsräume herunterzufahren, aber ich schaffe es nicht, meinen Puls zu senken oder meine rasenden Gedanken anzuhalten. Beim Abendessen ist es nicht besser. Die Mahlzeiten sind seit Jessicas Tod zunehmend surreal geworden. Am ersten Abend saß ich allein auf der anderen Seite des höhlenartigen Saals abseits von meinen Freundinnen, während Tai versuchte, sie gegen mich aufzuhetzen. Am nächsten Tag war Tai weg und Tricia saß nach der Trauerfeier mit dem Rugbyteam zusammen. Heute Abend fehlt von Tricia jede Spur. Cori und Maddy hocken an unserem gewohnten Tisch und ich schleppe Brie in eine einsame Ecke ganz hinten. Ich beschließe, Tricias Geheimnis für mich zu behalten. Es steht mir nicht zu, es zu erzählen, nicht einmal Brie.

»Hast du Tricia gesehen?«, fragt Brie, als ich eine Neuntklässlerin mit dem Ellbogen aus dem Weg stoße, um den Tisch für uns zu sichern. Sie schaut mich schockiert an und Brie schüttelt mit gerunzelter Stirn den Kopf über mich. Ich entschuldige mich bei dem Mädchen, denn sie ist den Tränen nahe.

»Sorry«, sage ich zerstreut. »Hab dich völlig übersehen.«

»Sie geht nicht ans Telefon.«

»Wer?«

»Tricia.« Brie fühlt meine Stirn. »Bist du krank?«

»Sie verdächtigen mich«, sage ich. Mein ganzer Körper fühlt sich eiskalt an. »*Mich!*«

»Das können sie nicht. Du hast ein Alibi.«

»Nicht für die ganze Nacht. Nicht für die Zeitspanne zwischen Ball und See.«

Brie legt langsam ihre Gabel hin. »Ich habe dir doch gesagt, dass du nichts davon erzählen sollst.«

»Sie hat mich in die Enge getrieben. Diese Frau ist wie ein hungriger Hai, der zuschnappt und dann nicht mehr loslässt.«

Brie schließt die Augen und ihre Miene wirkt ganz gelassen, aber ich weiß, dass sie in Panik gerät. Sie wird immer seltsam ruhig, wenn irgendetwas schiefläuft. »Jetzt weiß sie, dass wir gelogen haben. Wir könnten alle für Behinderung der Justiz verhaftet werden.«

»Entspann dich. Ich habe ihr nur erzählt, dass *ich* allein war. Nicht alle anderen. Ich habe gesagt, dass ich mich in meinem Zimmer umgezogen habe – das ausgerechnet direkt unter Jessicas Zimmer liegt. Dann hat die Ermittlerin gezielt gefragt, ob ich in Jessicas Zimmer war, als wollte sie damit andeuten, dass sie sowieso davon ausgeht. Niemand kann beweisen, dass ich sie nicht getötet und mich dann mit euch getroffen habe.«

»Niemand kann beweisen, dass du in ihrem Zimmer warst, denn das warst du nicht. Und du hast kein Motiv.«

»Eifersucht ist das älteste Motiv der Welt.«

»Wegen Spencer?«, fragt sie verächtlich. »Auf die Idee wären die Cops nie gekommen, wenn sie Spencer kennen würden.« Sie isst einen Happen Spaghetti.

Ich denke einen Moment nach. »Du hast dich schon einmal geirrt, Brie. Die Ermittlerin sagte, dass es kein Selbstmord war.«

Brie runzelt die Stirn. »Ja, es sieht so aus, dass auch die allgemeine Meinung in diese Richtung geht.«

Ich sehe mich in der Mensa um und entdecke Nola mit einem Tablett. Ich winke sie zu uns. Sie zögert einen Moment, dann kommt sie herüber und setzt sich.

»Nola, kennst du schon Brie?«

Sie steht auf und knickst übertrieben. Ihre Haare sind zu einer akribischen Lockenpracht frisiert und werden von einem blauen Seidenhaarband zurückgehalten, das farblich zu ihren Augen passt.

»Miss Matthews, ich kenne natürlich Ihren guten Ruf.«

Brie mustert sie und wirft mir dann einen skeptischen Blick zu. Selbst in Schuluniform sind Brie und Nola völlig gegensätzlich. Nola ist die dramatische und immer andersartige Inkarnation ihrer selbst, während Brie eher klassisch und traditionell ist. Nola ist Make-up und Theater und Wirkung. Brie ist Lipgloss und natürliches Licht. Sie scheint nur aus sich selbst heraus zu leuchten. Nola ist immer in Bewegung. Brie macht nur überlegte Gesten. Bries Blusen sind gebügelt und zugeknöpft, gelegentlich trägt sie dazu eine schlichte Silberkette. Nola trägt ihre Blusen bis zur Weste aufgeknöpft, große Ringe und klobige Armreifen, die ihr über die winzigen Hände hängen.

»Nola, vielleicht solltest du dein Date mit Greg absagen.«

Sie schüttelt mit wippenden Locken den Kopf. »Auf keinen Fall. Wir gehen zur *Rocky Horror Mitternachtsshow.* Ich verkleide mich als Magenta.«

»Okay, aber Jessicas Tod wird jetzt als Mordfall untersucht und er ist quasi ein Verdächtiger. Es wäre nicht sicher.« Besser gesagt, es würde nicht gut aussehen, wenn Detective Morgan eine Verbindung zwischen Nola, Greg und mir herstellt. Ihr schien schon die Tatsache *nicht* zu gefallen, dass ich mit Greg in Kontakt stehe.

Nola zieht die Augenbrauen hoch. »*Intrigant.* Denkst du, er hat es getan?«

»Nein«, gebe ich zu. »Aber das solltest du nicht riskieren.«

»Du könntest«, sagt Brie leichthin. Sie zerstößt ein Stück Eis und lächelt Nola süßlich zu.

»Witzig.« Nola beißt von ihrem Knoblauchbrot ab. »Ich habe gehört, dass du auf der Liste der Verdächtigen stehst, Kay. Vielleicht sollte ich nicht riskieren, mit dir zu reden.«

»Wer hat dir das gesagt?«

Sie zuckt mit den Schultern. »Die Leute reden.«

Ich werfe Brie einen »Ich hab's dir ja gesagt«-Blick zu und wende mich dann wieder an Nola. »Du kannst tun und lassen, was du willst. Ich versuche nur, auf dich aufzupassen.«

Sie mustert mich. »Wirklich?«

Ich nicke mühsam. Mein Kopf fühlt sich tonnenschwer an. Ich brauche einen Kaffee. Ich spüre, wie mein Handy unter dem Tisch vibriert, und als ich nach unten schaue, entdecke ich eine Nachricht von Brie.

Fünftes Rad?

Sie sieht mich erwartungsvoll an, doch ich schüttele den Kopf.

Alles gut, schreibe ich zurück.

»Na schön. Ich werde nicht hingehen.« Nola tippt etwas in ihr Handy. »Er ist sowieso nicht mein Typ. Zu tätowiert. Ein bisschen Tinte ist okay. Aber weniger ist mehr.« Sie sieht mich und Brie an. »Also, was machen wir heute Abend noch?«

»Unter der Woche lernen wir abends«, sagt Brie. Sie schaut mich an, als erwarte sie auch von mir eine Ausrede.

Ich sollte wirklich lernen. Aber ich muss einen Blick auf das nächste Rezept in Jessicas Blog werfen, das inzwischen freigeschaltet sein dürfte. Doch das kann ich Brie gegenüber natürlich nicht erwähnen.

»Ich habe nichts vor.«

Nola nickt. »Mein Zimmer oder deins?«

»Deins, würde ich sagen. Meins ist ziemlich chaotisch.«

Brie starrt mich mit einem Ausdruck an, den ich nicht deuten kann. Ohne ein weiteres Wort steht sie auf, gibt mir steif einen Kuss auf die Wange und stürmt aus der Mensa.

8

Nolas Zimmer sieht ganz anders aus, als ich es erwartet hätte. Ich dachte, an den Wänden würden Tim-Burton-Poster hängen, *Vampire Diaries*, Gothic-Zeichnungen, solche Sachen. Stattdessen ist es voller Licht und Leben. Überall sind Pflanzen. Ich erkenne Kakteen, Aloe Vera, Sonnenblumen, Tiger-Lilien und Amaryllis, der Rest ist zu exotisch für mich, Pflanzen, die man in der Wüste oder in den Tropen findet. Mir fällt auf, dass ich überhaupt nichts über Nola weiß, auch nicht, woher sie kommt.

»Bist du Gärtnerin?«, frage ich ohne Grund.

»Na ja, das ist nicht wirklich ein Garten. Aber ich mag Pflanzen. Das sind alles Ableger von zu Hause.« Sie hält eine Gießkanne über einen Kaktustopf und ich sehe mich im Rest des Zimmers um. Ihr Schreibtisch ist mit ordentlich gestapelten Büchern und Vintage-Schreibgeräten wie Tintenfässchen, Schreibfedern, Wetzsteinen, Cuttermessern und dergleichen übersät. Die Wände sind komplett mit braunem Packpapier bedeckt, auf dem sich akkurate Zeilen in Schönschrift vom Boden bis zur Decke ziehen. Ich muss mich auf die Zehenspitzen stellen, um die oberste Zeile zu erreichen.

»*Wie kann das Glück so wunderlich doch schalten! Ich werde für so schön als sie gehalten.*« Ich drehe mich zu ihr um. »Warum kommt mir das so bekannt vor?«

»Weil *Ein Sommernachtstraum* Shakespeares meistgespieltes Stück ist. Wir haben es letztes Jahr in Europäische Literatur gelesen und es war auch im Frühling das Theaterstück. Ich war Helena.«

»Oh.« Normalerweise habe ich mit dem Schultheater nichts am Hut. Theaterstücke sind nicht wirklich mein Ding. Zu Justines Auftritten gehe ich nur, um sie zu unterstützen, und bei den meisten bin ich eingeschlafen oder habe die ganze Zeit Nachrichten auf dem Handy getippt.

Nola macht mit einer schmalen Hand eine Geste zur Wand und stellt sich dann neben mich. Sie ist einen Kopf kleiner als ich.

»Du denkst vielleicht, es ist schwer, sich ein paar Formeln für Physik zu merken. Dann versuch mal, das alles hier in dein Hirn zu bekommen.«

Ich drehe mich langsam im Kreis. Die ganze Wand ist von oben bis unten beschrieben. »Das hast du dir niemals alles gemerkt.«

»Na ja, nicht für einen Auftritt«, gibt sie zu. »Aber ich vergesse nie etwas. Ich könnte jetzt gleich *Hamlet* für dich rezitieren.«

»Du hast Hamlet gespielt?«

Sie sieht mich mit ihren irren Kulleraugen an. »Ich war die Erste in der Geschichte der Bates, die Hamlet gespielt hat. Letzten Winter, als ich in der Neunten war.«

Ich wusste, dass die Theater-AG gern Shakespeare-Stücke aufführt, und da wir keine männlichen Schüler haben, werden die männlichen Rollen mit Mädchen besetzt. Aber aus unerfindlichen Gründen habe ich noch nie in Betracht gezogen, dass jemand, den ich kenne, eine legendäre Theaterrolle spielt. Hamlet. Der Handlungsreisende, oder wie auch immer sein Name ist. Ich stelle mir Nola in einem klassischen elisabethanischen Gewand und mit einem aufgemalten Schnauzbart vor und muss unwillkürlich lächeln. Ich kann nicht anders.

Ihre Augen verengen sich. »Als wäre es so eine große Leistung, nach einem Fußball zu treten.«

Ich beiße mir auf die Lippe. »Ich habe nicht gelacht. Klingt echt schwer.«

»Was du kannst, können auch Affen. Aber was ich mache, können sie nicht. Mehr wollte ich nicht sagen.«

Ich nicke. »Ganz deiner Meinung. Können wir jetzt bitte einen Blick auf die Website werfen?«

Sie lässt sich auf ihr Bett fallen und richtet den Blick an die Decke. »Hast du dir das gut überlegt, Kay?«

»Was meinst du?«

»Ich meine, dass die Website hinter deinen Freundinnen her ist. Zuerst Tai, dann Tricia. Möchtest du wirklich das Schicksal herausfordern?«

»Ich muss.«

Sie hebt den Kopf und stützt sich auf den Ellbogen ab, ihre Haare fallen wie ein dunkler Vorhang über ihre Schultern. »Wieso?«

Weil Jessica wusste, was ich getan habe, und wenn ich mich nicht an ihre Regeln halte, werden es alle erfahren.

»Weil ich vielleicht die Nächste auf Jessicas Liste sein könnte.«

Sie beugt sich verschwörerisch zu mir. »Was hatte sie gegen dich in der Hand?«

Ich zucke mit den Schultern. »Vielleicht nichts.«

»Sie hatte gegen jede auf der Liste etwas in der Hand. Vielleicht ist eine von ihnen die Mörderin.«

»Vielleicht ist aber auch die einfachste Erklärung die richtige. Sie hat Selbstmord begangen und wollte sich an jedem rächen, der sie mies behandelt hat.«

»Die Cops sehen das anders.«

»Die Cops wissen auch nichts von dem Racheblog. Und sie dürfen auch nichts davon erfahren.«

»Du hast gesagt, dass du meine Hilfe brauchst, um auf die Website zu kommen, weil Jessica dir dort eine Nachricht hinterlassen hat.«

»Die Website *ist* die Nachricht. Sie wollte Rache üben.«

»Warum hat sie dich damit beauftragt? Es ist ein großer Gefallen, so etwas jemandem zu überlassen, den man nicht kennt.«

»Genau das ist die Frage.«

Nolas Blick bohrt sich förmlich in mich hinein. »Hast du ihr etwas getan? Was du vielleicht schon vergessen hast? Worüber du noch gar nicht nachgedacht hast? Irgendetwas?«

Ich schüttele den Kopf und spreche die gefühlt hundertste Lüge des Tages aus. »Keiner von uns hat je mit ihr gesprochen, bevor sie tot aufgefunden wurde. Sie war ein Niemand.«

Jetzt zuckt Nola mit den Schultern. »Vielleicht war genau das euer Fehler. Keiner möchte ein Niemand sein.« Sie klappt ihren Laptop auf und ich setze mich neben sie, während sie die Website aufruft und die Software öffnet, um das Passwort für das nächste Rezept zu entschlüsseln.

Als sie sich nur noch auf einen Ellbogen abstützt, fallen die Haare über ihre Schulter und ihr Kleid rutscht ein wenig herunter. Ich bemerke eine Blüte aus schwarzer Tinte an ihrem rechten Schulterblatt.

Ich knie mich an die Bettkante. »Du hast ein Tattoo?«

Sie sieht mich über die Schulter an. »Nein. Ich male das gleiche Bild jeden Morgen auf meinen Rücken, lasse es im Verlauf des Tages verblassen, schrubbe die Reste unter der Dusche ab und sorge dafür, dass es in mühevoller Kleinarbeit immer wieder neu entsteht. Es ist ein Spiel.«

»Offensichtlich.«

Sie zieht ihr Kleid noch ein bisschen weiter über ihre Schulter, sodass ich einen besseren Blick daraufwerfen kann. Es ist das verschlungene Bild eines alten Ziffernblattes ohne Zeiger.

»Was bedeutet es?«

»Das ist Kunst. Wenn ich es erkläre, geht die Bedeutung verloren. Du fragst auch keinen Künstler nach einer Erklärung … Ach, egal.« Sie zieht rasch ihr Kleid wieder hoch, ihr Gesicht ist gerötet.

»Tut mir leid. Wenn man Ms Koeppler reden hört, bedeutet Kunst immer irgendetwas.«

Sie lächelt und streicht mir die Haare aus dem Gesicht, fast wie Brie es tun würde, wenn ich etwas sage, das meine Unwissenheit zu einem Thema offenbart, und sie sich für eine Expertin davon hält.

»Das stimmt. Aber das Kunstwerk selbst ist die Erklärung des Künstlers. Der Rest liegt beim Betrachter.« Sie lässt plötzlich die Hand fallen, als wäre ihr gerade bewusst geworden, dass ich tabu für sie bin oder etwas in der Art. Ich brauche einen Moment, um mir darüber klar zu werden, dass ich das eigentlich nicht bin. Dennoch fühle ich mich schuldig und sehe auf meinem Handy nach, ob Brie mir eine Nachricht geschickt hat, nachdem sie vorhin aus der Mensa gestürmt ist. Nichts.

Das Passwort erscheint, Nola gibt es ein und klickt auf den Link für den Zwischengang.

NEW ORLEANS, LA BLOOD ORANGE SORBET

Nimm eine Orange, quetsch sie pur
Schlag sie blutig ohne Spur
Lass sie zurück im Wald allein
Im eisigen Schnee friere sie ein
Dachtest du, niemand kommt dahinter?
Ich fand den Orangenschnee im Winter.

Es sind mehrere Dateien angehängt, die aussehen wie leuchtend rote Blutstropfen im Schnee.

Nolas Gesicht wird kreidebleich. »Es geht um mich«, flüstert sie. »Jessica war auch hinter mir her.«

Ich lese die Zeilen noch einmal. »Ich erkenne da nichts.«

Dann fällt mir der Titel ins Auge. *New Orleans, LA.* NOLA.

»Was hast du gemacht?«

»Das kann sie nicht gewusst haben. Das ist unmöglich.« Nola atmet so heftig, dass sie praktisch hyperventiliert, also gebe ich ihr ein Kissen.

»Nimm das in den Arm. Tiefe, langsame Atemzüge.« Ich lese das Gedicht noch einmal. »Ich dachte, Jessica hatte es nur auf meine Freundinnen abgesehen.«

Nola drückt das Kissen an die Brust und atmet langsamer. »Offenbar nicht.«

»Aber es ist ein Racheblog. Bei Tai und Tricia ergibt das Sinn. Selbst wenn sie sich nicht an Jessica erinnern, meine Freundinnen und ich haben viele Dinge gesagt oder getan, die wir bereuen. Und wenn wir es damals nicht bereut haben, tun wir es todsicher heute.« Ich weiche Nolas Blick aus. »Du passt nicht in dieses Muster.«

»Vielleicht doch.« Sie sieht mich aus dem Augenwinkel an.

»Vielleicht habe ich dir nicht aus purer Nächstenliebe geholfen. Das heißt, nachdem ich das erste Rezept gelesen hatte.«

»Wovon redest du?«

»Es *gibt* eine Sache, die mich mit dir, Tai und Tricia verbindet. Und mit Jessica.«

Ich grabe in meinem Gedächtnis. Mir fällt nicht die kleinste Verbindung zwischen uns ein. »Das glaube ich nicht.«

»Klingelt etwas bei dir, wenn ich *Dear Valentine* sage?«

Die Worte treffen mich wie ein K. o.-Schlag und ich brauche einen Moment, um mich wieder zu fassen. »Was weißt du über *Dear Valentine*?«

»Ich weiß, dass ich in meinem ersten Jahr total einsam war und verzweifelt Freundschaften schließen wollte. Also habe ich mich als Zustellerin gemeldet. Ich war im Henderson-Wohnheim dem dritten Stock zugeteilt. Deshalb stand Jessica auf meiner Lieferliste. Und am Valentinstag hat sie keine Blumen bekommen. Keine große Sache, sie war nicht die Einzige aus der Zehnten. Ich hatte auch keine bekommen. Doch dann hat mich Tricia angesprochen und gebeten, einen Brief an Jessica auszuliefern. Das ist uns nicht wirklich erlaubt. *Dear Valentine* gilt nur für einen Tag. Aber sie war einfach total nett und genau das brauchte ich so sehr … also sagte ich zu. Am nächsten Tag das Gleiche. Und am übernächsten. Am dritten Tag bat mich Jessica, damit aufzuhören. Aber als ich versuchte, Tricia abzusagen, erzählte sie mir, wie toll ich bin und dass mich alle als Heldin sehen. Du und Tai und Brie, selbst die damaligen Zwölftklässlerinnen. Ich war so eine Idiotin. Niemand von euch redete wirklich mit mir. Ich schätze, ich habe mir all die bewundernden Blicke in den Kursen nur eingebildet. Ich bin sogar zu Sportveranstaltungen gegangen und – oh mein Gott, war ich eine Loserin. Wie auch immer. Ich weiß nicht, was in diesen Briefen stand, die Tricia geschrieben hatte. Aber jeden Tag konnte ich Jessica weinen hören, wenn ich an ihre Tür klopfte. Aber ich habe sie trotzdem weiter ausgeliefert. Fast zwei Wochen lang, bis Tricia schließlich mit dem Schreiben aufgehört hat. Dann tat sie wieder so, als würde ich nicht existieren. Also ja, Jessica hatte einen Grund, mich auch auf ihre Liste zu setzen. Deshalb wollte ich dir eigentlich helfen. Ich wollte wissen, ob mein Name irgendwann auftaucht. Ich hatte nur gehofft, dass jemand anderes ihr etwas Schlimmeres angetan hat. Was auch immer in diesen Briefen stand, muss schlimm gewesen sein. So schlimm, dass es Jessicas letzter Wunsch war, das Leben all derer zu zerstören, die in diese Geschichte verwickelt waren. Du warst Tricias Freundin und Jessica hat dich damit betraut, ihre Rache auszuführen. Das bedeutet entweder, du warst daran beteiligt, oder du warst die Einzige von deinen Freundinnen, die nichts davon wusste. Deshalb frage ich dich jetzt noch einmal: Hast du Jessica etwas getan?«

Ich versuche zu sprechen, aber meine Kehle ist zu trocken. *Dear Valentine* ist ein sehr guter Grund für Jessica, sauer auf mich und meine Freundinnen zu sein. Und Nola kennt nur einen Teil der Geschichte. Ihre Version kratzt nur an der Oberfläche.

Sie dreht den Laptop um, damit ich mir das Gedicht noch mal ansehen kann, und nimmt einen tiefen, zitternden Atemzug. »Erinnerst du dich noch an die ganze Aufregung vor ein paar Jahren, als Dr. Kleins Kater verschwunden ist? Etwa eine Woche nach dem Valentinstag oder so?«

Bei der Erinnerung daran schießt ein Stromstoß über meinen Rücken. Das war eine Riesensache. Hunter gehörte zum festen Inventar auf dem Campus, er war praktisch unser Maskottchen. Er trottete immer über den Rasen, jagte Streifenhörnchen, wirbelte Laub durch die Gegend oder döste in der

Sonne. Dann verschwand er aus Dr. Kleins Villa, die am Rand des Campus liegt. Türen und Fenster waren zu gewesen, aber nicht verschlossen. Dessen war sie sich sicher. Sein Halsband war zurückgelassen worden. Ziemlich verdächtig. Überall wurden Plakate aufgehängt. Es gab unzählige Suchaktionen. Die Campuspolizei sprach mit der Schülerschaft. Die Schulpsychologin lud jede von uns zum Gespräch vor. Es nahm unglaubliche Ausmaße an. Aber Hunter tauchte nie wieder auf. Süßer, flauschiger, orange gestreifter Hunter.

Ich drehe mich zu Nola, ein Grauen breitet sich langsam in mir aus wie Fieber. »Was hast du getan?«

»Es war ein Unfall.« Sie drückt ihr Gesicht ins Kissen und stößt einen gedämpften Schrei aus, dann hebt sie den Kopf. Ihre Augen sind gerötet und wässrig und ihre Wimperntusche ist verschmiert. »Ich habe ihn nicht entführt. Ich habe ihn gefunden. Zumindest denke ich, dass er es war. Er lag im Bach. Gerade noch am Leben ...« Sie bricht den Satz ab, ihre Augen laufen über, die Nase ist geschwollen, die Lippen beben. Ihre Stimme schwankt. »Sein Körper war ganz flach und sein Fell mit Blut verklebt. Das Wasser war nicht rot, es war braun und rosa, es war so gruselig.« Sie schluckt und ich lege unbeholfen meine Arme um sie.

»Ich habe vorher noch nie den Tod gesehen«, fährt sie immer aufgeregter fort. »Alle waren so bestürzt und ich wusste nicht, was ich tun sollte, ich hatte keine Freunde. Und ich hatte Angst, wenn ich etwas sage, dann würde jeder denken, dass ich es war. Oder dass sie ihn finden könnten und dann sagen würden, hey, Nola war heute am Bach, ist das nicht ein seltsamer Zufall? Das ist doch diese Spinnerin.«

Heftige Schuldgefühle nagen an mir, als ich daran denke, wie fies wir zu ihr waren, als sie mit ihren rabenschwarz gefärbten Haaren, den schwarz lackierten Fingernägeln und dem Gothic-Make-up auftauchte. *Nekro.* Wir haben ihr nicht mal eine Chance gegeben. Wir rissen blöde Witze über sie, dass sie mit Leichen schläft und den Teufel anbetet. Natürlich machte das die Runde. Alles, was wir taten, setzte sich irgendwann bei den anderen durch. Kein Wunder, dass sie Angst hatte. Ich will mich entschuldigen, aber stattdessen sage ich nur: »Niemand hätte gedacht, dass du es warst.«

Sie sieht mich scharf an. »Alle hätten gedacht, dass ich es war.« Sie schnieft und sinkt an meine Schulter. »Also habe ich ihn aufgehoben und bin einfach losgerannt. Durch den Wald, durch den Schnee, so weit, wie ich konnte. Dann legte ich ihn ab, um ihn zu begraben, aber alles war gefroren. Also habe ich ihn mit Steinen zugedeckt. Der Schnee ringsum war voller Blut. Eine Weile wollte ich mich einfach in den Schnee fallen lassen und erfrieren. Es klang wie eine schmerzlose Art zu sterben. Aber ich war zu feige.« Plötzlich setzt sie sich auf, wischt ihre Nase am Ärmel ab und sieht mich an. »Weißt du, wieso?«

Ich schüttele den Kopf. »Wieso?«

Sie durchquert das Zimmer und deutet auf die geschriebenen Zeilen an der Wand. »Was in dem Schlaf für Träume kommen mögen, / Wenn wir die irdische Verstrickung lösten, / Das zwingt uns stillzustehn.«

Ich blicke sie an. »Shakespeare hat dein Leben gerettet?«

Sie wirkt enttäuscht, fast verächtlich. »Hamlet. Er konnte sich nicht selbst umbringen, denn egal, welche Qualen man durchleidet, das Leben nach dem Tod könnte noch schlimmer sein. Man kann es nicht tun, wenn man das nicht weiß.« Sie sieht so ernst aus, dass ich nicke, obwohl sie absolut falschliegt. Hamlet war vielleicht nicht in der Lage, es zu tun, aber manche Leute können es. Megan hat es getan. Ich bezweifle, dass Shakespeare sie hätte retten können, selbst wenn all seine Worte ihre Wände bedeckt hätten.

»Was, wenn jeder von uns nach dem Tod in seine eigene Hölle kommt, in der seine tiefsten und dunkelsten Ängste lauern?«, sagt Nola und lässt sich wieder auf ihr Bett fallen. »Wenn das stimmt, darf man nicht zulassen, auch nur eine Minute früher als nötig zu sterben.«

»Sicher.« Ich versuche, nicht zu oft über den Tod nachzudenken, seit Megan und Todd gegangen sind, aber wenn ich es tue, benutze ich lieber positivere Bilder. »Aber es ist auch möglich, dass das Gegenteil zutrifft. Vielleicht landen wir nach dem Tod in unserem eigenen Traumland. Eine Wiederholung all unserer schönsten Erinnerungen.« Ein Lächeln umspielt meine Lippen, als ich an Todd und mich als Kinder denke, wie wir an einem vierten Juli durch den Garten gerannt sind. Der Duft nach Hotdogs und Burgern erfüllte die Luft, Glühwürmchen und Wunderkerzen erhellten die Dämmerung, das Gras war rutschig unter unseren nackten Füßen. Diese Erinnerung müsste abgespielt werden. Ich hoffe, Todd ist jetzt irgendwo an einem Ort wie diesem.

»Wahrscheinlich erwartet uns gar nichts«, erwidert Nola. »Aber trotzdem. Es lässt uns innehalten.« Sie seufzt und richtet den Blick wieder auf den Computerbildschirm. »Wenn Jessica wusste, dass ich Hunter begraben habe, dann auch, wo seine Leiche ist. Du weißt, was wir jetzt tun müssen.«

Mir wird ganz flau im Magen. »Wir?«

»Wenn du auch die anderen Passwörter haben willst, ja.« Sie mustert mich herausfordernd.

Ich stehe auf, binde meine Haare zu einem Pferdeschwanz zusammen und ziehe mir den Mantel über.

9

Es ist eine klare Nacht, jedoch bitterkalt, mit gelegentlichen Windböen, die mir den Atem förmlich aus meiner Lunge fegen. Der eiskalte Marsch um den See und in den Wald ist es wert, Todds Mantel zu tragen. Falls wir jemandem begegnen, während wir eine Tierleiche mit uns herumschleppen, habe ich sowieso ganz andere Sorgen als modische Klamotten. Der Wald liegt am anderen Ende des Sees hinter der Hauptstraße und wir laufen schweigend nebeneinanderher. Ich habe meine spröden roten Hände tief in den Manteltaschen vergraben, Nola lässt ab und zu die Arme baumeln und dreht dazu halbe Pirouetten. Seit wir immer mehr Zeit miteinander verbringen, fallen mir solche Dinge an ihr auf. Sie tanzt beim Laufen. Sie hüpft oder gleitet hin und her. Ihre Gesten wirken anmutig und manchmal steht sie ganz beiläufig *en pointe*, als wäre ihr das gar nicht bewusst. Sie spricht auch oft irgendwie lyrisch. Ihr Tonfall nimmt dann einen bestimmten Rhythmus an und sie klopft mit den Fingern und den Füßen, wenn sie zu lange still sitzen muss. Ist es ganz leise, beginnt sie vor sich hin zu summen, und jetzt muss ich sie das eine oder andere Mal zum Schweigen bringen. Denn wenn ich das nicht tue, wird sie allmählich immer lauter, bis sie tatsächlich singt, und wir könnten womöglich dabei erwischt werden, wie wir mit einem Sack voll Knochen durch den Wald latschen und fröhliche Melodien schmettern.

»Bist du sicher, dass du die Stelle wiederfindest?«, frage ich sie, während wir mit unseren Taschenlampen in den düsteren Wald hineinleuchten.

»Ich denke schon«, antwortet sie. »Es gibt ein paar Orientierungspunkte. Eine alte rote Scheune auf der rechten Seite und ein stillgelegter Traktor auf der linken. Ein Felsen mit den eingeritzten Initialen *IKC*. Ein rosafarbenes Grundstücksbändchen und eine Wanderwegmarkierung. Drei Bäume weiter kommt der Steinhaufen.«

Ich blinzele in der Dunkelheit zu ihr hinüber, meine Taschenlampe hängt nach unten. »Gutes Gedächtnis.«

»Na ja, ich musste ja auch wieder zurückfinden«, erwidert sie.

Ich bahne mir langsam den Weg über Wurzeln und Steine und achte darauf, nicht auf dem glitschigen, gefrorenen Laub auszurutschen. Das Letzte, was ich jetzt brauche, ist eine Verletzung, bevor die Saison wieder losgeht. Wir umrunden eine große umgestürzte Eiche mit gewaltigen nach oben ragenden vermoderten Ästen, als Nola mit einem Mal stehen bleibt.

»Hier ist es«, sagt sie und streckt den Arm aus.

Ich richte den Blick dorthin, kann aber nichts erkennen. Sie geht über eine kleine Lichtung, räumt mit ihren Sneakers von Frost überzogenes Laub zur Seite und beginnt, Steine von einem kleinen Haufen zu nehmen. Ich zögere. Ich will sie nicht anfassen. Wenn ein verwester Kadaver darunterliegt, sind die Steine wahrscheinlich voller Krankheitserreger. Ich fummele stattdessen am Zipper des Leinenrucksacks herum, den Nola mitgenommen hat, um darin Hunters Überreste zu transportierten. Ich trete von einem Fuß auf den anderen, während sie rasch die Steine entfernt und hinter sich wirft. Gleich wird die Tierleiche auftauchen, sie liegt dort schon eine ganze Weile und ich habe keine Ahnung, was mich erwartet. Es könnte ein ziemlich grausiger Anblick werden. Ich habe noch nicht viele tote Körper gesehen.

Jessica, als sie gerade erst gestorben war, Schnitte und Haut waren durch das eisige Wasser und den frischen Tod erhalten. Megan, die eingeäschert wurde. Todd, der sorgfältig hergerichtet wurde, damit man nicht sah, dass Megans Bruder ihn mit seinem Truck niedergewalzt hatte. Sein rekonstruierter Brustkorb unter einem brandneuen dunkelblauen Anzug. Seine Hände, die geschminkt und gepudert und so zusammengelegt waren, als würde er liebevoll einen Football an seine Brust drücken. Die große Fleischwunde an der einen Gesichtshälfte war zugedeckt und seine Lippen und Augenlider zugenäht, damit er friedlich wirkte. Und dann kamen Schicht für Schicht Schminke und Puder dazu, Schminke und Puder. Das bizarrste Halloweenkostüm aller Zeiten.

Ich hatte meine Mutter angefleht, nicht zur Totenwache gehen zu müssen, mich nicht zu zwingen, mir Todds Leichnam ansehen zu müssen, aber sie stand nur wortlos da und sah zu, wie sich mein Mund bewegte. Sie hatte so viele Tabletten genommen, dass sie nicht eines meiner Worte verstand. Es war alles zu viel für sie, hatte Tante Tracy mir erklärt. Ich könnte mir niemals die Abgründe ihrer Verzweiflung vorstellen. Und ja, ich musste zur Totenwache. Das wurde von mir erwartet. Aber als ich dort stand und auf das Leichenwrack meines Bruders starrte, dachte ich, dass ich ihre tiefe Verzweiflung vielleicht doch ein wenig verstehen konnte. Nur dass es sich nicht wie Traurigkeit anfühlte oder wie eine Pille, die meinen Verstand betäubte, oder wie Wut, die mich dazu brachte, den Anwälten irgendwelche Dinge an den Kopf zu werfen, oder wie die Hölle oder wie Rache oder wie es meinem Dad hinter verschlossenen Türen ging, wenn ich sein Schluchzen durch das Haus hallen hörte, so laut wie Gelächter. Es fühlte sich für mich wie stechende Schmerzen an, wie kleine quälende Impulse. Greif in den Sarg und falte Todds kalte Hände anders. Trink Dads besonderen Bourbon Whiskey aus. Was sollte jemand dagegen tun? Und später an der Bates: Tritt gegen die Kapitänin aus der Zehnten an. Bring die Neue dazu, eine tote Spinne zu essen oder dem Trainer ein Liebesgedicht zu schreiben oder mitten in der Kapelle einen Krampfanfall vorzutäuschen. Klau die schönsten Klamotten aus der Umkleide und ziehe sie auf dem Campus an, denn wenn du es nicht verheimlichst und keinen Rückzieher machst, wird dich niemand darauf ansprechen. Spring nach dem Halloweenball in den See. Ich tat, was auch immer mir in den Sinn kam. Nur um zu sehen, was passiert. Wer sollte mich aufhalten? Was sollte irgendjemand dagegen tun? Warum sollte irgendetwas davon überhaupt eine Rolle spielen?

Und dann begann sich die Welt wieder um ihre eigene Achse zu drehen. Ich wurde Kapitänin meiner Mannschaft. Mom und Dad schossen sich darauf ein. Es wurde alles Wirklichkeit. Und alles begann eine Rolle zu spielen. Ich wollte nicht wieder in dieses wild wirbelnde Nichts zurückfallen. Denn wenn man da einmal drin ist, gibt es keinen Halt mehr. Man braucht etwas Außergewöhnliches, eine kosmische Fügung göttlichen Ausmaßes, um sich daraus zu befreien. Jemanden wie Brie kennenzulernen. Einen Platz in einer Schule wie der Bates zu finden. Einen Platz, wo ich mir ohne den geringsten Zweifel sicher sein konnte, dass das, was vor mir liegt, besser ist als das, was hinter mir liegt. Aber das Gleichgewicht ist so fragil.

Ich tue so, als müsste ich niesen, damit ich mir die Hände vor das Gesicht halten kann. Dort lasse ich sie und spähe durch die Ritzen zwischen den Fingern. Ich möchte keinen Katzenkadaver sehen.

Nola nimmt einen weiteren Stein weg, während ich unruhig herumzappele. »Was machen wir dann mit dem toten Körper? Darüber haben wir noch gar nicht gesprochen.«

Sie blickt nicht auf, sondern greift einfach nach dem nächsten Stein und wirft ihn achtlos zur Seite. »Wir begraben ihn wieder.«

»Wo? Und wie? Wir haben ja gar keine Schaufeln und der Boden ist gefroren.« Ich trete einen Schritt zurück in die Dunkelheit, sodass das Grab und der schmale Lichtstrahl der Taschenlampe, der es beleuchtet, von ihrer hockenden Gestalt so gut wie abgeschirmt sind. Ich sehe nur den silbrigen Schein ihres blassen Gesichts über dem immer kleiner werdenden Steinhaufen. Ihre Miene ist konzentriert, Dreck sammelt sich unter ihren Fingernägeln.

»Nicht in der Erde. Das wäre zu offensichtlich. Würde nur wiederauftauchen.«

Ich trete noch einen Schritt zurück und schreie auf, als mich etwas an der Schulter streift. Ein Ast. Ich bin rückwärts gegen einen Baum gelaufen.

Nola dreht sich um und funkelt mich böse an. »Deinetwegen werden wir noch erwischt!«

»Entschuldige«, sage ich kleinlaut.

»Du könntest lieber mal helfen, weißt du.«

»Ich glaube nicht. Ich stehe lieber Schmiere.«

Sie nimmt noch einen Stein und starrt nach unten. »Gib mir den Rucksack.«

Ich werfe ihn ihr zu, unfähig, näher zu treten oder weiter

zurückzuweichen, unfähig, wegzuschauen oder irgendwelche Anstalten zu machen, an ihr vorbeizugucken. Ich kann erkennen: festgetretene Erde, Fellbüschel und Knochen. Der Anblick ist beinahe schlimmer als alles, was mein Hirn an Schreckensszenarien heraufbeschworen hat, weil es so einfach und inszeniert wirkt wie ein Ausstellungsstück im Museum. Fossilien. Mir kommt ein noch gruseligerer Gedanke. Nola hat gesagt, dass Hunter noch nicht tot war, als sie ihn gefunden hat. Jetzt trete ich doch näher, wir starren wortlos auf die Knochen und ich denke nach. Ich frage fast. Doch dann kratzt sie vorsichtig die Knochen und das Fell aus der Erde, steckt alles in den Rucksack und wischt ihre schmutzigen Hände am Boden ab.

Sie sieht mich mit offener Verachtung an. »Du bist feige, Donovan.«

Langsam muss ich ihr zustimmen. Doch das bringt mich auch nicht dazu, Hunters Überreste anzufassen. Eine plötzliche, lähmende Angst erfasst mich, dass ich für den Tod des Katers verantwortlich gemacht werde, so oder so. Dass ich mich im Angesicht seiner Knochen als Zeugin irgendwie mitschuldig mache. Und dann explodiert die Angst und es geht nicht mehr um Hunter, sondern um Megan und Todd und Jessica. Der Tod ist eine Kettenreaktion, ein Schmetterlingseffekt. Zitternd fange ich an, die Steine mit den Füßen auf der Lichtung zu verteilen.

»Wie sieht jetzt der Plan aus? Die Knochen haben wir.«

Sie hängt sich den Rucksack über die Schulter und geht zurück zum Weg, der zur Hauptstraße führt. »Wir betten sie zur letzten Ruhe.«

»Du hast gesagt, sie können nicht wieder unter die Erde.«

»Ganz genau. Sie kommen dorthin, wo sie nie wiederauftauchen werden.«

Der Gedanke lässt mich erschaudern. »Glaubst du nicht, dass der See momentan gründlich untersucht wird?«

Sie beschleunigt ihren Schritt und ich versuche mitzuhalten. »Doch nicht da, wo Jessica gefunden wurde. In der Nähe der Hauptstraße.«

Ich hole zu ihr auf. »Nola, überleg doch mal. Wenn jemand die Überreste findet, ist das viel belastender als das Grab. Sie können den Rucksack zu dir zurückverfolgen.«

»Wie denn? Oder hast du jemals davon gehört, dass wegen eines toten Tiers ein DNA-Test durchgeführt wurde?«

Ich halte eine Weile den Mund, aber ich habe ein mulmiges Gefühl. Es kann einiges schiefgehen. Als wir uns der Straße nähern, ziehe ich mir meine Kaschmirkapuze über den Kopf und spähe in beide Richtungen, bevor ich hinübersprinte. Alles ist ruhig. Am Seeufer kniet sich Nola hin und öffnet den Rucksack, während ich Steine sammle, um ihn zu beschweren. Komplizin, kreischt eine Stimme in meinem Kopf. Beihilfe zum Mord.

Ich hebe einen schweren Steinbrocken auf, der durch Moos und Algen ganz glitschig ist, und stopfe ihn in den Rucksack. Er zerdrückt die Knochen und andere Steine unter sich.

»Ich schätze, danach sind wir hier fertig«, sage ich.

Sie schiebt ihre Ärmel hoch und wischt sich den Schweiß von der Stirn. »Nicht mal annähernd. Das sind nur Kieselsteine. Gib mir was, das ich gebrauchen kann.«

»Ich meinte den Racheblog.« Ich mache eine Pause und wende mich dem nächsten großen Stein zu. »Ganz offensichtlich komme ich ohne die Software nicht weiter, aber wenn du mir zeigst, wie sie funktioniert, sind wir quitt.«

»Ich habe nicht gesagt, dass ich damit fertig bin.« Ihr Gesicht ist eine unbewegte Maske, aber ihre Arme hat sie wie zum Schutz fest um die Taille gelegt.

»Tja, aber so ist es.«

Sie stößt ein scharfes Lachen aus. »Du kannst mich nicht feuern.«

»Ich möchte dich nur nicht noch mehr in Gefahr bringen. Wir haben die Beweise vernichtet, aber dein Name ist immer noch auf der Liste. Tu mir noch einen weiteren Gefallen und lösche ihn, wie du es bei Tricia gemacht hast. Und zeig mir, wie man diese blöde Passwort-Software benutzt. Ich kümmere mich dann um den Rest.«

»Als hättest du die geringste Kontrolle über diesen Shitstorm.« Sie lächelt im Mondlicht zu mir auf. Es liegt immer ein Hauch von Zynismus in ihrem Lächeln, aber nur für einen Moment. Als eine Böe sanft ein paar Strähnen ihrer samtweichen Haare um ihr blasses Gesicht weht, leuchten ihre Augen und sie sieht hoffnungsvoll aus.

Dann fällt mir wieder ein, warum wir hier stehen und dass nur ich dafür verantwortlich bin, dass sie in dieser Sache mit drinsteckt.

Entschuldige dich. Jetzt gleich. »Na schön. Aber du verhältst dich wie eine vulgäre Handlangerin.«

»Ich verhalte mich immer wie eine perfekte Lady.« Nola hilft mir, den Stein vom Boden aufzuheben und in den Rucksack zu bugsieren. Sie macht ihn zu, dann steht sie auf und versucht erfolglos, ihn anzuheben. »Heilige Scheiße, ist der schwer. Hilf mir mal.«

Ich stütze mich an dem Geländer ab, das den See zur Straße hin abgrenzt, schiebe mir einen der Riemen über die Schulter und ziehe ihn hoch. Plötzlich schwenkt ein heller Lichtstrahl zu uns herüber.

»Duck dich.« Nola lässt den Rucksack los und drückt sich flach auf den Boden, sodass ich ihn nur noch allein halte.

Wie ein Reh, das seinen eigenen Untergang vor Augen hat, erstarre ich, während ich mich gleichzeitig einem Paar Scheinwerfer und dem Geist von Jessica Lane gegenübersehe, der mich heimsucht, weil ich den Tod gestört habe. Aber es ist nichts von beidem. Es ist sogar noch schlimmer. Detective Morgan marschiert den Weg am See entlang und schwenkt eine Taschenlampe.

Ich lasse den Rucksack fallen und renne los.

»Hey! Sofort stehen bleiben!«

Ich höre Nola schreien, Schritte donnern hinter mir her. Ich vertraue darauf, Morgan locker abzuhängen. Ich bin auf dem Höhepunkt meiner körperlichen Fitness, siebzehn Jahre alt, ich spiele Fußball und trainiere täglich. Sie ist wahrscheinlich Mitte dreißig und war vielleicht mal sportlich, aber machen wir uns nichts vor, es gibt nicht viele Kriminelle hier, denen man nachjagen muss. Sie hat keinen Namen gerufen und das gibt mir Hoffnung. Vielleicht erreiche ich den Campus, ohne erwischt zu werden. Nola andererseits ist eine Wildcard. Obwohl sie klein ist, müsste sie in ziemlich guter Form sein, denn sie tanzt regelmäßig. Ich kann es mir leider nicht leisten, stehen zu bleiben und mich umzusehen. Ich muss mich einfach darauf verlassen, dass sie entweder in die andere Richtung wegrennt oder sich versteckt hält. Wenn sie aufgegriffen wird, bin auch ich dran, denn es gibt keinen Grund, davon auszugehen, dass sie mich decken würde.

Meine Sneakers hämmern über den Weg am See, ich nehme die Kurven so knapp wie möglich und renne dann von den Wohnheimen aus in Richtung Sporthalle, wobei ich hoffe, dass ich durchhalte. Selbst wenn Morgan schnell ist, müsste ich mehr Ausdauer haben. Ich umrunde die Sporthalle und werde langsamer, während ich auf Schritte hinter mir lausche. Ich höre nichts. Mein Herz pocht, ich hole mein Handy aus der Tasche und überlege, ob ich Nola schreiben soll, um zu erfahren, ob sie es auch zurück geschafft hat. Aber das kann ich nicht. Wenn sie jetzt bei Detective Morgan ist und mich durch irgendein Wunder nicht verraten hat, würde mich eine Nachricht nur reinreiten.

Ich schlüpfe in die Sporthalle und laufe zur Umkleide, um rasch zu duschen, bevor ich mich in mein Zimmer zurückziehe. Nur für den Fall. Als ich mich abtrockne und mir die spärlichen Wechselklamotten überziehe, die ich dort für das Training an Regentagen bereitliegen habe, bekomme ich eine Nachricht von Nola.

Das war knapp, schreibt sie.

Ich zittere immer noch vor Adrenalin und dem Schreck, fast erwischt worden zu sein, aber ich fühle mich auch seltsam berauscht und trotzig. Das muss der Nola-Effekt sein, denke ich.

Du schuldest mir was, texte ich zurück. Grinsend mache ich mich auf den Weg zum Wohnheim.

10

Bis zum nächsten Abend haben sich die Neuigkeiten auf dem gesamten Campus verbreitet: In der Nähe des Sees wurde der Kadaver einer Katze gefunden.

»Das war bestimmt dieselbe Person, die Jessica umgebracht hat«, sagt Cori beim Abendessen. »Offenbar benutzen Mörder gern Katzen, um ihre Mordgelüste zu stillen. So fangen Serienkiller an. Das weiß doch jeder.«

Brie stößt mich unterm Tisch an und grinst.

Cori war eine der Hauptakteurinnen in der ursprünglichen Kater-vermisst-Geschichte, da ihre Familie mit Dr. Klein befreundet ist und sie Hunter deshalb schon als kleines Kätzchen gekannt hatte. Sie nahm seine Entführung sehr ernst und leitete die Schüler-Suchaktionen. Weil sie regelmäßig in Dr. Kleins Villa war, wusste sie außerdem am besten, wie man unbemerkt in das Haus hinein- und wieder herauskam, während Dr. Klein und ihr Mann beim Abendessen saßen, und wo Hunter zu dieser Zeit vermutlich war. Sie konnte auch Fragen der Spurensicherung beantworten. Sie stellte zu Hunters Verschwinden sogar einen vorübergehenden Podcast als wahren Kriminalfall online, doch das wurde ihr schnell langweilig und sie ließ es wieder bleiben, auch als klar wurde, dass daraus keine *Serie* werden würde.

Jetzt überschüttet sie Brie, Maddy und mich in ihrer Schnell-feuersprache mit neuesten Theorien, während ich die Pilze aus einer Chicken-Quesadilla herauspicke. Eine bittersüße Mahl-zeit. Quesadilla-Abende mochten Tai und ich am liebsten.

»Ich dachte, Jessica hat Selbstmord begangen«, redet Maddy dazwischen.

Cori funkelt sie böse an. »Unter diesen Umständen sind alle, die sich an die Selbstmordtheorie klammern, Heuchler, allein weil sie Angst haben, Notorious. Würde immer noch das Ab-sperrband vor ihrem Zimmer hängen, wenn es Selbstmord ge-wesen wäre? Und warum sollte die Polizei uns dann noch be-fragen?«

Mein Kopf schnellt in die Höhe. »Du wurdest auch befragt?« Cori beäugt mich zweifelnd. »Natürlich. Wir sind Zeugen.«

Ich spüre, wie mir mein Besteck aus den Händen rutscht, lege es hin und wische mir die Handflächen an meinem Rock ab. »Was hast du ihr erzählt?«

Sie runzelt die Stirn und schiebt sich eine Strähne ihrer di-cken, kinnlangen braunen Haare hinters Ohr. »Ihm. Ich habe mit diesem kleinen Kerl geredet. Lombardi. Ich habe ihm er-zählt, was wir gesehen haben. Toter Körper, sehr traurig, zu spät, um noch etwas tun zu können. Aber jetzt zurück zum sü-ßen armen Hunter.«

Nola tänzelt zu uns herüber und stellt ihr Tablett neben meins. Cori hört auf zu reden. Brie lächelt steif und nickt zur Begrüßung. Cori und Maddy starren Nola nur wortlos an. Sie erwidert ihren Blick und schaut dann zu mir.

Ich beiße nervös von meiner Quesadilla ab. »Ihr kennt Nola?«

»Wir sind uns schon über den Weg gelaufen«, sagt Brie. Sie nimmt einen Schluck von meinem Mineralwasser und mir fällt auf, wie besitzergreifend diese Geste ist. Sie kann doch auf keinen Fall eifersüchtig sein. Ich schaue zu Nola, die aus ihrer Tasse trinkt und Brie mustert. Dann sehe ich zu Brie, die immer noch an meinem Glas hängt und mit dem Trinkhalm darin herumrührt.

Nola wendet sich an Cori. »Du bist das Katzenmädchen.«

Cori räuspert sich. »Ja, stimmt. Ich kannte Hunter persönlich.«

Das ist überhaupt nicht lustig. Was Hunter passiert ist, war krank und grausam und falsch. Aber die Anspannung am Tisch macht mir zu schaffen und etwas an der Art, wie Cori es sagt, lässt mich kichern. Brie wirft mir einen befremdlichen Blick zu und ich huste schnell in meine Hand. Nola wirft mir hinter ihrer Teetasse ein boshaftes Grinsen zu.

»Was stimmt nicht mit dir?«, schnauzt Cori Nola an, was nicht ganz fair ist. Ich war diejenige, die gelacht hat. Auch wenn Nola grinsen musste.

»Und, wer war es?«, frage ich Cori in der Hoffnung, die Situation zu entschärfen. »Unterm Strich.«

Sie isst ein Stück Avocado und kaut gedankenvoll. »Eine Schülerin. Aus der Elften oder Zwölften. Jemand, der lange genug hier war, um mit Dr. Klein selbst und der Villa vertraut zu sein. Und der ganz offensichtlich immer noch an der Schule ist.« Sie nimmt einen Schluck Milch und fährt fort, wobei sie es total genießt, im Rampenlicht zu stehen. »Es war jemand, der einen Grund hatte, auf Dr. Klein sauer zu sein. Aber es war keine Rache. Es war ein innerer Drang.«

Maddy reißt die Augen auf. »Du denkst also, es war wirklich ein *Serienkiller*?«

Cori nickt feierlich. »Wie aus dem Lehrbuch.«

Brie schiebt meinen Fuß zwischen ihre und stößt ihn spielerisch vor und zurück. »In letzter Zeit irgendwelche Katzen getötet?«

Sie war direkt vom Lauftraining zum Abendessen gekommen, noch leicht außer Atem und mit geröteten Wangen, die Haare mit einem roten Haarband aus der Stirn gehalten. Nach dem Training ist sie immer am süßesten.

»Sehr witzig.«

Cori zieht ein finsteres Gesicht. »Was?«

Ich befreie meinen Fuß. »Brie findet es lustig, dass die Ermittlerin vom Tatort sich anscheinend auf einem Rachefeldzug gegen mich befindet.«

Maddy verdreht die Augen. »Warum ist die so gemein? Die braucht echt ein Hobby.«

»Vielleicht hat sie recht.« Alle Blicke richten sich auf Nola, die uns über den Rand ihre Tasse unheilvoll mustert.

Ich schließe genervt die Augen. Warum muss sie immer so rumspinnen?

»Ich meine, Jessica hat ihr den Freund ausgespannt. Niemand sonst hat ein Motiv. Bis auf Jessicas Exfreund. Und seit Kay heimlich mit Greg schläft ... wer weiß, was die beiden noch verbergen?« Sie zuckt mit den Schultern und alle glotzen mich an.

»Bitte sag mir, dass das nicht stimmt«, fordert Brie mich auf.

»Natürlich nicht!« Ich wende mich an Nola, die böse grinst. »Das hat sie sich ausgedacht. Ich date niemanden.«

»Ich sagte auch nicht *daten*«, erwidert Nola in einem für alle hörbaren Flüstern.

Maddy klappt die Kinnlade herunter und Brie wirft mir einen verunsicherten Blick zu. Ich schnappe mir mein Tablett, stürme zum Ausgang der Mensa und pfeffere meine Essensreste in den Mülleimer. Nola folgt mir zur Tür.

»Sorry«, sagt sie leichthin. »Bin ich zu weit gegangen?«

»Was läuft falsch bei dir?« Ich ziehe mir meinen Mantel über die Schultern. »Ich habe Greg angerufen, weil ich dir ein Date besorgen sollte. Ich habe versucht, nett zu dir zu sein, Nola!«

Sie verschränkt die Arme vor der Brust und streckt ihr spitzes, fast elfenhaftes Kinn vor. »Ach ja? Ist das so schwer? Bin ich wirklich so peinlich?«

Mir wird bewusst, dass uns jeder in Hörweite anstarrt. »Sei einfach … normal.«

Sie schüttelt den Kopf. »Vertrag du erst mal einen Witz, Kay.«

»Deine Witze sind nicht lustig.«

Sie kneift die Augen zusammen. »Was du nicht sagst. Deine auch nicht.«

Ich drücke mich durch die Tür, lande in einem Wirbel aus Laub und stolpere zurück zu meinem Wohnheim. In diesem Moment kommt Brie aus der Mensa gestürmt und holt zu mir auf.

»Was ist los mit dir?«

»Nichts. Nolas Kopf ist voller Scheiße.«

»Warum verschwendest du dann deine Zeit mit ihr?« Atemwolken kommen aus ihrem Mund und sie hüpft beim Gehen auf und ab. Sie trägt nur ein Sweatshirt und ihre Laufhose, also ziehe ich meinen Mantel aus und reiche ihn ihr, aber sie schiebt ihn zu mir zurück. Wir spielen kurz umgekehrtes Tauziehen, bis sie den Mantel schließlich über unsere Schultern legt.

»Dickkopf.«

»Sie spinnt, aber sie ist auch nett.«

»Mir kommt sie überhaupt nicht nett vor. Sie hat dich gerade zum Arsch gemacht.«

»Und du kannst offenbar niemanden mehr leiden.«

Brie blinzelt mich an. »Warum sagst du so etwas?«

Ich zucke mit den Schultern. »Maddy.«

Wir unterbrechen unser Gespräch, als wir an ein paar Schülerinnen vorbeikommen, die Brie wie üblich lächelnd grüßen, mir jedoch merkwürdige Blicke zuwerfen, falls ich mir das nicht nur einbilde.

»Okay, hat diese dreckige Elftklässlerin gerade *Schlampe* zu mir gesagt?« Ich bleibe abrupt stehen und funkele sie über meine Schulter böse an. Ihr Name ist Hillary Jenkins. Sie hat zwei Jahre hintereinander versucht, in die Fußballmannschaft zu kommen, es aber nicht geschafft. Ich kann ihr das Leben zur Hölle machen.

Brie lenkt mich rasch vom schmiedeeisernen Laternenmast weg, an dem sich die Mädchen aus der Elften versammelt haben. »Hör zu, seit Tai und Tricia weg sind, wird über dich geredet. Darüber, dass du die beiden verpfiffen hast und dass deinetwegen Hannigan gefeuert –«

»Hannigan wurde gefeuert?«

»Wo bist du gewesen und warum war ich nicht eingeladen? Tai und Tricia werden das Jahr an einer öffentlichen Schule beenden. Das ist für beide eine echte Erniedrigung.«

»Sie antworten nicht auf meine Nachrichten.«

»Na ja, es macht ja auch die Runde, dass du für all das verantwortlich bist.«

»Bin ich nicht.«

»Natürlich nicht. Genau wie du nicht mit Jessicas Ex geschlafen hast.« Sie spitzt die Lippen und zieht die Augenbrauen hoch. »Interessant, dass diese Gerüchte genau zu dem Zeitpunkt aufgekommen sind, als du angefangen hast, mit Nola abzuhängen.«

»Du liegst völlig falsch.« Ich drehe mich um und sehe zurück zu den Mädchen aus der Elften, während ich darüber nachdenke, was genau mit Tai und Tricia passiert ist. Doch Brie zieht mich sanft weiter zum Barton-Hall-Wohnheim.

»Da ist noch etwas.« Wir haben die Steintreppe erreicht und sie schaut zu meinem Fenster hinauf. »Irgendwie ist rausgekommen, dass Jessica mit Spencer geschlafen hat. Und die Leute finden es ziemlich verdächtig, dass sie direkt danach gestorben ist. Und jetzt, wo du auf deine Freundinnen losgehst und mit Nola rumhängst, die den Ruf hat, eine Totenbeschwörerin und Teufelsanbeterin zu sein –«

»Das ist doch Blödsinn. *Wir* haben dieses Gerücht gestreut.«

»Tja, das rächt sich jetzt. Vielleicht solltest du dir noch einmal überlegen, ob du wirklich Zeit mit ihr verbringen willst, solange die Ermittlungen noch nicht abgeschlossen sind.«

Ich trete Gras weg und unterdrücke einen frustrierten Aufschrei. »Das ist echt scheiße.«

»Das wird schon. Wir müssen uns nur unauffällig verhalten und das Ganze durchstehen.«

Ich mustere sie. »Du gehst immer noch von Selbstmord aus?«

Sie atmet tief ein und langsam wieder aus. »Schwierig zu sagen, ohne die Beweislage zu kennen.« Die Antwort eines Anwalts. Sie schaut auf die Uhr. »Ich muss noch einen Berg Latein abarbeiten.«

»Französisch.«

»Also, keine Nola mehr?«

Es ist nie leicht, mit Brie zu streiten. Zum einen drückt sie eine Bitte wie eine Anweisung aus. Zum anderen lässt mich ihr ausgeprägtes Selbstbewusstsein an mir zweifeln. Und drittens vergesse ich immer, warum meine Argumentation überhaupt wichtig war, wenn sie mir direkt gegenübersteht.

»Komm schon. Würdest du aufhören, dich mit Justine zu treffen, wenn ich dich darum bäte?« Ich versuche, ganz ungezwungen zu klingen, als wäre es gar keine richtige Frage.

Bries Miene verfinstert sich. »Na schön. Mir war nicht klar, wie nah du Nola stehst.« Sie wirft mir meinen Mantel zu. »Bis bald.«

Ich stapfe in das Gebäude und die Treppe hoch zu meinem Zimmer. Auf mich warten heute Abend tatsächlich noch Hausaufgaben. Ich brauche bis Mitternacht, um alles aufzuholen, und schlafe fast an meinem Schreibtisch ein, aber Nolas Spitze von vorhin lässt mich nicht los. Zwischen mir und Greg läuft überhaupt nichts, ich bin nicht mal an ihm interessiert, aber ich muss mehr über Jessica erfahren und was sie über meine Vergangenheit wusste.

Greg ist vermutlich der letzte Mensch, mit dem ich reden sollte, nach Detective Morgans Worten. Aber er kennt Jessica nun mal besser als irgendjemand sonst. Ich putze mir die Zähne, ziehe mir meinen Pyjama an, klettere ins Bett und mache das Licht aus, doch dann entschließe ich mich, ihn anzurufen. Er geht nicht ran, was Sinn macht, denn es ist inzwischen fast ein Uhr nachts. Ich beschließe, ihm keine Nachricht zu hinterlassen. Er wird meinen Anruf sehen. Wenn er zurückrufen will, wird er das auch tun.

Um halb zwei kann ich immer noch nicht schlafen, was irgendwie damit endet, dass ich Spencers Nummer wähle.

»Katie D. Wie viele Leben hast du heute zerstört?«, begrüßt er mich.

»Vergiss es.«

»Leg nicht auf!«, sagt er hastig. Ich höre ihn wild tippen. »Entschuldige, ich bin schlecht drauf, weil ich am Verlieren bin. Lass mich noch sterben.« Er hämmert einen Moment heftig auf seine Tastatur ein, dann herrscht Stille. »Sorry, ich habe unsere anonymen schlaflosen Treffen vermisst.«

»Das kann ich nicht behaupten.« Ich könnte. Aber das würde ich nie tun. Wir können beide schlecht einschlafen. Wir denken zu viel nach. Nächte konnten Brie und ich nie wirklich teilen, weil sie immer früh schlafen geht. Und sosehr ich es auch liebe, während der ersten Stunde neben ihr zu liegen, wird es schnell zu einer Tortur, an die dunkle Zimmerdecke zu starren. Spencer und ich sind oft durch die Gegend gefahren, haben rumgemacht, endlos über nichts geredet, Steine zum Mond geworfen. Was man eben so macht, wenn man sonst nichts zu tun hat. Einmal habe ich Spencer über Nacht in mein Zimmer gelassen – ein Verstoß, der mit einem Schulverweis hätte enden können –, wir sind auf den Turm geklettert und haben nach Sternschnuppen Ausschau gehalten. Ich bin irgendwann eingeschlafen, aber als ich aufwachte, hatte er seine Stirn immer noch gegen das Fenster gepresst und den Blick auf den schmalen Lichtkranz gerichtet, der sich über dem See abzeichnete. Das war die Nacht, nach der ich allen erzählt habe, ich hätte mit Spencer geschlafen, die Nacht, in der es hätte passieren sollen. Doch irgendwie haben wir nur beobachtet und gewartet. Es sollte einen Meteorschauer geben. Der Himmel hat uns im Stich gelassen.

»Ich liebe deine Ehrlichkeit.« Ich höre, wie er sich eine Zigarette anzündet und ein Fenster öffnet. Ich stelle mir vor, bei ihm zu sein. Ich konnte Zigarettenqualm noch nie ausstehen, außer in klirrender Kälte unter seinem abgewetzten Parka. Ich kann es nicht erklären.

»Dann erzähl mir was.«

»Damenwahl.«

Ich möchte ihn gern nach zwei Dingen fragen: nach Jessica und ob er von der Polizei befragt wurde. Aber Spencer reagiert immer impulsiv, wenn es um die Wahrheit geht. Es ist wahrscheinlicher, dass er ehrlich ist, wenn er selbst mit einem Thema anfängt. Wenn ich ihn etwas frage und es offensichtlich ist, dass ich mich dafür interessiere, macht er immer ein Spiel daraus.

»Triffst du dich mit jemandem?«, frage ich stattdessen.

»Ich stehe nicht besonders auf Cops, weißt du.«

Er hat auch ein Talent dafür, mich zu durchschauen.

»Dann lass uns treffen.«

»Echt jetzt?«

»Klar. Schlaf ist im Moment nur eine schwindende Erinnerung. In fünfzehn Minuten an der Old Road.«

Er zögert nicht. »Bring Snacks mit.«

Ich kreuze mit zwei Flaschen Multivitaminsaft und einer Handvoll Energieriegel auf. Etwas anderes hatte ich nicht. Als er neben mir anhält, steige ich in seinen Wagen und werde sofort von dem Geruch nach Vanillekaffee und Zigarettenrauch empfangen. Er zeigt auf den Getränkehalter und ich nehme mir dankbar einen Kaffee.

»Ich wusste, dass du das mit den Snacks vergeigst. Hinten liegen noch Donuts.«

Ich greife nach hinten und suche mir einen Donut mit Schokoladenglasur aus. »Danke.«

Er fährt die kurvenreiche Straße durch den Wald entlang, die am Ostufer des Sees verläuft. »Was willst du, Kay? Du rufst nur an, wenn du etwas willst.«

»Das klingt gar nicht nach mir. Ich möchte nur reden.«

»Über?« Er schnipst die Zigarette aus dem Fenster und kurbelt es hoch, während ich die Heizung aufdrehe.

»Nichts. Irgendwas. Kaffee und Donuts.«

Er fährt rechts ran und mustert mich. »Dann lass uns echt reden. Über uns.«

Ich habe ein schlimmes, mulmiges Gefühl. Sein Gesicht kam mir schon immer engelhaft und gleichzeitig teuflisch vor, abhängig von der Miene, die er gerade aufsetzt, und im Augenblick macht mich die Hoffnung in seinen Augen völlig fertig. Ein Teil von mir möchte ihn küssen und ihm sagen, dass wir alles vergessen sollten, was wir beide getan haben. Brie wird mich nie wollen. Nicht als feste Freundin. Das hat sie heute Abend deutlich gemacht. Und Spencer und ich, wir kennen uns so gut. Wir können uns wegen jedem Mist anrufen, uns gegenseitig verrückt machen, vor jedem noch so tiefen Abgrund retten und in Sekunden übereinander herfallen. Ich hasse es, dass alle meine Wünsche von Widersprüchen ruiniert werden. Mein Verstand ist zwiegespalten, mein Herz zerrissen. In diesem Moment, genau jetzt, würde ich am liebsten meinen Sicherheitsgurt lösen, auf seinen Schoß klettern und jede Erinnerung an die letzten paar Wochen, die Narben in meinem Kopf hinterlassen haben, wegküssen. Aber auf jenem schmalen Grat zwischen heute, morgen und für immer und in dem Augenblick, in dem wieder etwas Abstand zwischen uns ist, kann ich ihm Jessica nicht verzeihen. Zumindest kann ich es nicht vergessen. Ich bekomme die Bilder einfach nicht aus meinem Kopf. Und jedes Mal ist es derselbe furchterregende Weg, ein lebendig gewordener Albtraum – ihr toter, kalter Körper, der um ihn geschlungen ist.

»Spence«, sage ich leise, »es gibt für uns nichts mehr zu bereden. Das wissen wir beide.«

»Du wärst überrascht«, sagt er völlig ruhig.

Mir stockt der Atem. »Was soll das heißen?«

Er startet den Motor wieder. »Ein Mal«, sagt er, ohne mich anzusehen. »Jess und ich haben ein Mal miteinander geschlafen. Ist es das, was du wissen wolltest?«

»Ich habe nicht danach gefragt.«

»Das brauchtest du nicht.«

Er fährt über die schmutzige Straße, die von der Hauptstraße abgeht, um den See führt und zwischen der Ortschaft und dem Weg um den See am Rand des Campus endet, zurück zu unserem Treffpunkt.

»Danke für den Kaffee.«

Er verschränkt die Hände und seufzt hinein. »Es hatte nichts mit dir zu tun.«

»Klar.« Ich kann nichts dagegen tun, dass meine Stimme sich hebt und meine Wut größer wird. »Es hatte nichts mit Brie und mir zu tun.«

»*Sie* hat *mich* angebaggert.«

Ich habe die Tür schon halb geöffnet und halte inne. »Hat sie irgendetwas über mich gesagt?«

»Sie sagte, du seist eine narzisstische Paranoikerin, die wahrscheinlich denkt, dass andere sich nur an deine Freunde ranschmeißen, um dich eifersüchtig zu machen.«

»Mir egal, Spence.«

Er greift nach meiner Hand. »Kay ...« Ich drehe mich zu ihm um. »Als sie mich gefragt hat, ob ich mit jemandem zusammen bin, habe ich es verneint. Sie nannte mich einen dreckigen kleinen Lügner. Ich fand sie zuerst süß, aber vielleicht wusste sie doch über uns Bescheid. Rückblickend betrachtet glaube ich, dass es sogar sehr wahrscheinlich ist.«

Ich stocke. »Wie habt ihr euch kennengelernt?«

»Auf einer Party.« Er atmet tief ein und sieht mich dann schuldbewusst an. »Brie hat uns einander vorgestellt.«

Diesmal lügt er nicht. Er sieht aus, als wäre ihm genauso übel wie mir.

Wortlos schlage ich ihm die Tür vor der Nase zu.

Am nächsten Morgen erwartet mich Detective Morgan in der Eingangshalle des Wohnheims. Barton Hall wurde im Stil eines prachtvollen britischen Anwesens gebaut, eine Art abgespeckte Version von Downtown Abbey, und der Gemeinschaftsraum hat überall deckenhohe Fenster. Wenn ich nicht schlafen kann, rolle ich mich gern auf einem der antiken Samtsessel zusammen, sodass ich zu den Sternen emporblicken und so tun kann, als würde das alles mir gehören. Ausgerechnet dort möchte mich Detective Morgan befragen.

Dr. Klein ist wieder als Aufpasserin dabei. Ich bin immer noch etwas angeschlagen und es juckt mich, mir meinen üblichen Kaffee zu holen und zu meinem täglichen Morgenlauf um den See aufzubrechen. Ich bin überzeugt, dass mein Blut ansonsten nicht richtig fließen kann. Aber Morgan hat sich im Türrahmen aufgebaut und steht zwischen mir und der frischen Morgenluft, die Arme verschränkt, die Lippen zu einem gruseligen Grinsen verzogen. Dr. Klein kauert in der Ecke und wirkt in ihrer heraushängenden Bluse und der tristen beigefarbenen Hose, die sie statt ihrer üblichen hellen Hosenanzüge trägt, kleiner und älter als sonst. Ich versuche ihr ein zaghaftes Lächeln zuzuwerfen, aber sie hebt nur den Finger in Richtung Gemeinschaftsraum, also gehe ich hinein, während sich eine Wolke aus Angst über mir zusammenbraut. Vielleicht hat Morgan mich vorgestern Nacht doch erkannt.

Sie lässt mich gegenüber der Fensterfront Platz nehmen, sodass ich die aufgehende Sonne im Gesicht habe und ich sie anblinzeln muss, eine Silhouette vor fleckenlosem Glas. Dr. Klein setzt sich auf ein Sofa in der Ecke, sie zieht die Knie hoch und stützt das Kinn mit der Hand ab. Es verunsichert mich, sie in dieser Haltung zu sehen, und ich frage mich, ob ihr das Auffinden von Hunters Kadaver doch mehr zugesetzt hat. Ich habe nicht viel darüber nachgedacht, aber ich bin davon ausgegangen, dass sie ihn sowieso schon aufgegeben hatte. Vielleicht aber auch nicht.

Morgan räuspert sich. »Wo warst du vorgestern Abend?«

»Lernen.«

»Du hast dich um halb sechs zum Abendessen aus dem Wohnheim abgemeldet.«

»Ja.«

»Du hast dich gegen zweiundzwanzig Uhr dreißig wieder eingeschrieben.«

»Korrekt.« Ich mustere ihre dunkle Gestalt. Durch das Gegenlicht des langsam erwachenden Tages ist ihr Gesicht nicht klar zu erkennen.

»Du hast die ganze Zeit gelernt?«

»Zuerst habe ich gegessen. Dann bin ich rüber ins Zimmer meiner Freundin Nola. Wir haben zusammen gelernt, ich bin irgendwann gegangen, war noch eine Runde laufen, bin dann in mein Zimmer zurückgekehrt und habe noch einmal bis Mitternacht gelernt.«

Morgan setzt sich schräg hin, zieht ein Notizbuch aus ihrer Hosentasche und kritzelt etwas hinein. »Nur damit ich es richtig verstehe. Abendessen um siebzehn Uhr dreißig, dann bei Nola, sagen wir, ab achtzehn Uhr dreißig. Du hast dich gegen neunzehn Uhr fünfundvierzig aus ihrem Wohnheim abgemeldet und um zweiundzwanzig Uhr zweiundvierzig in deinem Wohnheim eingeschrieben und dann hast du bis Mitternacht gelernt.«

Ich versuche, den Kloß in meinem Hals herunterzuschlucken, aber mein Mund ist staubtrocken. Sie hat die Anwesenheitslisten bereits überprüft und will sich meine genauen Ein- und Austragezeiten bestätigen lassen.

»Scheint alles zu stimmen.«

Sie rutscht mit ihrem Stuhl kaum merklich ein bisschen näher zu mir, aber ihr Gesicht liegt immer noch im Schatten.

»Du warst also laufen, allein, ohne Zeugen, zwischen neunzehn Uhr achtunddreißig und zweiundzwanzig Uhr zweiundvierzig. Das ist ein Wahnsinnslauf. Du bist eine Erste-Klasse-Athletin, Kay.«

»Es geht so.«

»Du siehst aus, als wärst du auch jetzt gerade auf dem Weg zum Joggen gewesen.«

»Ich laufe jeden Tag. Ich muss.«

Sie rutscht noch näher, die Holzbeine ihres Stuhls schaben über den Boden. »Du musst. Was passiert, wenn du damit aufhörst?«

»Dasselbe, was jedem passieren würde. Der Körper wird schwächer. Man verliert Kraft, Ausdauer, Herz und Muskeln leiden darunter, man ist nicht mehr in Topform. Man stirbt früher. Laufen Sie jeden Tag?« Ich bezweifle, dass Morgan die Disziplin hat, auch nur fünf Minuten täglich zu joggen.

Als könnte sie meine Gedanken lesen, gähnt sie träge. »Nein, aber ich gehe mit meinem Hund raus. Das macht den Kopf frei. Wunderschöne Landschaft hier. Besonders, wenn sich das Laub färbt. Du hast bestimmt von Dr. Kleins Kater gehört.«

»Ich habe gehört, dass eine Katze gefunden wurde.«

»Ich habe sie gefunden. Ich habe ein Mädchen überrascht, das den Kadaver beseitigen wollte.«

»Das ist ja schrecklich.« Ich bin seltsam erleichtert, dass sie nicht uns beide gesehen hat.

»Ja, das stimmt. Und es ist aus diversen Gründen auch sehr ungewöhnlich.« Sie schiebt ihren Stuhl schon wieder vor, aber nur ein winziges Stück. Jetzt kann ich sie teilweise bis zur Taille sehen, aber ihr Gesicht bleibt nach wie vor im Dunkeln.»Wenn ein Haustier verstümmelt und getötet wird, macht sich der Täter normalerweise nicht die Mühe, es zu begraben. Es wird offen liegen gelassen. Der Täter ist stolz auf seine Tat und möchte die Reaktion des Besitzers genießen.« Plötzlich wird mir schmerzlich bewusst, dass Dr. Klein in der Ecke hockt. Obwohl ihr Gesicht für mich unsichtbar ist und ich Hunter nichts getan habe, spüre ich eine erdrückende Schuld, die mir fast den Atem raubt. Ich habe den unvorstellbaren Drang, mich zu ihr umzudrehen, mit einer Entschuldigung herauszuplatzen, und ich will am liebsten aus meinem Körper springen und wegrennen, aus diesem verdammten Raum verschwinden, bevor ich etwas sage, das mein Leben ruiniert.

Unbehaglich verlagere ich mein Gewicht auf dem Stuhl. Ich habe das Gefühl, darin zu versinken, als wäre es ohne enorme Kraftanstrengung unmöglich, daraus aufzustehen.

»Das ist wirklich gruselig.«

»Die andere Sache betrifft die lange Zeitspanne. Es ist merkwürdig, dass der Täter über ein Jahr wartet, bevor er sich die Beweise vom Hals schafft. Warum ausgerechnet jetzt?«

Ich zucke leicht mit den Schultern, nur eine winzige Geste.

»Tja, und dann ist da noch die andere Leiche aus dem See«, fährt sie fort und rutscht erneut mit ihrem Stuhl vor.»Siehst du, was ich sehe?«

Ich sehe ihr vorspringendes Kinn, ihre scharf geschnittene Nase, aber nicht ihre Augen. Alles an ihr ist scharfkantig und eckig. Vielleicht ist sie gar nicht so dumm, wie sie rüberkommt. Jedes Mal, wenn sie mir Fragen stellt, beginnt sie das Gespräch wie eine Kindergärtnerin und verpasst mir am Ende einen gezielten Seitenhieb.

»Nun, ich denke, dass Jessica von derselben Person getötet

wurde wie Hunter. Und wenn man eins und eins zusammenzählt, sieht es ganz danach aus, dass die Täterin an der Bates zur Schule geht. Womöglich gibt es eine Gruppe enger Freundinnen, die bereit sind, die Tat zu decken. Die Polizei anzulügen.«

Sie rutscht noch einmal vor und jetzt sehe ich, wie sie mich mit ihren stechenden Augen fixiert. »Weißt du, was wir auf Jessicas Bett gefunden haben, nachdem wir den Tatort gesichert hatten?«

Ich schüttele den Kopf, irritiert von dem plötzlichen Themawechsel.

»Ein Handy, ein Foto, eine Nachricht, keine Fingerabdrücke. Du kannst nicken, wenn dir irgendetwas davon bekannt vorkommt.«

Sie redet schnell, analysiert jeden meiner Atemzüge, jedes Blinzeln, jedes Schlucken, jede Augenbewegung. Ich habe Angst, zu atmen.

»Ein Foto ihrer Leiche im See, auf ihrem Handy. Und noch etwas anderes. Etwas von dir.« Sie wartet, ihr Blick ist durchdringend und gefährlich.

»Sollte ich mit einem Anwalt sprechen oder so?«, flüstere ich.

Ihre schmalen Lippen verziehen sich zu einem Grinsen. »Ich verhöre dich nicht, Kay. Wir reden nur. Du bist eine Zeugin. Wenn ich *tatsächlich* etwas gegen dich in der Hand hätte, wären wir jetzt auf dem Revier. Du wärst in Haft, deine Eltern wären anwesend, ein Officer würde dir deine Rechte vorlesen und du könntest jeden Anwalt haben, den du möchtest.« Sie hält kurz inne. »Eine Sache ergibt für mich immer noch keinen Sinn, Kay. Du hast freiheraus zugegeben, dass du kein Alibi für Jessicas Todeszeitpunkt hast. Alle deine Freundinnen haben das in ihren Zeugenaussagen abgestritten.«

Ich nicke zögernd.

»Sie haben ausgesagt, dass sie den ganzen Abend an deiner Seite waren. Wenn du mir jetzt die Wahrheit sagst, wird es viel leichter, dir künftig zu glauben. Wo warst du, als Jessica Lane ermordet wurde?«

Meine Gedanken überschlagen sich. Als sie mich das letzte Mal danach gefragt hat, habe ich ihr erzählt, dass ich allein war, aber das ging nach hinten los. Das kann ich nicht noch einmal riskieren. Abgesehen davon ist Greg der Hauptverdächtige. Ich muss nur Bries Rat befolgen und mich unauffällig verhalten.

»Ich war mit meinen Freundinnen zusammen«, sage ich schließlich.

Sie senkt den Blick und seufzt schwer, dann schaut sie mir kalt in die Augen. »Es ist ein Verbrechen, die Polizei anzulügen, Katie.«

»Ich lüge nicht«, flüstere ich.

»Wir haben deine Schuhe hinter dem Ballsaal gefunden. Das Paar, das du angeblich während der Tatzeit in deinem Zimmer gewechselt hast.«

Die Tatzeit.

Nachdem Brie uns draußen stehen gelassen hatte, *wollte* ich zum Umziehen in mein Zimmer gehen. Aber alles war chaotisch und falsch. Mein Kopf war vom Prosecco ganz benebelt und mein Herz schlug so heftig zwischen meinen Rippen, dass es mir Schmerzen bereitete. Ich wollte mich nur in meinem Eisblock verkriechen, bis alles vorbei war. Ich lief barfuß den Weg bis zur Old Road hinunter, drückte die kalte Öffnung der Flasche gegen meine Lippen, wählte Spencers Nummer, ohne wirklich zu erwarten, dass er rangehen würde. Doch das tat er. Und er sagte dieses schreckliche, erschütternde Wort, das ich nie wieder aus meinem Kopf verbannen kann.

Er sagte: »Jess?«

Dann sagte er: »Bin in fünf Minuten da.«

Ich war noch nie in meinem Leben so verängstigt wie jetzt, als Detective Morgan vor mir lauert. Hätte ich nicht solche Angst vor der Reaktion meiner Eltern, würde ich sie sofort anrufen. Doch sie würden ausflippen. Aber der Gedanke an meine Eltern legt plötzlich einen kleinen Schalter in mir um und die andere Kay, die Kay, die ich eigentlich hatte töten wollen, erwacht und fängt Feuer. Ich stehe abrupt auf und blicke auf Detective Morgan hinab, auf ihr rattenbraunes Haar, die gelblich verfärbten Vorderzähne, die nicht zu den anderen passen, ihr hässliches, selbstgefälliges Lächeln auf den papierdünnen Lippen.

»Ist Ihr Leben wirklich so sinnlos, dass Sie nichts Besseres zu tun haben, als siebzehnjährige Mädchen zu schikanieren?«

Ihr Lächeln verschwindet und ihr Mund klappt buchstäblich auf.

»Sie machen sich etwas vor, wenn Sie glauben, Sie könnten mich einschüchtern, damit ich ein falsches Geständnis ablege. Wie viele Morde werden denn von weiblichen Teenagern begangen, statistisch gesehen? Und wie viele von perversen alten Männern und eifersüchtigen Exfreunden? Warum fangen Sie nicht an, sich die vorzunehmen, und hören damit auf, mich zu belästigen, Sie Miststück.«

Ich stürme aus dem Raum und laufe nach draußen. Ich komme zu spät zur ersten Stunde, aber das ist mir egal. Wenn ich jetzt nicht renne, explodiere ich.

11

Ich gehe Brie den ganzen Tag aus dem Weg. Ich bin noch nicht bereit, ihr gegenüberzutreten, nachdem ich erfahren habe, dass sie Spencer mit Jessica verkuppelt hat. Das ist ein doppelter Schlag in die Magengrube. Dass sie mir so etwas antut, ist schon schlimm genug. Aber dass sie sich seit Wochen so verhält, als wäre nichts passiert, lässt mein Hirn pochen, bis ich das Gefühl habe, mir platzt gleich der Schädel.

Stattdessen bereite ich mich auf das erste Fußballtraining nach Jessicas Tod vor. Ich gehe extra früher hin, um Nola noch eine kurze Last-Minute-Einführung zu geben, aber sie ist zu spät dran. Maddy ist gerade mit ihrem Feldhockeytraining auf dem Nachbarplatz fertig und ich gehe zu ihr hinüber.

Sie wirkt überrascht, mich zu sehen. »Kay! Ich wusste nicht, dass du heute beim Training mitmachst.«

»Warum nicht?«

»Ich weiß nicht. Du wirkst in letzter Zeit so abgelenkt.« Sie spritzt sich Wasser aus ihrer Flasche ins Gesicht und reibt es dann kräftig ab, sodass ihre Haut ganz rot wird.

»Das bedeutet nicht, dass ich nicht hundert Prozent gebe, um zu gewinnen.«

Sie grinst. »Also hat sich nichts geändert.«

Ich nehme mir einen Hockeyschläger und schwinge ihn durch die Luft. Als ich noch klein war, haben meine Eltern mich zum Softball angemeldet, doch ich war grottenschlecht. Ich schlug die Bälle ins Aus, warf nicht weit genug und konnte nicht fangen. Das Einzige, was ich gut konnte, war Base Stealing, aber da ich es kaum bis zur ersten Base schaffte, war das ziemlich mühsam. Ich hasste generell Sport bis zu dem Tag, als Todd mich mit einem Fußball in den Garten schleppte und herausforderte, ihm den Ball abzunehmen, ohne die Hände zu benutzen. Es dauerte eine Weile, bis ich es geschnallt hatte, doch ich wollte es unbedingt schaffen.

Ich lächle Maddy an. »Nee, es gibt Dinge, die sich nie ändern.«

Sie schaut an mir vorbei und ihre Miene friert ein. »Oh mein Gott.«

Nola ist endlich aufgetaucht, völlig unpassend gekleidet in winzigen schwarzen Frotteeshorts, kniehohen schwarzen Converse und einem weißen T-Shirt, auf dem mit deutlich lesbaren Worten ICH TREIBE SPORT steht.

»Wahnsinn!« Ich jogge zu Nola hinüber.

Maddy folgt mir und setzt sich auf eine Bank, um zuzusehen. »Das wird ein Spaß.«

»Du erfrierst noch«, sage ich zu Nola, öffne den Reißverschluss meiner Kapuzenjacke und gebe sie ihr. Ich trage unter meinem Trikot ein Langarmshirt und ich muss immer noch zittern, bevor ich ein paar Runden gelaufen bin. Ich fange mit ein paar Dehnübungen an, sie schaut mir unsicher zu und versucht, mir alles nachzumachen, dann gibt sie auf und beginnt mit ihrem eigenen Stretchingprogramm.

»Warst du mal wieder auf der Website?«, fragt sie.

»Eigentlich war ich durch die Mordermittlungen beschäftigt. Diese Polizistin hat mir wieder einen unfreundlichen Besuch abgestattet.« Und dann trifft es mich wie ein Schlag. Als Detective Morgan mich davor warnte, die Polizei anzulügen, hatte sie mich Katie genannt.

Ich schnappe mir meinen Rucksack und wühle mein Handy heraus.

Nola macht einen Übungsschuss. »Fußball!«

Ich überlege kurz, komme dann aber zu dem Schluss, dass ich Nola den Inhalt der ursprünglichen E-Mail von Jessica ruhig anvertrauen kann, nach allem, was wir durchgemacht haben.

»Komm mal her.« Ich zeige ihr die E-Mail, während wir eine langsame Runde laufen, um etwas Abstand zu Maddy zu bekommen.

Nola schwebt neben meiner Schulter und liest laut vor. »*Auch auf die Gefahr hin, dass es klischeehaft klingt, Kay: Es wäre nicht gerade gut für dich, wenn du mit der Polizei sprichst.* Darauf hinzuweisen, dass es klischeehaft ist, macht es nicht weniger klischeehaft.«

Ich nehme mir einen Moment Zeit, um meine Worte sorgfältig zu wählen. »Es gab einen Vorfall, bei dem ich Zeuge eines Verbrechens wurde, und aus irgendeinem Grund glaubte die Polizei meine Geschichte nicht. Das war das Schlimmste. Ich wurde immer wieder befragt.«

Nola schnappt nach Luft. »Und Jessica wusste davon.«

Ich nicke. »Irgendwie.«

»Aber sonst weiß das niemand?«, fragt sie skeptisch, bleibt stehen und sieht sich auf dem Platz um, als würde uns gerade jemand beobachten.

»Niemand.« Doch das ist eine Lüge. Eine weitere Person

kennt mein Geheimnis. Der einzige Mensch, der auch weiß, dass ich zu Hause Katie genannt werde. Spencer Morrow.

Es ist unmöglich, mich während des restlichen Trainings zu konzentrieren. Nola ist unglaublich schlecht. Sie kann nicht schießen, sie kann sich den Ball nicht erobern und sie kann nicht verteidigen. Rennen kann sie, aber wie durch irgendeine alberne Behauptung aus Murphys Gesetz rennt sie nicht in dieselbe Richtung wie der Ball. Und sie fällt hin. Andauernd.

Am Ende des Trainings sind alle sauer auf mich, bis auf Nola, die mit einer wundersam ausgeprägten Selbstlüge zu glauben scheint, dass sie gut war. Der Trainer nimmt mich zur Seite und fragt mich, ob mir mein Urteilsvermögen abhandengekommen sei, dass wir Nolas Aufnahme auf keinen Fall rechtfertigen können und ich mit ihr im Team mein Stipendium vergessen kann. Niemand will mit mir reden, weil alle Holly Gartner lieben, die auf der Bank sitzen musste, weil ich Nola auf die Spielerliste gesetzt hatte. Holly war die ganze Zeit in Tränen aufgelöst, während Nola sich und mich lächerlich machte, und als ich nach dem Training versuchte, auf sie zuzugehen, stürmte sie davon, noch bevor ich den Mund aufmachen konnte.

Falls ich den Trainer dränge, Nola weiterspielen zu lassen, sinken tatsächlich meine Chancen, von einem Scout ausgewählt zu werden. Ich muss eine perfekte Saison abliefern. Unsere wichtigsten Spiele stehen gleich nach Thanksgiving auf dem Plan, und nur wenn wir erfolgreich sind, kann ich realistisch auf ein Stipendium hoffen. Und ohne Holly schaffe ich das nicht. Nola muss weg. Und ich habe keine Ahnung, wie ich ihr das sagen soll.

Maddy hat beim Training die ganze Zeit zugeschaut. Ich habe mitbekommen, wie sie Nola finster beobachtet hat, mir hat sie dagegen ein paarmal mitfühlend zugewunken. Ich wünschte, es hätte keine Zeugen für meine monumentale Blamage gegeben, aber nach dem Training joggt sie zu mir herüber und lädt mich vor dem Abendessen zu einem Kaffee ein. Ich bin hin- und hergerissen. Ich hänge mit dem Lernen hinterher und würde gern auf dem Racheblog den nächsten Hinweis öffnen. Aber ich muss nach diesem katastrophalen Training auch Luft ablassen und es wäre eine große Erleichterung, wenn ich mich ausnahmsweise mal mit etwas Banalem ablenken könnte.

»Klar«, sage ich.

»Juhu! Wollen wir in diesen netten Cat-Laden gehen?«

Maddy wirft einen gereizten Blick über meine Schulter. Ich hatte gar nicht mitbekommen, dass Nola dort steht. Ich seufze. So viel zum Thema Luft ablassen.

Wir sitzen an einem kleinen Tisch und die Stimmung ist gezwungen – Nola mit ihrem Tee, Maddy und ich mit Kaffee – und wir plaudern, bis Nola zur Toilette geht.

Maddy lässt den Kopf auf die Tischplatte fallen. »Oh mein Gott, so eine Spinnerin.«

»Wir sind befreundet.«

Maddy wird rot. »Sorry. Ich dachte, ihr schlaft nur miteinander.«

»Verstehe.« Ich trinke einen Schluck Kaffee. »Du bist nicht hier, um dein Mitgefühl auszudrücken. Du willst nur ablästern.«

»Nein!« Sie seufzt und senkt den Blick. »Ich wollte sehen, wie es dir geht. Seit Kurzem ist alles so eigenartig. Zuerst Jessicas Tod, dann der Rauswurf von Tai und Tricia. Keine der beiden antwortet auf meine Nachrichten. Aber jeder scheint zu denken –«

»Ich weiß. Kay ruiniert alles.«

Sie schüttelt energisch den Kopf. »Die Bates ist nicht alles und du ruinierst sie nicht.« Sie spielt mit den Enden ihres Seidenschals und streicht damit über die glatte Tischplatte. »Hast du mal wieder mit Spencer gesprochen?«

Ich seufze. »Hängt davon ab, was du mit Sprechen meinst.«

»Kommt ihr wieder zusammen?«

»Ganz bestimmt nicht.«

Sie kaut für einen Moment auf einer Haarsträhne herum und streicht sie dann glatt. »Es sieht nur so aus, als machst du gerade eine schwere Zeit durch. Und du sollst wissen, dass ich für dich da bin. Falls du reden willst.«

Ich mustere sie misstrauisch. »Oder ich twittere es einfach.«

Sie steht auf. »Schon kapiert.«

»Hey ...« Ich greife nach ihrer Hand und ziehe sie zurück. Sie hat Tränen in den Augen und ich schweige betroffen.

»Ich meinte ja nur, dass ich weiß, wie es sich anfühlt, ausgeschlossen zu werden.«

»Wann haben wir dich jemals ausgeschlossen?«

Sie zuckt mit den Schultern. »Niemand erzählt mir irgendwas. Aber es geht um mehr als das. Manchmal kannst du mittendrin sein und fühlst dich trotzdem total einsam. Ich will nur sagen, ruf mich an, wenn es dir hilft.«

Ich stehe auf und umarme sie. »Du kannst mich anrufen. Ich schlafe nie. Niemals. Ausruhen war einmal. Und wenn du möchtest, dass ich mit den anderen über diese dämliche Notorious-R. B. G.-Sache rede, sieh es als erledigt an.«

Maddy wirft mir einen überraschten Blick zu. »Was würdest du zu ihnen sagen?«

»Keine Ahnung. Vielleicht ›Maddy ist klug, aber sie ist keine Ruth Bader Ginsburg‹?«

Sie lacht und wischt sich die Tränen weg. »Mir geht es gut. Du meldest dich, okay?«

Ich nicke. »Natürlich.«

Ihr Handy summt und sie wirft einen Blick darauf. »Ich sollte los, bevor deine Freundin zurückgehüpft kommt.«

»Sie steckt voller Energie«, zwinge ich mich zu sagen. »Fehlt nur ein bisschen die Selbstkontrolle.«

»Setz sie auf die Bank.« Maddy wickelt den Schal um ihren Hals. »Lass Holly wieder mitspielen. Wenn Nola wirklich eine Freundin ist, wird sie es verstehen. Sie war echt schlecht. Du musst ihr nicht mal sagen, dass es deine Entscheidung war. Es ist okay, wenn du an erster Stelle kommst. Lass sie es nur nicht herausfinden.«

»Ich habe es ihr versprochen.«

»Tja, alles kann gebrochen werden. Knochen, Herzen. Und in diesem Fall lieber ein Versprechen als ein ungeschlagener Rekord.« Sie wirft mir einen bedeutungsvollen Blick zu, dann umarmt sie mich noch einmal, bevor sie geht.

Doch als Nola von der Toilette zurückkommt, kann ich mich nicht dazu durchringen, das Thema anzusprechen. Jedenfalls nicht jetzt. Ich brauche sie zu sehr.

*

Ich schaffe es, Brie für den Rest der Woche aus dem Weg zu gehen, obwohl sie mich mit Nachrichten bombardiert; ich stürze mich ins Lernen und Fußballspielen und esse mit Nola. Zwei Dinge gehen mir nicht aus dem Kopf: die Tatsache, dass Brie Spencer und Jessica zusammengebracht hat, und dass Detective Morgan womöglich über meine Vorgeschichte mit der Polizei Bescheid weiß.

Ehrlich gesagt, ich weiß nicht, was schlimmer ist.

Nachdem Megan im Mädchenumkleideraum Selbstmord begangen hatte, wurden alle Schülerinnen aus den achten und neunten Klassen von der Polizei befragt. Als dann das Video mit der Selbstmordbotschaft auftauchte, das sie selbst online gestellt hatte, wurde ich noch einmal vorgeladen. Und dann noch einmal. Und noch einmal.

Ihre Eltern hatten das Video sofort entfernt, noch bevor ich es sehen konnte, und die Cops hatten mir nicht verraten, ob oder wie es sich auf mich bezieht. Vielleicht wurde ich darin gar nicht erwähnt. Doch sie stellten mir weitere Fragen. Was wusste ich über ihre Beziehung zu meinem Bruder? Hat sie mir irgendetwas über die Fotos erzählt? Hat sie mir die Fotos gezeigt? Hat Todd mir die Fotos gezeigt?

Und genau darin lag das Problem. Ich habe die Fotos nie gesehen.

Im Gegensatz zu einem Haufen Jungs aus der Neunten und Zehnten und ein paar Mädchen. Megan war in der neunten Klasse und sie kannte viele von ihnen. Aber ich nicht. Ich habe kein einziges Foto zu Gesicht bekommen und ich habe nie mit jemandem gesprochen, der sie gesehen hatte. Für mich gab es nur den einen Moment, den Schock aus heiterem Himmel, als sie mir erzählte, dass sie die Fotos aufgenommen, an ihn geschickt und dass er sie an alle weitergeleitet hatte. Und in diesem Bruchteil einer Sekunde, in dem unsere Freundschaft alles oder nichts bedeutete, brachte ich nur heraus: »Das war bestimmt ein Versehen.«

Ich hatte nie die Chance, die Dinge zwischen uns wieder in Ordnung zu bringen, weil sie kein Wort mehr mit mir redete.

Als ich mich später in Todds Zimmer geschlichen hatte, sah er krank und blass und verstört aus und er sagte, jemand hätte sein Handy geklaut. Todd, der älteste Freund, den ich hatte. Der mir Fußball beigebracht hatte, meine Rettung, mein Ticket aus der Hillsdale an die Bates. Der Junge, dem die Zähne ausgeschlagen wurden, weil er für mich eingetreten war, als Jason Edelman mich in der vierten Klasse Lesbe genannt hatte – als ich noch nicht einmal wusste, was dieses Wort bedeutet.

Was zur Hölle hätte ich in diesem Drei-Sekunden-Fenster sagen sollen?

Und so erklärte ich es mir und der Polizei: Jemand hat sein Handy geklaut. Jemand hat sein Handy geklaut.

Wenn man etwas oft genug sagt, wird es wahr.

Heikel wird es nur, wenn man manchmal Details hinzufügen muss, die vorher nicht da gewesen sind, um die Wahrheit Wirklichkeit werden zu lassen.

Vielleicht war ich nicht bei Todd, als die Fotos weitergeleitet wurden. Vielleicht fuhr ich nicht mit ihm umher, um nach seinem gestohlenen Handy zu suchen. Vielleicht fand ich es nicht mit ihm wieder, Stunden nachdem die Fotos verschickt worden waren.

Aber keine dieser Wahrheiten, die ich erschaffen hatte, widersprach dem, was ich glaubte. Denn ich glaubte, dass er sein Handy verloren hatte und umhergefahren war, um danach zu suchen. Und er verdiente es nicht, dass sein Leben den Bach runterging, nur weil er kein Alibi hatte. Hätte er die Schuld auf sich genommen, hätte ich Megan nie überzeugen können, dass es okay war, was ich zu ihr gesagt hatte. Dass sie wirklich von jemand anderem verletzt worden war. Und dass diese Person mit Blut bezahlen würde, wenn ich sie fände.

Nur dass Megan dafür bezahlt hat.

Und danach Todd.

Und dann war ich allein.

12

Am Samstagabend verkrieche ich mich mit Nola in der obersten Etage der Bibliothek, um zu lernen und das nächste Rezept zu öffnen. Es ist ein langes Wochenende wegen des Gedenktags zum Ende des Ersten Weltkrieges und praktisch jeder nutzt die freie Zeit zum Lernen. Ein Großteil des Gebäudes ist voller Leute, die sich auf die Zwischenprüfungen vorbereiten, aber hier oben ist es wie gewöhnlich ruhig. Langsam wird das zu unserem persönlichen Treffpunkt, zu unserem Zufluchtsort vor der Lärm- und Dramaschule, zu der sich die Bates Academy entwickelt hat. Niemand kann auch nur für einige Sekunden seinen Mund halten, ohne den Kater oder den Mord oder Dr. Kleins sich langsam verschlechternden körperlichen Zustand zu erwähnen. Die anderen tuscheln über mich und starren mich an, und meine Teamkolleginnen tauchen zu spät oder gar nicht zum Training auf. Mit Cori habe ich seit unserem peinlichen Abendessen und mit Maddy seit unserem Kaffee nicht mehr gesprochen und ich habe mich vor Bries Anrufen gedrückt. Zum Glück vergräbt sie sich aufgrund der bevorstehenden Zwischenprüfungen in einem Stapel Bücher und lernt wie gewöhnlich auf ihrem Zimmer. Außerdem ist an diesem Wochenende ihr und Justines erster Jahrestag. Es hätte auch Spencers und meiner sein können. Derzeit ist Brie in New York und isst wahrscheinlich winzige Mahlzeiten, die ich nicht mal aussprechen kann, in Restaurants, wo statt Wasser Champagner serviert wird und man an seinem Platz massiert wird. Ich esse ein zähes Stück Mikrowellenpizza aus dem Automaten im Sportzentrum, während ich nach dem Training zur Bibliothek jogge.

Alles ist so schrecklich.

Nola und ich setzen uns zusammen in einen dick gepolsterten grünen Sessel. Nola hält ihren Laptop so, dass wir beide den Bildschirm sehen können.

»Ich habe Snacks mitgebracht.« Ich öffne eine Flasche Grapefruitlimo, gieße zwei Pappbecher voll und breche einen riesigen Chocolate-Chip-Cookie in zwei Hälften. Scheiß auf Spencer. Und Brie und Justine und ihr schickes Jahrestagwochenende. Ich habe Nola, Zucker und die Rache aus dem Jenseits.

»Danke.« Sie beißt in ihre Hälfte, während sie die Website und die Passwortsoftware öffnet und wild auf der Tastatur tippt. Das Wort *b@ckflr3* erscheint. Sie gibt es auf der Website ein und klickt auf den Link für die Beilage. Der Ofen öffnet sich, das Rezept für *Prueba Con Coriander* taucht auf und der Timer beginnt zu ticken.

PRUEBA CON CORIANDER

Eine harte Nuss? Verzweifle nicht sofort!
Scheitere nur, wenn du fair bleibst an diesem Ort
Sie weiß genau, was ein Fore ist
Zeit, dass du die Rechnung nicht vergisst
Bring einen weiteren Turm zu Fall
Stürze die Königin mit großem Knall.

»Offensichtlich ist Cori das nächste Ziel.« Ich lese das Gedicht noch einmal. »Ist *prueba* nicht so was wie ein Test?«

Nola runzelt kritisch die Stirn. »Sie spielt Golf, also weiß sie, was ein ›Fore‹ ist. Diese Wortspiele werden immer maßloser. Was soll das mit dem Turm und der Königin? Geht es um Schach? Eine Rochade ist aber nur mit dem König möglich. Hat Cori eine heimliche Freundin?«

»Cori ist der Turm. Wenn wir sie zu Fall bringen, bleibt die Königin ungeschützt zurück. Nicht fair spielen. Testergebnisse. Was, wenn sie irgendwelche Testantworten in ihrem Spind hat?«

Aus irgendeinem Grund macht mich das wütend. Sie hat *mir* noch nie Hilfe angeboten und sie weiß, wie ich mich immer abmühe. Natürlich würde ich nicht betrügen. Aber warum bietet sie es nicht wenigstens an?

»Sorry, aber dafür kommt man nicht ins Gefängnis. Rede einfach mit ihr und sag ihr, sie soll die Beweise vernichten. Die anderen waren in viel schlimmere Dinge verwickelt. Drogen, Sexskandal, Mord.«

»Ich weiß nicht, ob es bei einem Tier auch als Mord zählt.«

Angst blitzt in Nolas Augen auf. »Es ist auf jeden Fall nicht ohne Folgen. Du hast selbst gesagt, dass die Cops von einer Verbindung zu Jessicas Ermordung ausgehen. Der Punkt ist, dass Coris Vergehen eigentlich nicht so dramatisch ist. Sag es ihr aber, bevor es öffentlich wird.«

Mir geht ein Gedanke durch den Kopf. »Glaubst du, wir könnten das einfach aufhalten, indem wir ihren Namen von der Liste entfernen? Ich meine, Tai wurde zwar rausgeworfen, aber Tricia hat sich selbst dafür entschieden und du musstest gar nicht gehen.«

»Warum ist die Liste so wichtig?«

»Vielleicht ist eine Website mit der anderen verlinkt oder so. Ich kapiere diese ganzen Kodierungen und Algorithmen und diesen Matrixkram nicht.«

Nola hebt die Hand. »Du machst dich ja lächerlich. Aber ich verstehe trotzdem, was du sagen willst. Eine der Webseiten könnte so programmiert sein, dass sie eine Abweichung zur anderen erkennt.«

Ich zeige ihr noch einmal die E-Mail von Jessica. »Hier steht nicht, dass die Ziele entfernt werden müssen. Nur die Namen *und* dass ich die Anweisungen aus den Gedichten befolgen muss.«

»Das bedeutet, dass du sie ›zu Fall‹ bringen beziehungsweise ›stürzen‹ musst. Klingt für mich wie eine öffentliche Bloßstellung.« Nola hält kurz inne. »Also, was hast du getan?«

Die perfekte Lüge ist eine verdrehte Wahrheit. »*Dear Valentine*. Genau wie alle anderen.«

Wir machen uns auf den Weg nach unten, wo jede Lesenische und jeder Tisch mit Schülerinnen besetzt ist, die in Bücher vertieft sind. Nola bleibt plötzlich auf halber Treppe stehen, die sich bis ins Erdgeschoss schlängelt, und umfasst meine Taille. Sie legt ihr Kinn über meine Schulter und ihre kalte Hand unter mein Kinn, dann dreht sie meinen Kopf langsam nach links unten. In einer der Nischen in der Mitte des Raums sitzt Cori gegenüber von Maddy. Bücher sind um sie ausgebreitet.

»Tu es jetzt und du hast es hinter dir«, flüstert Nola.

Plötzlich wünschte ich, Brie wäre hier, aber sie hätte mir geraten, es nicht zu tun, und ich habe keine Wahl. Ich glaube nicht, dass ich das durchziehen könnte, wenn sie zuschaute. Ich schlucke schwer und steige die restlichen Stufen hinab.

Cori blickt zu mir auf, aber sie sagt weder etwas, noch lächelt sie. Maddy winkt mir leicht zu, dann schaut sie nervös zu Cori.

»Können wir fünf Minuten draußen reden?«, wispere ich.

»Nein«, sagt Cori mit normal lauter Stimme. Ein paar Leute blicken ärgerlich auf.

Holly Gartner funkelt mich böse an. »Frag nicht, für wen die Stunde diesmal schlägt«, murmelt sie vor sich hin.

Ich blicke auf sie hinab. »Entschuldige, wie war das?«

Holly verschränkt herausfordernd die Arme vor der Brust. »Wessen Leben willst du heute zerstören?«

Die anderen Mädchen am Tisch wechseln Blicke.

Ich bin verblüfft. Nicht nur, dass sie fast dieselben Worte benutzt, die mir Spencer vor ein paar Tagen so beiläufig an den Kopf geworfen hat, sondern auch, weil sie sich normalerweise nie erlauben würde, so mit mir zu reden. Niemand würde das.

Cori wendet sich wieder ihrem Buch zu. »Tai, Tricia, dann Holly. Gib mir dein Bestes, Kay.«

Ich hebe die Hände. »Na schön, Cori. Du weißt, was du getan hast.«

Holly steht auf. »Was habe *ich* getan?«, wirft sie mir ins Gesicht.

Nola stößt sie mit der Schulter weg. »Kay hat nicht mit dir geredet.«

Ich ziehe Nola zur Seite. »Danke, ich mach das schon.«

Holly ist ungefähr eineinhalbmal so groß wie Nola. Ihre guten Absichten enden nicht gut, wenn sie in dieser dramatischen Stimmung ist. Ich drehe mich zu Holly.

»Lass uns vor dem nächsten Training darüber reden. Jetzt muss ich erst mal etwas mit meiner Freundin klären.«

Cori schlägt ihr Buch zu. »Nope. Nicht Freundin. Wir hängen nicht mal mehr zusammen ab. Du verbringst deine Zeit nur noch mit Nekro Morticia Manson. Keine Ahnung, ob ihr Freundinnen mit oder ohne einen Zweck seid, aber ich hoffe, sie ist verdammt gut in irgendwas. Denn sie ist echt gruselig und sie verwandelt dich in einen Freak.«

Ich sehe Nola an, die Cori mit verengten Augen und zusammengepressten Lippen anstarrt. Ich glaube, dass sie auf eine Reaktion von mir wartet, aber ich bin so wütend, dass mein Kiefer sich wie verdrahtet anfühlt. Ich wende mich wieder Cori zu, mein Gesicht wird immer heißer, meine Augen brennen und mir ist völlig klar, dass alle aufgehört haben zu lernen und uns beobachten.

»Du machst dich und das gesamte Team lächerlich, weil du Nola spielen lässt. Und uns, weil du mit ihr rumhängst. Bevor du dich an Nola gehängt hast, hast du dich noch nie gegen die Clique gewendet. Und jetzt zerstörst du Leben. Tai. Tricia. Wenn du es bei mir versuchen willst, nur zu, du Schlampe. Deine Glaubwürdigkeit hast du schon verloren. Alle halten dich für durchgeknallt. Maddy denkt, dass du den Verstand verloren hast.«

Maddy steht auf. »Cori, das ist nicht okay.«

»Halt den Mund, Notorious!«

»Das habe ich nie gesagt, Kay.« Maddy nimmt ihre Bücher und rennt unter den Augen der fassungslosen Menge aus dem Raum.

Cori macht einen Schritt auf mich zu und redet in ihrem irren Schnellfeuerton weiter. »Selbst Brie denkt, dass du ein hoffnungsloser Fall bist. Solange du deinen Scheiß nicht auf die Reihe kriegst, bin ich nicht daran interessiert, weiter dieses paranoide Gespräch zu führen oder irgendein anderes.« Sie setzt sich hin und schlägt ihr Buch wieder auf.

Ich schnappe mir das Buch und lasse es auf den Boden fallen. »Warum tust du überhaupt so? Du musst doch gar nicht lernen, wenn du die Prüfungsfragen schon im Voraus kennst. Du bist eine Betrügerin! Und meinetwegen kannst du Klein etwas vorheulen, damit du keine Konsequenzen befürchten musst, aber jetzt weiß es jeder.«

Für einen Moment herrscht absolute Stille, als wäre alles in eine Schneedecke gehüllt. Dann ergreift Cori mit einer tödlichen Ruhe wieder das Wort.

»Dann lass uns über Betrug reden, Kay. Du liebst es, das Opfer zu spielen. Arme Kay, der das Herz gebrochen wurde. In Stücke gerissen durch Spencers Untreue. Nur dass es so nicht gelaufen ist, richtig? Du hast es ihm zuerst angetan. In seinem eigenen Bett. Und deine neue beste Freundin? Ich bin sicher, sie würde gern ein paar Dinge wissen, die du über sie gesagt hast, als sie neu hier war. Dann ist da noch Jessica Lane. Es gibt nur drei Menschen auf der Welt, die ein Motiv für den Mord haben. Ihr Exfreund, der Kerl, mit dem sie fremdgegangen ist, und du. Du bist total von der Rolle, Kay.«

Ich kann mir das nicht länger anhören oder auch nur ein weiteres Augenpaar auf mir ertragen. Ich wirbele herum und renne los.

*

Es war die erste Hausparty des Schuljahres. Ich hatte den Sommer in einem Fußballcamp verbracht und Brie und Spencer seit Juni nicht gesehen. Wir hatten alle etwas getrunken und Spencer hatte sich draußen zugedröhnt, als Brie und ich auf die Idee kamen, dass es lustig wäre, unsere Klamotten zu tauschen. Wir sind in Spencers Zimmer gegangen. Auf der schmalen Treppe zum Dachgeschoss ist mir ganz schwindelig geworden, also habe ich mich auf sein Bett gesetzt.

Brie legte sich neben mich, um ihre Sneakers auszuziehen.

An Spencers Zimmerdecke klebten Sterne, die im Dunkeln

leuchteten, von unten dröhnte Musik herauf – der Song »7«
von Prince – und Brie begann mit gehauchter Stimme mit-
zusingen, während sie mit ihren Schuhen kämpfte.

Wir hatten schon so viele Nächte nebeneinander geschlafen, aber es war dieser eine besondere Augenblick in diesem
Bett, dem schlimmstmöglichen Ort für uns, mit den vom Alkohol wirbelnden Sternen über unseren Köpfen und den Schuhen, aus denen wir nicht rauskamen. Und mit der Musik und
der Eile, weil Spencer und Justine nur kurz draußen kiffen würden. Bevor ich die Chance hatte, Luft zu holen, waren ihre Lippen auf meinen und wir küssten uns schnell und heftig, denn
wir wussten, dass wir mit dem Feuer spielten. Ein unsichtbarer
Timer lief herunter. Ihre Bluse glitt von den Schultern und ihr
BH klemmte und die Uhr bestrafte uns. Brie hielt inne und
lachte über meine Alte-Damen-Unterwäsche, als sie mir die
Jeans über die Knie zog.

Und das war der Moment, den uns die Uhr nicht verzieh.

Denn in diesem Moment kam Spencer herein.

Alles war hyperschnell gegangen, jetzt kippte die Situation
und die Zeit lief wieder langsamer. Spencer schloss die Tür hinter sich, rutschte an ihr auf den Boden und sah nur mich an.
Seine Augen waren glasig, seine Wangen gerötet, seine Haare
fielen ihm in die Augen und mir wurde klar, dass es mir nie wieder erlaubt wäre, ihn zu berühren oder zu küssen, und plötzlich bekam ich keine Luft mehr. Denn genau so hatten mich
schließlich Megans und Todds Tod getroffen. Ich konnte mich
auf jede verdammte Art an sie erinnern, aber sie würden nie
mehr greifbar sein. Sie würden nie mehr existieren. Ich würde
sie nie mehr berühren können.

Ich begann zu hyperventilieren, mein Puls und meine Gedanken rasten unerträglich schnell. Brie zog meine Hand in

ihre, aber ich riss sie ihr weg. Sie sah mich an, als hätte ich ihr ins Gesicht geschlagen, und fragte mich, was ich wolle, und ich konnte nur immer wieder sagen, dass ich eine zweite Chance wollte. Schließlich stand sie auf und verließ ohne ein Wort das Zimmer. Spencer setzte sich neben mich und fragte mich, ob ich ihn liebe.

Ich sagte ihm die Wahrheit, ja, wie könnte ich auch nicht?

Er fragte, ob ich Brie immer noch liebe.

Und ich log, nein, denn es sei unmöglich, zwei Menschen zu lieben.

Er hielt mich fest und streichelte mein Haar, bis ich wieder atmen konnte, und er log ebenso, als er sagte, das mit uns käme irgendwie wieder in Ordnung.

13

Am nächsten Tag kann ich den Gedanken nicht ertragen, irgendwem gegenübertreten zu müssen, und flüchte ins Café Cat, wo ich allein in einer Ecke lerne, bewaffnet mit einer offenen Kaffeerechnung. Es ist nicht besonders angenehm, nur von Katzenbildern und -figuren umgeben zu sein, denn es fühlt sich beinahe so an, als würden sie mich auslachen wie fratzenhafte, höhnische Grinsekatzen. Aber das ist der Ort, wohin ich immer komme, um abzuschalten, und Hunters bedauerliches Ende wird das nicht ändern. Schließlich habe nicht ich ihn umgebracht. Es tut mir sehr leid, dass er tot ist, besonders für Dr. Klein, aber ich gebe deshalb nicht meinen perfekten Rückzugsort auf. Nur mit Mühe schaffe ich es, mich auf die Hausaufgaben zu konzentrieren, bis mich gegen Mittag die stetige Koffeinzufuhr zu einer Pinkelpause zwingt.

Als ich von der Toilette komme und meine Hände wegen des defekten Lufttrockners an meiner Jeans abwische, höre ich eine unerwünschte, aber vertraute Stimme hinter mir.

»Wenn das nicht Katie Donovan ist, die Femme fatale der Bates Academy.«

Obwohl es mir davor graut, drehe ich mich um. Spencer

lehnt an der Tür zum Männerklo. Er hat sein übliches Grinsen aufgesetzt, seine Haare sind sorgfältig zerzaust, aber er sieht ausnahmsweise mal müde aus. Als er ein Gähnen unterdrückt, bemerke ich die Schatten unter seinen Augen. Seine Wangen wirken leicht eingefallen. Vielleicht haben die letzten paar Wochen auch an ihm gezehrt. Vielleicht ist er doch nicht unangreifbar.

Ich gehe zurück zu meinem Tisch und er folgt mir.

»Was machst du auf meiner Seite der Stadt? Wieder ein Date?«, frage ich.

»Vermutlich.«

Ich schüttele den Kopf. »Du bist echt schlimm.«

»Darüber lässt sich streiten.« Er nimmt einen meiner leeren Kaffeebecher, kippt ihn über seinem geöffneten Mund aus und fängt zwei kalte Tropfen auf.

»Toll, das hat Spaß gemacht, aber ich muss wirklich lernen, Spencer.«

Er klatscht sein Handy auf den Tisch und stützt das Kinn mit den Händen ab. »Du hast gesagt, du wolltest reden.«

Ich blinzele. »Das war vor Ewigkeiten. Und es endete damit, dass du mich aus deinem Auto geworfen hast.«

»Und dann hast du mir eine Mail geschickt. Und wie immer komme ich wie der letzte Arsch angerannt.«

Ich spitze die Lippen. Er will sich wieder mit mir anlegen, doch nach gestern Abend habe ich die Nase voll davon, dass alle mich für verrückt halten.

»Ich habe dir nicht gemailt.«

Sein großspuriges Lächeln verschwindet langsam. »Du hast mich nicht um ein Treffen gebeten?«

»Nein.«

Er nimmt sein Handy, scrollt und reicht es mir. Da ist eine

E-Mail von *kadonovan@batesacademy.edu,* in der er um diese Zeit für ein Treffen ins Café Cat gebeten wird. Der Wortlaut klingt ein bisschen flirtend und ich werde rot, bevor ich ihm das Handy zurückschiebe.

»Du weißt, dass das nicht meine E-Mail-Adresse ist«, sage ich. »Und du bist der Einzige, der mich Katie nennt.«

Er wird blass. »Warum sollte ich mir so etwas ausdenken?«

»Um mich durcheinanderzubringen. Du hasst mich inzwischen. Hab's kapiert.«

Er sieht mich scharf an. »Ich hasse dich nicht.«

»Aber alle anderen tun das. Und sie haben deutlich weniger Gründe dafür.«

Plötzlich fühle ich mich den Tränen nahe. Die Bates Academy sollte der Ort sein, wo ich mein Leben wieder in die richtigen Bahnen lenke. Und ich habe alles zerstört.

Er geht um den Tisch herum und nimmt mich in den Arm. »Niemand hasst dich.«

»Doch, meine Freundinnen. Meine Mannschaftskameradinnen. Sogar Leute, die ich kaum kenne.«

»Hast du irgendwas gemacht, dass sie so angepisst sind?« Er presst die Lippen zusammen und macht ein unschuldiges Gesicht.

Ich drücke ihn weg. »Das würdest du nicht verstehen.«

»Ich verstehe das besser als jeder andere.«

Ich sehe ihm in die Augen. »Wurdest du von der Polizei befragt?«

Statt zu antworten, küsst er mich. Für einen Moment bin ich zu schockiert, um zu reagieren. Seine Lippen passen perfekt zu meinen, das war schon immer so. Sein Geruch nach kühler Minze und Old Spice ist beruhigend. Er schmeckt nicht nach Zigaretten und ich frage mich, ob er darauf gehofft hat, mich zu küssen, aber der Gedanke schmilzt dahin, als er mich an sich drückt, einen Arm um meine Taille legt und mit dem anderen meinen Kopf hält.

Hitze steigt in mir auf und das Verlangen, ihn noch näher zu ziehen, bringt mich dazu, den Kuss zu lösen und mich im Café umzusehen. Es sind keine Gäste da, aber hinten höre ich Wasser fließen und Geschirr klappern.

»Gleich hier und jetzt?«, fragt er mit einem unartigen Grinsen.

Ich schüttele den Kopf und beiße mir heftig auf die Lippe. Ich möchte ihn so gern weiter küssen, aber nicht hier. Nicht jetzt.

Er ruiniert alles. Das heißt, wenn ich es nicht zuerst tue.

»Das ist nicht witzig. Du warst mit *ihr* hier.«

»Ja.« Er macht eine Pause. »Das war ich.« Er atmet tief ein und zittrig aus. »Ich sollte dir noch etwas erzählen.«

»Zuerst antwortest du mir.«

Er mustert mich. »Nein, ich wurde nicht von der Polizei befragt.«

Ein eisiges Gefühl überzieht mich wie Frost. »Du lügst. Das weiß ich.«

»Warum fragst du dann?« Er sieht mich mit einer seltsam unberührten Miene an. »Warum musst du mich immer testen?«

Ich stehe abrupt auf. »Weil dich deine wahllosen Lügen zu einem Soziopathen machen, Spencer. Hat Brie dich überhaupt mit Jessica verkuppelt?«

Für einen Moment entzündet sich ein Hoffnungsfunke in meiner Brust.

Aber er scrollt durch sein Handy und zeigt mir eine Reihe Nachrichten von Brie, in denen sie Jessica beschreibt und ihn fragt, ob er interessiert wäre, und ihm rät, dass er zuschlagen sollte.

»Glaubst du mir jetzt?«

Maddy betritt gerade das Café, als ich hinausstürme, und sie erstarrt auf der Türschwelle. »Kay?«

Ich drücke mich an ihr vorbei auf die Straße und ignoriere, dass sie meinen Namen ruft und dabei immer aufgebrachter klingt. Ich verkrafte keinen weiteren dramatischen Augenblick mehr. Gestern Abend wurde mein Limit überschritten.

Ich trete meine Tür auf und schleudere meinen Rucksack auf den Boden. Ich muss den Kopf frei bekommen. Ich kippe eine ganze Flasche Wasser in mich hinein, bürste meine Haare aus und zähle dabei mit, dann versuche ich, mir meine Englischlektüre für Dienstag vorzunehmen – erneut *Othello*, irgendein irres Gerede über ein Taschentuch. Ich kann mich nicht konzentrieren.

Ich stelle mein Handy auf stumm und lerne bis zum Abendessen durch. Es leuchtet immer wieder auf und registriert siebenunddreißig verpasste Anrufe und Textnachrichten von Maddy, Spencer, Brie und Nola – ein neuer Rekord. Spencer gewinnt mit fünfzehn Nachrichten zwischen sechs und halb sieben, in denen er hauptsächlich fragt, wo ich bin; Maddy liegt mit sieben Anrufen und drei Textnachrichten, dass ich sie SOFORT anrufen soll, dicht hinter ihm. Gegen Viertel vor acht fühlt sich mein Magen an, als wollte er sich selbst verdauen. Es klopft an meiner Tür, und als ich öffne, gleitet Nola herein, als wäre gestern Abend nie etwas vorgefallen. Sie tritt einen Haufen Klamotten zur Seite, stellt eine Schachtel französisches Gebäck auf mein Bett und klappt ihren Laptop auf.

»Der Timer wartet auf niemanden.«

Ich bleibe an der Tür stehen, nicht sicher, was ich sagen soll. Gestern Abend war der Horror. Ich habe keine Ahnung, wie sie mir überhaupt gegenübertreten kann, nachdem ich sie nicht verteidigt habe. Noch dazu herrscht in meinem Zimmer das totale Chaos. Ich habe seit zwei Wochen den Waschtag sausen lassen und alles mehrmals angezogen, bis auf die Unterwäsche. Sogar Socken.

Sie sieht mich von oben bis unten an. »Reiß dich zusammen, Donovan. Es ist Spielzeit.« Sie zieht Schuhe, Mantel und Mütze aus und beginnt, ihr verknotetes, feuchtes Haar zu entwirren. Sie trägt Leggings und ein schulterfreies T-Shirt mit einem gruseligen Alien, der eine Clubjacke trägt und eine Machete über dem Kopf eines verängstigten jungen Mädchens schwingt. Darüber steht: ASTROZOMBIES! IN LUXUS-FARBEN!

»Hübsches Shirt«, sage ich und versuche, dabei ehrlich zu klingen. Klappt aber nicht ganz.

Sie mustert mein marineblaues Reißverschlusskleid von Gucci, das mit rotem Saum und Rüschen abgesetzt ist. »Hübsches Kleid. Hast du das aus einem Haufen alter Schuluniformen zusammengenäht?«

Ich werde rot. Tricia wollte dieses Geschenk ihrer Eltern nicht haben, weil es zu sehr unserer Schuluniform ähnelt. Ich finde das nicht. Das Kleid ist umwerfend.

Andererseits habe ich nicht viele Möglichkeiten, an so ein Teil zu kommen, deshalb lehne ich Gelegenheiten wie diese auch nie ab.

»Entschuldige«, sagt Nola seufzend. »Ich bin einfach mies drauf. Es steht dir gut. Du siehst wie meine Schwester aus. Und sie ist perfekt.« Sie lächelt mit unverhohlen gespielter Begeisterung.

»So was hatte ich auch mal.« Gedankenverloren nehme ich ein Bild meiner Familie vom Schreibtisch und halte es hinter meinen Rücken.

»Eine makellose Schwester?«

»Einen Bruder.« Ich lege den Rahmen mit dem Bild nach unten, weil ich nicht über den *Hatte*-Teil reden will. »Er hat als Baby durchgeschlafen und ist von sich aus aufs Töpfchen gegangen, als er noch ein Krabbelkind war. Ich habe die ganze Nacht durchgeschrien, ins Bett gemacht, brauchte eine Zahnspange und habe mich in den Pausen geprügelt. Du weißt schon. Er war der ›Unkomplizierte‹.«

Nola stöhnt auf und tritt gegen ein Kissen. »Warum wird *unkompliziert* immer mit *gut* gleichgesetzt? Alles, wofür es sich lohnt, ist schwierig. Auf dem Fußballplatz habe ich mich wirklich angestrengt.«

Ich spitze die Lippen. »In diesem Fall reicht es vielleicht nicht.«

Sie blinzelt. »Wir haben eine Abmachung.«

»Aber wir müssen uns um viele andere Dinge kümmern. Du bist Tänzerin, richtig?«

Sie zieht die Beine an und senkt den Blick. »Bianca war Tänzerin. Ich spiele Theater. Ich weiß nicht mal, warum ich das überhaupt versuche.«

»Bianca ist deine Schwester?«

Sie nickt. »Leider.«

Ich sehe, dass ihre Unterlippe zittert, und ich setze mich neben sie. »Ich muss zugeben, dass ich dich noch nie auf der Bühne gesehen habe, aber du bist eine Tänzerin. Du gehst nicht zum Unterricht, du tanzt dorthin. Du machst Pliés, ohne es zu merken. Es ist offensichtlich, wie viel Zeit du mit dem Üben verbringst.«

Sie lacht, schüttelt aber gleichzeitig den Kopf. »Das reicht nicht. Meine Eltern wollen, dass ich Bianca *bin*.«

Das trifft bei mir einen Nerv. Seit Todd gestorben ist, werde ich das Gefühl nicht los, dass ich nur alles richtig mache, wenn ich jede Lücke ausfülle, die der Tod meines Bruders hinterlassen hat. Wenn ich all das erreiche, was er erreicht hätte. Wenn ich jede Erwartung erfülle, die meine Eltern in ihn gesetzt haben. Wenn ich im Wesentlichen wie er werde.

»Glaub mir. Ich kenne dieses Gefühl.«

Sie drückt zögernd meine Hand und für einen Moment herrscht peinliche Stille. Dann seufzt sie, zieht den Laptop heran und platziert ihn halb auf ihrem und halb auf meinem Schoß.

»Der Timer wartet auf niemanden«, wiederhole ich.

Sie schaltet das Passwort für den Racheblog frei, der Ofen öffnet sich und präsentiert ein Rezept namens *Madd Tea Party*.

Mir dreht sich fast der Magen um. Das kann doch nur bedeuten, dass es sich beim Hauptgang entweder um mich oder um Brie dreht. Nur eine von uns steht noch nicht auf der Liste. Wer auch immer übrig bleibt, müsste die Hauptverdächtige sein. Mit einem starken Gefühl von Schwindel überfliege ich Maddys Gedicht.

MADD TEA PARTY

In einer Teetasse, ein Mädchen auf Knien
Gieß Wasser hinein und lass es ziehen
Es ist nicht falsch, alles düster zu sehen
Oder mal ein bisschen durchzudrehen
Nimm eine Pille oder gleich einen Zwanzigersatz
In der Hölle ist für dich ausreichend Platz.

Panisch sehe ich Nola an. »Das klingt übel.«

Sie runzelt die Stirn. »Will uns das Gedicht sagen, dass wir Selbstmord begehen sollen?«

Ich schüttele den Kopf. »Es geht um Maddy, nicht um uns. Was, wenn es eine Drohung ist? Der Mörder hat auch Jessicas Tod wie einen Selbstmord aussehen lassen. Pillen, Wasser …«

Nola steht mit wackligen Beinen auf. »Bei Jessica waren es Pulsadern und Wasser. Aber das würde bedeuten –«

»Dass nicht Jessica den Blog geschrieben hat. Sondern der Mörder.« Ich schnappe mir mein Handy und meinen Mantel und wähle auf dem Weg zur Tür Maddys Nummer. »Wir müssen Maddy finden.«

In meinem Kopf dreht sich alles, als wir die Treppe hinunterhetzen. Es gibt noch eine andere Angst, die ich Nola gegenüber nicht erwähnt habe. Jene Angst, dass ich recht haben könnte. Mein letztes Gespräch mit Maddy kommt hoch. Ich dachte, sie wollte für *mich* da sein, aber was wäre, wenn sie mich bitten wollte, für *sie* da zu sein? Sie wollte, dass ich sie anrufe. Sie hat mir erzählt, dass sie sich ausgeschlossen fühlt, total einsam, auch wenn sie mit anderen zusammen ist. Warum habe ich mich nach dieser Unterhaltung nicht bei ihr gemeldet? Nach Megan hätte ich es besser wissen müssen. Nach Mom. Ich sollte inzwischen Expertin sein. Aber während der schweren Zeit nach Todds Tod habe ich so viele Fehler begangen, dass es zu meinem Grundsatz wurde, lieber den Mund zu halten. Nachdem meine Mutter eine Überdosis Beruhigungsmittel genommen hatte, die ihr eigentlich dabei helfen sollten, aus ihrer tiefen Trauer herauszufinden, sagte mein Dad, dass das Mentale etwas Persönliches sei. Niemand kann den Schmerz oder Kummer eines anderen kennen.

Mom hat drei Monate in einer Klinik in New Jersey verbracht. Dad und Tante Tracy und ich fuhren jede Woche vier Stunden dorthin, um sie zu besuchen. Ich hörte in der Zeit Musik und stellte mich schlafend, während Dad und Tante Tracy über die Hochzeitspläne meiner Tante sprachen. In der Klinik erzählten wir Mom all die dämlichen Dinge, die ihr egal geworden waren. Sie sah uns nie an und gab nie ein Wort zurück. Bis zum Weihnachtsmorgen, als Tante Tracys Verlobter betrunken auftauchte und sie eine Hure nannte und Mom plötzlich aus ihrem Sessel am Fenster aufstand und ihm mit einem sauberen Schlag die Nase brach.

Danach kehrte wieder Normalität ein. Die Ärzte bestätigten, dass sie keine Gefahr mehr für sich und andere darstellte – bis auf dieses Arschloch, falls der Kerl Tante Tracy noch einmal zu nahe kommen sollte. Ist schon witzig, wie sehr Gewalt akzeptiert wird, wenn es darum geht, die Ehre eines geliebten Menschen zu schützen. Und auch ironisch, wenn man bedenkt, aus welchem Grund Mom eigentlich in der Klinik war. Plötzlich war sie ganz gespannt darauf, alles über die Fußballspiele zu erfahren, die sie verpasst hatte. Und über die Schule. Sie wollte alle banalen Details meines Lebens hören, die nicht mal mir besonders wichtig waren. Und dann heckten meine Eltern die perfekte Lösung für all unsere Probleme aus: Sie schickten mich ins Internat.

Draußen ist es noch kälter geworden und leichte, federzarte Flocken fallen vom Himmel, während wir den gewundenen Weg über den Rasen zum See entlangeilen. Maddys sieben verpasste Anrufe an diesem Nachmittag machen mich ganz irre. Ich versuche weiter, sie zu erreichen, während ich mich im Henderson-Wohnheim einschreibe und die Treppe hinaufstürme, wobei ich die eisige Feuchtigkeit im Laufen auf dem Teppich abtrete. Maddys Zimmer liegt in der dritten Etage, und da sie in der Elften ist, hat sie eine Zimmernachbarin, Harriet Nash.

Ich bleibe vor ihrer Tür stehen und hämmere mit der Faust dagegen. Drinnen herrscht Stille.

Nola versucht es ebenfalls, während ich Maddys Nummer wähle und das Handy an mein Ohr drücke. Gedämpft, als wäre es von Stoff bedeckt, höre ich ihren Klingelton hinter der Tür. Ein seltsames Gefühl beschleicht mich. Maddys Klingelton ist sehr markant. Der pulsierende Beat und die lebhaften Synthesizerklänge hören sich verzerrt und weit weg an.

Ich hämmere stärker gegen die Tür. »Maddy!«

Keine Reaktion. Ihre Mailbox schaltet sich ein. Ich probiere es erneut und die gruselig gedämpfte Melodie geht wieder los. Meine Nackenhaare stellen sich auf.

Nola stutzt und legt leicht die Hand gegen die Tür. »Sie ist nicht da, Kay. Das bedeutet nichts.« Sie klingt nicht besonders überzeugt.

Ich klopfe noch einmal, boxe dann frustriert dagegen.

»Entschuldigung?«

Ich drehe mich um. Kelli Reyes, eine aus der Zehnten, die es fast ins Fußballteam geschafft hätte, streckt den Kopf aus ihrem Zimmer. Aus ihrem Mund ragt eine Zahnspange und eine dicke grüne Schicht Gesichtscreme ist gleichmäßig auf ihrem Gesicht verteilt. Ihre Augen scheinen aus dieser schaurigen Maske regelrecht hervorzuquellen, mein Herz galoppiert bei diesem Anblick.

»Gott, Kelli!«

»Sucht ihr nach Harriet oder Maddy? Harriet besucht übers Wochenende ihre Familie.« Sie mustert mich von oben bis unten und ich bin mir sicher, dass sie gestern Abend auch in der Bibliothek war.

»Maddy«, sage ich. »Entschuldige das laute Klopfen.«

»Oh, nicht doch!« Ihre Stimme trieft vor Sarkasmus. »Gar kein Problem. Ich habe nur für meine Lateinzwischenprüfung gelernt. Mach ruhig weiter.«

»Wenn du sie siehst, kannst du ihr dann bitte sagen, dass sie mich sofort anrufen soll?«

Kelli deutet den Flur hinunter. »Sie ist im Badezimmer.«

Ich folge Kellis Blick. Alle Wohnheime haben auf jeder Etage ein Gemeinschaftsbad mit sechs Duschen sowie einen persönlichen Bereich mit Badewanne. Jedes Wochenende und besonders an Feiertagen drängeln sich alle um dieses Bad. Wir dürfen uns Luxus wie Schwämme, Badesalz, Schaumbad, Öle und Cremes erlauben, solange wir hinterher alles wieder sauber machen. Kein schlechter Deal. Mit ein paar LED-Kerzen und der richtigen Musik kann man sich praktisch eine Mini-Spa-Erholung gönnen. Ich bedanke mich bei Kelli, wir gehen den Flur hinunter und ich frage mich, ob Kelli sich mit Maddy um das Privatbad-Privileg gestritten hat. Es wirkt jedenfalls ganz so, als hätte auch Kelli ein Do-it-yourself-Spa geplant.

Als wir zur Badezimmertür kommen, bemerke ich Seifenwasser, das in einem Halbkreis unter dem Spalt hervorläuft. Sanfte Musik spielt im Inneren, wie man sie aus Heilbädern kennt, beruhigende Harfenmusik und plätscherndes Wasser im Hintergrund. Oder läuft da ein Wasserhahn? Ich blicke auf meine Sneakers hinab, die im durchnässten Teppich versinken. Angst flackert in mir auf.

»Ein Mädchen in einer Teetasse«, wispert Nola.

Ich nicke. Eine Teetasse ist einer Badewanne aus Keramik schrecklich ähnlich. Ich klopfe leise an die Tür. »Maddy?«

Keine Antwort.

Ich klopfe lauter. »Maddy?«

Mein Herz pocht. Panik überflutet mich. Ich versuche, mir meine Wände aus Eis vorzustellen, aber sie bersten in Tausenden von dünnen Rissen, während sich der Raum mit Wasser füllt. Ich renne den Flur entlang, die Treppen hinunter, nehme an jedem Treppenabsatz die vier letzten Stufen auf einmal und rufe um Hilfe. Die Welt beginnt zu kippen, als ich im Erdgeschoss ankomme und die Wohnung von Mrs Bream, der Hausmutter, erreiche. Ich reiße ihr den Generalschlüssel aus der Hand und bin wieder vor ihr oben, bevor sie den Notruf gewählt hat.

Nola steht hilflos neben mir, während ich dreimal vergeblich versuche, den Schlüssel umzudrehen, dann legt sie ihre Hand um meine und wir schließen gemeinsam auf. Sie schnappt nach Luft und stolpert zurück, als ich endlich die Tür aufstoße.

Das Erste, was ich sehe, ist der beschlagene ovale Spiegel über dem Waschbecken, auf dem Maddy mit verschiedenen Ölen und Lotionen Linien gezogen hat. Auf der trüben Spiegeloberfläche steht mit Lippenstift und in riesigen Großbuchstaben eine Nachricht, so fett, als sei jeder Buchstabe mehrmals sorgfältig nachgezogen worden. Sie lautet:

NOTORIOUS
RE
BOUND
GIRL

Ich reiße den Blick davon los und suche nach der Quelle der Überflutung. Die plötzliche Stille nimmt mir die Fähigkeit, irgendein Geräusch wahrzunehmen, zu sprechen oder mich zu bewegen. Meine Ohren, meine Zunge, meine Finger sind ganz taub.

Die Wanne ist übergelaufen, ein Wasserstrom ergießt sich über den glänzend weißen Fliesenboden. Maddys goldenes Haar schwebt wie ein Heiligenschein über ihr an der Wannenoberfläche. Ihr übriger, voll bekleideter Körper ist darunter zusammengekauert.

14

Das bringt meine Leichenanzahl auf vier. Gibt es eine Regel für drei? Denn als ich Todds Leiche sah, verspürte ich diesen kleinen leichten Klick, dieses Umlegen des Schalters im vorher unbeleuchteten Teil des Kay-Donovan-Komplexes. Jenem Teil, der die tiefe Verzweiflung meiner Mutter kennt. Der mir erlaubt, Dinge zu tun, von denen mich niemand abhalten kann, wo am Ende nichts wirklich, tatsächlich, eigentlich zählt. Als ich Jessicas Leiche sah, flackerte eine winzige, drängende Angst in mir auf, ein beklemmendes Gefühl, dass ich die Kontrolle über mein Leben verlieren könnte, ehe wieder Normalität einkehrte. Als ich Hunters armen kleinen Haufen aus Knochen und Fell sah, packte mich die nackte Angst, die Furcht, dass ich dafür verantwortlich sein könnte. Nicht für seinen Tod, sondern für den Tod im Allgemeinen, für die Tatsache, dass der Tod existiert und Folgen hat. Für Dr. Kleins hängende Schultern und hässliche kleine Blusen-Hosen-Zusammenstellungen, für Moms bleibende Tablettenabhängigkeit, für die Tatsache, dass ich niemals mit dem Fußball aufhören kann, weil meine Familie dann in einem Horror aus lautem, durchgedrehtem Wahnsinn untergehen würde.

Das war bei der Leichenanzahl von drei.

Als ich Maddys hübschen Kopf in dem übergelaufenen, fließenden Wasser schweben sehe, engelsgleich in der gespenstischen Harfenmusik – Maddy, die nie einen gemeinen Gedanken hatte, die immer nur mir und Tai und Tricia gefolgt war –, breche ich in der Wasserlache auf den Fliesen zusammen und schluchze. Ich drücke meinen Kopf auf den Boden und schreie, schlage mit den Handflächen auf die Fliesen ein, bis sich zwei Arme unter meine Schultern schieben.

Nola zieht mich auf die Beine und schleppt mich auf den Gang, vorbei an Mrs Bream, die versucht, Maddys schlaffen, blassen Körper wiederzubeleben. Warum haben die Rettungssanitäter das nicht bei Jessica gemacht? Wie konnten sie so sicher sein? Meine Gedanken wirbeln unzusammenhängend umher, zu schnell und zu bruchstückhaft, um sie in Worte zu fassen. Nola will mich in den Gemeinschaftsraum bringen, aber ich kämpfe mich aus ihrem Griff und stolpere die Treppe hinunter. Ich brauche Brie, aber Brie ist nicht da. Ich habe es bis zur Vordertür geschafft, als ein paar Sanitäter hereinstürzen und mich zurück in die Eingangshalle stoßen. Zwei Polizisten sind dicht hinter ihnen, gefolgt von Detective Morgan. Ich will mich an ihr vorbeidrücken, aber sie packt mich am Arm.

»Du hast es aber eilig«, sagt sie und führt mich in den unteren Gemeinschaftsraum.

Ich setze mich auf den Stuhl ihr gegenüber, leer und gebrochen. Wenn sie mich jetzt nach einem Geständnis fragt, würde ich es ihr geben. Ich habe keine Kraft mehr in mir. Ich würde alles sagen, nur um auf mein Zimmer gehen und mich in meinem Bett verkriechen zu können. Nur um einfach zu verschwinden.

»Was ist passiert?« Ihre Stimme klingt ein wenig sanfter als sonst und das überrumpelt mich völlig.

»Maddy ist tot.«

»Maddy war eine deiner Freundinnen? Eins der Mädchen, die Jessica gefunden haben.«

Ich nicke.

»Okay.« Sie schreibt das auf. »Woher weißt du es?«

»Ich habe sie gesehen.«

»Du hast aber nicht angerufen.«

»Nein, ich bin gerannt.«

»Okay, beruhige dich.«

Mir ist gar nicht bewusst, dass ich die Worte nur zitternd herausgepresst habe, und ich atme ein paarmal tief durch. »Ich habe sie in der Badewanne gefunden, mit dem Kopf unter Wasser, der Boden überschwemmt. Das Wasser muss ziemlich lange gelaufen sein. Sie war definitiv tot.«

»Okay.« Sie notiert sich wieder etwas. »Möchtest du mir noch irgendetwas erzählen?«

Mein Gesicht zerfällt. »Sie hat mich gebeten, sie anzurufen, aber das habe ich nicht. Und ich habe ihre Anrufe ignoriert. Ich lasse immer wieder Menschen sterben, ich lasse immer wieder Menschen sterben.«

Ihr fällt die Kinnlade herunter. »Kay, ich werde deine Eltern anrufen und sie bitten müssen, mit zum Revier zu kommen.«

»Nein.« Ich schüttele den Kopf. »So habe ich das nicht gemeint.«

Sie sieht mich scharf an. »Dann erklärst du mir jetzt besser, was zur Hölle du gemeint hast.«

Ich höre nicht auf zu weinen. »Sie hat mich gebeten, sie anzurufen, aber das habe ich nicht«, wiederhole ich. Ich drücke mir die Fäuste ins Gesicht und hole tief Luft. »Bevor ich hierher gewechselt bin, hat meine beste Freundin Selbstmord begangen. Weil ich sie im Stich gelassen habe.«

»Kay, niemand ist hinter dir her. Ich muss meinen Job machen. Ein Mädchen wurde umgebracht. Vielleicht zwei. Du musst uns alles sagen, was du weißt. Sonst kann ich dir nicht helfen. Du sagst, du lässt Menschen sterben, und so hätte ich einen hinreichenden Verdacht.« Sie rutscht auf ihrem Stuhl umher und beugt sich zu mir vor. »Und als Verdächtige kann ich dich nicht mehr ohne deine Eltern befragen.«

»Nein, Sie dürfen sie nicht anrufen.«

Sie hebt die Hände. »Das müsste ich nicht, wenn ich einen besseren Tatverdächtigen hätte. Ich möchte glauben, dass es einen gibt. Also gebe ich dir noch eine Chance. Was kannst du mir sagen?«

Durch die Tränen, die über meine Wangen laufen, kann ich fast nichts sehen. Ein besserer Tatverdächtiger. »Greg und Jessica hatten einen Riesenkrach in der Nacht, in der sie starb«, flüstere ich schließlich. »Wegen ihrer Trennung.«

Sie wirkt enttäuscht. »Das wissen wir bereits. Ich brauche etwas Neues.«

Dann fällt mir wieder etwas von unserem ersten Gespräch ein. »Er hat mir erzählt, dass sie Angst vor scharfen Klingen hatte.«

»Okay.« Sie schreibt das auf und gähnt.

»Nein. Gleich am nächsten Abend nach ihrem Tod. Bevor er befragt wurde. In keiner Zeitung wurde erwähnt, wie sie gestorben ist, aber er sagte zu mir, dass sie auf keinen Fall Selbstmord begangen haben kann, weil sie Angst vor scharfen Klingen hatte. Woher wusste er, dass sie sich geschnitten hatte?«

Sie lächelt gequält. »Du bist eine harte Nuss. Ich habe deine Akte gelesen. Ich weiß, warum du es getan hast. Kinder lügen. Du hast sogar gedacht, das Richtige zu tun. Ich hoffe, du hast gelernt, dass du nicht jeden beschützen kannst. Wer weiß?

Wenn dein Bruder ins Gefängnis gekommen wäre, wäre er vielleicht noch am Leben.«

Die Worte zerfließen auf meiner Zunge. Sie hätte nicht mit dem Fall meines Bruders anfangen sollen.

»Ich weiß, ich bin eine kaltherzige Schlampe. Es gibt Schlimmeres. Ich durchschaue dich, Katie. Ich kenne dich. Mein Partner hat an Todds Fall gearbeitet. Aber ich werde deinem Hinweis nachgehen. Wir helfen uns gegenseitig. Wir sind cool.« Sie steht auf und bleibt an der Tür stehen. »Nur, woher wusstest *du*, dass sie von einer Klinge geschnitten wurde?«

Ich blicke zu ihr auf. »Ich war am Tatort.«

»Aber die Mordwaffe war nicht ersichtlich. Alle möglichen Gegenstände können Wunden verursachen. Metallstücke, scharfkantige Hartplastikteile, eine zerbrochene Flasche.« Sie mustert mich, aber ich habe nicht die Kraft, etwas zu erwidern. Nicht jetzt.

Sie schüttelt schnell den Kopf. »Wie auch immer. Dein Verlust tut mir leid. Deine Verluste.«

*

Ich spüre, wie die feuchten Strähnen in meinen Haaren fast augenblicklich gefrieren, als ich nach draußen trete. Meine Klamotten fühlen sich auf meiner Haut an wie pures Eis. Ich renne zu Bries Wohnheim gegen eine Wand aus Kälte, lasse den Empfangstresen links liegen und werfe mich mit meinem ganzen Gewicht gegen ihre Tür, ehe mir wieder einfällt, dass sie noch nicht wieder von ihrem langen Wochenende zurück ist. Ich hämmere trotzdem völlig ohne Vernunft mit den Fäusten auf die Tür ein, bevor ich mit voller Wucht dagegentrete. Dann ziehe ich mein Handy aus der einzigen Tasche, die nicht durch meinen Zusammenbruch auf dem Badezimmerboden durchnässt ist, aber ich schaffe es nicht, ihr eine Nachricht zu schicken. Mein Körper bebt immer noch zu sehr von der Kälte, ich kann meine Finger nicht ruhig halten. Ich nehme mir den Stift, der an einer kleinen Tafel neben ihrer Tür hängt, und kritzele mit kindlicher Handschrift eine dunkle Botschaft aus der Tiefe meines Herzens darauf: *Du könntest genauso gut tot sein, Brie.* <3 K

Dann mache ich mich auf den Weg zu dem einzigen anderen Ort, wo ich mir im Moment vorstellen kann zu sein, Nolas Zimmer. Ich habe nur wenig Hoffnung, dass sie da ist. Die Kälte hat meine Klamotten gefroren und schüttelt mich so stark durch, dass ich nicht mehr laufen kann, also gehe ich mit steifen Schritten über den Campus wie eine Kreatur aus einem Horrorfilm. Ich kann mich am Empfangstresen nicht einschreiben, weil meine Finger nicht nur zittern, sondern auch noch zu steifen roten Krallen geworden sind. Mit klappernden Zähnen krächze ich der Sicherheitsfrau meinen Namen zu und sie schreibt ihn für mich auf, wobei sie mir einen spitzen Seitenblick zuwirft.

Ich habe das Gefühl, keine Kraft mehr zum Treppensteigen in mir zu haben, aber ich bekomme meine Finger nicht auseinander, um den Fahrstuhlknopf zu drücken, also zwinge ich mich die Treppe hinauf, indem ich mich mit dem Rücken gegen die Wand drücke und Stufe für Stufe nach oben schiebe, wobei ich kaum die Knie beuge. Als ich zu Nolas Tür komme, lehne ich mich dagegen und atme erst einmal durch, dann klopfe ich mit der Stirn dreimal dagegen.

Als Nola öffnet, gönne ich meinen Muskeln eine Pause und lasse meinen Körper auf ihren Zimmerboden gleiten.

»Kay?« Sie klingt erschrocken.

Ich blicke zu ihr auf, meine Augen stellen sich erst scharf, dann unscharf, dann wieder scharf. Sie trägt ein schwarzes Seidennachthemd mit einem altmodischen roten Morgenmantel darüber und hat sich bereits abgeschminkt. Hastig schließt sie die Tür.

»Ich habe mir solche Sorgen gemacht. Hast du meine Nachrichten bekommen? Die Cops haben mich gezwungen, auf mein Zimmer zu gehen. Soll ich den Schülerkrankendienst anrufen?«

Ich schüttele den Kopf. »Eiskalt.«

»Zieh deine Sachen aus«, fordert sie mich auf. Sie huscht im Zimmer umher und im nächsten Moment brodelt Wasser in einem eigentlich verbotenen Wasserkocher, während ich mich bis auf meinen durchweichten BH und Slip ausziehe und auf ein winziges schwarzes Langarmshirt und eine dazu passende Pyjamahose starre, die mir bestenfalls bis zum oberen Rand meiner Knöchel reichen wird. Das Shirt hat die Aufschrift OH GOTT, ICH KÖNNTE IN EINER NUSSSCHALE SITZEN UND MICH KÖNIG DER UNENDLICHKEIT NENNEN, WENN ICH KEINE ALBTRÄUME HÄTTE. Ich halte es mir an und schaudere.

»Das sind die größten Klamotten, die ich habe«, sagt Nola.

Widerwillig ziehe ich mir das Shirt über den Kopf, doch sie unterbricht mich.

»Du kannst nicht deine klatschnasse Unterwäsche anlassen. Ich drehe mich auch weg, wenn du zu prüde bist.«

»Ja, bitte mach das. Und ich bin nicht prüde.« Es stört mich, so genannt zu werden, aber ich fühle mich auch nicht wohl, von ihr begafft zu werden.

Sie verdreht die Augen und wendet sich ab. Rasch schlüpfe ich aus BH und Slip und in den Pyjama. Er ist hauteng und die Hose nur halblang. Das Shirt lässt einen Streifen meiner

Bauchmuskeln frei und spannt an den Schultern. Aber es ist trocken. Sie wirft mir eine schwarze Fleecedecke zu und ich setze mich auf ihr Bett, wo ich mich dankbar in die Decke wickele. »Geht es dir gut?« Ihr Ton wird weicher, während sie das dampfende Wasser in zwei Becher gießt und jeweils einen Teebeutel Kamille hineinwirft. Ich mache mir eigentlich nicht viel aus Tee, aber ich bin froh, etwas Warmes trinken und in den Händen halten zu können.

»Danke!« Ich nehme den Becher und genieße das Gefühl der heißen Keramik. »Ja. Ich denke schon. Nein. Maddy ist tot. Geht es dir gut?« Plötzlich blicke ich auf den Becher und mir wird schlecht. Ich stelle ihn weg.

Nola seufzt und drückt die Lippen an ihren Becher. Als sie sich wieder davon löst, ist ihr Mund leuchtend rosa. »Ich fühle mich nicht toll, doch ich kannte sie kaum.«

»Es war kein Selbstmord. Das wäre ein zu großer Zufall. Im Blog wird ihr Tod beschrieben. Das bedeutet, Jessica kann ihn gar nicht geschrieben haben. Entweder hat sie also nichts damit zu tun oder jemand hat sich in die Seite gehackt und Maddys Gedicht hinzugefügt.«

Nola schaudert. »Diese Reime sind alle im selben Stil geschrieben. Haben denselben Ausdruck.«

»Warum sollte sich jemand als Jessica ausgeben, mich dazu benutzen, es ihren Feinden heimzuzahlen, und dann Maddy umbringen?«

»Weil du im Mittelpunkt von allem stehst, Kay. Du bist eine Hauptverdächtige, du bist diejenige, die die angebliche Rache der Fake-Jessica ausführt, und du hast beschlossen, ihren Mord aufzuklären. Für die Polizei bist du wahrscheinlich wie ein Lehrbuch-Serienkiller, der sich in die Ermittlungen einmischt.«

Ich komme ins Wanken. Lehrbuch. Warum scheint sich außer mir jeder mit diesen Dingen auszukennen? »Wir wissen nicht, ob der Blogger Jessica getötet hat. Nur Maddy. Allem Anschein nach möchte er Jessica rächen. Es ergibt keinen Sinn, dass er sie töten würde. Alles, was wir über die falsche Jessica wissen, ist, dass die Person dahinter den Blog geschrieben und Maddy entweder umgebracht hat oder von ihrem Tod wusste, unmittelbar nachdem es passiert ist. Es ist, als wüsste er immer gleich über alles Bescheid, was an der Bates vor sich geht. Jedes Geheimnis, jeden Schritt, den wir machen.« Er kannte sogar Maddys Spitznamen. Nicht Ruth Bader Ginsburg, sondern Rebound Girl. Ich wusste nicht mal, dass sie mit jemandem zusammen war.

Nachdenklich trinkt Nola einen Schluck. »Du sagst die ganze Zeit *er*.«

»Tue ich das?«

»Was hast du den Cops erzählt?«

»Dass es Selbstmord war. Und dass Greg wahrscheinlich Jessica umgebracht hat.«

Nola nickt, doch sie scheint nicht überzeugt. Sie sieht eher so aus, als würde sie nachgeben wie bei einem Kind. Mein Herz schlägt plötzlich doppelt so schnell und mein Gesicht läuft rot an.

»Sie hatten kurz vor ihrem Tod diesen großen Streit. Er hat das beste Motiv.«

Sie stellt den Becher ab und durchquert das Zimmer, um ihren Laptop aus ihrem Rucksack zu holen. »Wenn das dein Motiv war, war es das schlimmste Motiv, richtig?«

»Können wir mal einen Abend nicht darüber reden?«

»Klar.« Sie setzt sich neben mich und legt ihren Kopf an meine Schulter. »Wir können zusehen, wie die Wände abblättern.« Sie zeigt in eine Ecke an der Decke, wo sich das von ihr angeklebte Papier nach unten zu rollen beginnt. Aus irgendeinem Grund muss ich darüber kichern und sie auch.

»Oder einen Film?«

Sie öffnet ihren Netflix-Account und wir sehen uns eine hirnlose romantische Komödie an. Ich mag eher Science-Fiction- und Actionfilme, doch alles, was sich Nola kürzlich angesehen hat, sind Klassiker und diese Noir-Streifen. Ich kann aber sowieso keine Spannung ertragen und will mich auch nicht fragen müssen, ob die hinreißende weibliche Hauptfigur sich in den unattraktiven und aufdringlichen Hauptdarsteller verliebt, bevor oder nachdem er ihr Unternehmen zerstört hat.

Mein Handy summt etwa bei der Hälfte des Films und ich sehe auf dem Display, dass Brie anruft. Ich schalte es aus. Ich wüsste nicht, was ich ihr zu sagen hätte, und noch mehr Druck würde mich im Moment innerlich zerreißen. Nola sieht mich neugierig an, doch ich zucke nur abwehrend mit den Schultern. Obwohl ich mir ziemlich sicher bin, dass sie sich denken kann, wer angerufen hat.

»Nola ...«

Sie schaut mich an.

»Was würdest du tun, wenn du herausfändest, dass ich Jessica getötet habe?«

Sie wirkt fassungslos und ein wenig argwöhnisch, als versuche sie dahinterzukommen, ob ich ihr eine Falle stellen will.

»Dich eine Lügnerin nennen?«

»Weiter.«

Sie mustert mein Gesicht. »Dich nach dem Grund fragen.«

Ich schüttele den Kopf. »Du darfst keine Fragen stellen. Nur reagieren.«

Sie lacht nervös. »Was soll das jetzt wieder?«

»Ich weiß nicht, wem ich noch trauen kann. Hinter allem steckt irgendeine Strategie. Schule, Fußball, Beziehungen, die Polizei. Was sagst du, wie sagst du es, wann sagst du es, um das zu bekommen, was du willst? Ich bin schlimmer als alle anderen. Greg hat mir vertraut und ich habe die Polizei auf ihn gehetzt. Brie war meine beste Freundin und sie ist mir in den Rücken gefallen. Und ich glaube, dass Spencer heute versucht hat, wieder mit mir zusammenzukommen. Es ist genau das Gegenteil von dem, was eigentlich passieren dürfte.«

Nola hebt interessiert den Kopf. »Die perfekte Brie ist eine hinterhältige Schlange?«

Ich nehme mir eine Amaryllis und streiche über die seidigen Blütenblätter. Es ist das erste Mal, dass ich es laut ausspreche, und ich halte Nolas Reaktion kaum aus.

»Sie hat Spencer mit Jessica verkuppelt. Und ich habe keine Ahnung, warum sie das gemacht hat.«

Nola schiebt ihre Hand in meine. »Das tut mir leid.«

Ich schlucke den Kloß in meinem Hals herunter und blicke schließlich auf. Ihre Miene wirkt sanft und mitfühlend.

»Lass uns einen Pakt schließen«, sage ich. »Unsere Freundschaft bleibt frei von hinterhältigen Strategien. Kein Scheiß. Ich brauche das jetzt.« Meine Lippen beben und ich straffe sie. Ich dachte, so eine Freundschaft hätte ich auch mit Brie. Ich lag falsch.

Nola greift hinter sich, nimmt eine Schere und ritzt sich damit in den Zeigefinger. Dann hält sie mir die Schere hin. »Blutversprechen«, sagt sie erwartungsvoll. »Ist eine Tradition.«

Angewidert blicke ich auf die gerötete Spitze der Schere. »Hast du was zum Desinfizieren?«

»Nimm doch einfach die andere Seite«, drängt sie.

Ich zögere. »Sorry, ich hab da so eine Keim-Sache.«

Sie dreht die Schere skeptisch um ihren Finger. »Der Sinn eines Blutversprechens besteht darin, sein Blut zu teilen.«

»Wir haben zusammen eine tote Katze ausgegraben«, erinnere ich sie. »Das ist ein Knochenversprechen. Viel wirkungsvoller.«

Damit scheint sie sich zufriedenzugeben, denn sie wischt ihren Finger an einem Taschentuch ab. »Na gut. Aber wir müssen das Versprechen irgendwie besiegeln.«

»Ich kenne einen super Handschlag«, biete ich an.

Doch Nola rutscht zu mir heran, und bevor ich reagieren kann, drückt sie ihre Lippen auf meine. Sie sind ganz zart, wachsweich vom Lippenpflegestift, und ihr Atem ist süß wie Honig und Kamille. Der Duft nach Babypuder-Deo mischt sich mit ihrem zitrusartigen Parfum, als sie ihren Körper sacht und verführerisch an meinen presst. Nicht in der Art und Weise, wie wir uns sonst berühren, nicht einmal so, wie Brie und ich uns berühren. Es könnte angenehm sein, gäbe es da nicht diese schreckliche Schuld, die dunklen Gefühle, die wie eine Panikattacke von meiner Brust nach unten in meinen Magen wandern und mich mit Erinnerungen überspülen: Tai und Tricia vor Lachen schreiend, mein eigenes Gelächter, Nolas glänzende Augen, Worte, Worte, Worte. *Nekro.* Als sie mit ihrer kalten Hand über mein Gesicht streicht, zucke ich zurück und habe das Gefühl, keine Luft mehr zu bekommen.

»Besiegelt«, murmelt sie und streift noch einmal meine Lippen mit ihren.

»Nola?«

Sie sieht mich an und so etwas wie Angst blitzt in ihren Augen auf.

»Lass uns das nicht noch einmal machen.«

Sie zuckt mit den Schultern. »Ist okay für mich.«

Sie schaltet das Licht aus und ich rolle mich in einer Ecke des Bettes zusammen. Sie dreht sich zur anderen Seite und wir liegen schweigend Rücken an Rücken da. Ich spüre, wie sie ihren Morgenmantel auszieht, auf den Boden fallen lässt und sich dann zu einem kleinen Ball zusammenkauert. Wieder überkommen mich Schuldgefühle. Jetzt oder nie.

Ich räuspere mich. »Es tut mir leid, dass wir so fies zu dir waren, als du neu an der Bates warst.«

Sie schweigt einen langen Moment. »Wieso?«

»Du weißt schon.« Ich suche nach den richtigen Worten. »Was Cori gesagt hat. Manchmal sind Witze lustig für die Person, die sie erzählt, aber nicht für diejenige, über die gelästert wird.«

»Du bist gar nicht so lustig, Kay. Und deine Freundinnen auch nicht.«

Ich halte inne. »Da stimme ich dir zu. Ich wollte mich nur entschuldigen.«

»Ich weiß das zu schätzen.«

Mein ganzer Körper entspannt sich. Aber es ist schwer, diese Bilder aus dem Kopf zu verbannen, wenn sie einmal aufgetaucht sind. Und jetzt sind sie auch noch vermischt mit Nolas Geruch und dem Gefühl von ihren Lippen auf meinen. Das grässliche Bild von Spencer und Jessica, das mich immer wieder heimsucht. Die Sehnsucht, ihn wiederzusehen, verbunden mit dem Schmerz, der jedes Mal darauf folgt. Meine letzte Erinnerung an Megan, wie sie mir die Tür vor der Nase zuschlägt, und an Todd, wie sich der Sargdeckel über ihm schließt. Ein Dutzend Briefumschläge, versiegelt und mit *Dear Valentine* beschriftet, die diesen Albtraum in Bewegung gesetzt haben. Und Brie. Brie, die mir so nah war, dass ich mir niemals vorstellen konnte, sie zu verlieren. Der Schock und der Schmerz nach ihrem Verrat.

Aber ich bin dankbar für all diese Erinnerungen. Denn sie verdrängen Maddy aus meinem Kopf. Morgen früh werde ich mich ihrem Tod erneut stellen müssen.

15

Als ich aufwache, sitzt Nola an ihrem Schreibtisch und starrt ernst auf ihren Computerbildschirm. Ich setze mich schlaftrunken auf und sie bringt mir einen Becher Kamillentee.

»Bleib sitzen«, sagt sie.

»Was ist los?« Ich reibe mir die Augen und versuche, mich zu orientieren. Ich erinnere mich nicht sofort daran, dass ich in Nolas Zimmer eingeschlafen bin, doch dann prasseln Bruchstücke der letzten Nacht wie Glassplitter auf mich herein. Maddy, Spencer, Greg, die hässliche Nachricht, die ich an Bries Tür hinterlassen habe, der Kuss, mein Gespräch mit Detective Morgan, jedes furchtbare Gefühl, das ich hatte. In meinem Kopf pocht es schmerzhaft, meine Nase ist verstopft und juckt. Ich niese heftig und Nola reicht mir eine Taschentücherbox. Ich putze mir die Nase und werfe unwillkürlich einen Blick auf den Matisse-Kalender an der Wand. Ich bin krank, die Mordermittlungen laufen immer noch und es gibt nur noch ein paar geplante Spiele, bevor die Saison endet. Aber die werden nicht stattfinden, bevor die Ermittlungen beendet sind. Ich muss weiterhin laufen, muss mein Tempo halten.

Nola schiebt mir ihren Laptop hin, auf dem eine lokale Website geöffnet ist. »Zuerst einmal hattest du recht wegen Maddy. Die Polizei untersucht es als Mordfall. Vermutlich gibt es sogar einen Zusammenhang mit Jessicas Tod.«

Zitternd schlage ich die Decke um mich. »Die Polizei glaubt, dass es derselbe Täter war?«

»Gleicher Ort, gleiches Muster. Maddy hatte eine Überdosis, aber sie ist ertrunken. Kein Abschiedsbrief, keine Anzeichen, dass sie sterben wollte. Auch Jessica hat keinen Abschiedsbrief hinterlassen. Das ist die Sondermeldung von heute. Wenn dieselbe Person Jessica und Maddy getötet hat, ist das der Beweis, dass der Mörder den Racheblog verfasst hat. F. J. hat die ganze Sache eingefädelt und jeden unserer Schritte manipuliert.«

»F. J.?«

»Fake-Jessica. Der Blogger.«

Nola hat dunkle Schatten unter den Augen und ich frage mich, ob sie letzte Nacht überhaupt geschlafen hat. Sie trägt nicht mehr das Seidennachthemd, sondern eine konservative schwarze Bluse mit einem Peter-Pan-Kragen, einen knielangen Wollrock und Kniestrümpfe. Der Kuss gestern Abend entstand aus einer Kurzschlussreaktion und ist mir peinlich, aber dieses Gefühl wird vom Schock und von der Benommenheit erstickt, die ich nach Maddys Tod und dem schlechten Gewissen aufgrund meiner Nachricht an Brie empfinde.

»Wir können nicht einfach davon ausgehen, dass Maddy und Jessica von derselben Person umgebracht wurden.« Ich versuche, meine Stimme ruhig klingen zu lassen. »Sie sind zwei ganz unterschiedliche Menschen. Sie hatten nichts gemeinsam. Und was ist mit Greg? Er steht in keiner Verbindung zu Maddy.«

»Na ja, vielleicht war es nicht Greg«, sagt Nola leise.

Ohne ein Wort nehme ich mir Nolas Laptop und öffne den Rracheblog. Wir knacken das Passwort und klicken auf den Link für das Hauptgericht. Die Seite wird schwarz, dann öffnet sich der Ofen und enthüllt das letzte Rezept.

OH KAY DEAD MEAT PIE
Hack sie in Stücke, mache sie klein
Ruf die Cops, lad sie zum Dinner ein
Das Rezept ist geschrieben, ja öffentlich
Hoffe, mein Menü ist etwas für dich
Zwei Dinge fehlen – verhaftet und abgeführt
Das Leid, das allein Katie gebührt.

Plötzlich bemerke ich, dass der Timer in halsbrecherischer Geschwindigkeit herunterläuft. »Was geht hier vor?«

Nola klickt ein paarmal darauf, aber der Timer rast weiter. »Moment.« Sie tippt etwas in das Passwortfeld, aber nichts passiert. »Hm …«

Noch fünfzehn Sekunden. Ich reiße ihr den Laptop aus der Hand. »Was passiert bei null?«, kreische ich.

»Woher soll ich das wissen?«

Hilflos sehe ich zu, wie der Timer auf null springt, dann verschwindet die Website und die Worte *Server nicht gefunden* erscheinen auf dem Bildschirm.

»Was ist da gerade passiert?« Panik macht sich in meiner Magengegend breit.

Sie starrt ungläubig auf den Computer. »Die Seite wurde gelöscht. Sie muss so eingestellt gewesen sein, dass sie nach einer bestimmten Zeit abläuft, nachdem das Passwort eingegeben wurde. Sie ist weg. Endgültig.«

Ich lasse mich gegen die Wand sinken. »Ich bin geliefert. Und das war der einzige Beweis.«

Nola atmet tief ein. »Ich glaube, ich habe eine Ahnung, wer F. J. sein könnte.«

Ich schließe die Augen und lege die Hände vor mein Gesicht. »Es ist *nicht* Spencer.«

Sie sieht mich mit offenem Mund an. »Woher willst du das wissen?«

»Er ist der Einzige, der mich Katie nennt. Er kennt jede Person aus dem Racheblog. Plus Jessica. Eng vertraut. Er hat sogar einen Grund, mich zu verletzen.«

»Du meinst den Vorfall, den Cori erwähnt hat.«

»Offensichtlich. Aber wenn Spencer es mir hätte heimzahlen wollen, hätte er einfach *mich* umbringen können. Und er hatte keinen Grund, Maddy etwas anzutun.«

Nola verdreht die Augen. »Du bist echt eine Anfängerin, was Rache angeht.« Sie wirft mir ihr Handy hin. »Und Spencer hatte sehr wohl einen Grund. Um sie zum Schweigen zu bringen. Komisch, dass sie nur wenige Stunden, nachdem er wieder mit dir zusammenkommen wollte, tot war.«

Ich schaue auf einen unbekannten Instagram-Account, der Fotos von Spencer und Maddy beim Kuscheln und Knutschen auf einer Party zeigt, datiert kurz nach unserer Trennung. Und plötzlich ergibt alles einen Sinn. Dass Maddy so nett zu mir war. Mich ständig fragte, ob ich mit Spencer gesprochen hätte. Dass Brie in letzter Zeit so abweisend zu ihr war und Tai und die anderen ihr diesen neuen Spitznamen verpasst haben. Notorious R. B. G. Rebound Girl. Maddy und Spencer. Aber das erhärtet nicht unbedingt Spencers Motiv. Dafür verstärkt es meins. Und wenn man einbezieht, dass Spencer und ich uns an dem Tag, als sie tot aufgefunden wurde, allein getroffen haben, ist das ein absolut belastendes Indiz. Doch ich weiß, dass ich es nicht war, und eine Tatsache ist, dass Spencer es gewesen sein könnte.

Plötzlich packt mich eine lebendige Erinnerung an den Abend unseres Kennenlernens, an den Beginn unserer Freundschaft. Ich hatte schließlich nachgegeben und seinem Vorschlag zugestimmt, uns ein freies Zimmer zu suchen. Wir blieben dort die ganze Nacht, tranken und spielten *Ich habe noch nie ...,* ohne irgendwelche Dummheiten zu machen, zumindest keine wie unsere öffentliche Vorführung für Brie. Das Spiel hatte ganz harmlos begonnen und war dann während der letzten drei Aussagen heftig eskaliert.

»Ich habe noch nie jemandem das Herz gebrochen.«

Keiner von uns trank einen Schluck.

»Lügner«, sagte ich und bemerkte, wie die Zimmerdecke sich drehte, während ich mir ein Flanellkissen an die Brust drückte.

»Der äußere Schein kann täuschen. Mir wurde noch keine Träne nachgeweint, Katie.«

Ich begann schon zu bedauern, dass ich ihm kurz zuvor meinen Spitznamen von zu Hause verraten hatte. Ich hatte noch *nie* einen Spitznamen.

Die nächste Aussage entglitt mir, bevor mein träger Verstand Zeit hatte, darüber nachzudenken.

»Ich habe noch nie eine Straftat begangen.« Ich kroch auf den Ellbogen zu ihm und nahm einen Schluck von seinem Gin Tonic, bevor der bessere Teil von mir, der schlauere Teil, mich zum Schweigen bringen konnte, mich anschreien konnte, sofort damit aufzuhören und nach Hause zu gehen. Er starrte mich an, nahm mir das Glas aus der Hand und trank es halb aus.

»Ich habe eine polizeiliche Ermittlung behindert«, sagte ich benommen und kuschelte meinen Kopf in seinen Schoß. Es fühlte sich so gut an, hier zu sein, und ich war mir so sicher, dass ich diesen Jungen nie wiedersehen würde. Es war das perfekte Geständnis. Er war warm und witzig und unwiderstehlich und es fiel mir unglaublich leicht, mit ihm zu reden. Morgen würde ich zu Brie zurückkehren und sie würde diese Schlampe vergessen haben, wegen der sie mich auf der Party ignoriert hatte. Brie würde sich nie mit einem Theatermädchen einlassen. Zu viel Drama.

»Ich habe meinem Vater einen schweren Autodiebstahl angehängt.«

Ich öffnete die Augen und starrte zu ihm hinauf, sein Gesicht drehte sich sanft mit dem Rest des Zimmers. »Beeindruckend.«

»Er war ein Scheißkerl. Er hat meinen Bruder krankenhausreif geprügelt und meine Mom musste zweimal in ein Frauenhaus abhauen. Also habe ich ein Auto geklaut und es so aussehen lassen, als wäre er es gewesen. Ohne ihn waren wir viel besser dran.« Er atmete tief ein und stieß die Luft hörbar wieder aus. »Es fühlt sich richtig gut an, das auszusprechen. Ich habe es noch nie jemandem erzählt. Möchtest du zu IHOP?«

»Ich glaube nicht, dass wir noch fahren können. Und klau bloß keine Autos mehr.«

Er grinste. »Ich habe mir *seinen* Wagen genommen, als er ins Gefängnis musste.« Er lachte los. Er hatte ein perfektes Lachen, sogar noch perfekter, sobald sich ein finsterer Ausdruck in seinen Blick mischte. »In gewisser Weise ist es auch ätzend, weil er mich auf jeden Fall liebt und ich, na ja, auch der Einzige bin, den er nie geschlagen hat. Ach, scheiß auf ihn.«

Während sich alles um mich herum dreht, rappele ich mich

auf und lehne mich an seine Brust. »Ich bestehe nur aus Lügen und habe echt Angst, dass es irgendwann alle herausfinden werden.«

»Werden sie nicht«, sagte er schlicht und sah mir tief in die Augen. »Erzähl es ihnen nicht und sie werden es nicht erfahren. Ich stehe hinter dir, Katie.«

Und dann flüsterte ich ihm die letzte Herausforderung des Spiels zu. »Ich habe noch nie jemanden getötet.«

Wir tranken beide gleichzeitig.

»Du zuerst«, sagte er.

Ich schloss die Augen. »Als ich noch klein war, stand ich meinem Bruder sehr nah. Er hing die ganze Zeit mit mir und meiner besten Freundin rum, wir lasen Comics, machten Videospiele, die ganzen nerdigen Sachen, auf die seine coolen Freunde keine Lust hatten. Im Sommer nach der achten Klasse begannen die beiden dann zu flirten. Es wurde echt schräg und schließlich verbrachten sie ihre Zeit nur noch ohne mich. Als die Schule wieder losging, schrieb mir Megan plötzlich eine Nachricht, dass sie auch wieder mit mir abhängen wollte, und als ich zu ihr nach Hause ging, war ich immer noch verletzt und sauer auf die beiden. Ich war bereit für einen Riesenkrach, doch stattdessen zog sie mich in ihr Zimmer und schloss die Tür hinter sich. Ich sah, dass sie lange geweint haben musste. Und sie erzählte mir, dass sie Todd Nacktfotos von sich geschickt hatte. Und zwar eine Menge, den ganzen Sommer über. Und an diesem Tag hatten sie offenbar Schluss gemacht und er hatte die Bilder in der ganzen Schule rumgeschickt.«

»Shit«, sagte Spencer.

Ich öffnete die Augen und sah ihn an. Er hatte sein Glas an die Lippen gehoben, aber es war leer. Ich nahm es ihm aus der Hand und drückte es gegen meine Stirn.

»Ich wusste nicht, was ich sagen sollte. Sie hatte mich den ganzen Sommer ignoriert und ich hatte es mehr oder weniger vermieden, in dieser Zeit mit Todd zu reden. Aber es kam mir total unwahrscheinlich vor, dass er so etwas absichtlich tun würde. Ich kannte ihn so gut ... schon mein ganzes Leben lang. Sie sah mich an, als würde das Nächste, was aus meinem Mund kam, entweder alles wieder in Ordnung bringen oder unser Leben zerstören. Es war wie in *Romeo und Julia* oder so. Aber warum sollte ich der Überbringer der tödlichen Nachricht sein? Ich war in Akt eins bis vier gar nicht involviert gewesen.«

Ich begann zu lachen. Ich konnte nicht anders. Ansonsten hätte ich losgeheult und ich hatte sehr hart daran gearbeitet, an so einem Punkt nicht den Tränen die Oberhand zu lassen. Das Glas rutschte aus meiner Hand und Spencer stellte es weg.

»Das Spiel ist vorbei.« Spencer half mir, mich aufzusetzen. »Du hast niemanden getötet.«

»Doch, sie sind beide gestorben. Ich sagte zu Megan, dass es wahrscheinlich nur ein Versehen war. Sie schrie mich an, ich solle sofort gehen, und sie hat nie wieder mit mir gesprochen. Als ich dann Todd fragte, was passiert sei, erzählte er mir, dass jemand an diesem Tag sein Handy geklaut hätte und die Bilder verschickt haben musste. Ich glaubte ihm. Aber zu dieser Zeit besaß er kein Alibi, also belog ich die Polizei und behauptete, ich sei bei ihm gewesen. Damals ergab das für mich Sinn. Aber diese Fotos wurden weiterhin auf Websites gepostet und kommentiert und die Leute sagten schlimme Dinge über Megan. Ich wollte sie anrufen, aber ich hatte Angst. Dann fiel die Schule eines Tages aus ... und wir erfuhren, dass sie sich umgebracht hatte.«

»Oh Gott, Katie. Du musst mir das nicht erzählen.«

»Das möchte ich aber. Und du darfst es niemals erwähnen. Weder mir gegenüber noch sonst jemandem.«

»Okay.« Er faltete die Hände vor seinen überkreuzten Knien, fast wie zum Gebet.

»Also, ich habe noch nie jemanden getötet.« Ich nahm das leere Glas vom Tisch und trank einen Schluck Luft.

»Glaubst du …«, begann er zögernd. »Glaubst du immer noch, dass dein Bruder die Wahrheit gesagt hat?«

Ich zuckte mit den Schultern. »Es ist zu spät, um ihn jetzt noch zu fragen. Megans Bruder hat ihn nach ihrem Selbstmord umgebracht.«

»Aber was denkst *du*?«

Ich sah ihm in die Augen. »Ich muss mir nichts vorwerfen, weil ich mir hundertprozentig sicher war, dass er unschuldig gewesen ist. Was glaubst du?«

»Dass es nicht deine Schuld war«, sagte er und nahm meine Hand. »Du hast ihm damals geglaubt. Du kannst die Zeit nicht zurückdrehen und die Dinge aufgrund deines Wissens heute ändern.«

»Ach ja? Wen hast du getötet?«

»Niemanden. Ich wollte nur austrinken.«

Ich sehe mich in Nolas Zimmer nach meinen Klamotten um und stelle enttäuscht fest, dass sie immer noch nass genau an der Stelle liegen, wo ich sie gestern Abend ausgezogen hatte. Ich sehe an mir herab. In diesem albernen Aufzug kann ich auf keinen Fall den Campus überqueren, um zu meinem Wohnheim zu kommen. Das wäre der reinste Spießrutenlauf. Erst recht bei diesem Wetter. Draußen heult unerbittlich der Wind und ich mache mir ernsthaft Sorgen, mir eine Lungenentzündung zu holen, wenn ich nicht auf mich aufpasse. Ich bin total hilflos. Und das ist für mich das unangenehmste Gefühl der Welt.

Ich höre meinen Klingelton in dem nassen Klamottenhaufen und wühle nach meinem Handy. Nola beobachtet mich und kaut mit einem seltsam eifersüchtigen Blick an ihrem Daumennagel. Vielleicht bilde ich mir das auch nur ein.

Es ist Brie.

»Hallo?«, sage ich mit rauer Stimme.

»Oh mein Gott, geht es dir gut?«

In nur einem Augenblick verflüchtigt sich meine Wut und ich wünschte, sie wäre wieder hier. Ich bin krank und zerfalle in Stücke und ich möchte einfach nur in ihrer Nähe sein.

»Ich bin krank.«

»Ich meine, hast du schon davon gehört?«

»Ich habe sie gefunden.«

Es folgt ein schockiertes Schweigen, dann festigt sich ihr Tonfall. »Es tut mir so leid, dass ich nicht da bin, Süße.«

Ein eisiger Schauer läuft mir über den Rücken. Das bedeutet, sie hat meine schreckliche, gemeine, herzlose Nachricht an ihrer Tür noch nicht gesehen.

»Muss es nicht«, erwidere ich gereizt. Ich stehe auf, aber das Zimmer dreht sich um mich und ich muss mich am Bettpfosten festhalten, um nicht mit dem Gesicht auf dem Boden zu landen.

»Ich komme gleich nach dem Frühstück zurück.«

»Musst du nicht.« Brie und Justine hatten diese Reise nach New York schon vor Monaten geplant. Sie hatten sogar Karten für das Musical *Hamilton*. Das war eine große Sache. Es war absolut egoistisch von mir, ihr vorzuwerfen, dass sie ihren Jahrestag allein mit ihrer Freundin verbringen wollte.

»Maddy ist tot.«

Die Worte fallen aus dem Handy wie Ziegelsteine aus einem maroden Gebäude und ich weiß nicht, was ich entgegnen soll. Maddy ist tot. Es klingt jedes Mal neu, wenn ich daran denke oder es höre. Es klingt nach Beerdigungsglockengeläut. Es gibt keine Möglichkeit mehr, dass das Leben einfach weitergeht. Nicht für mich. Brie muss es noch herausfinden, genau wie Mom es herausgefunden hat, wie Jessicas Familie es herausfinden wird und Dr. Klein, wie jeder es herausfinden wird – dass der Tod nur ein Sprung in der Schallplatte ist. Nach Megans und Todds Tod war ich davon überzeugt, dass ich einen Herzfehler hätte und sterben müsste, doch in der Notaufnahme wurde mir versichert, dass ich völlig gesund sei und nur etwas erlebte, was man VES nennt, auch hervorgerufen durch Angst, traumatische Erlebnisse und extremen Stress. VES sind vorzeitige ventrikuläre Kontraktionen. Es fühlt sich an, als würde das Herz nicht mehr schlagen, als würde es in der Brust stolpern, aber in Wirklichkeit ist der Rhythmus nur kurz aus dem Takt geraten und springt danach fast immer augenblicklich wieder in seine gewohnte Bahn. Wie sehr man auch davon überzeugt ist, dass alles auseinanderfällt, arbeitet das Herz eigentlich genau so, wie es sollte. Wegen meiner Angststörung war ich für eine Weile bei einer Verhaltenspsychologin, die es mir erklärte: »Du gehst abends schlafen und wachst morgens auf und während der ganzen Zeit gibst du die Kontrolle *über* deinen Körper *an* deinen Körper ab und er macht alles, was er soll.«

Ich verließ ihr Sprechzimmer und trat auf einen toten Vogel, der noch nicht lange genug tot war, um der Straßenreinigung aufgefallen zu sein oder um besonders tot auszusehen, und da kam mir in den Sinn: Der Tod ist VES. Es ist das Ende von allem, was man getan und gekannt hat. Die Straße hätte ohne den Vogel still sein müssen, aber eine Menge Vögel zwitscherten und Streifenhörnchen schnatterten. Ich dachte, die Schule würde den Umkleideraum mit Brettern vernageln, nachdem Megan darin gestorben war, aber es wurde nur ihr Spind gereinigt, also begann ich damit, mich auf der Toilette den Gang weiter unten umzuziehen. Ich dachte, das Fußballteam würde nie wieder spielen, nachdem Todd gestorben war, aber … es kam die Finalserie. Mom wurde in die Klinik eingewiesen, aber Dad arbeitete weiter und ich ging weiter zur Schule. Zuerst kam ich damit durch, dass ich mich nicht mehr am Unterricht beteiligte, doch dann fiel ich bei einem Test durch. Meine beste Freundin war fort, mein Bruder war fort. Irgendein Mädchen schrieb an meinen Spind: »Ich liebe Perverse«. Irgendein anderes Mädchen strich es durch und schrieb »Ich liebe tote Perverse«. Ich dröhnte mich zu, machte hinter der Schule mit Trevor McGrew rum und bekam VES. Und alles ging immer weiter und weiter und weiter.

»Bist du noch da?« Brie klingt weit weg. Mein Hirn fühlt sich benebelt an und es fällt mir schwer, mich zu konzentrieren.

»Ja, ich bin in Nolas Zimmer. Ich habe hier übernachtet.«

Es entsteht eine Pause. »Warum?«

»Weil ich allein und total verängstigt war, Brie.«

Nola hebt die Augenbrauen und formt mit den Lippen: *Soll ich gehen?* Ich schüttele den Kopf.

»Ruf mich an, wenn du wieder hier bist, okay?«

»Okay …« Sie zieht das Wort in die Länge und es klingt, als wollte sie mich noch etwas anderes fragen. »Soll ich dir irgendwas mitbringen?«

»Erkältungssaft. Und Orangensaft.«

»Tut mir leid, dass ich nicht da war«, wiederholt sie mit sanfter Stimme.

»Du konntest es nicht wissen. Niemand von uns konnte das.«

»Stirb nicht, Kay.«

Ich lächle und hauche einen Kuss ins Handy. Nola lächelt nicht, als ich sie wieder ansehe.

»Können wir uns bitte konzentrieren?«

Meine Nase ist verstopft, mein Kopf tut weh und mein Hals fühlt sich an, als würden beim Sprechen Rasiermesser daran auf und ab kratzen. Ich will mich nur noch ausruhen.

Ich lege mich rücklings ins Bett und schließe die Augen. »Worauf?«

»Spencer.«

»Der überaus Untreue.«

»Der überaus Gemeingefährliche.« Sie zeigt mir noch einmal das Foto von Spencer und Maddy.

Ich werfe ihr das Handy zurück, meine Augen brennen.

»Maddy ist tot. Ich habe irgendeine Art Seuche und mein Kopf fühlt sich an, als wäre er mit Sprengstoff gefüllt. Ich kann nicht mehr darüber reden.«

Sie beißt sich auf die Lippe. »Na schön. Aber irgendjemand hat Maddy umgebracht. Und Jessica. Die beste Chance, deinen Namen reinzuwaschen, ist, sein Geständnis aufzuzeichnen.« Sie nimmt ein kleines Aufnahmegerät von ihrem Tisch, lässt es in einer kleinen verschließbaren Tüte verschwinden und steckt es in meine Manteltasche. »Das benutze ich immer, wenn ich für die Theaterstücke probe. Es ist uralt, doch es funktioniert. Wir bräuchten eigentlich ein hochwertigeres Teil, wenn wir ein Gespräch in der Öffentlichkeit mit Hintergrundgeräuschen aufnehmen wollen, aber es ist besser als nichts.«

»Ich werde das nicht bei Spencer benutzen.«

»Denk doch mal nach. Jetzt sind es zwei Leichen. Und deine Motive passen auf beide, die Uhr tickt.« Nola streicht mir die Haare aus der Stirn. »Du stehst unter Feuer, Kay.« Sie wühlt in ihren Schreibtischschubladen und holt eine Packung Aspirin heraus. »Nimm eine davon.«

»Ich werde darüber nachdenken«, sage ich.

16

Ich wache schweißgebadet und vor Kälte zitternd auf. Ich muss in Nolas Bett eingedöst sein und trage immer noch ihren Pyjama. Ich setze mich auf und putze mir die Nase, während sich meine Augen langsam an das Licht gewöhnen. Mein Handy leuchtet neben mir auf dem Boden, und als ich es aufhebe, sehe ich, dass es schon früher Nachmittag ist und ich drei verpasste Anrufe von Brie und eine Nachricht mit einem Foto von der gottverdammten Botschaft an ihrer Tür habe. Ich fahre mir mit der Hand über die Stirn. Eine Migräne bahnt sich an. Spencer hat ebenfalls angerufen, aber keine Nachricht auf der Mailbox hinterlassen. Ich tippe auf seinen Namen, aber sobald ich das Freizeichen höre, beende ich den Anruf wieder und wähle stattdessen Bries Nummer.

»Wo bist du?«, fragt sie ohne eine Begrüßung.

»Immer noch bei Nola.« Meine belegten Stimmbänder und meine verstopfte Nase, verbunden mit dem Druck auf meinen Ohren, lassen meine Stimme wie einen wahnsinnigen Troll klingen. Ich erschrecke mich so sehr, dass ich fast das Smartphone fallen lasse.

»Bin gleich da.« Sie legt auf.

Ich fühle mich unwohl und wie ein Kind, das im Büro des Schulleiters auf seine Eltern wartet, damit die Strafpredigt beginnen kann. Noch schlimmer ist, das ich wie eine Figur aus einem skurrilen Film angezogen bin. Ich greife nach den Klamotten, die ich gestern Abend anhatte und die immer noch auf einem Haufen am Boden liegen, muss aber bestürzt feststellen, dass sie immer noch klamm sind. Angewidert beiße ich die Zähne zusammen und schreibe Brie eine Nachricht.

Bringst du bitte Klamotten für mich mit?

Ich sehe mich in Nolas Zimmer um. Es ist seltsam, bei jemandem zu sein, wenn derjenige nicht da ist. Als ich zum ersten Mal allein in Spencers Zimmer war, habe ich jeden Zentimeter auseinandergenommen. Ich habe nach verschreibungspflichtigen Medikamenten, Hinweisen auf Exfreundinnen, peinlichen Kinderfotos, einer Zahnspange, nach irgendetwas gesucht, das ich vielleicht noch nicht von ihm wusste. Es ist nichts wirklich Schockierendes aufgetaucht. Ich fand auf den letzten Seiten seines Mathebuches ein paar leicht pornografische Zeichnungen, einen rosafarbenen flauschigen Pullover ganz hinten in seinem Wandschrank und eine Schachtel Pfefferminzpastillen in seiner Unterwäscheschublade, die eine Handvoll verschiedener Pillen enthielt, von denen ich drei als Adderall, vier als Klonopin, vier als Oxycodone und siebzehn als normale Pfefferminzpastillen identifizieren konnte.

Ich war ein bisschen neugierig, was es mit dem rosa Pullover auf sich hatte, der noch ganz neu aussah und aus Kaschmir war, aber er war so tief zwischen Fußballtrikots und Winterjacken vergraben, dass ich mir nicht weiter den Kopf darüber zerbrach. Und das kleine Pillenversteck entsprach eher gehorteten Süßigkeiten, verglichen mit dem Scheißzeug, das unter Spencers Freunden verbreitet war. Alles in allem war es eine enttäuschende Entdeckungsreise gewesen und ich habe die Fund-stücke nie erwähnt. Doch jetzt muss ich wieder an den Pullover denken. Es war Monate vor dem Vorfall, der uns auseinander-gebracht hatte, aber er musste ja irgendeinem Mädchen gehört haben, das vielleicht bei ihm gewesen war, bevor er mich und Brie kennengelernt hatte.

Ich stehe mit benebeltem Kopf und wackligen Beinen auf und gehe zu Nolas Schreibtisch hinüber. Alles ist akribisch ge-ordnet, ein Stapel Bücher auf der einen Seite, Elektronikgeräte auf der anderen. Einiger Krimkrams ist sorgfältig am Rand auf-gereiht. Dort stehen eine Holzschatulle, die aussieht, als wäre sie aus Treibholz geschnitzt, ein altmodisches Tintenfass und eine Reihe Schreibutensilien, inklusive einiger antiker Füll-halter und einer langen, verstaubten Schreibfeder. Ich entdecke auch die Nachbildung eines menschlichen Schädels auf einem glänzenden Mahagonisockel mit einem Messingschild, auf dem die Worte ACH, ARMER YORICK eingraviert sind. Selbst ich kenne dieses Zitat aus *Hamlet*. Sie hat stapelweise in Wild-leder oder Leder gebundene Tagebücher und Dramen, einige von Shakespeare, andere von Schriftstellerinnen und Schrift-stellern, deren Namen ich noch nie gehört habe: Nicky Silver, Wendy MacLeod, John Guare.

Ich nehme mir eins der Tagebücher und blättere es durch. Es ist in einer unglaublichen Schönschrift mit violetter Tinte vollgeschrieben. Der erste Eintrag, in den ich hineinlese, ist drei Jahre alt und schildert in unerträglich langweiligen Details ein Frühstück – ich spreche von Haferflocken mit Milch und Honig, einer Tasse Tee und einem Glas Orangensaft. Beschrieben wird die Konsistenz des Haferbreis, der Säuregehalt und die Menge des Fruchtfleischs im Saft, die Risse in der Zimmerdecke. Es muss eine Schreibübung oder etwas in der Art gewesen sein.

Ich blättere weiter vor, aber plötzlich klopft es an der Tür und eine Welle aus Schuldgefühlen erfasst mich. Rasch lege ich das Tagebuch zurück und gehe öffnen. Brie steht im Türrahmen, ohne zu lächeln, mit einem Stapel Klamotten unter dem Arm. Sie ist sogar noch schwieriger zu deuten als sonst, denn sie trägt eine Fliegersonnenbrille und einen Kapuzenpullover, der teilweise ihr Gesicht verdunkelt. Ihre Haut wirkt kreidebleich und ihre sonst glänzenden Lippen sind trocken und rissig.

»Hi«, schniefe ich.

Sie schiebt mir die Sachen hin, schlüpft ins Zimmer und schließt die Tür hinter sich. »Zieh dich an«, fordert sie mich auf. »Wir gehen.«

Ich gehorche widerspruchslos, während sie die Sonnenbrille abnimmt und sich angewidert umsieht. Sie sammelt meine Klamotten ein und stopft sie in ihren Rucksack.

»Also bist du jetzt Nola Kents Bitch, oder was?«

Ich quetsche mich aus Nolas winzigem Shirt und funkele Brie wütend an. »Was soll das denn heißen?«

Brie hebt das Shirt mit einem Finger vom Boden auf, als wäre es mit Wanzen verseucht. »Erstens bist du angezogen wie ihr Klon. Und nur damit du's weißt, du siehst total lächerlich darin aus.«

»Das weiß ich.« Ich ziehe den warmen Fleecepulli über den Kopf, den Brie mir mitgebracht hat, und fühle mich sofort wohl durch das vertraute Gefühl und den angenehmen Duft. Er riecht nach Brie, nach *unserem* Cranberry-Granatapfel-Shampoo und *unserem* Minze-Basilikum-Deo. Zum ersten Mal seit Tagen fühle ich mich wieder ein bisschen wie ich selbst.

»Und zweitens diese Scheißnachricht an meiner Tür.« Ihre Augen füllen sich mit Tränen und es fühlt sich an, als würde mir ein Messer in die Brust gerammt. »Das bist nicht du.«

»Doch.« Jetzt spüre ich auch meine Augen heiß und stechend. »Es ist nicht ihre Schuld. Sie war nicht mal dabei.«

»Was zur Hölle ist dann los mit dir?«

Ich schäle mich aus der hautengen Pyjamahose und ziehe Bries Laufhose an. Ich schüttele den Kopf, unfähig, ihr darauf eine Antwort zu geben, und greife nach meinem Mantel, aber auch der ist immer noch feucht. Brie nimmt ihren von den Schultern und reicht ihn mir. Diese Geste lässt mich endgültig zusammenbrechen.

Ich setze mich auf Nolas Bett und halte mir die Hände vors Gesicht. »Ich weiß es nicht«, schluchze ich.

Ich wische mir das Gesicht mit einer Handvoll Taschentücher ab, aber ich bin schrecklich beim Weinen. Habe ich einmal angefangen, brauche ich ewig, bis ich wieder aufhören kann. Manchmal artet es so aus, dass ich total die Kontrolle über mich verliere und in regelrechte Heulkrämpfe ausbreche – ein Kummer, der wie Schockwellen durch meinen Körper läuft. Es ist das entsetzlichste Gefühl der Welt. Deshalb habe ich beschlossen, dass so etwas nie wieder vorkommen darf, und mir den Eisblock mit den dicken Wänden ausgedacht. Damit ich mich nicht in mir selbst verliere.

»Lass uns nicht hier darüber reden«, sagt Brie. »Ich habe dir Erkältungssaft und Orangensaft mitgebracht. Schaffst du es bis in mein Zimmer?«

Ich nicke. Ich will sowieso nicht, dass Nola mich noch einmal weinen sieht, und ich fühle mich immer noch merkwürdig wegen letzter Nacht. Mit gesenktem Kopf, sodass meine Haare komplett mein Gesicht verdecken, mache ich mich auf den Weg zu Bries Zimmer. Das ist gar nicht nötig, ich weiß. Die Leute erwarten von mir, dass ich weine, auch Brie. Eine unserer Freundinnen ist tot. Ich wünschte, ich könnte Tai anrufen und

Tricia. Selbst Cori. Wir sollten jetzt zusammen sein. Aber ich kann diese Anrufe nicht machen. Ich müsste diejenige sein, die sie annimmt. Ich hoffe wirklich, dass ich die Chance dazu bekomme.

Als wir in Bries Zimmer sind, nimmt sie ihren Mantel und hängt ihn ordentlich auf. Dann legt sie meine feuchten Sachen zum Trocknen auf den Heizkörper. Sie gießt mir ein Glas Orangensaft ein und misst einen Becher Erkältungssaft ab.

»Übernachtest du hier?«, fragt sie.

»Lässt du mich allein, wenn ich schlafe?«

Sie wirft mir einen grauenhaft enttäuschten Bick zu. »Ernsthaft?«

»Tut mir leid. Mein Hirn ist durcheinander. Ich werde gehen, wenn du das willst.«

»Ich würde dich lieber im Auge behalten, um ehrlich zu sein.«

Das versetzt mir einen schlimmeren Stich als alles andere. Ich nehme den Erkältungssaft und spüle den ekligen Geschmack mit Orangensaft runter. »Entschuldige. Für die Nachricht an deiner Tür und für alles andere. Ich war nicht ich selbst.«

»Das ist nur eine faule Ausrede«, schimpft sie. Sie setzt sich neben mich und schaut mir in die Augen. »Hast du mit Nola geschlafen?«

Aus irgendeinem Grund habe ich ein schlechtes Gewissen, was völlig absurd ist. »Warum spielt das eine Rolle?«

»Weil ich sauer wäre, wenn ich nicht die Erste bin, die davon erfährt. Und weil ich sie nicht mag.«

»Nein, habe ich nicht. Aber sie hat mich geküsst.«

Ihre Augen werden groß. »Keine gute Idee, Kay.«

»Habe ich ganz vergessen. Ich bin Soccer Spice. Du bist Gay Spice.«

Sie wirkt verletzt. »Das habe ich nicht gemeint und das weißt du auch. Du hast mich komplett links liegen lassen, seit ich dir gesagt habe, was ich von ihr halte.«

Ich stehe auf. »Glaubst du wirklich, ich bin dir wegen Nola aus dem Weg gegangen?«

»Warum sonst?«

»Weil ich herausgefunden habe, was du gemacht hast«, blaffe ich zurück.

»Was habe ich denn gemacht?«

»Du hast sie ihm hingeworfen.«

Brie erstarrt zur Salzsäule. Sie ist plötzlich so still, dass mir meine eigenen Atemgeräusche unangenehm werden.

»Kay, ich habe keine Ahnung, wovon du sprichst.«

»Der überaus Untreue«, sage ich. »Es war seine Entscheidung, mich zu betrügen. Das geht auf ihn. Aber du hast es darauf angelegt. Du hast nachgeholfen.«

In Brie kommt wieder Leben, ihr Gesicht läuft rot an. »Kay, du machst mir Angst. Was du sagst, ergibt überhaupt keinen Sinn.«

»Unglaublich.« Ich schnappe mir meine Sachen vom Heizkörper, aber Brie baut sich mit verschränkten Armen vor der Tür auf, ihre Miene bröckelt.

»So kannst du nicht mit den Gefühlen anderer umspringen, Kay.«

Es kommt mir vor, als würde sich plötzlich alles falsch herum drehen. Ich kenne nichts oder niemanden mehr. Brie ist doch diejenige, die mich nicht will. Mir war zum ersten Mal bewusst geworden, dass ich Gefühle für ein Mädchen hatte, und diese Gefühle trafen mich wie eine Flutwelle. Sie war dieser erstaunliche Mensch, die beste Freundin, atemberaubend schön. Ich konnte mich glücklich schätzen. Alles an ihr war warm und ich wollte so fieberhaft in ihrer Nähe sein. Wenn wir nebeneinandersaßen, war meine Haut wie elektrisiert und ich war voller Leben. Ich liebte es auch, in Spencers Nähe zu sein, doch Brie war ein anderes Level – als würde man einen Magnet mit einer explodierenden Supernova vergleichen. Es war unglaublich und beängstigend und ich konnte es nur aushalten, weil ich mir sicher war, dass es auf Gegenseitigkeit beruhte. Wir haben geflirtet, uns geneckt, ich hatte nicht den geringsten Zweifel daran, dass wir uns am Ende küssen würden.

Doch dann kam der Zwischenfall mit Elizabeth Stone. Elizabeth wollte ins Tennisteam und begann, Tai wochenlang überall hinterherzurennen. Es war bedauernswert, aber auch rührend. Als ich Tai darauf ansprach, warum sie sich von Elizabeth so vereinnahmen ließ, entgegnete sie, dass ich viel schlimmer wäre, weil ich die ganze Zeit wie ein zurückgewiesener, lesbischer, ausgesetzter Welpe an Brie hängen würde. Darauf erwiderte ich, dass in diesem Szenario nur eine lesbisch sein könne, nämlich Stone, weil sie diesen Haarschnitt hatte, diese männlichen Hände und weil sie wie eine Volleyballmannschaft roch.

Es war natürlich schrecklich, so etwas zu sagen, und mindestens ein Mal am Tag tauchten diese Worte in meinem Kopf auf, nur um mich daran zu erinnern, was für ein unverbesserlicher Mensch ich war.

Aber alle lachten. Fast alle. Brie sah mich an, als wäre ich eine Fremde, die sie nicht kennenlernen wollte. Es war unüberlegt, diese Bemerkung zu machen. Sie hatte sich noch nicht geoutet, aber ich wusste, wie ich mich fühlte. Doch als ich endlich den Mut aufbrachte, ihr eine Nachricht zuzustecken (so erbärmlich, so erbärmlich) und sie darin zu fragen, ob sie in diesem Jahr mit *mir* zum Halloweenball gehen wolle, antwortete sie mit einem *Nein*. Einfach *Nein*. Wir sprachen nie wieder darüber. Und sie entschied sich ausgerechnet für Elizabeth Stone. Sie verkleideten sich als Roxie Hart und Velma Kelley. Sie sahen heiß und atemberaubend aus. Ich borgte mir Tais Tinker-Bell-Kostüm vom Vorjahr, schminkte mich als Zombie und ging als Todeswunschfee.

Ich machte nie wieder so einen Scherz. Und nach unserem Ritual am See weinte ich in dieser Nacht wie ein Schlosshund.

Ich weiß nicht, was ich jetzt denken soll, während Brie mich aus glasigen Augen ansieht. Meine Gefühle für sie sind nicht ganz verschwunden, aber sie sind nicht mehr dieselben, zumindest nicht auf diese schmerzhafte Art. Es würde zu sehr wehtun, bei ihr zu sein, wenn ich mir erlaubte, diese Tür noch einmal ganz zu öffnen. Ich könnte ihr nicht in die Augen sehen, aber ich kann es auch nicht ertragen, sie ganz aus meinem Leben auszuschließen. Ich weiß, dass sie Justine liebt. Ich weiß, dass sie unseren Kuss bereut. Aber wir standen uns immer so nah. Ich kann es nicht fühlen. Es brennt.

Ich schließe die Augen und öffne sie wieder, meine Wimpern sind feucht. »Ich habe deine Gefühle nicht verletzt.«

»Als du Spencer auf der Party begegnet bist, hast du mich fallen lassen wie ein langweiliges Spielzeug.«

»So war das nicht. Du hast mich wegen Justine sitzen lassen. Und das, nachdem du mich ein Jahr lang zurückgewiesen hattest. Halloweenball, Valentinstag, Frühlingsball.«

»Ich habe mich nur mit ihr *unterhalten*. Und du hast dich ihm in weniger als fünf Minuten an den Hals geworfen.«

Meine Erinnerung an den Abend ist eine andere. »Wenn du nur mit Justine reden wolltest, warum bist du dann mit zu ihr gegangen? Warum bist du immer noch mit ihr zusammen?«

Brie lässt sich gegen die Wand sinken und sieht mich niedergeschlagen an. »Du hattest noch eine Chance, dich für mich zu entscheiden, Kay. In Spencers Zimmer. Als er hereinkam, wollte ich deine Hand nehmen, aber du hast sie weggeschoben.«

»Was hast du von mir erwartet? Nach zwei Jahren, in denen du mich immer wieder zu dir gezogen und weggestoßen hast, bis ich keine Ahnung mehr hatte, was du willst?«

»Ich vertraue dir nicht, Kay.« Ihre Lippen beben. »Ich vertraue dir nicht, dass du mich nicht verletzen würdest.«

»Brie, wenn ich alles ändern könnte …« Ich halte inne. »Ich weiß nicht einmal, wo ich anfangen soll. Es gibt so vieles, was man ungeschehen machen müsste.«

»Du warst bei Jessica und Maddy, kurz nachdem sie gestorben sind.«

»Du warst auch bei Jessica.«

»Was hast du getan?«

Meine Stimme zittert. »Ich habe viele Dinge getan. Ich bin kein besonders guter Mensch, okay?«

»Dann sei einfach ehrlich zu mir, Kay.«

»Ich bin ehrlich zu dir.« Ich halte es nicht aus, wie sie mich ansieht. Nicht nach dem, was Cori gesagt hat. Hoffnungsloser Fall. »Okay, du willst wissen, was du verpasst hast?« Ich öffne die E-Mail von Jessica auf meinem Smartphone und zeige sie ihr. »Post von einer Leiche. Das letzte Projekt? Ein Racheblog, auf dem ich erpresst werde, mich im Namen eines toten Mädchens an meinen besten Freundinnen zu rächen. Und ich bin allem gefolgt. Tai, Tricia, Cori, Maddy, Jessica. Ich bin am Arsch. Und du bist sauer, weil ich dich nicht auf diese Reise eingeladen habe. Du solltest Nola danken, dass sie dich vom Beifahrersitz gestoßen hat. Was willst du noch wissen, Brie?«

»Was für ein Racheblog?«

»Existiert nicht mehr.«

Sie beißt sich auf die Unterlippe. Ihre Augen sind voller Tränen und ihre Stimme klingt belegt, als sie sagt: »Er hat sich einfach in Luft aufgelöst?«

Die Erkenntnis trifft mich wie eine eiskalte Welle. »Du denkst, ich bin verrückt.«

Ihr Blick schwankt. »Das ist keine gute Idee. Das ist bescheuert.«

»Was?«

»Das war's.«

Alarmiert stehe ich auf. »Brie, hör auf damit. Du darfst mich nicht aufgeben. Es ist nur ein Streit. Du bist meine beste Freundin.«

Sie sieht mir in die Augen. »Hast du Jessica getötet?«

»Nein!«

»Hunter?«

»Was? Nein.«

»Maddy?«

Es ist wie ein Schlag nach dem anderen mitten ins Gesicht, aber ich verdiene es, also stehe ich da und lasse es über mich ergehen. »Nein. Bist du jetzt fertig?«

Sie reißt ihr Shirt hoch, unter dem ein Aufnahmegerät zum Vorschein kommt. »Bin ich. Und zwar so was von.«

17

Als ich draußen bin, rufe ich Nola an, aber es geht immer wieder nur die Mailbox an. Als Nächstes versuche ich es bei Spencer.

»Du hast mir von Jessica erzählt. Warum hast du die Sache mit Maddy verschwiegen?«, überfalle ich ihn.

»Ich habe es versucht. Als wir im Café Cat waren, wollte ich es dir erzählen. Vorher haben wir nicht wirklich miteinander geredet. Dann wollte ich es dir beim Abendessen sagen, aber du bist nicht aufgetaucht.« Er klingt, als würde er auch weinen.

»Wir waren gar nicht verabredet.«

»Herrgott …« Er macht eine Pause. »Ich hatte eine Nachricht von dir, dass wir uns treffen sollten.«

»Klar. Jemand hat meine Nummer gefälscht, genau wie meine E-Mail. Ist das überhaupt möglich?«

»Ja, aber es ist ziemlich kompliziert. Du könntest auch einfach sagen, dass du mich versetzt hast.«

»Aber das stimmt nicht, Spencer. Und du hast meinen Posteingang mit Nachrichten überflutet. Du musst die Ruhe bewahren.«

»Echt jetzt? Ich soll die Ruhe bewahren? Wie viele Lügen hast du der Polizei diese Woche erzählt?«

»Wie viele Lügen hast du mir aufgetischt? Zum Beispiel, dass du mir angeblich die Sache mit Brie verzeihst. Was passiert als Nächstes? Willst du mit der ganzen Schülerschaft schlafen, bevor wir quitt sind? Vielleicht auch noch mit ein paar Lehrerinnen?«

»Es geht nicht darum, quitt zu sein.«

Ich habe das Gefühl, rennen zu müssen, ohne jemals wieder anzuhalten, aber ich bin zu schwach und durch den andauernden Hustenreiz fällt mir das gleichmäßige Atmen schwer. Ich mache mich auf den Weg zum See und gehe zügig den Pfad entlang zur Old Road, unserem Treffpunkt. Ich weiß nicht, was ich vorhabe. Soll ich ihn bitten, sich mit mir zu treffen, weiter durch den Ort laufen und nie mehr zurückblicken, endlos im Kreis laufen, oder soll ich mich ins Wasser stürzen und in die eisige Finsternis schreien?

»Ich wollte dich nie, *nie* verletzen.«

»Indem du mit Brie in meinem Bett rumgemacht hast?«

»Es war ein Fehler, es ging dabei nicht um dich und ich bereue es. Du kannst bestimmt nicht dasselbe behaupten.«

»Natürlich habe ich es bereut. Immer, wenn ich mit einer anderen aufgewacht bin, traf mich die Realität wie ein Schlag und ich wollte jedes Mal nur, dass sie geht.«

Seine Worte rauben mir den Atem. Ich blicke auf und bleibe abrupt stehen. Sein Wagen parkt in der Kurve am Wegrand.

»Wo bist du?«

»Fahre durch die Gegend.«

Ich drehe mich langsam um, aber ich bin ganz allein. Ich bin schon so weit gekommen, dass mich die dornigen Hecken und die dichte Baumgrenze von den Gebäuden auf dem Campus abschirmen. Das ist definitiv sein Auto, der verbeulte, uralte Volvo mit der Delle in der Motorhaube und dem kaputten linken Scheinwerfer. Ich beginne den Pfad in Richtung Campus zurückzugehen, ohne den Wagen aus den Augen zu lassen.

»Wo genau?«

»In der Nähe des Campus. Soll ich dich abholen?«

»Warum bist du hier?«

»Weil –«

»Warum bist du immer hier?«

Ich höre Schritte hinter mir, drehe mich um und sehe ihn den Pfad entlangkommen. Ich renne sofort los. Ich höre, dass er mir folgt, und sprinte zu seinem Auto. Es gibt keine andere Möglichkeit. Die Dornenhecken sind zu dicht, ich würde mich nur darin verfangen und der See wäre auch im Weg. Spencer ruft, dass ich warten soll, und ich brülle zurück, dass ich nur stoppe, wenn er es auch tut. Schließlich bin ich an seinem Auto und höre ihn hinter mir stehen bleiben. Ich drehe mich zu ihm um, er ist etwa zehn Meter von mir entfernt. Wir sind jetzt am Ortsrand, und weil es mitten am Tag ist, bummeln die Leute von Geschäft zu Geschäft. Ich winke ihn vorsichtig zu mir.

»Was habe ich gemacht, Katie?«

»Nenn mich *nicht* Katie. Ganz besonders nicht jetzt.«

Er kommt die letzten Schritte auf mich zu und schaut auf mich herab, seine Augen wirken nicht lebhaft wie sonst, sein Gesicht ist ein Wrack. Er riecht nach Zigaretten und Kaffee und er hat sich seit Tagen nicht rasiert.

»Ich weiß nicht mehr, was du von mir willst.«

»Ich will wissen, wie weit du gehen würdest, um mich zu verletzen.«

Er schließt die Augen und eine geisterhafte Atemwolke strömt zwischen seinen Lippen hervor. »Ich habe nicht mit

Maddy geschlafen, um dich zu verletzen. Es ist einfach passiert.«

»Jessica?«

»Vielleicht.« Er öffnet die Augen. Sie haben dasselbe blasse Blau, in das ich mich fast verliebt hätte, aber das engelhaft-teuflische Abstruse ist verschwunden. Sein Blick ist ausdruckslos und gebrochen und leer. »Hat es funktioniert?«

»Hast du Maddy getötet, um mich zu verletzen?« Die Worte stechen in meinem Mund, aber ich muss sie aussprechen. Es würde noch mehr wehtun, wenn ich es nicht täte. Ich verkrafte diese Ungewissheit nicht mehr, nicht mal den kleinsten Hauch davon.

Er nimmt meine Hände und dreht sie mit den Handflächen nach oben. Dann fährt er eine Linie entlang und sieht mich an, ein letzter Funke entzündet sich in seinen Augen, gepaart mit einem verzerrten Lächeln.

»Siehst du diese Linie? Jeder achtet nur auf die Lebenslinie und die Liebeslinie. Das ist die Mörderlinie. Du bist eine Mörderin, Kay. Du wirkst so unschuldig, aber du zerstörst alles, was du berührst.« Er hält inne, dann drückt er meine Hand an seine Lippen.

»Das ist nicht fair«, wispere ich.

Seine Augen füllen sich mit Tränen und er schließt sie wieder. »Nein, du zerstörst nicht alles. Nur jeden, der dich liebt.«

Er lässt meine Hand los, geht zu seinem Wagen und lässt mich erstarrt und sprachlos zurück.

Etwas verhärtet sich in mir. »Tja, jedes Mädchen, das du gefickt hast, ist tot, Spence.«

Ein beunruhigendes Schweigen breitet sich zwischen uns aus und für einen Moment steht der Rest der Welt still. Das Bild von ihm mit Jessica – tot – blitzt erneut in meinem Kopf auf.

»Was für ein verdammter Zufall.«

Er hockt sich auf die Motorhaube und hält sich eine Hand vor den Mund. »*Du* denkst, ich habe Maddy umgebracht?«

»Ich weiß nicht, wer es war.« Mein Blick huscht zur Ortschaft hinüber. Gerade geht niemand vorbei. Es gibt nur Spencer und sein Auto, eine Dornenhecke auf der einen Seite und auf der anderen den See, in dem Jessica ermordet wurde.

Spencer springt von seinem Wagen und ich trete einen abwehrenden Schritt zurück, aber er wendet sich von mir ab und öffnet die Fahrertür.

»Tschüs, Katie.«

Dann ist er weg.

Ich versuche erneut vergeblich, Nola zu erreichen, und wähle schließlich Gregs Nummer, obwohl er keinen Grund hätte, noch einmal mit mir zu sprechen.

Er nimmt beim ersten Freizeichen ab. »Ms Kay Donovan«, sagt er freundlich. Offenbar weiß er von nichts und das Gute daran ist, dass ich wahrscheinlich gar keinen großen Schaden angerichtet habe.

»Hast du zu tun?«

Seine Stimme wird nüchterner. »Weinst du etwa?«

»Ich brauche einfach nur jemanden zum Reden.«

»Ich hab Zeit. Geht es dir gut?«

»Ganz im Gegenteil.«

»Soll ich dich irgendwo abholen?«

»Können wir uns im Café Cat treffen?«

»Klar. Brauchst du irgendwas?«

»Komm einfach hin.« Ich lege auf. Meine Nerven liegen so blank, dass ich keine Antwort mit Verstand oder Charme zustande gebracht hätte.

In der spiegelnden Glastür des Cafés erkenne ich mich kaum wieder. Die Kälte und der Heulkrampf haben mein Gesicht deutlich anschwellen lassen. Meine Augen sind aufgequollen und blutunterlaufen, meine Lippen trocken und blass. Ich bin ungeduscht, meine Haare sind verfilzt und haben sich in krausen Zotteln aus meinem Pferdeschwanz gelöst. Ich bestelle einen koffeinfreien Tee, gebe Zitronenscheiben und Zucker dazu und putze mir mit einem Bündel Servietten die Nase. Dann setze ich mich an einen Tisch in der Ecke, weit weg von der eiskalten Luft, die durch die Eingangstür in den Raum strömt.

Mit Greg fegt ein frostiger Windstoß herein. Er springt über einen Tisch und setzt sich mir gegenüber.

»Was ist passiert?«

»Meine beste Freundin hat versucht, heimlich ein Geständnis von mir aufzuzeichnen, in dem ich zugebe, Jessica, einen Kater und eine weitere meiner Freundinnen getötet zu haben.«

Er schiebt seinen Arm über den Tisch und nimmt meine Hand. Seine fühlt sich gleichzeitig rau und sanft an.

»Die gute Nachricht ist, dass ich nicht glaube, dass du noch groß verdächtigt wirst«, sage ich.

»Das ist lustig.« Er nimmt seine Wollmütze ab und fährt sich durch seine platt gedrückten Haare. »Denn nachdem Madison Farrell gestorben ist, stand die Polizei wieder bei mir auf der Matte. Und ich denke nicht, dass es das letzte Mal war.«

»Hast du mir immer die Wahrheit gesagt, die ganze Wahrheit und nichts als die Wahrheit?«

»Die Wahrheit reicht nicht immer aus«, gibt er zu.

»Darauf trinke ich.« Ich hebe meine Tasse und er stößt mit der Faust an.

Dann seufzt er. »Ich kannte Madison gar nicht. Warum befragen die mich über sie?«

Mir fällt kein Grund ein. Es sei denn, sie wollen unbedingt eine Verbindung herstellen und ich habe unterschätzt, wie sehr die Polizei es die ganze Zeit auf Greg abgesehen hatte. Gott, spiele ich dabei vielleicht eine Rolle?

»Ich wünschte, ich wüsste es.« Ich mache eine Pause. »Sie haben mich nach dir ausgefragt.«

»Ah, daher kommt also die Sache mit den scharfen Klingen.«

Ich spüre, dass ich rot werde. Aber er wirkt nicht im Geringsten beunruhigt.

»Du hattest die Klingen erwähnt. Die Polizei hatte diese Information jedoch nicht freigegeben.«

»Oh mein Gott, Kay, ich muss meine Freundin ermordet haben!«, sagt er spöttisch.

Ich warte. »Ich weiß, wenn du es gestanden hättest, würdest du weinen oder so was. Weil du sie geliebt hast.«

»Justine hat mir erzählt, wie ihr sie gefunden habt. Wir haben beide geweint. Reicht dir das?«

Ich komme mir dumm vor. »Tut mir leid.«

»Das ist echter *Game of Thrones*-Scheiß. Ich meine, du bist ganz offensichtlich Cersei.«

»Was? Nein. Eher die Wildlingsfrau mit den roten Haaren.«

Sein Gesicht verzieht sich zu einem Grinsen. »Ygritte. Sie hat einen Namen. Sie stirbt.«

»Tun das nicht alle?«

»Einige von ihnen rächen sich zuerst. Ich selbst bin gern –«

»Jon Snow. Deine Haare verraten dich. Aber denk nicht mal daran.«

Greg lehnt sich auf seinem Stuhl zurück. »Mir gefällt das. Wir können taktische Gegner sein und uns trotzdem wie Freunde unterhalten. Fühlt es sich so an, in einem Comic zu leben?«

Ich schüttele den Kopf. Durch ihn bekomme ich gute Laune. Er erinnert mich sehr an Todd, bevor Todd am Ende war. Es tut weh und fühlt sich gleichzeitig gut an.

»Warum verdächtigst du mich nicht?«, frage ich ihn. »Selbst meine besten Freunde glauben, dass ich zu einem Mord fähig wäre.«

Er wirft sich ein Stück Kaugummi in den Mund und kaut nachdenklich, dann sieht er mir direkt in die Augen. »Weil du nicht das Gesicht einer Mörderin hast.«

»Das ist das Dümmste, was ich je gehört habe.«

»Ach ja? Warum bist du so sicher, dass ich es nicht war?«

»Na ja, ich habe den Cops von der Klingen-Sache erzählt«, gebe ich zu. »Aber es stimmt. Du erweckst nicht den Anschein, als hättest du Jessica etwas angetan.«

»Was sagen Nachbarn immer in Interviews? Ruhiger Typ, bleibt lieber für sich. Hätte nie gedacht, dass er zu so etwas fähig wäre.«

»Meine Nachbarn denken, dass ich durchaus zu so etwas fähig wäre.«

»Tja, meine Klassenkameraden tuscheln.« Er trommelt mit den Fingerspitzen auf den Tisch, als würde er ein lautloses Klavierkonzert spielen. »Wir sollten uns nicht selbst bedauern. Wir werden leben.«

Ich versuche zu lächeln, aber das geht daneben. »Glaubst du, wir fühlen uns nach zwanzig Jahren Gefängnis immer noch so?«

»Weißt du, was ich wirklich gedacht habe, als ich dich zum ersten Mal sah?«, fragt er. Seine Augen sind so klar wie ein ruhiger Teich.

»Raus aus meiner Kaffeeschlange, du arrogantes Miststück?«

236

Er grinst und streicht sich seine welligen Haare aus dem Gesicht. »Wer ist dieses Mädchen, das mein Stück ruiniert hat?«

Ich zucke verständnislos mit den Schultern.

»Ich habe letztes Jahr im Herbst das Schülertheaterstück inszeniert. Ich hatte diese narzisstische Angewohnheit, das Publikum zu beobachten, denn bis zur Premiere hatte ich alles aus den Schauspielern herausgeholt, was ging. Ich wollte einfach sehen, wie die Zuschauer auf unsere Arbeit reagieren. Und in der vierten Reihe, sechs Plätze vom linken Gang entfernt, saß dieses Mädchen, das während der Hälfte des Stücks nur am Handy war und getuschelt hat. Genau wie ein großer Teil des Publikums. Die Einzigen, deren Blicke wirklich an der Bühne klebten, waren die Eltern der Darsteller.« Er verdreht die Augen und lächelt in seine Handfläche. »Aber gegen Ende hörten die Leute auf, Nachrichten zu verschicken. Denn fast jeder schenkte dem Stück *Unsere Stadt* plötzlich Aufmerksamkeit.«

Bei der Erinnerung halte ich mir eine Hand vor den Mund. Ich war mit Brie dorthin gegangen, bevor wir Spencer und Justine kennengelernt haben.

»Und während Justines Abschiedsrede hatte dieses Mädchen, das die ganze Zeit am Handy war, getuschelt und gegrinst hatte, plötzlich diesen wunderschönen, ergriffenen, stillen Ausdruck im Gesicht. Und weil sie genau mit diesem Abstand vor der Bühne saß, fiel ein blasser Lichtstrahl auf sie, als stünde sie im Rampenlicht. Lautlose Tränen liefen über ihre Wangen, genau in dem Augenblick, als Justine zu weinen anfangen sollte, worum ich sie verzweifelt gebeten hatte.«

Ich erinnere mich an diese Rede. Justines Figur war gestorben und wiedergekehrt, um sich ein letztes Mal von allem zu verabschieden, was sie vermissen würde. Jedes einzelne Wort stach wie eine Nadel in einen bestimmten Teil meines Herzens.

»Und ich dachte, du Mädchen im Publikum, du ruinierst mein Stück, denn du *bist* der Geist. Meine Nackenhaare stellten sich auf, denn ich hatte von dir geträumt, ohne dich zu kennen. Ich hatte das Gefühl, dieses Stück unbewusst nur ausgewählt zu haben, um dir zu begegnen. Dann bist du plötzlich aufgesprungen und aus dem Saal gestürmt. Und später auf der Cast-Party, bevor ich den Mut hatte, dich anzusprechen, sah ich Spencer Morrow sich an dich ranschmeißen und dann bist du ziemlich hart über mein Stück hergezogen und hast mich einen ein Meter achtzig großen Gollum genannt, sodass mein zweiter Eindruck den ersten zunichtemachte.«

Ich habe das Gefühl, als hätte ich unendlich lange den Atem angehalten und müsste platzen, wenn ich ihn nicht gleich rauslasse. »Worauf willst du hinaus, Greg?«, schaffe ich es zu fragen.

»Ich habe dir schon vertraut, bevor wir uns kennengelernt haben. Mein Bauchgefühl sagt mir, dass du ein guter Mensch bist. Ich weiß, dass wir uns noch nicht so lange kennen, aber wenn du jemanden zum Reden brauchst, bin ich für dich da. Als Verdächtiger für die Verdächtige.« Er schiebt seine Ärmel hoch, sodass seine verschnörkelten Tattoos zum Vorschein kommen. »Also, fangen wir endlich an, uns zu vertrauen?«

Ich lege die Finger um meinen Becher und denke noch einmal über meine Optionen nach. Brie und Spencer sind weg. Ich habe Nola, aber das entwickelt sich irgendwie merkwürdig. Da die Ermittler, soweit ich weiß, Brie verkabelt haben, stehen sie wahrscheinlich kurz vor einer Verhaftung, obwohl es so klingt, als würde es auch für Greg nicht besonders gut aussehen. Zumindest könnten sie in Betracht ziehen, meine Eltern anzurufen und herzubitten, damit sie mich formell befragen können, und das muss ich um jeden Preis verhindern.

»*Vertrauen* ist ein starkes Wort.«

»Na gut. Wir halten die Dinge locker mit einer Prise Paranoia. Lass uns über Alternativen reden. Ich mag dich, aber ich kann auch nachvollziehen, warum deine Mitbewohnerinnen dich vielleicht als potenziell böse sehen. Dein Eins-achtzig-Gollum-Kommentar hat bei mir auch nicht gerade ein wohliges Gefühl ausgelöst.«

»Das war nicht persönlich gemeint«, sage ich schnell. »Ich erinnere mich nicht mal daran, so etwas gesagt zu haben. Ich rede die ganze Zeit irgendwelchen dämlichen Mist. Zumindest war es mal so. Ich … überdenke gerade ein paar Charaktermöglichkeiten.«

Er sieht mich zweifelnd an. »Und du bist keine Schauspielerin? Du redest wie eine.«

»Nola. Alles Tanz und Theater. Sie färbt auf mich ab.«

»Also glaubst du, dass du dir durch deine bisherigen Entscheidungen einige Feinde gemacht hast?«

»Definitiv, würde ich sagen.«

»Jedes Motiv hat mit Stolz zu tun. Man beleidigt jemanden und handelt sich damit unter Umständen einen Feind fürs Leben ein. Vielleicht sogar einen tödlichen.« Er zieht einen Notizblock und einen Stift aus seiner Tasche. »So, lass uns ein Profil des Täters erstellen. Vielleicht ist es doch eine Bates-Schülerin. Jemand mit Verbindung zu Jess, Zugang zum See und zur Party.«

»Du hast Spencer schon ausgeschlossen?«

»Keine Verbindung zu Madison.«

»Verstehe.« Ich lasse ihn fortfahren.

»Es könnte eine Schülerin sein, die einen Groll auf Jess hegt, oder auf dich, falls dich jemand verleumden will. Eine falsche Freundin. Eine Rivalin. Oder ein Mobbingopfer. Ich will damit keine Opfer verteufeln, aber Rache ist ein starkes Motiv.«

»Also im Grunde die ganze Schülerschaft.«

Er wirft mir einen vorwurfsvollen Blick zu. »Wirklich alle?«

»Du gehst davon aus, dass ich nie gemobbt wurde, oder?«

»Ich habe nicht gesagt –«

»Niemand kommt unbeschadet davon, Greg. Jemand wie du fühlt sich moralisch so überlegen. Aber es gibt immer jemanden, der auf der sozialen Leiter unter einem steht, über den man lacht und sich lustig macht, den man nicht einlädt oder als Letzten auswählt.«

»Ich fühle mich überhaupt nicht überlegen«, sagt er. »Nur weil ich nett zu dir bin, bedeutet das nicht, dass ich es auch muss wie auf einer Mitleidstour.«

»Mitleid ist ein viel zu höfliches Wort.«

»Für?«

Ich fühle mich so müde, dass ich meine Arme falte und den Kopf darauflege. Er rutscht näher.

»Tai und ich – meine Exfreundin, nehme ich mal an – haben immer die fiesesten Dinge rausgehauen. Aber die anderen fanden das witzig, also sind wir damit durchgekommen.«

»Okay.«

»Wenn man Glück hat, kommt man sogar mit einem Mord davon. Man muss nicht mal besonders schlau sein. Man muss nur auf der sozialen oder politischen Ebene über den anderen stehen. Die Leute schauen weg, wenn sie es wollen. Jeder weiß das.«

»Das stimmt manchmal.«

»Ich möchte nicht mehr damit durchkommen.«

Er ist für eine Weile ganz still, dann ist seine Stimme nur noch ein raues Wispern. »War das ein Geständnis, Kay?«

»Nein, vergiss es.« Ich drücke die Augen fest zu, um nicht zu riskieren, wieder zu weinen. Dass sich Brie von mir entfernt hat, war das Schlimmste in den letzten paar Wochen und es kam nicht plötzlich. Als sie zustimmte, mich in die Falle zu locken, hatte ich sie schon fast verloren. Hatte das schon vor Jahren begonnen, als ich diesen unverzeihlichen Scherz gemacht habe? Weil ich zu viel Angst hatte, mich zu entschuldigen? Denn dann hätte ich zugeben müssen, dass ich etwas Schreckliches getan hatte.

»Wie würdest du für etwas um Vergebung bitten, das du nicht mehr rückgängig machen kannst?«

»Wenn es dir leidtut, ist Vergebung nicht das Problem, oder?«, sagt er. »Es geht nicht darum, sich besser zu fühlen, sondern es in Zukunft besser zu machen.« Er grinst. »Von Pastor Heather abgekupfert.« Er hält inne. »Aber dadurch fühle ich mich besser. Wenn ich etwas *tue*.«

»Ich bin nicht derselbe Mensch, der ich einmal war«, sage ich. »Das bin ich nicht.«

Er drückt meine Hand. »Ich glaube dir. Ich dachte nie, dass du ein schlechter Mensch bist. Aber, Kay, ich bin nicht nur für eine kollektive Umarmung hier. Wir müssen uns um ganz anderen Mist kümmern. Habe ich dich davon überzeugt, dass die Morde von einer Schülerin begangen wurden?«

Ich seufze. »Hast du schon jemanden im Auge?«

»Eigentlich ja. Es gibt jemanden, der dieselben Mittel und Möglichkeiten hat wie du.«

»Und das Motiv?«

»Lang gehegter Hass.«

»Wirklich?« Ich versuche, einen Blick auf seinen Notizblock zu werfen, aber er schiebt ihn aus meiner Reichweite. »Weiß die Polizei darüber Bescheid?«

»Sie hat die Polizei angelogen. Und du hast ihr dabei geholfen.«

»Was?«

»Das einzige fehlende Puzzleteil ist das Zusammentreffen in der Mordnacht. Falls Jess sich an diesem Abend mit jemandem gestritten hat, ist das in meinen Augen ein ausreichendes Indiz für eine Verhaftung.«

»Sie hat sich mit jemandem gestritten. Mit dir.«

»Oder vielleicht mit Brie.«

18

Ich bin so geschockt, dass ich lachen muss. »Brie hat Jessica nicht getötet. Sie ist nicht mal in der Lage, jemanden anzuschreien.«

»Also hat sie es vielleicht still und leise getan.«

»Ich kann nicht glauben, dass du das ernst meinst.«

»Todernst.« Er hält mir sein Smartphone hin und ich sehe ein Foto von Jessica und Brie in Bates-Academy-T-Shirts, mit den Armen untergehakt und in die Kamera lächelnd.

Ich halte mir die Hand vor den Mund. »Brie kannte Jessica kaum.«

Greg schüttelt den Kopf. »Im ersten Monat an der Schule waren sie die besten Freundinnen, dann hatten sie einen großen Streit.«

»Du kanntest sie damals ja gar nicht.« Ich kannte Brie damals aber auch noch nicht.

»Es muss richtig schlimm gewesen sein. Durch diese Sache hatte Jess die Nase voll von der Bates. Deshalb war sie nie dort. Als wir zusammengekommen sind, hat sie mir das Bild geschickt und zu mir gesagt: ›Das ist Brie Matthews. Sie kommt zu den Cast-Partys. Sprich niemals mit ihr.‹«

»Was ist passiert?«

Er schüttelt den Kopf. »Sie standen sich sehr schnell nahe. Haben sich all ihre dunkelsten, tiefsten Geheimnisse anvertraut, sich geschworen, für immer die besten Freundinnen zu bleiben. Ich glaube, Jess hatte Gefühle für Brie, die aber nicht erwidert wurden.«

Ich nicke und versuche, das seltsam heiße Gefühl zu ignorieren, das meinen Nacken hochkriecht. »Könnte durchaus vorstellbar sein.«

»Dann begann Brie mit ein paar anderen Mädchen rumzuhängen und ich vermute, Jess war ihnen nicht cool genug oder so. Im nächsten Jahr verbreitete Brie dann irgendeinen unsagbar fiesen Scheiß, auf den Jess nicht näher eingehen wollte.«

»Das glaube ich nicht.«

»Niemand glaubt, dass jemand, den man liebt, etwas Gemeines tun könnte.«

Ich bin froh, dass ich Greg nicht von Todd erzählt habe. Doch so wie er mich ansieht, scheint es fast, als wüsste er es.

»Jess war total aufgebracht und wollte Brie zur Rede stellen. Sie fand ihre Zimmertür unverschlossen. Ihr Computer war frei zugänglich, also leitete sie ein paar von Bries E-Mails an ihre Eltern weiter. Ich weiß nicht, an wen sie eigentlich adressiert waren oder was darin stand. Aber danach herrschte nur noch Feindseligkeit zwischen Jess und Brie.«

»Das kann nicht stimmen«, sage ich schlicht. »Ich würde Brie mein Leben anvertrauen. Selbst wenn sie beschließen würde, nie mehr mit mir zu reden, würde ich ihre Schuld auf mich nehmen.«

»Das würdest du wirklich tun?«

»Weil ich ohne den geringsten Zweifel sicher bin, dass sie unschuldig ist.«

Er lächelt traurig. »Genau das ist es, Kay. Deshalb ist es schwer zu glauben, dass du eine Mörderin sein könntest.«

»Tut mir leid, aber ich kann deiner Theorie nicht folgen.«

»Sie hat meine Freundin unglücklich gemacht und jetzt ist Jess tot. Mir fällt sonst niemand ein, der es getan haben könnte.«

»Vielleicht hat deine Freundin gelogen.«

Er wirft mir einen warnenden Blick zu.

»Entschuldige.« Ich starre in meinen Becher, weil ich Angst davor habe, ihm in die Augen zu sehen. »Was auch immer Brie getan haben soll, um Jessicas Gefühle zu verletzen, ich habe etwas Schlimmeres getan.«

Er sieht mich verständnislos an. »Was hast du getan?«

Ich erzähle ihm die Wahrheit über *Dear Valentine*, die Geschichte, die mich und alle anderen aus dem Racheblog mit Jessica verbindet.

Dear Valentine war eigentlich als Spendensammlung gedacht. Schülerinnen konnten Blumen bestellen, die während des Unterrichts verteilt wurden, und der Erlös wurde für den Frühlingsball verwendet. Aber meist artete diese Aktion zu einem Beliebtheitswettbewerb aus. Tai, Tricia, Brie und ich hatten am Ende immer riesige Sträuße aus Rosen, während die Mehrheit der Schülerinnen normalerweise zwei oder drei Rosen von ihren besten Freundinnen bekamen.

Vor zwei Jahren bekam ich von einem anonymen Absender wirklich wunderschöne, teure weiße Orchideen mit der Notiz *Sei mein*. Der Zwischenfall mit Elizabeth Stone war Monate her und Brie und ich neckten uns wieder und flirteten heftig miteinander. Also nahm ich natürlich an, das Geschenk sei von ihr, und als Dank blamierte ich mich mit einem schlecht geschriebenen (gereimten) Gedicht. Aber sie schwor hartnäckig vor der versammelten Mensa, dass sie nicht der Absender war. Die Blumen kamen aber auch nicht von einer unserer anderen Freundinnen. Ich war mir so sicher gewesen, dass Brie dahintersteckte und endlich unser großer romantischer Liebesfilmmoment gekommen wäre, dass ich begann, diese Blumen zu hassen. Sie standen auf meinem Schreibtisch in einer Glasvase und verhöhnten mich jeden Abend beim Einschlafen mit ihrer Anwesenheit. Und am Morgen waren sie immer noch da, immer noch frisch, blass und perfekt und unsterblich.

Weil sie anonym verschickt worden waren, konnte ich nicht herausfinden, von wem sie kamen, doch ich hasste auch den Absender. Wie grausam musste man sein, ein derartiges Geschenk mit der anonymen Nachricht *Sei mein* an jemanden zu schicken, der offensichtlich Hals über Kopf in einen anderen verliebt war? Natürlich war ich am Boden zerstört. Ich dachte, der Absender wollte mich für irgendeine Gemeinheit verspotten, die ich gesagt oder getan hatte. Ich will ehrlich sein: Es kamen zu viele Personen infrage.

Ich war sicher, dass es jemand aus reiner Bosheit getan hatte, jemand, der beobachtet hatte, dass mir wegen Brie wiederholt das Herz gebrochen wurde, jemand, der mich quälen wollte. Also beschloss ich, den Absender ebenfalls zu quälen.

Mit Tricias Geld bestach ich die Schülerinnen, die die Aktion *Dear Valentine* leiteten, um eine Reihe von Geschenken an den betreffenden Absender zurückzuschicken. Sie hätten die Identität nie verraten, aber die Lieferungen übernahmen sie – eine für jede Orchideenblüte, die mir geschickt worden war. Tai nannte es die zwölf Valentinstage. Sie und Tricia halfen mir beim Brainstorming und Tricia kümmerte sich ganz allein um die Zustellerin. Am ersten Tag war es nur eine kurze Nachricht – *Ich bin dein* – zusammen mit einer der Orchideenblüten.

Am zweiten Tag war es eine Haarlocke von mir, wieder mit einer Blüte.

Am dritten Tag war es eine Karteikarte mit verschmiertem Blut darauf. Und mit jeder Nachricht verschickten wir eine weitere Orchideenblüte.

Am vierten Tag war es ein sorgfältig abgeschrubbter Rippenknochen vom Mensaessen mit der Nachricht *Alles von mir*.

An diesem Abend erzählte Tricia, dass die Zustellerin sichtlich nervös vor ihrer Tür aufgetaucht war und gesagt hatte, dass die Empfängerin ziemlich mitgenommen sei und uns bitten würde, mit den Sendungen aufzuhören. Aber zu diesem Zeitpunkt hatten wir schon so viele Ideen, dass Tricia auch den Rest des Plans unbedingt weiter finanzieren wollte, und die Zustellerin nahm das Geld ohne Weiteres an. Heute weiß ich, dass das nicht die ganze Wahrheit ist. Nola war die Botin und Tricia hat ihr nichts dafür gegeben. Sie hat ihr nur Versprechungen gemacht und Lügen aufgetischt. Das war genauso gemein wie der eigentliche Plan.

Wir hatten so viel Spaß mit *Dear Valentine*, suchten online nach»Körperteilen« oder in den Geschäften in der Stadt, ja sogar im Wald. Nur Brie beteiligte sich nicht daran. Während der ganzen Zeit verschwand sie völlig vom Radar. Als ich einmal mit einem unfassbar realistisch wirkenden Süßigkeiten-Gehirn, das wir im Internet bestellt hatten, in ihr Zimmer platzte, sah sie mich nur an und zeigte wortlos zur Tür.

Danach warf ich mich noch entschlossener in das Projekt. Brie kapierte es nicht, Tai und Tricia dagegen schon. Es war ein *Scherz*.

Am Ende bestand die Orchidee nur noch aus zwei skelettartigen Stängeln, die um falsche Kunststoffzweige gewickelt waren, und ich fühlte mich etwas besser. Ich warf die Stängel weg, wusch die Vase aus und füllte sie mit Schokoküsschen, von denen mir Brie eine ganze Packung geschenkt hatte, ohne Karte und ohne echten Kuss. Die Vase wurde direkt an *Dear Valentine Girl* geliefert. *Sie* hatte mich mit ihrem Geschenk verhöhnt. Wenn sie mir etwas mitteilen wollte, hätte sie es mir auch ins Gesicht sagen können.

Ich dachte, damit wäre die Sache erledigt.

Doch als ich Brie eine Nachricht schickte, ob sie mit mir zum Frühlingsball gehen würde, lehnte sie erneut ab und ohne eine Erklärung. Mit klopfendem Herzen schrieb ich zurück: *Eine andere?* Und sie antwortete: *Dear Valentine Girl.* Sie tauchte nicht auf dem Ball auf.

Wir sprachen nie wieder darüber.

Das war mein erster und letzter Prank. Habe ich das Ganze ins Rollen gebracht und jemanden damit schikaniert? Ja! Aber nicht so, wie *Dear Valentine* es bei mir gemacht hatte.

Schließlich sehe ich Greg an. »Das habe ich Jessica angetan. Gemeinsam mit meinen Freundinnen. Sie dachte vermutlich, dass Brie daran beteiligt war, aber Brie hatte sich geweigert. Das ist wahrscheinlich die unsagbar gemeine Sache, auf die Jessica angespielt hat.«

»Mein Gott, Kay, ist dir nie in den Sinn gekommen, dass sie dich vielleicht wirklich mochte?«

»Sag du es mir. Ich hing zu dieser Zeit mit Brie rum. Die *ganze* Zeit. Sie waren nicht gemein, ich habe sie dazu gebracht.«

Er seufzt schwer. »Sie hat mir nie Genaues darüber erzählt, deshalb werden wir es auch nie erfahren. Sie wollte sich trotzdem an Brie rächen, also hatte Brie ein Motiv, es ihr zurückzuzahlen.«

»Sie war es nicht. Sie wollte nicht mal eine beschissene Valentinsnachricht verschicken.«

»Kommt darauf an, was anschließend vorgefallen ist«, sagt Greg. »Sind sie sich in der Mordnacht über den Weg gelaufen oder nicht? Könnte das möglich sein?«

Ich denke an den Abend zurück. Ich hatte die halbe Flasche Prosecco ausgetrunken, als das Scheinwerferlicht über das dunkle Wasser fegte. Meine Gedanken waren nur verschwommen, wie Kritzeleien auf zerrissenem Briefpapier, aber meine *Vorstellungen* waren klar und deutlich. Ich stand nicht auf, als Spencer aus seinem Wagen stieg und die Tür zuwarf, denn ich wusste, dass ich schwanken und vielleicht hinfallen würde, und ich wollte, dass er verstand, wie ernst mir die Sache war.

Er sah mich erschrocken an. »Katie?«

»Wer zur Hölle ist Jess?«

Er checkte sein Handy. »Oh, shit. Tut mir echt leid. Ich hatte zwei Anrufe hintereinander. Bin einfach davon ausgegangen.«

»Du hast gesagt, dass alles wieder in Ordnung kommt.«

»Das wollte ich auch. Ganz sicher.«

»Nach dem, was du getan hast?«

»Ich weiß nicht, was ich noch machen soll.« Er nahm einen Schluck aus meiner Flasche und verzog das Gesicht. »Gott, Katie.«

»Bring es in Ordnung.« Ich zog ihn zu mir und küsste ihn. Ich war immer noch verschwitzt vom Tanzen, sodass ich in der kalten Nachtluft fror, was mich an seinem warmen Körper zittern ließ.

»Ich weiß nicht mehr, wie«, flüsterte er an meinen Lippen.

»Beende es. Wer auch immer sie ist, wimmele sie ab. Ich möchte ihren Namen nicht noch einmal hören. Und ich will nie ihr Gesicht sehen.« Ich wich zurück in den Schatten und zog ihn an der Hand mit mir.

»Werde ich denn weiterhin Bries Namen hören müssen?«

»Sie ist gegangen.« Ich küsste ihn erneut, langsamer, schmiegte mich an ihn, legte seine Hand um meine Taille, die andere auf meine Schulter, seine Finger wickelten sich um den Träger meines Kleides. »Werde dieses Mädchen los.«

Jetzt sieht Greg mich erwartungsvoll an. »Ist es möglich, dass Brie an diesem Abend Streit mit Jessica hatte?«

Ich schüttele den Kopf. »Das bezweifle ich.«

19

Als ich zu meinem Zimmer komme, klebt an der Tür ein Stück Abdeckklebeband über meinem Namensschild und darauf steht in dicken roten Buchstaben das Wort MÖRDE-RIN. Die Tür ist zugepflastert mit Zeitungsausschnitten über die jüngsten Morde und mit Sprüchen, die mit schwarzen und roten Permanentmarkern drangekritzelt sind. Jemand hat sogar eine bizarre Karikatur von einem Männchen mit einem katzenhaften Körper hingeschmiert, das von einem Galgen mit den Buchstaben K-A-Y baumelt. Der Satz *Du könntest genauso gut tot sein!* kommt mehrmals in verschiedenen Farben und Handschriften vor. Es gibt versteckte Anspielungen auf ein Dutzend Mädchen, die ich während der letzten dreieinhalb Jahre beleidigt habe. Sie sind feindselig und gipfeln in der Karikatur der erhängten Katze – der einzigen »Leiche«, mit der ich etwas zu tun hatte, aber an deren Tod ich nicht beteiligt war.

Ich höre hinter mir ein unterdrücktes Lachen und wirbele so schnell herum, dass ich fast das Gleichgewicht verliere. Durch die Erkältung ist mir schwindelig und plötzliche Bewegungen reißen mir regelrecht den Boden unter den Füßen weg. Bevor ich sehen kann, wer das war, schlägt auf der anderen Flurseite eine Tür zu und ich bin so neben der Spur, dass ich nicht mal sagen könnte, welche Tür es gewesen ist. Direkt gegenüber oder zwei Türen weiter oder vielleicht sogar am anderen Ende des Flurs? Vielleicht ist es gar nicht schlecht, dass ich immer noch eine Verdächtige in einem Mordfall bin. Wenigstens haben sie zu viel Angst, mir das alles ins Gesicht zu sagen.

Ich verziehe mich in mein Zimmer und krieche mit meinen Klamotten ins Bett, zitternd durch das Fieber und völlig allein. Ich will Nola nicht anrufen, denn ich werde das Gefühl nicht los, dass sie ein Teil des Problems ist, selbst wenn ich sie erst mit hineingezogen habe. Als ich sie bestochen habe, damit sie das erste Passwort für mich knackt.

Ich rolle mich zur Seite, ziehe die Schuhe aus und putze mir so lange die Nase, bis die Haut an meinen Nasenflügeln ganz wund ist. Wie immer ist mein erster Impuls, Brie anzurufen, aber es gibt nichts zu sagen. Ich kann mich nicht entschuldigen und ich kann auch keine Entschuldigung verlangen. Was sie getan hat, ist unverzeihlich, was mir klarmacht, dass auch *mir* nicht vergeben werden wird. Ich checke meine E-Mails und finde eine Menge Last-Minute-Erinnerungen für die Zwischenprüfungen, die vor Thanksgiving nächste Woche stattfinden. Eine gute Sache an der Bates ist, dass die Zwischenprüfungen im ersten Halbjahr aufgeteilt werden, sodass die erste Hälfte vor den Thanksgiving-Ferien und die zweite Hälfte kurz vor den Winterferien ansteht. So muss man seine Familie nicht die ganze Woche links liegen lassen und nur lernen.

Natürlich verbringe ich Thanksgiving nicht mit meiner Familie. In dem Jahr, als Todd starb, haben wir den Feiertag bei Mom in der Klinik verbracht, was traurig und widerlich war und mir eine eklige Truthahn-Cranberry-klauenseuchen-artige-Lebensmittelvergiftung einbrachte. Während Mom und

Dad sich einer intensiven Trauertherapie für Paare unterzogen, blieb ich den Rest der Woche bei Tante Tracy. Wir sahen uns *Zeit der Sehnsucht* an, tranken Kaffee mit Kürbisgewürz und aßen kalorienarme Vanilleeiscreme in so großen Mengen, dass sich der Nutzen der verringerten Kalorienzufuhr wieder aufhob.

Seit ich an der Bates bin, habe ich Thanksgiving immer bei Bries Familie in ihrer Villa auf Cape Cod verbracht und so getan, als wäre ich die genauso perfekte, geliebte zweite Tochter. Sie veranstalten jährliche Familien-Footballspiele auf dem riesigen Rasen mit Blick über das Meer, während die Sonne mit dem Abendhimmel verschmilzt, erzählen Geistergeschichten vor dem gigantischen Kamin, der eine ganze Wand einnimmt, und verbringen Familienfilmabende mit frischem Karamellpopcorn und selbst gemachter heißer Schokolade. Zum Abendessen bereitet der Koch riesige, frisch gefangene Hummer in Butter zu, geröstete Erdnüsse, Eichelkürbisspeise mit einer feinen Kruste aus Karemellzucker wie bei einer Crème brûlée, Mandelspargel und gestampfte Kartoffeln mit Knoblauch. Es ist jedes Jahr dasselbe und es ist köstlich.

Wenn ich dort bin, fühle ich mich besser, als ich bin. Wichtiger, würdiger. Sie sind eine *echte* Familie. Ich fühle mich von meinen Eltern getrennt, wenn ich zwischen Brie und ihrer Mutter unter der hohen Zimmerdecke auf dem Sofa sitze und wir uns klassische Komödien ansehen. Zu Hause, selbst wenn meine Eltern da sind, würden wir im dunklen Wohnzimmer vor dem Fernseher sitzen, kalte Truthahnsandwiches essen und ein Footballspiel schauen, das keinen von uns interessiert. Ich würde Nachrichten schreiben oder zumindest so tun, nur um der Peinlichkeit zu entgehen, dass ich nicht mit ihnen rede. Dad würde aus demselben Grund schlafen oder zumindest so tun und Mom würde auf der Suche nach einem Beruhigungsmittel in ihrer Handtasche wühlen, um das Spiel im Fernsehen durchzustehen. Es wäre Todds Lieblingsteam. Und es würde wahrscheinlich verlieren.

Es wird das erste Jahr sein, in dem ich nicht bei Brie eingeladen bin. Ich möchte gar nicht wissen, was sie ihren Eltern erzählt. Aus irgendeinem Grund schäme ich mich, als hätte ich ihre Familie im Stich gelassen. Als hätten sie mir eine Chance gegeben; als hätten sie den verlassenen Welpen einer gefährlichen Rasse aufgenommen, von der jeder weiß, dass sie in der Lage ist, Babys oder harmlose alte Ladys anzugreifen, und ich hätte es ihnen gedankt, indem ich ihre Tochter beiße.

Ich beschließe, meinen Eltern nichts davon zu erzählen. Es ist zu spät, der Schule mitzuteilen, dass ich nirgendwohin kann, aber mir fällt schon irgendwas ein. Ich scrolle an den Prüfungsmitteilungen vorbei und entdecke eine E-Mail von Justine. Widerwillig öffne ich sie.

Halt dich von meiner Freundin fern, du Schlampe.

Wie reizend.

Ich leite die E-Mail mit folgender Nachricht an Brie weiter:

Lass deine Freundin wissen, dass ich nicht die Absicht habe, je wieder mit ihrer Freundin zu reden.

Ich klicke auf Senden.

Dann muss ich unbedingt noch einen Nachtrag hinterherschicken.

Danke für den Türschmuck.

Ich schalte das Licht aus, schlüpfe unter die Decke und öffne Facebook. Ich habe dreiundvierzig Benachrichtigungen. Meine Pinnwand ist mit Bemerkungen zugepflastert und mein Postfach ist voller Nachrichten wie die an meiner Tür. Wenigstens sind sie nicht anonym. Meine Augen trüben sich und ich blinzele heftig, während ich jedes einzelne Wort lese, jeden einzelnen Namen und jedes Gesicht mustere und sie in Gedanken zu der wachsenden Liste von Leuten hinzufüge, die mich vielleicht anschwärzen wollten. Es war viel einfacher, als es allein um die Frage ging, wer es auf Jessica abgesehen hatte. Es sind so viele Namen. Tai. Tricia. Cori. Justine. Holly. Elizabeth. Bries Name taucht nicht auf. Gott sei Dank. Die meisten Kommentare haben mehrere Likes und werden ebenfalls kommentiert. Schaudernd klicke ich auf einen der Kommentare und erkenne, wie weit sich der Kreis zieht. Mir schnürt sich die Kehle zu.

Justine hat geschrieben: Nimm dich in Acht, du Miststück.

Darunter erwidert Nola: Verstanden. Wer gibt auf dich acht?

Ich klicke auf die anderen Kommentare. Nola hat fast auf jeden einzelnen geantwortet und mich verteidigt.

Ich checke mein Smartphone. Sie hat mir keine Nachricht geschickt oder mich angerufen. Sie kümmert sich einfach still und leise um Schadensbegrenzung. Als ich die Seite neu lade, erscheint unten ein neuer Kommentar von Kelli, auf den Nola innerhalb weniger Sekunden reagiert. Seufzend lege ich mein Handy weg. Ich brauche eine Pause von all den Leuten – online, persönlich, selbst in meinen Gedanken –, wenn ich die Prüfungen bestehen will.

Während der folgenden eineinhalb Wochen vergrabe ich mich zwischen Erkältungssäften, Taschentücherboxen und Lehrbuchstapeln. Ich habe vor den Thanksgiving-Ferien in jedem Fach eine Prüfung, außer in Französisch, und mit meinem vollgestopften und (legal) gedopten Hirn, das in Schneckengeschwindigkeit arbeitet, brauche ich jede freie Minute, um den Stoff nachzuholen. Die Kommentare reißen nicht ab, per E-Mail, Facebook, an meiner Tür, die inzwischen so mit Graffiti zugekleistert ist, dass man sie kaum noch erkennen kann, und jetzt tauchen sie auch auf meinem Handy auf. Ich habe versucht, einen Termin mit meiner Hausmutter zu machen, um mit ihr darüber zu sprechen, aber sie reagierte sehr distanziert und teilte mir mit, dass sie bis nach den Ferien ausgebucht sei. Ich habe sogar bei der guten alten Jenny Biggs, Officer der Campuspolizei, angerufen, aber sie hat mich einfach abblitzen lassen.

»Ich werde gemobbt«, erzählte ich ihr. »Kann ich Anzeige erstatten oder so was in der Art?«

Sie schwieg für eine Weile. »Um ehrlich zu sein, Kay, es gab so viele Mobbinganzeigen gegen dich im Laufe der Jahre, dass ich nicht weiß, ob ich etwas dagegen unternehmen will.«

Damit legte sie auf.

Nola und ich machen Gliederungen, legen Lernkarteien an, fragen uns gegenseitig ab und nutzen Pawlows klassische Konditionierung, um die ganzen Informationen in unsere Köpfe zu pressen. Wenn Nola eine Antwort richtig hat, bekommt sie ein Skittle. Wenn ich eine Antwort richtig habe, bekomme ich ein Hustenbonbon. Ich stöpsele mein Campustelefon aus und stelle mein Handy auf stumm. Mich ruft sowieso niemand an, es sei denn, es geht um vage Drohungen. Und die wöchentlichen Anrufe zu Hause sind sogar noch quälender als sonst. Sie beginnen mit einem regelrechten Verhör, ob die Spielzeit wieder begonnen habe, gehen in Geschimpfe (Dad) über, wie unfair die Verwaltung handle, indem sie den trauernden Kindern den Sport entzögen, gefolgt von Vorwürfen (Mom), wie abweisend und verschlossen ich geworden sei. Am Ende schreie ich herum, dass ich nichts gegen die Verwaltung machen kann, Dad brüllt, dass ich eine Petition starten oder einen Artikel für die Zeitung schreiben könnte, und Mom jammert, dass sie mich nicht wiedererkennt und wissen will, seit wann ich so wütend und aggressiv bin. Dann lege ich auf und stelle mein Handy rasch wieder auf lautlos, bevor ich noch einen Drohanruf von irgendjemandem aus der Stadt bekomme, der mir in den Arsch treten will (ja, das Ganze geht jetzt auch dort rum). Ich werde Thanksgiving nicht mit meinen Eltern verbringen, Brie hin oder her.

Deshalb folgt ein spontanes *Ja, gerne*, als Nola mich unerwartet fragt, ob ich Lust hätte, sie zu ihrer Familie nach Maine zu begleiten.

Sie wirkt überrascht, als ich zusage. »Oh, wirklich?«

»Meine Familie feiert kein Thanksgiving. Ich hatte vor, mich unter meinem Bett zu verstecken und Brezeln und Apfelmus zu essen.«

Sie hält inne. »Na ja, wir machen normalerweise auch nichts Besonderes, aber es wäre eine Steigerung zu Brezeln und Apfelmus.«

»Abgemacht.«

Nola ist nicht nur der einzige Mensch, der mir bei alldem zur Seite steht, sie beschützt mich auch enorm. Ich hätte nicht die Kraft, mich selbst zu verteidigen. Ich könnte es vielleicht, wenn ich nur einen Teil des Hasses, der mir entgegengeschleudert wird, nicht verdienen würde. Aber ich weiß, dass die Leute den Mord nur als Ausrede benutzen, um ihrer angestauten Wut Luft zu machen – über Dinge, die ich gesagt oder getan habe und die vielleicht schon Jahre zurückliegen. Kleinigkeiten, die damals nicht wichtig erschienen. Das macht es mir so schwer, mich zu wehren. Ich weiß nicht, was ich ohne Nola tun würde. Ich war ziemlich schrecklich zu ihr und sie hat mir vergeben, was zeigt, dass ich doch noch nicht ganz verloren bin. Ein Teil von mir klammert sich an die Hoffnung, dass die Leute es irgendwann mitbekommen und denken: »Oh, seht mal! Kay war total scheiße zu Nola und jetzt scheinen sie die besten Freundinnen zu sein. Wir sollten ihrem Beispiel folgen und Kay auch verzeihen. Wie wunderbar der richtige Weg ist! Komm zurück zu uns, reumütige Kay! Es ist alles vergeben und vergessen!«

Aber ich schätze, dass Erlösung nicht auf diese Weise funktioniert.

20

Am Sonntagabend machen wir uns auf den Weg zu Nolas Elternhaus. Der Zug durchquert dieselbe Landschaft, durch die auch Brie und ich zur Küste gefahren sind, und windet sich dann nach Norden entlang der Felsenklippen, wo wir immer in den Bus umgestiegen sind, um dann Richtung Süden nach Cape weiterzufahren. Ich habe die Küste Neuenglands schon immer geliebt. Meine Eltern waren mit mir und Todd jedes Jahr am Strand von New Jersey. Dieser Strand liegt *unten* am Ufer. Der Sand ist wie eine glühende goldene Decke und das Wasser ist warm und trübgrün. Wie habe ich diese Sommer geliebt. Ich habe nach Sandkrebsen gebuddelt, bin dem Eiswagen auf dem heißen Asphalt nachgerannt, habe stundenlang im Wasser gebrütet, ohne mehr Sonnencreme aufzutragen, und bin am Ende des Tages knallrot und verbrannt wieder aufgetaucht.

Doch nach Todds Tod war es undenkbar, dorthin zurückzukehren.

Die Strände Neuenglands sind damit gar nicht zu vergleichen. Man geht nicht zum Strand hinunter, man geht zur Küste hinauf. Der Sand ist grobkörnig und pikst und bleibt unangenehm an den Fußsohlen kleben, das kalte, klare Wasser fließt über Kieselsteine. Wenn man zu lange drinbleibt, wird man ganz taub. Es dominieren graue und knochenartige Farbtöne mit einem sanften Gemisch aus Seeglas. Das einzig Goldene, das dir auf Cape begegnet, sind die reinrassigen Hunde, die durch die Hundeparks trotten oder am Strand sogar in den Wellen herumtollen dürfen. Zumindest sieht so Bries Cape aus. Es gibt immer etwas, was einem entgeht, wenn man einen Ort durch die Augen einer bestimmten Person kennenlernt. Aber wenn wir mit dem Zug an der Küste entlangfuhren oder mit dem Bus Richtung Süden nach Cape, sahen wir nichts anderes. Nur diese Pastellpalette aus Haiaugengrau und Knochenfarben und Seeglas und Gespensterweiß.

So ist es auch auf dem Weg zu Nolas Haus, nur dass die Küste felsiger ist und das Meer aufgewühlter wirkt, wenn es gegen die Klippen brandet. Die Sonne versinkt so schnell am wässrigen Horizont, dass der Himmel von ein paar strahlenden orangeroten Streifen überzogen wird, bevor wir nur noch vom silbernen Mondlicht und vom gelegentlichen Aufblitzen des Leuchtturms, dessen dünner Strahl immer wieder über das Wasser huscht, gefangen sind.

Nola hat sich mit einer spitzenbesetzten Augenmaske aus Satin zu einem Ball zusammengerollt und ihren Mantel wie eine Decke über sich ausgebreitet. Ohrstöpsel blenden die Geräusche des Zuges und unserer Mitreisenden aus. Ich versuche, die Augen zu schließen, aber die Deckenleuchte ist zu hell und die Frau hinter mir, die in ihr Handy heult, lenkt mich zu sehr ab.

Ich blicke zu Nola hinüber und frage mich, wie lange wir noch fahren müssen. Es kann nicht mehr sehr weit sein. Die ganze Reise hat nur ein paar Stunden gedauert. Ich lehne die

Stirn an die Scheibe und versuche, durch mein Spiegelbild hindurchzuschauen. Wir werden langsamer und fahren in einen Bahnhof ein. Ich trete gegen Nolas Füße, sie hebt grummelnd ihre Maske und blinzelt mich mit einem Auge an.

»Sind wir jetzt da?«

Sie schaut aus dem Fenster, ein Auge noch zugedrückt, was ihr ein merkwürdiges piratenhaftes Aussehen verleiht, insbesondere durch die Maske, die sie immer noch halb auf dem Kopf hat, und durch ihren lockeren, schlampig geflochtenen Zopf.

»Leider ja.« Sie gähnt und zieht sich ihre Tasche über die Schulter, während der Zug schleifend zum Stehen kommt und der Schaffner den Namen der Station nennt. »Mach dich bereit.«

Ich folge ihr durch die Dunkelheit zum Parkplatz, leicht nervös, nun die wie auch immer gearteten Menschen kennenzulernen, die Nola Kent hervorgebracht haben. Als sie unter die helle Parkplatzbeleuchtung tritt und ihre Mary Janes über den glatten Asphalt klackern, springt ein energischer grauhaariger Mann auf sie zu und versucht, sie in einer ungestümen Umarmung hochzuheben.

»Sie ist wieder da!«, ruft er strahlend.

Sie windet sich aus seinen Armen und zeigt höflich auf mich. »Das ist Katherine Donovan. Katherine, das ist mein Vater.«

Er wirkt überrascht und sehr erfreut. »Nun, das ist wunderbar.« Er streckt seinen Arm in einem weiten Winkel zu mir aus, sodass ich nicht sicher bin, ob er mir die Hand schütteln oder mich umarmen will.

Ich entscheide mich für das Händeschütteln. »Kay reicht völlig. Und es tut mir leid, Mr Kent, ich dachte, Sie erwarten mich.« Ich werfe Nola einen verunsicherten Blick zu.

Sie schüttelt heftig den Kopf. »Das geht schon in Ordnung.«

»Mehr als in Ordnung. Und nenn mich Bernie«, dröhnt Mr Kent. Er scheucht uns auf die Rückbank eines glänzenden Jaguars und springt auf den Fahrersitz. »Nächster Halt Tranquility.«

»Dad«, sagt Nola durch zusammengebissene Zähne.

Ich sehe sie fragend an.

Sie schüttelt nur den Kopf.

Als wir das Haus erreichen, verstehe ich sie.

Ihr Haus ist kein Haus. Es ist ein Schloss. Verglichen damit wohnt Bries Familie in einer Hütte und ich in einem Schuhkarton. Nolas Haus lässt meins wie ein Diorama erscheinen. Es ist eines dieser klassischen pastellfarbenen Küstenanwesen mit Dutzenden Zimmern, die man nicht anders nutzen kann, als sie hübsch einzurichten und jemanden dafür zu bezahlen, der sie regelmäßig putzt, während man auf Gäste wartet, die wahrscheinlich nie kommen. In Nolas Fall vermute ich, dass ich ihr erster Gast bin, obwohl ihre Eltern begeisterte Gastgeber sind, soweit ich das einschätzen kann. Auf jeden Fall reden sie gern. »Tranquility« ist der Name des Hauses. Er steht am Briefkasten auf einem bezaubernden kleinen weißen Schild, das ein rot-weißes Band als Rahmen hat, und noch einmal in der Eingangshalle, die so groß ist wie das Wohn- und Esszimmer bei mir zu Hause zusammen. Dort hängt auch ein Schild mit dem hübsch geschriebenen Spruch WILLKOMMEN BEI UNS ZU HAUSE!, darunter liegen ein in Leder gebundenes Gästebuch, eine Schreibfeder und daneben steht ein Tintenfässchen. Ich lasse die Finger über die Namenreihen auf der aufgeschlagenen Seite des Gästebuchs wandern und frage mich, ob Nola die Einträge gemacht hat. Die Handschrift ist viel ordentlicher als auf den Seiten in ihrem Tagebuch oder den Verszeilen an ihrer Zimmerwand im Wohnheim. Die Tinte auf diesen Seiten ist recht frisch und es sind eine Menge Namen, alles Paare, keine Singles oder Familien.

Nola schlägt das Buch über meinem Finger zu und ich trete schuldbewusst einen Schritt zurück, denn ich fühle mich, als wäre ich gerade dabei erwischt worden, wie ich Unterwäsche aus einer Schublade klaue.

»Das ist nicht für uns, nur für sie«, sagt sie verächtlich und winkt mich durch die Halle.

Der Boden ist aus poliertem Parkett und die Wände sind zitronencremefarben. Riesige Erkerfenster neben der Eingangstür gewähren den Blick auf einen Vorgarten, der mit einem schmiedeeisernen Sicherheitstor abgeschirmt und von Balsam-Tannen eingefasst ist. Durch gähnende Bogen auf beiden Seiten der Eingangshalle führen geschwungene Gänge zu einer riesigen Bibliothek, wo sich Regale aus Walnussholz vom Boden bis zur Decke erstrecken. Am Ende des anderen Flurs befindet sich ein Wintergarten mit einer Reihe exotischer Pflanzen.

Eine Frau, die sogar noch kleiner ist als Nola, mit denselben verträumten Augen und elfenhaften Zügen, schwebt in einem seidenen Nachthemd eine Wendeltreppe herunter. Ihre Haare sind leuchtend rot gefärbt und zu einem strengen Dutt zusammengebunden, und was ihr Gesicht angeht, so hat sie entweder meisterhafte Arbeit geleistet oder ihr ist das Geschenk der ewigen Jugend vergönnt.

»Schatz«, sagt sie in einem atemlosen Südstaatenakzent, »du bist ja nur noch Haut und Knochen.«

»Ich habe noch genau dasselbe Gewicht wie im September«, sagt Nola und bleibt höflich stehen, während ihre Mutter ihr Luftküsse auf beide Wangen haucht.

Dann richtet sie ihre funkelnden Augen auf mich. »Wer ist das?«

Erneut bin ich versucht, mit den Zähnen zu knirschen, als ich meinen vollen Namen höre. Niemand nennt mich Katherine. Nola weiß das. Das macht mich langsam sauer.

»Kay«, sage ich und verziehe meine Lippen zu einem Lächeln.

»Leistest du uns übers Wochenende Gesellschaft?«

Ich sehe Nola an.

»Mutter, das Wochenende ist vorbei. Sie bleibt die Woche über.«

Mrs Kent blinzelt. »Oh, das ist wunderbar! Hier gibt es Platz für jeden. Ich möchte alles über deine Kurse hören, Schatz, aber wenn ich nicht sofort meine Migränetabletten nehme und mich mit einem Waschlappen über den Augen ins Bett lege, halte ich nicht lange durch.« Sie küsst wieder in die Luft. »In der Küche sind noch Reste. Marla hat Quiche gemacht und Kartoffelgratin und es gibt natürlich die üblichen kleinen Leckereien, wenn ihr etwas knabbern wollt.« Sie nickt mir zu. »Es freut mich, dich kennenzulernen, Katherine.«

Bernie winkt mir zu. »Die Krabben-Quiche solltet ihr euch nicht entgehen lassen«, sagt er. Dann küsst er Nola auf die Wange und folgt seiner Frau nach oben. Auf der anderen Seite der Treppe geht es in die Küche, an deren Rückwand zwei Glastüren zu einem schmalen Sandstreifen und einem Felsrand hinausführen, hinter dem es steil zum Meer abfällt.

Ich warte, bis die Eltern weg sind, und wende mich dann neugierig zu Nola um. »Platz für jeden?«, will ich von ihr wissen, aber ich kann mir vorstellen, dass die Antwort so etwas simples wie »Alkohol« beinhalten wird.

Sie zuckt mit den Schultern. »Es wäre nicht Tranquility, wenn es hier nicht von unerträglichen Gratulanten und entfernten Bekannten wimmeln würde, die nur schmarotzen, oder?«

Ich folge Nola in die Küche. Ich fühle mich gehemmt, den makellos weißen Fliesenboden zu betreten, also ziehe ich meine Schuhe aus und lasse sie an den Schnürsenkeln von meinen Fingern baumeln.

Sie beäugt mich geringschätzig. »Es ist nur ein Fußboden. Er ist dafür da, dass man drüberläuft.«

»Ich kann nicht anders. Der Boden hier ist sauberer als das Geschirr in der Mensa.«

»Weil das Küchenpersonal an der Bates faul ist.«

Irgendwie bin ich ein wenig entsetzt über dieses offensichtliche Elitegehabe. So etwas sagt Nola in der Schule nicht. Aber ich schätze, jeder verhält sich zu Hause anders. Ich bin da keine Ausnahme. Es ist auch niemand in der Nähe, um das mitzubekommen. Sie häuft Meeresfrüchtesalat und kalte Kartoffeln auf einen Teller, nimmt sich eine Cola light und lässt mich dann mit dem riesigen Kühlschrank allein. Ich weiß nicht genau, was ich damit anfangen soll. Er ist mindestens sechzig Zentimeter größer als ich, so breit wie meine Armspanne und jeder Zentimeter ist vollgestopft, wahrscheinlich in Erwartung des bevorstehenden Festtags. Ich habe keine Ahnung, was tabu ist, also folge ich Bernies Vorschlag und nehme mir von der Quiche und den Kartoffeln. Als ich mich umdrehe, sehe ich Nola, wie sie in aller Seelenruhe zwei großzügige Portionen Rum in originelle kleine Gläser gießt, die wie Einmachgläser geformt sind.

Reflexartig schaue ich zur Treppe. »Ob das so eine gute Idee ist?«

»Das interessiert sie nicht.« Sie stellt die Gläser und die Teller auf ein Tablett, hängt sich ihre Tasche über die Schulter und ich folge ihr die Treppe hinauf, einen langen Flur entlang und eine zweite, kleinere Wendeltreppe zu ihrem Zimmer hinauf.

Nolas Zimmer liegt in einem kleinen Turm, der über dem Rest des Hauses thront. Von hier oben sieht man auf der einen Seite das Meer und auf der anderen die Ortschaft. Der Blick ist selbst im silbrigen Mondlicht atemberaubend. Wir setzen uns im Dunkeln auf ihr Bett, sehen zu, wie das ruhige Wasser draußen gegen die Felsen brandet, und eine fremde Ruhe legt sich über mich. Ich beschließe, für immer hierzubleiben. Ich werde auf dem Zwischenboden oder in der Unterkunft für die Dienstboten wohnen oder etwas in der Art. Ich werde Teller-wäscherin. Nicht so faul wie das Küchenpersonal an der Bates. Der Hauptgewinn. Ich werde mich an Marla wenden und da-für sorgen, dass sie morgen früh als Erstes für mich wirbt. We-gen Mrs Kent bin ich mir nicht ganz sicher, aber Bernie scheint ein anständiger Kerl zu sein. Guter Plan. Oder ich erkläre mich einfach zu einem nicht näher zu definierenden Gast und werde zu einem dieser Tranquility-Schmarotzer, von denen Nola mit solcher Verachtung gesprochen hat. Ich drehe mich zu ihr um, um einen Witz darüber zu reißen, und merke erst jetzt, dass ihr Gesicht nur wenige Zentimeter vor mir schwebt. Ich schrecke so plötzlich zusammen, dass ich fast vom Bett falle.

»Was soll das?«

»Ich habe meine Rum-Cola zu schnell getrunken und muss jetzt mal aufs Klo.«

Ich starre in der Dunkelheit in ihre leuchtenden Augen. »Dann geh doch.«

»Okay.« Sie steht schwankend auf. »Du hast deine noch gar nicht angerührt«, stellt sie fest.

»Weil ich weder Cola light noch Rum mag. Und zusammen schmeckt das wie ein künstlich gesüßtes Buttertoffee.«

»Okay.« Sie nimmt mein Glas mit und geht offenbar ins Bad. Ich wühle in meiner Tasche und ziehe mich um, eine Jogginghose und ein langärmeliges Bates-T-Shirt, dann kämme ich meine Haare aus und flechte sie zu einem Zopf. Ich bin erleichtert, weil es zwei Einzelbetten in diesem Zimmer gibt, jedes mit einer mattrosa Überdecke und einem cremefarbenen Baldachin. Es sieht aus, als wäre das Zimmer eingerichtet worden, als Nola fünf war. Ich verstaue meine Sachen unter einem der Betten und bin gerade dabei, die Tagesdecke zurückzuschlagen, als Nola mit dem inzwischen leeren Glas aus dem Bad zurückkommt. Sie schwankt leicht und trägt nichts weiter als einen Badeanzug und geringelte Kniestrümpfe.

»Du machst Witze«, sage ich.

»Nachtbaden«, sagt sie. »Ist eine Tradition.«

21

Ich habe gerade eine Monstererkältung hinter mir und draußen sind es nur knapp über null Grad«, erinnere ich sie.

»Ach ja? Manche gehen sogar im tiefsten Winter in der Arktis baden. Du bleibst ja nicht lange drin. Es geht um das Ritual, nicht um Freizeitspaß«, erwidert sie und zerrt an meinem Arm.

»Ohne Mantel und Mütze gehe ich nicht raus«, sage ich bestimmt.

Sie zuckt mit den Schultern. »Na schön. Dann hältst du eben mein Handtuch.«

Ich gehe auf Zehenspitzen hinter ihr her und fühle mich in der Falle. Wenn wir erwischt werden, bin ich der schlechte Einfluss, der die kostbare Tochter der Kents zum Trinken verleitet und sie dazu gebracht hat, sich ins eisige Meer zu stürzen. Doch wenn ich versuche, Nola umzustimmen, bin ich die Loserin, die keinen Rum mag und Schiss hat, Ende November ins eiskalte, aufgewühlte Wasser zu springen. Wann bin ich so geworden?

Oh, ja. An Halloween, gleich nach Mitternacht.

Nola führt mich einen schmalen, windigen Pfad entlang, der hinter dem Haus steil an der Klippe hinabführt, bis er abrupt etwa sechs Meter über dem Wasser endet. Zitternd dreht sie sich zu mir um. Mir ist bitterkalt, sogar eingehüllt in Todds Mantel und mit meiner Mütze über den Ohren. Um nicht das Gleichgewicht zu verlieren, klammere ich mich an den Felsen, beuge mich leicht vor und spähe hinab. Die Wand fällt glatt und steil nach unten ab, die Wellen klatschen rau dagegen. Meine Handschuhe aus Kaschmir und meine Finger sind sofort nass. Ich drücke meinen Rücken gegen die Klippenwand und schiebe meine Hände in die Taschen.

»Erzähl mir nicht, dass du springen willst.«

»Das ist die Tradition, Kay. Du kennst diese Stelle nicht. Ich wohne schon mein ganzes Leben hier. Es ist tief genug.«

»Was ist mit der Strömung? Du könntest zermalmt werden. Und ich springe dir garantiert nicht hinterher.«

Sie wirkt enttäuscht.

»Zwei zermalmte Körper sind nicht besser als einer, Nola! Wer hat sich diese grandiose Tradition überhaupt ausgedacht? Und wo ist sie oder er jetzt?«

»Mein Großvater. Er ist tot. Er ist immer am Beginn der Thanksgiving-Woche von dieser Klippe gesprungen, seit er in unserem Alter war.«

Oh. »Okay ... War er der Einzige, der sich dieser Tradition verpflichtet fühlte?«

Sie schüttelt den Kopf, ihr Körper bebt so heftig, dass ihre Worte nur stoßweise herausplatzen und deshalb fast unverständlich klingen. »Aber als er starb und wir in dieses Haus umzogen, hörten alle aus meiner Familie auf, miteinander zu reden, also besuchten uns meine Cousins und Cousinen nicht mehr. Und jetzt gibt es nur noch mich. Na ja, und meine Schwester. Aber Bianca kommt dieses Jahr nicht. Es ist ihr wichtiger, die Familie ihres Verlobten kennenzulernen.«

Ich ziehe meinen Mantel aus und lege ihn ihr um die Schultern, aber sie schubst mich ärgerlich zurück. Ich will nach dem Mantel greifen, doch ein plötzlicher Windstoß reißt ihn mir aus der Hand und schleudert ihn über den Rand der Klippe. Hilflos sehe ich ihn in die Tiefe flattern wie einen großen, todgeweihten Vogel und leblos gegen die Felsen klatschen, bevor die Brandung ihn verschlingt. Dann raste ich aus.

»Was zur Hölle stimmt nicht mit dir?«

Sie zuckt zusammen, aber nicht auf eine bestürzte oder entschuldigende Art, sondern eher mit einer »Ups, Falsche-Bewegung«-Geste.

»Na, mach schon, Nola, spring! Tu es jetzt. Ist doch Tradition, richtig? Na los, und bring mir meinen Mantel wieder. Du holst ihn zurück oder ich werde dir das nie verzeihen!«

Sie sieht mich verunsichert an, aber ich zeige nur auf das aufgewühlte Meer. Ich rede mir ein, dass ich nicht im Unrecht bin. Sie ist selbst für ihr Handeln verantwortlich und es war ihre Idee. Sie hat darauf bestanden, mich dazu gedrängt und es ist nicht meine Aufgabe, es ihr auszureden. Und jetzt hat sie auch noch meinen Mantel auf dem Gewissen, Todds Mantel, mein Teil von ihm, das mir niemand wegnehmen darf. Und sie hat ihn einfach ins Meer fallen lassen.

»Ich bin eigentlich noch nie allein gesprungen«, sagt sie schließlich.

»Dann werde ich es tun.« Ich ziehe mein T-Shirt aus und drücke es ihr in die Hände.

»Das kannst du nicht machen!« Ein Hauch von Panik hat sich in ihre Stimme geschlichen.

»Natürlich kann ich. Ich muss. Es ist Tradition.« Die felsige Klippenwand gräbt sich in meinen Rücken, als ich mich zum Abstützen dagegenlehne und meine Sneakers ausziehe.

»Kay, du weißt nicht, wie. Die Wellen sind heute zu stark. Wir kommen morgen zurück.«

Ich schlüpfe aus meiner Jogginghose, reiche sie ihr und schiebe mich an die äußere Kante der Klippe, ganz wacklig auf meinen schmerzenden Füßen.

»Du wirst sterben, Kay«, sagt sie mit zitternder Stimme.

Ich blicke auf das dunkle Wasser hinab. Sie könnte recht haben. Und selbst wenn ich nicht sterbe, ist es wahrscheinlich, dass ich Todds Mantel gar nicht finde. Ich glaube, ich sehe ein Stück davon, das sich an einem Felsen verfangen hat, bin mir aber nicht sicher.

»Vergiss es.«

Ich schnappe mir meine Klamotten und beginne, schweigend zurück zum Haus hinaufzuklettern. Ich höre sie hinter mir schluchzen, aber es gibt nichts, was ich ihr zu sagen hätte. Es war ein Versehen, aber sie ist dennoch dafür verantwortlich. Sie hatte gar nicht die Absicht, zu springen, nicht wirklich. Also warum hat sie mich überhaupt hier rausgeschleppt? Das Ganze sollte wahrscheinlich einfach an mir abprallen, nach all dem Scheiß, der mir in diesem Semester an den Kopf geworfen worden ist, nach den letzten paar Jahren. Doch stattdessen fühlt es sich wie ein neuer Splitter in meinem Herzen an. Ich will meinen Mantel zurück. Ich brauche den verschlissenen Kragen und die losen Knöpfe und Todds imaginären Geruch, die viel zu langen Ärmel und die Innentasche, die ich nie öffne – die verschlossen bleiben muss –, denn wenn ich mir das Bild darin ansehe, würde ich daran zerbrechen. Das Bild von mir und Todd an dem Tag, als er starb, kurz vor dem Spiel, wie er mich umarmt und den erhobenen Daumen in die Kamera streckt, und mit Mom, die im Hintergrund versucht, einen Ball zu spielen, während ich in die Kamera blinzele. Ich brauche dieses Foto. Ich will den Mantel zurück und alles, was damit zusammenhängt. Ich will mich nachts darin einrollen und über all die wundervollen und schrecklichen Dinge weinen, die ich in meinem Leben verloren habe.

Als ich am nächsten Morgen aufwache, liegt auf dem Fußboden ein Haufen Wintermäntel. Nola sitzt auf ihrem Bett, trägt ein blau-weiß gestreiftes Poloshirt und eine Kakihose. Sie ist nicht geschminkt und hat die Haare zu einem Pferdeschwanz zurückgebunden. Sie sieht aus, als wäre sie einer J. Crew-Werbeanzeige entsprungen. Die Familien-Nola-Kent ist ganz anders als die Schul-Nola-Kent und das macht mir Angst.

»Ich bin bei Sonnenaufgang aufgestanden und habe die Klippen abgesucht, aber er ist weg«, sagt sie mit nüchternem Gesichtsausdruck. »Das sind alle Mäntel, die jemals von Gästen im Haus vergessen wurden. Wir heben sie auf, damit die Leute sie beim nächsten Mal mitnehmen können, wenn sie wiederkommen. Aber das tut fast niemand. Such dir einfach einen aus. Ein paar davon sind ganz schön Schickimicki.«

»Natürlich ist er weg«, krächze ich mit meiner Morgenstimme. »Das Meer hat die ganze Nacht daran gezerrt.« Ich wate durch den Berg aus Wintermänteln. »Ich will deine beschissenen gebrauchten Klamotten nicht.«

»Bist du sicher? Einige dieser vergessenen Teile gehörten einst Mitgliedern des englischen Königshauses.« Sie hält einen schäbigen kamelhaarfarbenen Colani-Mantel mit Schildpattknöpfen in die Höhe, der aussieht, als käme er aus einem Obdachlosenheim. »Vielleicht ist der hier nach deinem Geschmack?«

Ich schüttele den Kopf und wühle in meiner Tasche nach meiner Zahnbürste. »Nein, danke.«

Sie durchsucht den Stapel. »Eure Majestät haben einen ungewöhnlichen Geschmack. Wie wäre es mit diesem neuwertigen marineblauen Wollmantel von Burberry? Er unterscheidet sich kaum von Eurem alten Mantel, hat nur einen leicht anderen Schnitt. Und eine viel bessere Qualität, um ganz offen zu sein.«

Ich funkele sie wütend an. »Du kannst meinen Mantel nicht ersetzen. Er gehörte meinem Bruder. Mein Bruder ist tot. Es wird keinen anderen geben.«

Sie hält inne, dann wirft sie den Burberry-Mantel auf mein Bett. »Das tut mir wirklich leid, Kay. Es war ein Versehen. Aber du brauchst trotzdem einen Mantel. Dieses andere Teil, mit dem du über den Campus latschst, ist kaum mehr als ein Pullover.« Sie setzt sich neben mich. »Du hast nie erwähnt, dass dein Bruder gestorben ist. Du redest über ihn, als wäre er noch am Leben.«

»Du hast nie erwähnt, dass dein Großvater tot ist.«

Sie verdreht die Augen. »Jeder hat tote Großeltern.«

»Ich habe vier. Aber keiner davon hat einen Familienkrieg angezettelt.«

Sie grinst finster. »Ach, das. Nun, solange es um Beute geht, wird es immer Krieg geben.«

Ich lege den Mantel auf meinen Schoß. Es ist ein Friedensangebot. Ich sollte versuchen, dankbar dafür zu sein. »Standest du deinen Cousins und Cousinen nah?«

»Im Grunde waren sie meine einzigen Freunde. Bevor wir hier eingezogen sind, mussten wir wegen der Arbeit meines Vaters alle drei oder vier Jahre umziehen. Und meine Schwester lebt in ihrer eigenen perfekten kleinen Galaxie. Deshalb waren meine Cousins und Cousinen meine einzigen durchgehenden Freunde. Aber als der Streit um das Erbe losging, wurde alles schnell ziemlich hässlich. Eigentlich hatte das schon angefangen, bevor mein Großvater starb, denn nachdem Alzheimer bei ihm diagnostiziert worden war, wurde mein Vater von Onkel Walt beschuldigt, Großvater überredet zu haben, sein Testament zu ändern. Und dann meinte der Anwalt von Onkel Edward, dass wir Cousins und Cousinen nicht miteinander reden sollten, bis der Streit beigelegt ist. Also wurde diesem Teil der Familie der Kontakt zum Rest von uns untersagt. Edwards Tochter Julianne war meine beste Freundin. Und als ich sie anrief, um mit ihr darüber zu reden, wie dumm das alles sei, unterstellte sie mir, dass ich den gesetzlichen Anspruch ihrer Familie auf das Erbe sabotieren wollte, und bezeichnete mich als genauso selbstsüchtig und habgierig wie meine Judenmutter. Tja, das war das Ende dieser Freundschaft. Heute sprechen wir mit keinem von ihnen mehr.«

»Wow, da kann sie sich ja gleich ein Hakenkreuz anstecken.«

»Ja, wie sich herausgestellt hat, gehören meiner Familie nicht gerade nette Menschen an.« Sie macht eine Pause. »Aber du und deine Freundinnen wart auch nicht viel netter, oder?«

Ein Schlag ins Gesicht, den ich verdiene. »Ich hoffe, du machst Witze.«

»Absolut.« Doch ihr Gesicht ist ausdruckslos und ihre Stimme hat einen leicht singenden Tonfall, sodass ich das Gefühl habe, dass sie mich verspottet. Es ist der erste Auftritt der Schul-Nola, seit wir in Tranquility angekommen sind.

Dann lächelt sie beschwichtigend. »Halte nicht zu große Stücke von dir, Kay. Alles, was du tust, ist unbedeutend.«

Plötzlich bin ich ziemlich froh, eine untröstliche Mutter und einen penetranten Vater zu haben, die völlig von mir getrennt sind, und das dauerhaft, wie es manchmal scheint. Selbst Tante Tracy. Sie war für uns da, als wir sie brauchten, auch wenn ihre Vorstellung von Trost und Verpflegung aus Seifenopern und Eiscreme besteht. Für manche Leute bedeutet das tatsächlich Trost und Verpflegung. Vielleicht kann es heilsam sein, sich darin zu suhlen. Es ist jedenfalls heilsamer als Antisemitismus und Entfremdung.

»Was ist mit deinem Bruder?« Nola probiert einen luxuriösen Pelzmantel an und setzt sich zu meinen Füßen.

»Er wurde ermordet.«

Sie lässt den Mantel von den Schultern gleiten. »Oh, jetzt fühlt sich mein Familiendrama irgendwie belanglos an. Ich kann nicht glauben, dass du das nie erwähnt hast.«

Ich trete gegen den Mantelberg. »Ist nicht gerade meine Lieblingserinnerung.«

»Darf ich es wissen?«

»Was passiert ist?« Abwesend fahre ich eine Linie auf meiner Handfläche nach. »Er war mit meiner besten Freundin zusammen. Meiner besten Exfreundin. Sie haben mich ziemlich abserviert. Dann war zwischen ihnen Schluss und die ganzen Nacktbilder, die sie ihm geschickt hatte, wurden auf rätselhafte Weise an seine Freunde weitergeleitet.«

»Und mit ›rätselhafte Weise‹ meinst du, dass *er* sie weitergeleitet hat.«

Ich seufze. »Er hat gesagt, jemand hätte sein Handy geklaut.«

Sie kaut an ihrer Lippe. »Man soll ja nicht schlecht über die offensichtlich geliebten Toten sprechen, aber ein Handy stehlen *und* das Passwort knacken *und* genau wissen, an wen man die Fotos schickt?«

»Ich weiß.« Ich halte inne. »Aber das war damals nicht meine Überlegung. Also habe ich der Polizei erzählt, dass ich die ganze Zeit bei ihm war und er es nicht gewesen sein kann.«

Nola nickt.

»Megan – meine Freundin – hat nie wieder ein Wort mit mir geredet. Kurz danach hat sie Selbstmord begangen.«

»Oh nein.« Nola legt einen Arm um mich.

»Es sah so aus, als würde Todd nicht dafür bestraft werden, aber das wollte Megans Bruder nicht zulassen. Also hat er ihn umgebracht.«

Sie drückt mich fest. »Das ist Rache auf Romeo-und-Julia-Art.«

»Nur dass Romeo nie mit Julia Schluss gemacht und Benvolio und Mercutio auch keine Nacktbilder von ihr gezeigt hat.«

Sie sieht mich mit merkwürdigem Blick an. »Du kennst ja Shakespeare.«

»Nur dieses eine Stück. Es hat bei mir einen Nerv getroffen.« Nicht die Liebesgeschichte. Die Morde aus Rache. Die Familien, die nicht vergeben können. Der Teil, in dem Romeo versucht, Frieden zu schließen, was zum Tod seines besten Freundes führt.

»Da entgeht dir aber eine Menge.«

Das glaube ich nicht. Es gibt genug Drama in meinem Leben. Liebe, Verlust, Rache.

Und schwerwiegende Fehler.

Ich wünschte, dass ich irgendwann wüsste, was ich von dem Bruder halten soll, den ich so geliebt habe, der mich verteidigt hat, als mich alle anderen heruntergemacht haben. Der ein Mal etwas Schlimmes getan hat. Eine unaussprechliche Sache.

Verdient jemand, der ein Mal etwas Schreckliches tut – wirklich nur ein einziges Mal –, dass auch mit ihm etwas Schreckliches passiert? Verdient er es, ermordet zu werden oder selbst unter Mordverdacht zu stehen?

Ich werde mir einfach nicht klar darüber, ob ich mir immer noch erlauben darf, mich so an Todd zu erinnern, wie ich es möchte – als den über alles geliebten Bruder, den ich vergöttert habe –, oder ob ich zulassen sollte, dass sich der Schatten seiner Tat verfinstert und alles für immer zerstört. Ich schätze, dieser Schatten verfinstert und zerstört auch mich. Weil ich nicht aufhören kann, Todd zu lieben oder zu vermissen. Weil ich ein kaputtes Gehirn oder ein verfaultes Herz habe. Ich möchte ein guter Mensch sein, der nur gute Dinge sagt und tut und nur gute Menschen liebt, aber das tue ich nicht und das bin ich nicht. Ich wünschte, ich könnte jetzt Brie anrufen. Ich habe das Gefühl, mich zu verlieren.

22

Wir verbringen den Vormittag im Spielzimmer, einem hellen, sonnendurchfluteten Raum auf der nordöstlichen Seite des Hauses, von dem aus man das Meer überblicken kann. Sein Herzstück ist ein Poolbillardtisch und die Wände sind mit Kirmesreliquien gesäumt, alte Skee-Ball-Tische, Flipperautomaten und eine dieser gruseligen Wahrsagerfiguren mit Leuchtaugen, denen man für einen Penny eine Frage stellen kann und wo die Antwort auf einem Stück Papier aus dem Mund kommt. Ich hätte gern ewig an diesem Flipperautomaten gespielt, auf dem ein eher arrogant wirkender Clown thront, der dämonisch auf mich herabgrinst. Aber nach etwa einer Stunde scheint Nola von ihren perfekten Skee-Ball-Runden gelangweilt zu sein und wirft einen Blick nach draußen.

»Wollen wir ein paar Golfbälle im Meer versenken?«

»Was?« Ich lasse den boshaften Clown nicht aus den Augen. »Bin ich etwa Cori?«

»Sie hat kein Patent auf Golf«, murmelt Nola. Sie setzt sich auf ein Karussellpferd und holt ein Notizbuch und einen Stift aus ihrer Hosentasche. »Na schön. Wer gefällt dir besser, Spencer oder Greg?«, fragt sie.

Widerwillig wende ich mich vom Flipperautomaten ab, lasse eine Hand aber darauf liegen. »Echt jetzt? Nach allem, was vorgefallen ist, lasse ich von Jungs wohl erst mal eine Weile die Finger.«

Sie lacht. »Ich meinte, wer dir als Verdächtiger besser gefällt.« Sie beißt auf das Stiftende. »Spencer besitzt eine kranke, gruselige Besessenheit. Er tötet Jessica, und um es dir heimzuzahlen, dass du ihn verletzt hast, schiebt er es dir in die Schuhe. Dann tötet er Maddy, als sie ihm im Weg steht, um dich zurückzubekommen. Greg hat ein reines Eifersuchtsmotiv. Das ist eindeutiger. Aber es gibt keine Verbindung zu Maddy.«

Ich zögere. »Ich kann mir nicht vorstellen, dass einer der beiden Maddy getötet hat.«

»Kannst du dir vorstellen, dass einer der beiden Jessica getötet hat?«

»Nicht mehr als dich oder mich oder Dr. Klein.« Ich lasse mich auf den Boden rutschen. »Was ist das Schlimmste, was du jemals getan hast?«

Sie kaut lange auf dem Stiftende herum. »Ich habe Bianca mit ihrem Freund auseinandergebracht. Wir sehen fast wie Zwillinge aus, und als wir noch klein waren, haben wir immer unsere Klamotten, Freundinnen, Partner getauscht. Nur um zu sehen, wie lange wir damit durchkommen, bevor wir Ärger kriegen.«

»Also standet ihr euch irgendwann nahe.«

»Es machte keinen Spaß mehr, als mir klar wurde, dass die Leute mich viel mehr mochten, wenn ich sie war. Also habe ich mit ihrem ersten Freund Schluss gemacht, als ich ›sie‹ gespielt habe. Ich habe ihm gesagt, dass er wie ein toter Hamster riecht. Aber sie hat mir verziehen. Ich war erst acht.«

»Na ja, dafür kommst du wahrscheinlich nicht gerade in die Hölle«, sage ich seufzend.

»Glaubt man meinem Vater, kann einem alles vergeben werden«, sagt sie.

»Klingt wie mein Dad.« Mein Vater, bevor Todd starb. Nach der Beerdigung wollte er kein Katholik mehr sein, weil es für ihn vollkommen inakzeptabel war, dass jemand töten und dann um Vergebung bitten und Absolution erhalten kann. Nein, der Täter sollte in der Hölle schmoren. Das war Dads neue Religion. Die Religion des gerechten Höllenfeuers. Dass man keine irdische Rache nehmen darf, nur weil man es kann. So etwas tun wir einfach nicht. Aber der Bastard wird brennen. Das ist der Glaube, der die Donovans weitermachen lässt.

»Er hat meinen Großvater total manipuliert«, sagt sie mit einem leisen Lächeln und lehnt den Kopf an die rosa gestrichene Mähne des Pferdes. »Mein Vater.«

»Um an das Haus zu kommen?«

»Würdest du das nicht machen?«

Ich sehe mich um. Es ist wunderschön, doch wenn man bedenkt, dass hier einst die ganze Familie lebte, auch gespenstisch leer. Es überrascht mich nicht mehr, dass die Kents so viele Gäste haben. Ansonsten würde man sich hier verlieren.

»Er hätte es teilen können, oder?«

Sie scheint von meiner Antwort enttäuscht zu sein. »Nicht als festen Wohnsitz. Du verstehst das nicht. Du hast wahrscheinlich dein ganzes Leben an einem Ort gewohnt. Du bist so normal, Kay. Das ist echt herzergreifend.« Sie lächelt und tätschelt mir den Kopf. Ich ducke mich weg.

»Was, wenn Spencer schuldig ist?« Ich hocke immer noch auf dem Boden und stütze den Kopf mit den Händen ab.

Sie setzt sich neben mich. »Dann solltest du erleichtert aufatmen, denn es ist vorbei und das Leben geht weiter. Auch falls es Greg war. Dieser Albtraum endet so oder so.« Sie dreht meinen Kopf sanft zu sich. »Du bist unglaublich widerstandsfähig, Donovan.«

Ich versuche zu lächeln, aber mein Gesicht ist wie versteinert. *Widerstandsfähig* ist das falsche Wort für jemanden, der Tragödien anzieht wie ein Magnet und immer überlebt und dabei zusehen muss, wie seine Lieben sterben.

Etwas später, nach einem warmen Bad in einer riesigen Badewanne mit Krallenfüßen und Badesalz mit Rosenduft, fühle ich mich viel ruhiger. Nola und ich sitzen zusammen in der Bibliothek auf einem Ledersofa und sehen zu, wie die hypnotisierenden Flammen im Gaskamin flackern.

Ich starre in die Feuerringe, wo Blau mit Gelb und Gold verschmilzt. »Wir sehen nicht das ganze Bild.«

Nola schaut mich wortlos an.

»Unsere Liste der Verdächtigen wird dadurch beeinflusst, was wir über die Personen wissen«, erkläre ich. »Was wir über sie denken. Und letztendlich, was unserer Meinung nach mit ihnen passieren soll. Wir haben keine konkreten Beweise, die Cops sind hier eindeutig im Vorteil. Man kann völlig falsch bei jemandem liegen, den man glaubt zu kennen.«

»Aber wir wissen auch Dinge, die den Cops nicht bekannt sind. Zum Beispiel der Racheblog.«

»Das stimmt. Aber ich will auf etwas anderes hinaus. Wir müssen noch tiefer gehen. Brie hat versucht, ein Geständnis von mir aufzunehmen, weil sie glaubte, es entlocken zu können. Nicht, weil sie schon irgendeinen Beweis *hatte*. Sie dachte, wenn sie die richtigen Dinge sagt, wird sie mich zum Reden bringen.«

»Und du glaubst, du könntest das hinbekommen?«

Ich nicke langsam. »Ich denke, ich hätte eine Chance. Bei Spencer ganz bestimmt. Bei Greg vielleicht. Er öffnet sich immer mehr.«

»Dann tu es.«

Ein Bild von Spencer, der Maddy unter Wasser drückt, nimmt in meinem Kopf Formen an und raubt mir den Atem. Ich verschränke die Arme vor meinem Bauch und beuge mich vor, um es zu verbergen. Tief einatmen. Langsam ausatmen.

»Es sei denn, Maddy und Jessica wurden von verschiedenen Personen getötet.«

Nola schüttelt den Kopf. »Wurden sie nicht. Der Racheblog ist der beste Beweis.«

»Jeder könnte den Blog geschrieben haben. Jeder der sieben Involvierten.« Ich rede zu schnell. Aber das scheint sie nicht zu bemerken. Ich zähle weiter meine Atemzüge.

»Gott, Kay, wen versuchst du zu schützen?«

Ich erstarre für einen Moment, bis mir klar wird, dass das eine rhetorische Frage war. »Niemanden. Ich denke nur, dass wir für alles offen sein sollten.«

Sie seufzt und legt den Kopf an meine Schulter. »Spencer hat ein stärkeres Motiv. Aber du musst entscheiden, wen du zuerst ausfragen willst.«

Ich klopfe mit den Fingern auf meine Knie. »Greg glaubt, dass es eine Bates-Schülerin war und alles darauf hinausläuft, mit wem Jessica in der Mordnacht Streit hatte.« Ich erwähne nicht, wer gemeint sein könnte.

»Das wäre praktisch für ihn. Aber alle Anzeichen deuten auf ihn oder Spencer hin.« Sie drückt meine Hand. »Du schaffst das.«

Ich denke nach. »Ein Problem. Es könnte sein, dass ich von keinem der beiden ein Geständnis bekomme.«

Nola räuspert sich. »Du wurdest reingelegt.«

»Ach ja?«

Sie sieht mir in die Augen. »Alles ist möglich. Wenn du absolut sicher bist, wer dir etwas anhängen will, dann schlag mit denselben Waffen zurück. Es ist nichts Fragwürdiges dabei, jemanden zu beschuldigen, wenn er es wirklich getan hat. Es ist nicht mal eine richtige Beschuldigung. Es bedeutet nur, Beweise zu bekommen, damit derjenige gefasst wird. Die Polizei zum Täter zu führen und nicht zu dir.«

»Das ist dein Ernst.«

»Für Todd hast du die Polizei angelogen. Warum sollst du dich nicht auch selbst retten? Es geht nicht auf die nette Art, Kay. Die Bösen dürfen diesmal nicht gewinnen.«

Für einen Moment starren wir uns an. Die Stille ist erdrückend und peinlich. Dann verflüchtigt sich die schwere Stimmung zwischen uns und Nolas Lippen sind plötzlich auf meinen. Diesmal küsse ich sie zurück, und obwohl es keine magische Anziehungskraft wie bei Brie oder Spencer ist, spüre ich Wärme und Zufriedenheit. Es fühlt sich gut an, mich an ihrem Mund zu entspannen. Sie streichelt meinen Nacken und rutscht näher, schlingt den Arm um meinen Rücken und legt ein Bein über mich.

Ich sehe mich um, aber sie fasst beruhigend meine Schulter an. »Keine Sorge, meine Eltern sind beim Tennis oder Teetrinken oder sonst wo, auf jeden Fall nicht da. Das leere, leere Haus, für das sie so hart gekämpft haben.«

Ich küsse sie wieder und versuche, unser Gespräch aus meinem Kopf zu verbannen.

Sie beißt in meine Unterlippe, legt sich auf den Boden und zieht mich auf sich. Sie lässt die Hände an mir entlangwandern und für einen Moment verfliegen all die schlechten Gefühle, die mich in den letzten paar Monaten gefangen gehalten haben. Sie küsst meinen Nacken und meine Schultern und schiebt dann den Träger meines BHs zur Seite.

Ich seufze und rolle mich auf den Rücken und sie streift mich wieder mit ihren Lippen. Ein weiterer Kuss, in meinem Kopf verschwimmt alles. Sie legt meine Arme über meinen Kopf und küsst mich immer leidenschaftlicher. Ich fühle mich sicher. Sicher und süß und köstlich. Doch mit jeder weiteren Sekunde wächst die Angst in meiner Magengrube wie bei unserem ersten Kuss. Es ist nicht dasselbe Gefühl wie in dem flüchtigen, entscheidenden Moment, als Brie und ich eng umschlungen in Spencers Zimmer lagen, oder wie die Tausenden Male, in denen er und ich übereinander hergefallen sind.

»Bist du glücklich?«, murmelt sie und umspielt meine Lippen.

Ich blicke zu ihr auf, nicht sicher, was ich sagen soll, dann drücke ich mich auf den Ellbogen hoch.

»Wünschst du dir, ich wäre Brie?«

Mein Körper fühlt sich plötzlich an, als hätte jemand Eiswasser darüber ausgekippt. Nola erstarrt und rollt sich zur Seite. Ich schaue hoch und sehe Mrs Kent im Türrahmen stehen, mit einem Tennisschläger in der Hand und einem eigenartigen Gesichtsausdruck.

»Sandwiches und Limonade im Wintergarten«, sagt sie und verschwindet die Treppe hinunter.

Nola zupft ihr Shirt und ihre Hose zurecht und streicht sich die Haare glatt.

»Du musst eine Entscheidung treffen«, sagt sie förmlich, als hätten wir uns nie geküsst. »Spencer oder Greg.«

23

Am nächsten Tag will Nola mich überreden, sie in die Stadt zu begleiten, um dort ein besseres Aufnahmegerät zu kaufen, aber ich täusche Krämpfe vor und bleibe zurück. Ich brauche wirklich eine Pause von den ganzen Ermittlungen. Ich dachte, genau darum würde es in dieser Woche gehen. Außerdem benötige ich Zeit, um nach den Küssen gestern und Nolas merkwürdigem Timing, als sie mich nach Brie fragte, wieder einen klaren Kopf zu bekommen. Ich beobachte vom Fenster aus, wie sie in den Wagen ihrer Mutter steigt, rückwärts aus der Einfahrt und durch das Sicherheitstor fährt und schließlich auf der langen, gewundenen Straße an der Steilküste verschwindet. Ihre Eltern sind auch schon wieder fort und Marla hat einen Tag frei, also ist das Haus jetzt leer und still.

Ich gehe nach unten, nehme mir ein Wasser mit Grapefruitgeschmack und mache mich auf den Weg ins Spielzimmer, als mich das Sonnenlicht durch die Glasfront einfängt und mir mein Spiegelbild entgegenwirft. Ich bleibe stehen, denn ich erkenne mich fast nicht wieder. Ich habe in den letzten Monaten Gewicht und Muskelmasse verloren. Seit Maddy gestorben ist und ich mich erkältet habe, bin ich nicht mehr gelaufen. Ich bin blass wie ein Gespenst – nicht ungewöhnlich zu dieser Zeit des Jahres –, doch aufgrund der dunklen Schatten unter meinen Augen wirke ich total ausgelaugt. Ich sehe krank aus, nicht wie bei einer Erkältung, sondern eher wie meine Mutter, als sie völlig unfähig war, irgendetwas anderes zu tun, als sich verzweifelt an das Leben zu klammern und es nicht völlig aufzugeben. Ich sehe aus, als wäre ich bis auf die Knochen erschöpft.

Langsam trete ich näher an die Scheibe, doch die Sonne blendet mich und mein Spiegelbild verschwindet. Es ist ein schauriges Gefühl, wie der Moment in einer Geistergeschichte, wenn dem Geist klar wird, dass er von Anfang an tot gewesen ist. Aber ich bin nicht tot. Ich bin nur nicht wiederzuerkennen. Meine Haare sind zu einem schäbigen Knäuel aus verheddertem Garn geworden, ich kümmere mich nicht um meine Haut, ich halte meinen Körper nicht fit. Ich trete ein paar Schritte zurück, bis das Bild erneut auftaucht und ich meine Haare ausschüttele. Es ist eine Sache, die ich ändern kann. Jetzt gleich. Damit muss ich mich nicht lange herumplagen. Ich gehe zielstrebig in die Küche und durchstöbere die Schubladen, bis ich eine Schere finde, die ich mit in Nolas Bad nehme.

Ich mache meine Haare nass und kämme alle Verknotungen raus, bis sie in Wellen über meinem Gesicht und meinen Schultern hängen. Dann ziehe ich eine breite Strähne zwischen Mittel- und Zeigefinger straff und lege entschlossen los. Zuerst schneide ich etwa fünfzehn Zentimeter ab, wobei mir leicht schwindelig wird, weil mein Schädel sich plötzlich so leicht anfühlt. Schließlich überkommt mich eine Übelkeit erregende Welle der Nervosität, als mir klar wird, wie schwierig es ist, eine einheitliche Länge hinzubekommen. Ich muss mehrmals nachfeuchten und einen Handspiegel benutzen. Außerdem ist die Küchenschere nicht besonders geeignet.

Es gibt ein paar nützliche Hilfsmittel im Badezimmerschrank, einige Nagelscheren und einen elektrischen Rasierer, mit denen ich herumexperimentiere. Schließlich binde ich den oberen Teil meiner Haare auf meinem Kopf zu einem Dutt zusammen und rasiere den unteren Teil ein paar Millimeter kurz. Das habe ich mal bei einer Profifußballerin gesehen, die ich bewundere. Dann schneide ich die oberen Strähnen hinten kurz und lasse sie vorn etwas länger. Die Frisur sieht bei mir ein bisschen anders aus, weil meine Haare wellig sind, aber es ist trotzdem ziemlich cool geworden. Ich finde, meine Locken kaschieren sogar die Tatsache, dass ich es nicht geschafft habe, alles perfekt gerade zu schneiden. Als ich mit den letzten Handgriffen fertig bin, höre ich, wie die Haustür aufgeht und wieder zugeworfen wird. Ich beeile mich, die Beweise wegzufegen und im Abfalleimer verschwinden zu lassen, danach spüle ich die Scheren und Kämme ab, rubbele meine Haare mit einem Handtuch trocken und ziehe mich rasch um, weil mein Shirt überall voller feuchter Haarschnipsel ist.

Ich springe ins Bett, schnappe mir eins von Nolas Büchern und setze ein Pokerface auf. Ich möchte eine ehrliche Reaktion.

Nola wirft die Tür auf und schaltet das Licht ein. »Mir ist eine tolle Idee gekommen. Wenn du Spencer anrufst –« Sie bricht den Satz ab. »Was hast du gemacht?«

Ich springe auf. »Ta-da!«

»Du siehst aus wie ein Zirkusfreak.«

Ich verschränke die Arme vor der Brust. Ich fühle mich zwar nicht mehr ganz so selbstbewusst, ärgere mich aber auch. »Nein, das stimmt nicht. Ich sehe aus wie Mara Kacoyanis. Sie ist so etwas wie meine persönliche Heldin.«

Nola kommt auf mich zu, zuckt zusammen und dreht mich dann im Kreis. »Warum hast du mich nicht zuerst gefragt?«

Ich starre sie mit offenem Mund an. »Um Erlaubnis?«

Sie verdreht die Augen. »Nach meiner Meinung. Ich will ja nicht angeben, aber ich verstehe ein bisschen was von Mode.«

»Aber nicht hier.«

Sie hält inne. »Hast du ein Problem damit, wie ich mich in Gegenwart meinen Eltern kleide?«

»Hast du ein Problem damit, wie ich die Haare in ihrer Gegenwart trage? Oder mit meinem Namen, wenn wir schon dabei sind? Niemand nennt mich Katherine.«

Sie setzt sich hin und seufzt in ihre Hand. »Der Spitzname meiner Großmutter war Kay und sie wird wie ein geliebter Geist verehrt, über den nie gesprochen wird.«

Ich trete von einem Fuß auf den anderen. »Bist du aus irgendeinem freudianischen Grund mit mir befreundet?«

»Nein, das ist nur so eine Familiensache. Der Name Kay ist heilig. Er ist vergeben. Du kannst nicht Kay sein. Sie hat ihn für sich reserviert.«

»Und meine Haare?«

»Es sieht einfach hässlich aus.« Ihre Miene wird sanfter. »Entschuldige. Nicht hässlich. Aber ich hätte diesen Schnitt einfach nicht gewählt.« Sie macht eine Pause. »Lass mich das für dich in Ordnung bringen.«

Ich weiche betroffen zurück, weil plötzlich alles anders ist als gestern. »Nein, es gefällt mir so.«

Sie beißt sich auf die Unterlippe und sieht aus, als müsste sie sich eine weitere Bemerkung verkneifen. »Wie du willst.«

»Warum stört es dich überhaupt?«

»Ich mochte dich so, wie du warst«, bricht es aus ihr heraus.

Ich berühre die weichen Enden meiner spitzen Locken. »Ich bin noch genau dieselbe.«

Sie geht ein paar Schritte auf und ab und kaut an ihren Fingernägeln. »Ich mag Dinge halt auf eine bestimmte Weise. Ach, vergiss es. Wichtig ist, was Spencer gefällt.«

»Oh mein Gott.« Ich schiebe sie aus dem Weg und setze mich aufs Bett. »Es ist ihm egal, wie ich aussehe.«

Nola zuckt bei diesen Worten zusammen. »Ist er nicht der Erleuchtete?« Sie wirft mir eine Plastiktüte hin. Ich öffne sie und finde darin ein Ansteckmikrofon und ein Aufnahmegerät, winzig und glatt und wahrscheinlich ziemlich teuer. Die Quittung landet auf meinem Fuß, und als ich mich hinunterbeuge, um sie aufzuheben, fällt mir der Preis ins Auge. Ich schnappe nach Luft.

»Das kann ich auf keinen Fall annehmen, Nola.«

Sie drückt mir die Tüte in die Hand. »Du musst. Ich lasse es nicht zu, dass du ablehnst.« Sie nimmt meine Hand in ihre und sieht mir in die Augen. »Kay, ich werde nicht zusehen, wie du für die Tat eines anderen ins Gefängnis wanderst. Es ist wie ein Albtraum gewesen. Noch ein letzter Schritt und dann fängt das Leben wieder an und alles wird wieder so, wie es war.«

Ihre Worte wirbeln durch meinen Kopf. Nichts wird wieder so, wie es war. Aber wenn zwei Wege vor mir liegen und einer ins Gefängnis führt und der andere immer noch die Möglichkeit bereithält, ein Stipendium zu ergattern und aufs College zu gehen, habe ich keine Wahl. Ich nehme die Plastiktüte und stopfe sie in meine Tasche.

»Danke«, sage ich und schlucke schwer. Scheitern ist keine Option.

Beim Abendessen erhalte ich sowohl von Mrs Kent als auch von Bernie Komplimente für meinen neuen Haarschnitt. Bernie nennt ihn »gewinnend« und Mrs Kent meint, dass ich wie die junge Dolores Mason aussehe. Ich bin nicht ganz sicher, wer das ist, aber ich möchte nicht unhöflich erscheinen, also frage ich nicht nach. Weil Marla freihat, gibt es bestelltes Essen vom Chinesen. Das versetzt mich zurück in die Monate nach Todds Tod, als Mom fehlte und Dad und ich feste Wochenmenüs aufstellten. An den Wochenenden besuchten wir Mom, aber jeder andere Abend war durchgeplant. Montag war ich mit Kochen dran: Makkaroni mit Käse aus der Packung. Dienstag war Dads Abend: Spaghetti mit Soße aus dem Glas. Mittwochs bestellten wir Pizza. In der ersten Wochenhälfte gab es zugegebenermaßen ziemlich viele Kohlehydrate. Donnerstag war dann Essen vom Chinesen dran.

»Das ist der beste Chinese nördlich von Chinatown«, scherzt Bernie und Mrs Kent lacht, aber Nola verdreht nur die Augen und formt in meine Richtung mit den Lippen: *Immer dasselbe.*

»Ich finde es auf jeden Fall besser als alles, was ich kenne. Zu Hause habe ich praktisch täglich so etwas gegessen.«

Ich nehme einen Schluck von dem Pinot Noir, den Bernie neben meinen Teller gestellt hat. Er ist viel trockener als der Wein, den ich bis jetzt probiert habe, und er hat einen eigenartigen pappigen Nachgeschmack. Vielleicht meinen das die Leute, wenn sie sagen, der Wein ist okay.

Bernie und Mrs Kent werfen mir verständnisvolle Blicke zu.

Ich beäuge meine Nudeln mit Shrimps. Seit jener dunklen Zeit habe ich kein chinesisches Essen mehr angerührt. Einerseits, weil ich es mir übergegessen hatte, aber auch, weil es das Gefühl zurückbringt, wie wir schweigend im Esszimmer saßen, während im Fernsehen *Pardon the Interruption* lief und ich mich fragte, wie lange ich noch sitzen bleiben muss bis zum Lauftraining und ohne das Gefühl, Dad einfach allein zurückzulassen – oder ob er sich vielleicht auch umbringt, wenn ich zu lange weg bin, oder ob ich von einem Auto angefahren werden oder mir etwas anderes Schlimmes passieren könnte. Jedenfalls sind diese Nudeln mit Shrimps nicht besonders lecker. Der Chinese zu Hause war besser. Die Nudeln sind fettig und es ist zu viel Knoblauch in der Soße. Ich knabbere an einer Garnele, die zumindest nicht trocken, sondern offenbar ganz frisch ist.

Plötzlich wendet sich Mrs Kent mit einem zurückhaltenden Lächeln an mich. »Also, Miss Katherine. Können Sie uns etwas über Biancas mysteriösen neuen Kavalier sagen?«

Mein Blick huscht zu Nola, die mit gespitzten Lippen einen Ausdruck im Gesicht hat, der wahrscheinlich sehr bedeutungsvoll und mitteilsam wirken soll. Aber ich habe keine Ahnung, was sie mir sagen will.

»Ich bin genauso neugierig wie Sie«, sage ich und versuche, das Lächeln zu erwidern.

Mrs Kent wirkt unzufrieden. »Nun, ich hoffe, die Sache ist eine Lüge wert.«

Ich brauche einen Moment, um die Spitze in ihren Worten zu begreifen. Ich lüge ziemlich offen und ohne mich zu rechtfertigen. Das tut jeder, nur vielleicht nicht so oft wie ich. Aber noch nie hat mich ein Erwachsener so direkt darauf angesprochen. Ich fühle mich bloßgestellt, als wollte sie mir zu verstehen geben, dass ich damit meine Grenzen überschreite.

»Niemand lügt hier, Mutter. Ich verstehe nur nicht, warum wir über ihn reden müssen, bevor wir sicher sein können, ob es auch wirklich etwas Ernstes ist.«

Ich frage mich, wie viel ernster es noch werden kann, wenn die beiden bereits verlobt sind. Andererseits scheint Nola eine gestörte Beziehung zu Bianca zu haben, also ist da vielleicht Eifersucht im Spiel.

»Wie beim letzten Mal, hmm?«, sagt Bernie finster.

Nola funkelt ihn wütend an.

»Wirklich schade, dass Bianca es nicht geschafft hat«, sage ich vorsichtig.

Nola tritt mich unter dem Tisch.

Mrs Kent hält einen Finger in die Höhe, während sie in ihre Serviette hüstelt. »Wirklich schade, dass Bianca *was* nicht geschafft hat?«

Ich verknote meine Serviette unter dem Tisch. Nolas Familie ist echt gruselig. »Ich meine, zum Abendessen hier zu sein?«

Mrs Kent legt ihre Gabel hin und mustert Nola eindringlich. »Nun.«

Ich komme zu dem Schluss, dass es vor allem meine Schuld ist, welche Richtung diese Unterhaltung genommen hat, und will sie deshalb ändern. »Aber wen interessiert schon ein Abendessen, wenn eine Hochzeit geplant werden soll, nicht wahr?«

Alle sehen mich irritiert an, sogar Nola.

»Auf Bianca.« Ich trinke einen Schluck Wein und wünschte, ich könnte mich in Luft auflösen.

Bernie faltet die Hände über dem Tisch, jede kleinste Spur seiner freundlichen, lebhaften Persönlichkeit hat sich in Luft aufgelöst. »*Nola!*«

»Herrgott noch mal!« Mrs Kent atmet in ihr Weinglas, sodass die Innenseite beschlägt.

»*Bernie!*« Nola kippt den Rest ihres Weins hinunter und stellt das Glas ein wenig zu heftig wieder hin.

»Warum ziehst du Fremde in unsere Familienangelegenheiten hinein?« Bernie trommelt mit seinem kleinen Finger auf den Tisch und aus irgendeinem Grund würde ich bei diesem Geräusch am liebsten aufschreien.

»Katherine ist keine Fremde«, beharrt sie. Sie wirft mir einen verzweifelten Blick zu, aber ich kann nichts tun, um die Situation zu retten.

»Das habe ich schon bemerkt«, sagt Mrs Kent trocken.

»Sie hat mir nichts erzählt«, versuche ich es erneut. Und ich dachte, meine Freundinnen seien verschlossen. Wer verbietet seinen Töchtern, mit anderen über ihre Familie zu reden? »Ich habe ein Foto von Bianca mit einem Typen gesehen und gefragt, wer er ist. Nola sagte, dass sie heiraten werden.« Damit hatte ich mir wirklich ein Eigentor geschossen. Denn der Schlüssel zu einer guten Lüge ist, vage zu bleiben.

»Welches Foto war das?«, fragt Mrs Kent eisig.

»Katherine, du solltest jetzt besser gehen«, sagt Bernie in einem gefährlich ruhigen Ton.

»Du musst nicht gehen«, mischt sich Nola ein, Lautstärke und Tonhöhe ihrer Stimme steigen an.

»Das ist mein Haus«, knurrt Bernie.

Nola steht auf und schlägt mit den Fäusten auf den Tisch.

»Nein, ist es nicht. Das dürfte es gar nicht. Du hast gelogen, um an das Haus zu kommen. Du bist ein Heuchler!«

Es folgt ein langes Schweigen, dann wendet sich Bernie gefasst an mich. »Katherine, wir würden uns freuen, dich ein anderes Mal hier zu haben, aber ich fürchte, diese Woche passt es leider nicht. Wenn du deine Sachen zusammenpackst, bezahle ich dir gern eine Fahrkarte nach Hause und bringe dich umgehend zum Bahnhof.«

Ich flüchte die Treppe hinauf, während Nola ihre Eltern anschreit und sie zurückbrüllen. Sämtliche Arten von hässlichen Ausdrücken fliegen hin und her, meistens begleitet von »mein« oder »meine«. »Mein Gast«, »mein Haus«, »meine Schwester« und »meine Freundin«. Und von Mrs Kent höre ich »du hast es versprochen« und »letzte Chance«, aber ich bin nicht sicher, ob es an Nola oder ihren Vater gerichtet ist.

Ich warte draußen in der beißenden Kälte, bis Bernie mich zum Bahnhof fährt. Nola kommt nicht, um sich von mir zu verabschieden, doch ich erkenne, wie das Licht in ihrem Zimmer oben angeht. Ich frage mich, was das Problem mit Biancas Verlobtem ist und ob Nolas Eltern genauso übel sind wie der Rest ihrer Familie. Ihre Mutter sah jedenfalls absolut nicht erfreut aus, als sie zu uns hereingeplatzt ist. Vielleicht war das auch die Abmachung mit Bianca. Nola hat nie wirklich erwähnt, dass ihr Verlobter ein Kerl ist – aber ich habe es am Esstisch getan. Und jetzt, da ich sie kennengelernt habe, bin ich nicht mal mehr sicher, ob ich überhaupt möchte, dass Nolas Eltern mich mögen.

Ich sitze schweigend auf der Rückbank, während Bernie zum Bahnhof fährt.

Er räuspert sich. »Die ganze Sache tut mir wirklich leid«, entschuldigt er sich verlegen. »Du bist herzlich eingeladen, ein anderes Mal wiederzukommen.«

Klar, ich steige gleich in den nächsten Zug.

»Es ist eine komplizierte Angelegenheit. Mein Lebensberater hat darauf bestanden, dass ich direkt und sofort auf Familienkonflikte reagieren soll, und ich glaube einfach nicht, dass wir im Beisein von Gästen dazu in der Lage sind.«

Ich frage mich, was ein Lebensberater sein soll (wahrscheinlich ein anderes Wort für Psychiater) und wie viel Erfolg man sich versprechen kann, wenn man seine Tochter nur ein paar Mal im Jahr sieht.

»Sicher«, sage ich.

Als wir am Bahnhof ankommen, geht er um den Wagen herum und öffnet mir die Tür. »Danke für dein Verständnis«, sagt er. »Und dass du eine Freundin für Nola bist. Und dass du diesen bedauerlichen Vorfall keinem der anderen Mädchen in der Schule erzählst«, fügt er mit bedeutungsvollem Blick hinzu und drückt mir einen Umschlag in die Hand. »Schöne Ferien, Katherine. Kauf dir eine Fahrkarte und besuch deine Eltern.«

Ich bin zu verblüfft und kann nicht reagieren, als er mich umarmt, in sein Auto steigt, winkt und davonfährt. Ich setze mich auf eine Bank und warte auf den nächsten Zug, eine einsame Gestalt auf einem leeren Bahnsteig. Dann werfe ich einen Blick in den Umschlag. Er ist vollgestopft mit Fünfzigdollarscheinen.

Mein erster Impuls ist, Brie anzurufen. Doch selbst wenn ich mir nicht geschworen hätte, es auf keinen Fall zu tun, glaube ich kaum, dass sie rangehen würde. Also befolge ich Bernies Rat. Ich fahre nach Hause. Es ist schon nach Mitternacht, als ich ankomme, deshalb nehme ich mir ein Taxi zu meinem dunklen Elternhaus.

Es ist das letzte Haus in einer Sackgasse, die von skelettartigen Büschen, kahlen Bäumen und Gärten voller rostiger Fahrräder, gefrorener Planschbecken und kaputter, reparaturbedürftiger Autos gesäumt ist. Unser Haus ist das kleinste, zwei Schlafzimmer, eine kombinierte Küche und Waschküche, ein Wohnzimmer mit gerade ausreichend Platz für einen alten Fernseher und ein abgenutztes Sofa sowie ein Dachboden, den mein Vater für mich als Zimmer umgebaut hat, als ich zehn war.

Als ich das letzte Mal mit meinen Eltern gesprochen habe, endete es im Streit und ich bin nicht mal sicher, ob sie da sind. Seit Todds Tod haben wir kein Thanksgiving mehr zu Hause verbracht. Ich klopfe gar nicht erst, sondern öffne einfach die Tür, schleiche die Treppe hinauf und suche nach Anzeichen dafür, dass sie zu Hause sind. Moms Handtasche liegt auf dem Küchentisch, Dads Brieftasche auf dem Küchentresen. Ich gehe auf Zehenspitzen durch die Küche und bin angenehm überrascht, wie gut alles aussieht. Der Raum ist sauber, es stapeln sich weder schmutziges Geschirr noch irgendwelche Rechnungen. Ich spähe in den Kühlschrank und mir steigen Tränen in die Augen, als ich Vorbereitungen auf das Thanksgiving-Essen sehe: geschälte Kartoffeln in einer Schüssel unter Frischhaltefolie, Tetrapaks mit Apfelwein und Eierpunsch, Orangen und abgepackte Cranberrys, sogar ein kleiner, noch halb gefrorener Truthahn. Ich blinzele und die Tränen laufen mir über die Wangen. In Millionen Jahren hätte ich nicht daran gedacht, dass ich tatsächlich hierherkommen würde, aber jetzt bin ich froh, hier zu sein. Selbst wenn ich es morgen bereuen werde – Mom ist eine meckernde Zicke und Dad wird nicht davon aufhören, dass es mit meinen Fußballspielen weitergehen müsse –, bin ich allein durch diesen Anblick des vorbereiteten Essens unglaublich dankbar, dass ich in Tranquility hochkantig rausgeflogen bin und nach Hause geschickt wurde. Halleluja!

24

Moms erste Reaktion am nächsten Morgen: Sie schreit, als wäre sie einem Gespenst begegnet. Danach umarmt sie mich und weint. Dad nimmt mich auch in den Arm, dann fragt er, wie es mit dem Fußball steht, und sagt, dass ich genau wie Mara Kacoyanis aussehe. Ich glaube, dass sie sich beide überaus freuen, mich zu sehen, und keiner von ihnen fragt nach Brie.

Ohne ein Wort übernehme ich die Aufgabe, die Kartoffeln zu würfeln. Bei uns gibt es an Thanksgiving keinen Kartoffelbrei, sondern Kartoffelsalat. Ist eine alte Donovan-Tradition. Dad zerkleinert die Cranberrys und Mom kocht den Truthahn vor, um ihn ganz aufzutauen.

Als sie bemerkt, dass ich sie beobachte, wirft sie mir einen verteidigenden Blick zu. »Er muss ja erst morgen genießbar sein, Katie.«

»Ist es das erste Mal, dass du Truthahn machst?«, frage ich, während sie unbeholfen in einem riesigen Topf herumrührt.

»Seit Großmutters Tod«, antwortet sie, vermeidet jedoch ein genaueres Datum. Dad schaut nicht von seinem Schneidebrett auf, aber er räuspert sich laut, als wolle er mich davor warnen, diese Art von Fragerei fortzusetzen. Er scheint seit dem Sommer an Gewicht zugelegt zu haben und Mom hat mehr Farbe. Ihr silbrig durchsetztes, kastanienbraunes Haar ist zu einem losen Dutt im Nacken hochgesteckt und sie trägt ein Jeanskleid, das sie schon vor meiner Geburt besaß. Ich bin fest davon überzeugt, dass es das weichste Kleidungsstück auf der Welt ist, obwohl ich sie während der letzten siebzehn Jahre immer wieder angefleht habe, es zu verbrennen.

Ich frage mich, was meine Eltern in letzter Zeit so gemacht haben. Am Telefon reden wir immer nur über mich und selbst dann interessiert sie nur die Schule und der Fußball. Gelegentlich wollen sie wissen, wie es Brie geht oder Spencer. Sie haben keine Ahnung, dass es aus ist.

»Was habt ihr an den letzten Thanksgivings gegessen?«, frage ich. Dad räuspert sich wieder, diesmal mit einem drohenden Blick.

Mom stellt den Gasherd an und die Flamme lodert auf. »Chinesisch«, sagt sie. »Kochen bereitet mir Kopfschmerzen.«

»Gibt es dieses Jahr einen besonderen Anlass?«

»Na ja«, sagt sie und legt den Holzlöffel auf die Küchenablage. »Dieses Jahr haben wir tatsächlich etwas zu feiern.«

Dad hört mit dem Zerkleinern auf. »Karen, vielleicht ist das nicht der richtige Zeitpunkt.«

Mom setzt sich neben mich an den Tisch und nimmt meine Hand in ihre. »Katie, wir müssen dir etwas sagen.«

»Du bist schwanger«, platzt es aus mir heraus. Nein, das ergibt keinen Sinn. Sie sind zu alt. Tante Tracy ist schwanger.

»Um ehrlich zu sein, ja«, gesteht Mom mit strahlenden Augen und rosigen Wangen. »Aber es ist noch sehr früh und in meinem Alter kann eine Menge schiefgehen, also haben wir es noch niemandem erzählt, nicht mal Tante Tracy. Auch dir wollten wir es erst Weihnachten sagen, aber … nun ja, wo du schon mal da bist.«

Ich mustere sie. Ist das ein Ersatzbaby? Dann fällt mir ein, dass in solch einer Situation bestimmte Reaktionen erwartet werden, also umarme ich sie herzlich und sage: »Das ist ja wundervoll!«

»Du musst nicht so tun, als wärst du nicht schockiert«, sagt Dad und ich schwöre, dass ich das erste Lächeln über sein Gesicht huschen sehe, seit Todd gestorben ist. »Uns ist schon klar, dass du uns für uralt hältst.«

»Ich würde nicht uralt sagen«, protestiere ich. Na ja, zumindest nicht direkt ins Gesicht.

»Das Haus ist so leer ohne dich, Katie. Wir fühlen uns einfach bereit dafür.« Mom drückt meine Schulter und ich zwinge mich zu einem Lächeln. Ich schaffe es sogar, dieses idiotische Grinsen beizubehalten, bis ich die restlichen Kartoffeln gewürfelt habe. Dann gehe ich so zwanglos wie möglich die Treppe hinauf in mein Dachzimmer, wo ich auf meiner Matratze zusammenbreche und in mein Kissen schluchze. Sie haben mich an die Bates geschickt. Die Lösung für all ihre Probleme. Genau das waren ihre Worte. Nur deshalb ist dieses verdammte Haus so leer. Wegen Todds Tod und meines Exils.

Mom ruft mich nach einer Weile und fragt, ob alles in Ordnung sei. Ich schiebe meine altbewährte Ausrede vor, Krämpfe. Dann schleiche ich mich auf Zehenspitzen in Todds Zimmer, um nach einem Ersatz für seinen Mantel zu suchen, nach etwas, in das ich hineinweinen kann. Aber zu meinem großen Entsetzen ist das Zimmer, das vier Jahre lang wie eine Museumsausstellung gehütet worden war, plötzlich leer. Keine Möbel, keine Pokale, keine Poster oder Fotos an den Wänden, keine Kartons mit seinen Sachen, nichts. Der Wandschrank ist leer, die Wände sind kahl und cremeweiß gestrichen. Über dem Holzboden wurde ein dicker, flauschiger Teppich ausgelegt und die Jalousien wurden durch hauchdünne gelbe Vorhänge ersetzt. Ich schließe die Tür und gehe wieder nach unten.

»Was ist mit Todds Zimmer passiert?«

Dad wirft mir erneut einen warnenden Blick zu. »Das wird das Kinderzimmer für das Baby.«

»Was ist mit all seinen Sachen?«

»Wir mussten uns davon trennen«, sagt Mom in einem ruhigen, bedächtigen Tonfall, als würde sie Worte wiederholen, die ihr vorgesagt wurden, Worte, die immer und immer wieder ausgesprochen werden müssen, bis sie schließlich einen Sinn ergeben.

»Warum habt ihr mir nichts gesagt?«

»Weil es nichts mit dir zu tun hat.« Dad leert sein Schneidebrett über einer Schüssel.

»Das sollte es aber. Ich bin auch ein Teil dieser Familie.«

»Aber nicht der Teil, der die Entscheidungen trifft«, sagt Dad, gibt die Schüssel meiner Mom und zieht sich ins Wohnzimmer zurück, wo im Fernsehen ein Footballspiel läuft.

Mom hält hilflos die Schüssel in der Hand. »Brad ...«, ruft sie ihm nach. »Katie, was hast du erwartet? Was hätten wir denn sagen sollen? Du hast doch schon genug um die Ohren mit deinen Noten und dem Fußball.«

Ich lache auf. Fast hätte ich ihr hier und jetzt erzählt, was ich im Moment tatsächlich um die Ohren habe. Aber die Konsequenzen, die daraus folgen würden, sind es nicht wert.

»Und wenn ich gern etwas behalten hätte, was mich an Todd erinnert?«

Mom beginnt zu weinen.

Dad poltert in die Küche zurück. »Genau deshalb kannst du

nicht hier sein, Katie. Du willst die Vergangenheit nicht ruhen lassen. Hat deine Mutter nicht schon genug durchgemacht?«

»Es ist nicht ihre Schuld, Brad.«

»Was habe ich denn getan?« Ich schaffe es nicht, meine Stimme ruhig zu halten, doch ich bleibe standhaft. »Abgesehen davon, dass ich Todd nicht retten konnte, was habe ich getan, um aus diesem Haus geworfen zu werden?«

Mom streckt den Arm nach mir aus, aber ich reiße mich von ihr los. »Du wurdest nicht aus dem Haus geworfen.«

»Doch, das wurde ich, und jetzt macht ihr einen neuen Menschen, der hier leben wird. Was habe ich getan?«

»Katie, niemand wirft dir etwas vor.« Mom greift zögernd nach meiner Hand und streichelt darüber. »Die Bates war nie eine Strafe. Es war für uns alle schmerzhaft. Du warst unglücklich. Diese Kids waren schrecklich zu dir. Die Dinge, die sie an deinen Spind geschrieben haben. Wie sie dich genannt haben. Diese Mädchen, die dich verfolgt und dir dein Leben zur Hölle gemacht haben. Nach allem wollten wir, dass du gehst, denn du hast etwas Besseres verdient.« Sie schluchzt, was mich zum Weinen bringt. »Wir bemühen uns so sehr, Katie. Wir wollen uns von dem Geschehenen nicht kaputtmachen lassen. Wir blicken einem Neuanfang entgegen. Du hast fast vier Jahre an einer Eliteschule hinter dir und vor dir liegen vier weitere Jahre am College.«

Ich sehe meinen Vater an. »Dad?«

»Niemand wirft dir etwas vor.« Seine Worte sind das perfekte Echo meiner Mutter.

Ich glaube ihm nicht. Ich kann nicht. Ich habe mich zu lange angestrengt und bin über die Grenzen des Möglichen hinausgegangen, um Todds Verlust auszugleichen, damit sie mir verzeihen können, dass ich ihn habe sterben lassen.

Aber Mom weigert sich, das zu erkennen, und fährt fort. »Du hast deinen Fußball, deine Freunde, Brie und Spencer. Wir sind so stolz auf dich. Wir wollen nur nicht, dass du uns entgleitest.« Sie versucht noch einmal, mich in den Arm zu nehmen, und diesmal lasse ich es zu. »Wir lieben dich, Katie.«

Ich schlinge fest die Arme um sie. Ich wünschte, es gäbe einen Weg, alles zurückzuspulen und an den Ort zurückzukehren, wo ich die Wahl hatte, abzuhauen. Ich vermisse meine Mutter. Ich vermisse meine ganze Familie. Aber es gibt keine Möglichkeit, alles zu erklären. Es ist einfach zu viel.

»Was würdet ihr tun, wenn mir etwas Schlimmes passiert?«, frage ich.

Sie drückt mich noch fester an sich. »Bitte rede mit uns. Was auch immer es ist.«

»Das kam falsch rüber. Ich habe nur Angst, euch zu enttäuschen.« Ich richte mich auf und sehe sie an. »Vielleicht werde ich nicht ausgewählt und werde kein Fußballstar. Vielleicht bekomme ich kein Stipendium. Vielleicht versage ich in der Schule und im Leben, bei allem. Mit Spencer ist Schluss. Und Brie redet nicht mal mehr mit mir.«

Sie warten beide ab, als würde das Ganze auf eine noch größere Enthüllung hinauslaufen. In diesem Augenblick könnte ich offen zu ihnen sein.

Stattdessen sage ich nur: »Ich möchte nicht alles noch schlimmer machen.«

Mom schüttelt den Kopf. »Schließ uns nicht aus, dann wird das nicht passieren.«

Leichter gesagt als getan.

Erst am nächsten Tag besuche ich Todds Grab. Ich habe immer eine Riesenangst vor diesen Besuchen, weil ich fürchte, der Grabstein könnte mit Graffiti beschmiert sein wie mein Spind, aber das ist er nicht. Er sieht genauso aus wie alle anderen Grabsteine, unterscheidet sich nur durch den Namen und die Daten. Thanksgiving muss ein beliebter Tag sein, um den Toten einen Besuch abzustatten, denn der Friedhof ist bevölkert von Familienscharen. Ich sehe ein paar Leute, die ich noch von früher kenne. Ich hoffe, niemand von ihnen erkennt mich. Ich habe nicht wirklich vor, irgendwelche Verbindungen aus meiner Vergangenheit aufrechtzuerhalten. Es war keine glückliche Zeit in meinem Leben, nicht nach Todds und Megans Tod, genauer gesagt schon nicht mehr nach dem Todd-Megan-Skandal. Das war der Wendepunkt. Später war ich noch beim Fußball und auf ein paar Partys, aber das würde ich nicht als glückliche Momente bezeichnen. Das war höchstens Beschäftigung. Ich habe mich einfach in irgendwelche Aktivitäten gestürzt, um am Leben zu bleiben.

Die Erde ist trocken und rissig und das Gras wirr und gelb. Es raschelt unter mir, als ich mich hinsetze. Ich streiche mit den Händen über Todds Grabstein, spüre die Worte mit meinen Fingerspitzen nach. Unwillkürlich muss ich an Hunters Überreste denken, nachdem wir ihn ausgegraben hatten, an den Knochenhaufen und die Fellbüschel. Es ist viel länger her, dass wir Todd begraben haben. Und obwohl er vor der Bestattung (es ekelt mich regelrecht an, daran zu denken) mit Konservierungsstoffen vollgepumpt wurde, schätze ich, dass von ihm inzwischen auch nur noch ein Haufen Knochen übrig ist. Ich sitze buchstäblich auf der Erde über den Knochen meines Bruders. Ich glaube, ich selbst werde auf einem dieser umweltfreundlichen Begräbnisse bestehen, wo man die Toten in einen biologisch abbaubaren Sack steckt und das Grab durch einen Baum markiert wird. Mir gefällt die Vorstellung, dass meine irdische Hülle in einen Baum übergeht und Jahr für Jahr den jahreszeitlichen Kreis des Lebens durchläuft, der immer wieder aufblüht und grün wird, in flammende Herbstfarben übergeht und dann stirbt, nur um von Neuem wiedergeboren zu werden. Besser, als die Ewigkeit als Kiste voller Knochen zu überdauern.

Ich erinnere mich an mein letztes stilles Versprechen an Megan – dass ich die Person finde, die Todds Handy geklaut hat, was er mit dem Leben bezahlen musste. Todd hatte geschworen, mir zu helfen. Aber an dem Morgen, als Megan tot aufgefunden wurde, saßen Todd und ich weinend in seinem Zimmer auf dem Boden. Nichts konnte mehr in Ordnung gebracht werden. Nichts würde es wiedergutmachen. Mom umschwirrte uns, versuchte uns zum Essen zu zwingen und drohte damit, uns zum Arzt zu schleppen. Ich übergab mich, nachdem ich ein Stück Toast hinuntergewürgt hatte. Todd ertrug nicht einmal den Anblick von Essen und verließ tagelang nicht sein Zimmer. Er war untröstlich. Nichts war mehr in Ordnung.

Tatsache ist, dass er mich belogen hatte. Er hatte die Fotos an seine vier besten Freunde geschickt: Connor Dash, Wes Lehmann, Isaac Bohr und Trey Eisen. Gemeinsam schickten die vier die Bilder an siebenundzwanzig weitere Schüler, Julie Hale eingeschlossen, die sie an Megan weiterleitete. Doch damit hörte es nicht auf. Niemand kann genau sagen, wer die Bilder auf der Website *Bewerte meine Freundin* gepostet oder Hunderte von erniedrigenden Kommentaren geschrieben hatte.

Ich weiß es, weil Megans Bruder sechs Wochen nach ihrem Tod mit seinem Truck auf dem Weg zur Schule neben meinem Fahrrad anhielt und mich zwang, bei ihm einzusteigen. Ich hatte Angst, dass er mich entführen oder umbringen wollte, aber

stattdessen gab er mir nur wortlos einen Ordner mit Beweis-
material aus dem Zivilprozess, den sie vor Megans Tod gegen
Todd vorbereitet hatten. Er starrte geradeaus, seine Finger um-
klammerten fest das Lenkrad, während ich Seite für Seite las,
die eindeutig bewiesen, dass alles, was Todd und ich der Polizei erzählt hatten, falsch war. Zudem gab es seitenweise kurze
Notizen, Schnipsel aus abgerissenem, zerknülltem Papier, die
mit hässlichen Worten beschrieben waren. *Flittchen. Schlampe. Hure.* Niemand hatte sie je an Megans Spind gekritzelt. Sie
haben ihr einfach anonyme Zettel hineingeschoben. Das wusste ich nicht. Am Ende des Ordners befand sich eine Namensliste. Todd. Connor. Wes. Isaac. Trey. Eine Reihe von Personen,
die Megan zerstört hatten. Und ganz am Rand war ein Name
eingekreist und mit einer dicken roten Linie mit Todds Namen
verbunden. Katie.

Ich glaube nicht, dass Todd diese Bilder geteilt hat, um
Megan zu verletzen. Es war eher so, dass Megan nach ihrer
Trennung für ihn zu einem beliebigen Mädchen geworden war
und er sie nicht mehr als Freundin betrachtete. Es war gruselig
und total scheiße. Ich denke, er ging davon aus, dass die Bilder
innerhalb seiner Clique bleiben würden und sie nie davon erfahren würde. Dass niemand davon erfahren würde. Bevor sie
weitergeleitet wurden, war es ihm nie in den Sinn gekommen,
dass sie nicht in ihrem Kreis bleiben könnten. Hätte ich auch
nur irgendetwas davon rechtzeitig begriffen, hätte ich es der
Polizei erzählt. Todd wäre im Gefängnis gelandet. Und er wäre
jetzt nicht tot.

Sein Grabstein ist nicht so glatt, wie er sein sollte. Gräber
sollten immer neu aussehen.

Nola hat gesagt, ich rede über Todd, als wäre er gar nicht
tot. Das liegt vielleicht daran, dass es sich immer noch so frisch

anfühlt. Aber das ist es nicht. Todd ist schon viel weiter in der Vergangenheit.

Ich küsse meine Finger und drücke sie auf den kalten Granitstein. Dann stehe ich auf und klopfe mich ab.

Auf Wiedersehen, Todd.

25

Mom bittet mich, auch den Rest des Wochenendes zu bleiben, aber ich erkläre ihr, dass ich zurück und für meine restlichen Prüfungen lernen muss. Aber ich muss auch endgültig einen Schlussstrich unter diese Ermittlungen ziehen. Als ich auf dem Bahnsteig stehe, klingelt mein Handy. Greg Yeun. Zögernd gehe ich ran.

»Hallo?«

»Du hast eine Menge verpasst.«

»Zum Beispiel?«

»Thanksgiving in einer Zelle.«

Ein Zug fährt vorbei und ich kann ihn nicht mehr hören. »Bleib dran!«, rufe ich und renne den Bahnsteig hinunter, um ein ruhigeres Plätzchen zu finden. »Rufst du mich aus dem Gefängnis an?« Genau in diesem Moment ist der Zug weg. Alle um mich herum drehen sich zu mir und gaffen. Ich lächle sarkastisch und winke.

»Wie bitte? Als würde ich meinen einzigen Anruf mit dir verschwenden. Ich bin natürlich schon wieder draußen. Ich rufe an, um dich zu warnen.«

»Wovor? Warte, du stehst nicht mehr unter Verdacht?«

»Zumindest vorerst nicht. Sie haben mich über Nacht dabehalten und mir einen Arsch voll Fragen gestellt. Sie wollten etwas über eine zerbrochene Flasche wissen, die sie am See gefunden haben. Sie glauben, sie haben die Mordwaffe.«

Mir gefriert das Blut in den Adern. »Was für eine Flasche?«

»Irgendeine Weinflasche. Sie führen einen DNA-Test durch, aber das dauert ein paar Tage und die Spuren sind wahrscheinlich schon verwischt. Du hast vielleicht vierundzwanzig, maximal achtundvierzig Stunden. Hängt davon ab, wie verwischt sie sind.«

»Shit. Warum haben sie dich festgenommen?«

»Sie haben auch etwas von mir im See gefunden. Eine Flasche mit einem Etikett, das sie bis zur Kreditkarte meines Dads zurückverfolgt haben. Das Problem ist, keine Fingerabdrücke, keine Blutspuren. Ich trinke nicht mal. Ich glaube, jemand wollte mir etwas anhängen. Die Polizei hat mich wahrscheinlich endlich und endgültig ausgeschlossen.«

»Aber warum warnst du mich?«

»Weil ich die Beweisliste gesehen habe und du stehst drauf. Mit nur noch einer weiteren Person. Spencer Morrow.«

Ich beiße die Zähne zusammen. »Das sprengt deine Brie-Theorie.«

»Ich lag schon vorher mal falsch. Kay, halt dich fern von ihm. Und nimm dir einen Anwalt. Und wenn sie dich befragen –« Als mein Zug einfährt, werden seine Worte übertönt.

Shit.

*

Während der Zugfahrt erstelle ich eine Übersicht von allem, was ich bis jetzt weiß.

- *Fundort der Leiche und wann wir sie gefunden haben*
- *geschätzter Todeszeitpunkt; Uhrzeit und Inhalt der Unterhaltung zwischen Jessica und Greg*
- *Beschreibung der Leiche:*
  - *Schnitte an den Handgelenken, Position des Körpers*
  - *voll bekleidet, Augen und Mund offen*
  - *Armband vom Ball, Kostüm*
- *in Beziehung stehende Personen: Greg, Spencer, Familie, Lehrer, unbekannte ehrenamtliche Helfer, Gemeindemitglieder*

Ich seufze. Wenn die Polizei Zugang zu all diesen Personen hat und sich trotzdem nur auf Spencer und mich konzentriert, bedeutet das nichts Gutes.

- *der Racheblog*
- *damit verbundene Personen: Tai, Tricia, Nola, Cori, Maddy, ich*

Ich halte inne, dann füge ich *Hunter* hinzu.

Als ich in den Zug nach Westen einsteige, ist mein Notizblock ein Spinnennetz aus Informationen. Ich nicke gerade beinahe ein, als jemand im Gang neben mir stehen bleibt und ein Schokoküsschen auf meinen Block legt. Ich blicke auf und sehe Brie, die nervös auf mich hinabstarrt.

»Hi«, sage ich skeptisch.

»Alle haben dich vermisst«, sagt sie.

»Tatsächlich?«

»Und ich muss mich entschuldigen. Für alles. Die Dinge sind echt aus dem Ruder gelaufen.«

»Wie hast du mich gefunden?«

»Hab deine Mom angerufen.«

»Hat sie gesagt, du sollst zurück zur Schule gehen, in einen anderen Zug steigen und dich für ein paar Stunden von der Zivilisation verabschieden?«

»Sie hat mir deine Zugnummer und die Abfahrtszeit gegeben. Ich hoffe, das macht dir nichts aus. Ich wollte dich sehen.« Sie macht eine Pause. »Mir gefällt deine Frisur. Du siehst wie diese Profispielerin aus, die niemand leiden kann.«

»Niemand kann sie leiden, weil sie die Beste ist.«

Sie lächelt ein wenig und setzt sich neben mich. »Ich weiß. Es tut mir wirklich total leid, Kay.« Sie legt ihren Mantel und ihren schneefarbenen Schal ab und streicht ihr Kleid glatt, ein weiches graues Wollteil mit einem weißen Kragen.

»Ich hätte unser Gespräch nicht heimlich aufnehmen dürfen – ich hätte einfach offen mit dir reden sollen. Aber ich darf auch Zweifel haben. Zweifel sind der Grundstein für Vertrauen.«

Ich versuche mir ein Lächeln zu verkneifen, nicht weil irgendetwas an dieser Bemerkung lustig, sondern weil sie typisch Brie ist.

»Wie tief greifend«, sage ich mit einem gespielt ehrfürchtigen Tonfall.

»Aber es stimmt. Blindes Vertrauen bedeutet gar nichts. Und es hält nicht lange an.«

Ich werfe ihr einen spitzen Blick zu und sie schiebt ein zusammengefaltetes Stück Papier auf meinen Schreibblock.

»Ich vertraue dir immer noch. Bitte öffne das noch nicht.«

»Ich dachte, du wärst ›so was von fertig‹ mit mir.«

»Du hast mich verletzt, Kay«, sagt sie scharf. »Was du an meine Tür geschrieben hast, war nur der letzte Tropfen. Du hast in der Vergangenheit viel Scheiße gebaut und ich habe darüber hinweggesehen, wie wir es gewohnt sind. Tai redet Scheiße. Tricia. Cori. Ich mag das nicht, aber ich mag dich. Doch ich habe in den letzten Jahren zu viel Zeit damit verbracht, so zu tun, als würde ich mit euch darüber lachen. Und ich weiß, dass es meine Schuld ist. Ich habe mich für dich entschieden.«

»Du hast dich für Justine entschieden.«

»Ich liebe euch beide. Aber sie ist diejenige, mit der ich zusammen bin. Und du hast dich verändert. Du hast aufgehört, mich zurückzurufen, und angefangen, die ganze Zeit mit Nola Kent rumzuhängen. Und nach Maddys Tod habe ich darüber nachgedacht. Die Kratzer an deinen Armen. Der Zeitpunkt, als du verschwunden bist. Die Sache mit Spencer. Wenn man all diese Dinge zusammennimmt … Nach dazu Maddy und Hunter. Detective Morgan hat mir gesagt, dass sie dich dabei erwischt hat, wie du den Kadaver in den See werfen wolltest. Ist das wahr?«

Ich öffne den Mund, um es abzustreiten, aber ich will nicht mehr lügen. Nicht Brie gegenüber.

»Es ist kompliziert.«

»Ich wette, ich kann es mir denken.« Sie seufzt und legt eine Hand auf meine Schulter. »Dann hast du mir vorgeworfen, ich hätte Spencer angestiftet, dich zu betrügen, oder so etwas in der Art, und du hast von einem Racheblog gesprochen, der nicht existiert. Irgendwann hat nichts davon mehr einen Sinn ergeben.«

Ich denke eine Weile darüber nach. »Also, diese Website hat existiert. Sie wurde gelöscht. Und was deinen Einfluss auf Spencer und Jessica betrifft, müssen entweder eine Menge Handys gehackt worden sein oder es gibt neuerdings eine Menge Lügen über gehackte Handys.«

»Klingt beides nach Spencer.«

»Sagt sein größter Fan.« Ich reiße mich zusammen. »Tut mir leid. Alles, was in den letzten Monaten passiert ist, war definitiv nicht normal.«

»Na gut.« Brie schaut zur Seite auf einen Zug, der in entgegengesetzter Richtung vorbeirauscht, ein verschwommener Streifen aus Farben und Gesichtern hinter vereisten Scheiben. Es ist noch früh am Nachmittag, aber der Himmel ist so verhangen, dass es einem viel später vorkommt.

»Entschuldige, dass ich nichts über Maddy und Spencer gesagt habe. Justine hat es mir erzählt, aber ich wollte es nicht wahrhaben. Und als es dann doch rauskam, wollte ich nicht, dass du es erfährst. Es war nur ein Mal, gleich nachdem mit dir und Spencer Schluss war, aber ich wusste, wie sehr es dich treffen würde. Tai hat es dann mit dieser dämlichen Notorious-R.B.G.-Sache noch schlimmer gemacht, und ich war mir sicher, dass du es herausfinden würdest. Sie war offenbar schon immer in ihn verliebt.«

»Ich war ahnungslos.«

»Ich weiß.« Sie versucht zu lächeln. »Du hast mich andauernd gefragt, warum ich mich ihr gegenüber so abweisend verhalte, und ich habe gelogen. Es tut mir leid. Sie war süß. Ich hätte mich schrecklich gefühlt, wenn sie gedacht hätte, dass ich sie hasse.« Ihre Augen füllen sich mit Tränen und ich beuge mich zu ihr und schmiege mein Gesicht an ihres.

»Sie hätte genau gewusst, wieso. Sie hätte dir keine Vorwürfe gemacht. Das hat sie mir überlassen.« Ich stupse sie mit der Schulter an und sie drückt seufzend ihr Gesicht dagegen.

»Nie wieder. Kein Töten mehr. Keine Lügen mehr.«

Ich zögere. »Da wäre noch eine Sache. Greg hat mir erzählt, dass du mit Jess befreundet warst, was in einem schlimmen Streit geendet hat. Du hättest sie angeblich eiskalt abserviert, woraufhin sie irgendwelche persönlichen E-Mails von dir an deine Eltern weitergeleitet hätte.«

Ihre Lippen zucken und sie schaut weg. »Ich habe es nicht grundlos verschwiegen, Kay«, sagt sie leise. »Wir waren Freundinnen. Es hat nicht funktioniert. Ich fühle mich nicht wohl dabei, jetzt schlecht über sie zu reden.«

»Aber es stimmt?«

Sie fasst sich. »Ja, es stimmt. Und es ist meine Sache. Das betrifft auch die sehr privaten Dinge, die sie mir gestohlen und an meine Eltern geschickt hatte, bevor ich bereit war, ihnen davon zu erzählen. Es tut mir leid, dass sie gestorben ist. Aber ich muss nicht darüber reden, was zwischen uns schiefgelaufen war. Mit niemandem. Es war schmerzhaft und es ist vorbei.«

Als Friedensangebot lege ich meine Hand mit der Handfläche nach oben auf die Armlehne zwischen uns. »Okay. Das brauchst du auch nicht. Entschuldige.«

Sie schließt ihre Hand um meine. »Es war wirklich gut, in den letzten Tagen mal weg von allen zu sein. Ich habe das Gefühl, endlich alles klarer zu sehen.«

»Das schien dir bis jetzt nicht wichtig zu sein.«

»Woher willst du das wissen? Du hast nicht auf meine Anrufe reagiert. Ich glaube, ich kenne den Täter. Aber bevor ich es dir sage, will ich es von dir hören. Wer hat Jessica deiner Meinung nach getötet?«

»Der Weihnachtsmann!«, kreischt eine schrille Stimme über uns.

Ich schreie auf. Ein kleines, verschmutztes Kind vom Sitz hinter mir hängt über meinem Kopf. Eine sichtlich genervte Frau zieht den Jungen wieder nach unten und zischt uns zu: »Könntet ihr euren Erwachsenenkram vielleicht leiser besprechen?«

Ich senke den Blick auf meinen Notizblock. »Die Ermittler haben den Täterkreis auf mich und Spencer eingegrenzt.«

»Ich denke, damit liegen sie falsch«, sagt Brie.

»Ich hätte nie gedacht, dass einmal der Tag kommen wird, an dem Brie Matthews bereit ist, Spencer Morrow gratis zu verteidigen.«

»Wir werden sehen.«

Ich beäuge neugierig das zusammengefaltete Blatt. »Was hast du herausgefunden?«

Sie faltet den Zettel, den sie auf meinen Notizblock gelegt hat, auseinander und ich richte den Blick darauf. Es ist eine Sammlung aus Fakten, ähnlich wie meine, nur viel ausführlicher und in Abschnitte gegliedert, die alle auf einen in großen schwarzen Versalien geschriebenen Namen hindeuten: NOLA.

Bries Gesicht leuchtet im Leselicht über unseren Köpfen. »Es ergibt alles Sinn.«

Ich verdrehe die Augen. »Natürlich tut es das. Weil du sie nicht leiden kannst.«

»Sie ist keine von uns.«

Ich wende mich von Brie ab und male ein Herz auf die beschlagene Scheibe, während wir an einer Reihe verlassener Gebäude vorbeifahren. Ich bin nicht mal sicher, warum es ausgerechnet ein Herz sein muss. Es tut weh, diese Worte aus Bries Mund zu hören, ganz besonders, nachdem ich gerade aus meinem kleinen Koboldhaus zurückkehre, während sie aus ihrem kostbaren Schloss kommt. Weil ich diejenige bin, die nicht dazugehört.

»Sieh es dir an.« Brie deutet auf das Blatt. »Es steht alles hier.«

»Hast du überhaupt eine Ahnung, was ich durchgemacht habe? Ich wurde mitten in der Nacht angerufen und körperlich bedroht. Ich habe versucht, die Campuspolizei zu informieren, aber die wollte mir nicht helfen. Ich weiß, dass du meine Facebook-Pinnwand kennst. Ich bin durch die Hölle gegangen und Nola war eine echte Freundin.«

Bries Augen laufen wieder über, und als sie zu sprechen beginnt, klingt ihre Stimme belegt. »Ich kann mich nicht genug dafür entschuldigen, dass ich dich im Stich gelassen habe.«

»Und ich habe mich damit abgefunden. Aber du wirst jetzt nicht Nola für den Mord an Jessica den Wölfen zum Fraß vorwerfen.« Ich streiche mir die Haare aus dem Gesicht. Langsam bereue ich es, sie abgeschnitten zu haben. Es ist jetzt viel schwieriger, sie mir aus den Augen zu halten.

Brie nimmt ihren Haarreifen ab und reicht ihn mir. »Ich habe Millionen davon.«

»Danke.« Ohne Haarsträhnen im Gesicht komme ich mir ein winziges bisschen weniger chaotisch vor. »Was ist mit Spencer?«

»Möglich. Aber mein Gefühl sagt mir, Nola.«

Ich spanne den Nacken. »Dein Gefühl. Dann können wir doch direkt zu den Cops gehen, oder?«

»Lass uns Gericht spielen«, schlägt sie vor.

»Ich bin nicht in der Stimmung für Spiele.« Der Zug jagt über die Schienen und das Fahrgestell rattert, als würde es jeden Moment zusammenbrechen.

»Ich übernehme die Anklage. Du verteidigst.«

»Na schön.«

Brie wartet auf meine Erlaubnis zu reden, ich nicke und bedeute ihr mit einer Geste, den Fall vorzutragen. »Nola Kent ist brillant. Sie besitzt die Fähigkeit, sich eine riesige Menge an Informationen zu merken, sich in die Schuldatenbank zu hacken und unschuldige Klassenkameradinnen des Mordes zu beschuldigen. Sie ist zudem in der Lage, jemanden zu töten und sich gleichzeitig mit der Person anzufreunden, der sie den Mord anhängen will. Als Nola an die Bates Academy kam, hatte sie es schwer, Freundinnen zu finden. Besonders eine Gruppe von Mädchen war ziemlich gemein zu ihr. Zwei Jahre später bringt sie Jessica Lane kaltblütig um und schiebt der Rädelsführerin dieser Gruppe, Kay Donovan, die Tat in die Schuhe. Sie benutzt ihre Computerkenntnisse, um eine Website zu erstellen, die Kay gegen ihre Freundinnen aufhetzt und umgekehrt, bevor sie zum finalen Schlag ausholt: Kay für den Mord ins Gefängnis zu bringen. Nola Kent hat Jessica getötet und sie hat es getan, um Kay zu beschuldigen.«

Ich sehe durch das beschlagene Fenster hinaus, mein Blick stellt die vorbeiziehenden, schemenhaften, nebelverhangenen Wohnmobile abwechselnd scharf und unscharf, akkurate kleine Rechtecke, die fest im Dreck stehen wie nebeneinanderliegende Gräber. Nola hat mir die Nacht nach der Auseinandersetzung mit Cori verziehen, die Nacht, in der wir uns geküsst haben. Als Brie jetzt wieder davon anfängt, fühle ich mich schrecklich.

»Verteidigung?«, fordert Brie mich auf.

Ich sehe sie müde an. »Du hast keinen einzigen Grund angeführt, warum sie Jessica getötet haben soll. Wieso Jessica? Vor Gericht wäre deine Theorie nicht haltbar. Du musst beweisen, dass Nola Jessica getötet hat, nicht, dass sie mir etwas heimzahlen will. Nolas Theorie über Spencer ist dagegen schlüssig. Und weißt du, was du noch zugeben musst? Der Verdacht gegen mich schlägt sie alle. Das ist im Moment der beste Anhaltspunkt.«

Brie schließt die Augen und lehnt ihren Kopf an den Sitz. »Ich weiß, dass sie es war. Ich weiß es.«

»Es zu wissen ist kein Beweis.«

»Dann lass uns mit Spencer reden.« Sie schaut mich an. »Wir beide zusammen. Nur um auf Nummer sicher zu gehen.«

Ich schaue wieder aus dem Fenster und frage mich, ob er sich nach allem, was vorgefallen ist, darauf einlassen wird. Aber im Moment ist das wahrscheinlich der einzige Weg, um den Fall irgendwie zu lösen.

»Ich muss es allein machen. Lass einfach dein Handy an.«

26

Nola schickt mir an diesem Tag ein paar Nachrichten, die ich nur knapp und zerstreut beantworte. An Thanksgiving hat sie auf keine meiner Nachrichten reagiert und ich würde gern wissen, was mit ihrer Familie passiert ist, aber ich will nicht neugierig erscheinen. Es gefällt mir nicht, dass Brie diesen aufkeimenden Zweifel in meinem Kopf gesät hat. Ja, Nola hat einen Grund, mich zu hassen. Ich bin sicher, dass sie das auch eine Weile lang getan hat. Auch als wir anfingen, Zeit miteinander zu verbringen, war sie nicht unbedingt die herzlichste, angenehmste Person. Aber sie hat Loyalität bewiesen. Vielleicht will ich auch einfach nicht schlecht von ihr denken. Vielleicht ist das ein Todd-Syndrom.

Sowie ich am Bahnhof bin, rufe ich Spencer an – und bin echt überrascht, als er gleich rangeht.

»Hasst du mich noch?«, frage ich.

»Weil du mich gefragt hast, ob ich Maddy getötet habe, um dich zu verletzen?«

»Und du mich einfach eine Mörderin genannt und behauptet hast, dass ich alles ruiniere, was ich anfasse?«

»Ich bin ziemlich sicher, dass das von Charlie Brown stammt.

Im Weihnachts-Special. Ich war bestimmt etwas origineller.«
Ich höre, wie er einen Schluck nimmt.

»Trinkst du etwa?«

»Nur Schokomilch. Achte du darauf, deine Ovomaltine zu trinken.«

»Wow, du bist ja schon richtig in Weihnachtsstimmung.«

»Weihnachts*spezial*stimmung«, korrigiert er mich.

Ein Windstoß weht mir eine Zeitung ins Gesicht und ich hocke mich hinter eine Mülltonne. Die Bänke sind alle voll.

»Ich bin auf dem Bahnhof.«

»Und du brauchst eine Mitfahrgelegenheit.«

»Und ich möchte dich sehen, ansonsten nehme ich mir ein Taxi zum Campus.« Ich warte.

Ich höre, wie er die restliche Schokomilch austrinkt. »In fünf Minuten.«

Wir halten bei Dunkin' Donuts – es gibt keine hübschen Cafés oder Starbucks bei Spencer um die Ecke, aber eigentlich mag ich den Vanillekaffee dort sowieso am liebsten. Der Geschmack erinnert mich an die wenigen guten Seiten von zu Hause, wenn Todd zum Beispiel nach dem Training Essensreste mitbrachte, oder der Geruch von Dads Truck. Dad ist Anstreicher und war morgens meist schon aus dem Haus, wenn ich aufstand, und kam immer mit einem Dutzend leerer Dunkin'-Donuts-Becher auf dem Beifahrersitz wieder. Als ich noch jünger war, bekam ich jede Woche einen Vierteldollar, wenn ich Dads Truck innen und außen putzte. Deshalb verbinde ich mit Dunkin' eine meiner glücklichsten Erinnerungen an zu Hause.

Nachdem wir bestellt haben, suche ich nach einem abgelegenen Plätzchen, aber es herrscht ein ziemliches Gedränge. Wir setzen uns an einen Tisch mit Blick auf die belebte Nebenstraße. Gegenüber liegt das Café Cat. Brechend voll, überhitzt, ein wenig verschwitzt. Weihnachtssongs der Neunziger plärren aus einem Lautsprecher direkt über unseren Köpfen. Um uns herum ist jeder in sein eigenes Leben vertieft. Pärchen lachen (und eins streitet), Mütter ärgern sich mit Kleinkindern herum, die ihr Essen lieber durch die Gegend werfen, und ein paar jüngere Teenager plaudern bei einem Kaffee.

»Also, Katie D. Reden wir diesmal wirklich miteinander?« Er grinst und mir fällt auf, dass er viel besser aussieht als bei unserer letzten Begegnung. Als hätte er lange geschlafen und seine Albträume endlich hinter sich gelassen. Ich frage mich, ob er über mich hinweg ist, und obwohl ich Nola vor ein paar Tagen geküsst habe, ärgert mich dieser Gedanke. Unwillkürlich will ich ihn berühren. Mir ist echt nicht mehr zu helfen. Ich reiße mich zusammen, doch die Worte kann ich nicht zurückhalten. »Triffst du dich mit jemandem?«

»Vielleicht.«

»Oh, ich auch.« Ich versuche, lässig zu wirken, aber ich spüre, wie mein Gesicht weinerlich wird.

»Stört dich das etwa?«

»Nein, tut es nicht.«

Er nippt an seinem Kaffee. »Vielleicht lag unser Problem zum Teil daran, dass wir uns voll auf diese Brie-und-Justine-versus-Kay-und-Spencer-Sache eingeschossen haben.«

»Ich hätte es nicht in einen Konkurrenzkampf ausarten lassen dürfen.«

»Gott, Katie, trau Brie auch mal was zu. Es ist echt beunruhigend, dass du sie immer auf ein Podest stellen musst.« Er seufzt und greift mit der Hand über den Tisch, aber meine fühlt sich zu schwer an, um sie ihm auf halbem Weg entgegenzustrecken, also legt er sein Kinn auf den Arm und sieht zu mir. »Ich werde dich wirklich immer lieben.«

»Als eine Freundin«, sage ich und verdrehe die Augen.

»Als Mensch«, sagt er ernst. »Egal, was einer von uns jemals tut.«

Das kenne ich. Auf diese Weise liebe ich Todd immer noch, auch nach dem, was er getan hat. Todd hat mir Megan weggenommen. Meine Megan. Die Quizmasterin der John-Butler-Junior-Highschool, Keks-Feinschmeckerin und Weltmeisterin im Kuscheln. Wir hatten sieben geheime Identitäten, nur wir beide, und wir konnten uns auf Sindarin unterhalten, einer von J. R. R. Tolkiens Elbensprachen. Todd hat sie zerstört. Und doch liebe ich ihn immer noch.

Ich schiebe Spencers Hände weg. »Das will ich nicht.«

Sein Blick verfinstert sich, er schaut weg und verdeckt sein Gesicht mit der Hand. »Warum rufst du mich dann immer noch an?«

Ich fühle mich vollgestopft und mir ist übel, aber ich zwinge mich zum Weiteressen, nur um etwas zu tun. »Ich will nicht, dass du mich nur aus Gewohnheit liebst, dass du daran festhältst. Es wird dich kaputt machen, Spence. Ich bin es nicht wert.«

Er schaut mich mit diesem Lächeln an, das mein Herz immer zum Hüpfen bringt. Er war mein Geheimnishüter. Er gehörte zu mir. Doch jetzt glänzen seine Augen feucht und bei diesem Anblick würde ich am liebsten zu dem Tag zurückspulen, als wir uns kennengelernt haben, damit ich, wenn er sich neben mich setzt, zu ihm sagen könnte: »Lauf, Spencer. Schau nicht zurück. Lauf!«

»Grins mich nicht so an.«

»Wieso nicht?« Er presst die Lippen aufeinander.

»Weil es merkwürdig ist. Du weinst und lächelst gleichzeitig. Das ist seltsam.«

»Ich bin glücklich und traurig zugleich. Komm damit klar. Was ist das hier, unsere siebte Trennung, oder was?«

»Wir waren gar nicht zusammen.«

»Dürfen wir jetzt nicht mal mehr befreundet sein? Wolltest du dich deshalb mit mir treffen? Um mir das zu sagen?«

»Nein! Gott ...« Shit. Wenn ich in einer Sache gut bin, dann, aus einer sowieso schon spektakulär vermasselten Scheiße ein noch größeres Chaos zu erzeugen. »Ich wollte dich sehen. Im Moment läuft alles wirklich daneben. Aber du sagst mir immer noch, dass du mich liebst, und das erinnert mich daran, warum wir nicht –«

»Du hast recht. Es ist meine Schuld.« Er wischt sich die Augen an seinem Ärmel ab. »Ich hätte nicht davon anfangen sollen. Katie, ich werde dich nie wieder lieben. Meine gute Meinung von dir, die ich einst hatte, ist für immer verloren.«

»Hast du *Stolz und Vorurteil* gesehen?«

»Ist lange her. Aber ich habe daraus gelernt, dass es okay ist, seinem Stand gemäß zu heiraten.«

»Und wie sieht es mit *Der Tod kommt nach Pemberley* aus?«

»Wie bitte?«

»Ein anderes Buch. Die Familie kommt wieder zusammen und eine der Hauptfiguren wird umgebracht. Es ist ein Kriminalroman.«

»Läuft das auf Netflix?«

»Spencer, wir müssen über Jessica reden.«

Er verschluckt sich an seinem Kaffee. »Ich dachte, du hast mit dieser Mordsache abgeschlossen?«

»Ist dir klar, wie ernst diese Sache ist? Wir sind bei der Polizei jetzt die einzigen Verdächtigen.«

»Wie ist das möglich?«

»Ich war am Tatort, habe kein Alibi, sie haben etwas von mir in Jessicas Zimmer gefunden und es hat sich herausgestellt, dass ich vor ein paar Jahren wirklich gemein zu ihr war.«

Er hebt interessiert den Kopf.

»Außerdem glauben die Ermittler offenbar, dass du mit ihr geschlafen hast, um mich zurückzubekommen.«

»Na ja, dadurch fühle ich mich jetzt nicht unbedingt verdächtig.«

»Aber dadurch wirkt es, als hätten Jessica und ich eine Art Kleinkrieg geführt oder so.«

»Und ich stehe vermutlich wegen meines tödlichen Sexfluchs unter Verdacht. Was ist mit Greg?«

Ich nehme mir einen zweiten Donut und kratze gedankenverloren ein wenig Zuckerglasur ab. »Er hatte keine Verbindung zu Maddy.«

Vorsichtig nimmt er einen Schluck Kaffee. »Maddys Tod muss doch nicht mit Jessicas in Zusammenhang stehen.«

»Greg hat mir noch etwas anderes Interessantes erzählt. Die Polizei glaubt, die Mordwaffe gefunden zu haben. Und jemand hat versucht, ihm die Tat in die Schuhe zu schieben. Es wurde etwas aus seinem Haus gestohlen und im See versenkt. Aber jetzt haben sie etwas in der Hand und machen DNA-Tests.«

Er sieht mich ruhig an. »Klingt, als wären wir dann von jedem Verdacht befreit.«

»Willst du gar nicht wissen, worum es sich handelt?«

Er hält für einen Moment meinen Blick. »Doch.«

»Eine zerbrochene Weinflasche.«

Ich hielt die Flasche in der Mordnacht fest in der Hand. Ich erinnere mich nicht daran, sie weggelegt zu haben, als ich Tai und die anderen stehen ließ und mich auf die Suche nach Spencer machte. Es kam mir vor, als hätten wir uns stundenlang geküsst, als sein Handy zum zweiten Mal klingelte, aber es konnten nicht mehr als ein paar Minuten verstrichen sein. Zu diesem Zeitpunkt waren wir schon in seinem Auto, die Klamotten ausgezogen und nur noch die Unterwäsche an, die Heizung lief, Musik dröhnte. Der Alkoholrausch hatte sich in einen sanften, gleichförmigen Schleier aus Verlangen und Entschlossenheit verwandelt. Ich war entschlossen, nicht an Brie zu denken, mir Spencer nicht mit einem anderen Mädchen vorzustellen, mich nicht an seinen Gesichtsausdruck zu erinnern, als er mich mit Brie erwischt hatte.

Ich war so entschlossen.

Und dann klingelte sein Handy und er löste sich von mir.

Atemlos schnappte ich es ihm weg. »Was zur Hölle?« Es war eine unterdrückte Campusnummer. Alle Festnetznummern der Bates waren aus Sicherheitsgründen unterdrückt.

Er streckte die Hand aus. »Lass mich kurz rangehen.«

Ich setzte mich auf. »Wozu?«

»Weil ich mich mit jemandem treffen wollte. Du weißt, dass ich nicht zufällig hier war, um nach dir zu suchen. Ich werde absagen. Lass mich einfach kurz rangehen.«

Ich hob das Gatsby-Kleid vom Boden auf und fühlte mich wie eine Idiotin. »Obwohl du mit mir zusammen bist?«

Sein Blick wurde flehend. »Es sollte kein Date werden. Sie ist vor Angst durchgedreht und wollte, dass ich vorbeikomme und nach ihr sehe.«

»Erstaunlich originell.«

Das Handy hörte auf zu klingeln.

Spencer warf sich zurück in den Sitz. »Nichts ist jemals gut genug.«

Ich schlug gegen die Innentür. »Man geht nicht mitten beim Rummachen ans Handy. Niemals.«

Es klingelte erneut. Es war dieselbe unterdrückte Campusnummer. Ich nahm den Anruf an.

»*Spencer? Bitte beeil dich. Ich habe mich ausgesperrt –*«

»Fick dich!« Ich legte auf.

Spencer nahm mir das Handy weg, zog seine Klamotten an und stieg wütend aus dem Wagen. Ich tastete nach der Prosecco-Flasche und merkte, dass ich sie draußen gelassen haben musste, bevor wir im Auto landeten. Aber auf meinem Weg zurück konnte ich sie nicht finden.

Ich lehnte mich an einen Baum und seufzte. Mein Schwips war endgültig verflogen und der Abend ruiniert. Ich würde meinen Freundinnen auf keinen Fall erzählen, dass ich wieder bei Spencer angekrochen war, nur um mich demütigen zu lassen. Schon gar nicht, nachdem der Abend damit angefangen hatte, dass sie mich als Campusheldin feierten. Also blieb mir nichts anderes übrig, als ein strahlendes »Alles-ist-super«-Lächeln aufzusetzen und mich am verabredeten Ort mit ihnen zu treffen, als wäre nichts passiert. Um mich abzureagieren, beschloss ich, den langen Weg durch die Ortschaft zu nehmen, und begann ab dem See an den dunklen Geschäften vorbeizulaufen.

»Katie.«

Ich drehte mich zu Spencer um.

»Kann ich das irgendwie in Ordnung bringen?«

»Ich habe alles gesagt, was es zu sagen gibt.«

»Ich kann das Ganze nicht ungeschehen machen. Ich kann sie nicht einfach verschwinden lassen.«

»Ich kann verschwinden.«

Als ich davonging, hörte ich irgendwo hinter mir Glas splittern.

Ich mustere Spencer eindringlich über den Tisch hinweg. »Wohin bist du gefahren, nachdem ich dich an diesem Abend stehen gelassen hatte?«

»Nach Hause.« Er brach den Blickkontakt nicht ab.

Ich beschloss, alle Karten auf den Tisch zu legen. »Ich glaube, dass meine Flasche die Mordwaffe ist.«

»Das ist mir auch schon durch den Kopf gegangen.«

»Dass ich Jessica getötet habe?«

»Du hast ziemlich hartnäckig darauf bestanden, dass ich sie mir vom Hals schaffen soll.«

Plötzlich wird mir klar, dass alles, was ihn in meinen Augen verdächtig macht, auch auf ihm lastet. Nur dass er mich für die Mörderin hält. Ich war diejenige, die darauf beharrt hatte, dass er dieses Mädchen loswerden sollte.

»Ich wusste zu diesem Zeitpunkt nicht mal, wer sie war, Spencer. Ich habe zwar gehört, wie du den Namen Jess gesagt hast, aber das hätte auf ein Dutzend Leute zutreffen können. Und ich kannte keine Jessica Lane.«

»Was ist mit der Verarsche?«

»Das war anonym«, sage ich verzweifelt.

»Und Maddy? Du hast sie nur zufällig gefunden? Du warst bei beiden rein zufällig vor Ort?«

Ich spüre, wie mir Tränen in die Augen steigen. »Spencer, glaubst du etwa, dass ich es war? Ich dachte, du hältst zu mir.«

»Nein, du hast geglaubt, dass ich sie getötet habe.« Sein Blick wird hart.

»Das habe ich nicht! Ich weiß nicht mehr, was ich denken soll. Es bleiben ja nur du oder ich.«

»Nur weil die Ermittler im Moment davon ausgehen, bedeutet das noch lange nichts. Bist du sicher, dass Greg aus der Sache raus ist?«

Ich nage am Rand meiner Tasse. »Das hat er jedenfalls gesagt.«

Spencer verdreht die Augen.

»Ich vertraue ihm. Er hat keine Verbindung zu Maddy und er kommt auch nicht so leicht auf den Campus. Ich habe ihn ausgeschlossen.«

»Und wie erreiche ich diesen Status?«

»Wie wäre es mit einer Runde *Ich habe noch nie ...?*«

»Lässt sich einrichten.«

Ich schiebe ihm mit dem Fuß meine Tasche hin. »Ich übernachte heute bei dir. Zu viele Feinde auf dem Campus.«

»Bedeutet das, ich bin offiziell freigesprochen?«

»Es bedeutet, dass ich in Anbetracht der Umstände mit einem potenziellen Mörder sicherer bin als mit einem ganzen Campus voll davon.«

»Verstehe.«

27

Als ich im Schlafanzug auf Spencers Bett sitze, fühle ich mich wie eine Geflüchtete, die an den Ort des Verbrechens zurückgekehrt ist. Ich war nicht mehr hier, seit er an besagtem Abend zu mir und Brie hereingeplatzt ist. Seitdem ist so viel passiert. Und das hier war einmal ein sicherer und so vertrauter Ort. Ich lege mich hin, drücke mein Gesicht ins Kissen und atme tief ein. Es riecht nach diesem Haarpflegeprodukt mit Apfelduft, das er angeblich nicht benutzt. Ich vermisse diesen Geruch. Dann bemerke ich einen anderen Geruch, etwas wie Patschuli. Ich frage mich, ob er in seinem Bett mit Jessica Sex hatte, und setze mich abrupt auf. Genau in diesem Moment klopft es an der Tür.

»Ja?« Ich benutze immer meine superhöfliche Stimme, wenn ich bei Spencer bin. Ich möchte, dass seine Mutter mich mag. Ich weiß nicht, wieso. Sie ist einfach eine hinreißende Frau und man merkt, wie viel Mühe sie sich dabei gibt. Ich möchte, dass sie mich für perfekt hält. Aber das spielt wohl keine Rolle mehr. Ich hoffe, seine nächste Freundin küsst ihr die Füße.

Ich bin ziemlich enttäuscht, als stattdessen Spencer hereinkommt. »Hast du alles, was du brauchst?«

»Eigentlich habe ich mich gefragt, ob ich frische Bettwäsche haben könnte.«

Er wird rot. »Oh, sicher, ja klar.«

»Danke.«

Er verschwindet im Flur und kommt mit einem nicht zusammenpassenden Flanellbettwäscheset aus Laken, Decken- und Kissenbezug zurück.

Gemeinsam beziehen wir das Bett.

»Wir haben hier ganz schön rumgemacht«, sagt er mit einem kindischen Grinsen.

»Du sprichst in der Mehrzahl, richtig? Du und all die Ladys von der Easterly.«

Er verdreht die Augen. »Ja klar, alle.« Er legt das Kissen ans Kopfende des Bettes und hockt sich im Schneidersitz auf den Boden. »Aber du warst die Süßeste.«

»Stimmt.« Ich setze mich aufs Bett und ziehe meine Knie an die Brust. »Du kannst einschenken.«

Er nimmt eine Flasche Wodka und eine Cola, mixt meinen Lieblingsdrink in zwei gleichen Mengen und stellt sie vor uns hin. Ich entscheide mich für das Glücksbärchi-Glas und überlasse ihm Snoopy.

»Bevor wir anfangen, möchte ich auf ein vergangenes Foul zurückkommen. Beim Spiel an unserem Kennenlernabend habe ich ›Ich habe noch nie jemanden getötet‹ gesagt und du hast getrunken.«

Er verdreht die Augen. »Das hast du auch.«

Meine Augen füllen sich sofort mit Tränen. »Ich habe dir meine Geschichte erzählt.«

»Tut mir leid.« Er setzt sich zu mir und umarmt mich. »Ich habe nur aus Spaß getrunken. Ich dachte, das tun wir beide.«

»Keine Späße heute Abend. Wir spielen ehrlich.«

Er stößt mit mir an. »Möge der schlimmere Spieler gewinnen.«

Ich komme gleich zur Sache. »Ich habe Jessica Lane nicht getötet.«

Kein Schluck.

»Ich habe Maddy Farrell nicht getötet«, kontert er.

»Ich habe nie mit Jessica Lane geschlafen.«

Er trinkt. »Ich habe nie mit Brie Matthews geschlafen.«

Ich ziehe eine Augenbraue hoch.

Spencer wirkt erleichtert. Ich würde ihm am liebsten eine verpassen.

»Ich habe nie mit Maddy Farrell geschlafen.«

Er nimmt einen Schluck. »Das weißt du doch alles schon.«

»Lügendetektoren stellen immer Kontrollfragen.«

Spencer lässt sein Glas kreisen. »Ich liebe niemanden aus diesem Zimmer.«

Wir starren uns an. Er nimmt einen Schluck und ich tauche meinen kleinen Finger ins Glas und koste.

»Es ist kompliziert«, sage ich. »Ich hatte nie Sex mit Jessica in diesem Zimmer.«

Er stellt sein Glas hin. »Solche Details willst du nicht wissen.«

»Ich möchte jedes Detail wissen. Deshalb machen wir doch dieses Spiel. Du warst einer der letzten Menschen, die mit ihr gesprochen haben. Das wissen die Ermittler nur nicht. Und das können sie auch nicht.«

»Nein, ich hatte keinen Sex mit Jessica in diesem Zimmer. Ich bin dran. Ich habe noch nie von einem Verdächtigen gehört, bis auf mich, dich und Greg.«

Ich trinke. »Aber das sind keine ernsthaften Verdächtigen. Greg dachte etwa fünf Minuten lang, dass es Brie gewesen sein könnte, weil Jess und Brie sich nach dem ersten Jahr zerstritten hatten.«

»Oh, das hätte mir gefallen.«

»Und Brie glaubt, dass es meine Freundin Nola war. Was auch möglich wäre, aber mir gefällt der Gedanke nicht.«

»Warum möglich? Und warum gefällt dir das nicht?«

Ich seufze. »Es ist möglich, weil Tai und ich im ersten Jahr wirklich fies zu Nola waren, also hätte sie ein Motiv, mir was anzuhängen. Außerdem hat der Täter einen Blog erstellt und mir gedroht, falls ich nicht in Jessicas Namen Rache dafür nehme, was wir alle vor ein paar Jahren mit ihr abgezogen haben. Aber Nola war eine der Zielpersonen, sie hat keinerlei Verbindung zu Maddy und sie war eine wirklich gute Freundin, während alle anderen auf dem Campus gleichzeitig beschlossen hatten, es mir heimzuzahlen für den Scheiß, den ich bei ihnen verzapft habe. Das hat sich ganz schön aufsummiert und ich muss für eine Menge Dinge büßen.«

»Aber nicht für Mord.«

Ich funkele ihn böse an.

»Doppelte Kontrolle.«

»Ich lasse geliebte Menschen nicht so leicht davonkommen, denn ich möchte, dass sie unschuldig sind«, sagt er leise.

Ich trinke das Glas aus und stehe auf. »Du hast deinen Standpunkt klargemacht.«

Er nimmt meine Hand. »Katie, ich meine es ernst. Es geht nicht nur um Todd. Warum bist du nicht früher zu mir gekommen, wenn du wirklich dachtest, ich hätte Jessica getötet? Du hast Maddy erwähnt, aber du bist ausgewichen, um nicht über Jessica reden zu müssen. Das lag wohl nur daran, weil du wirklich dachtest, dass ich es gewesen sein könnte, und du dir die Schuld dafür gibst. Denn du warst diejenige, die in jener Nacht zu mir gesagt hat, dass ich sie loswerden soll. Todd, dann ich, jetzt Nola. Gibt es die geringste Chance, dass Brie recht haben könnte? So ungern ich das auch sage?«

Ich setze mich wieder hin und stütze das Kinn mit den Händen ab. Der Wodka steigt mir zu Kopf und die Cola macht meinen Mund ganz klebrig.

»Brie hat ihre besten Argumente vorgebracht, doch wirklich überzeugend war nur, dass Nola das Motiv hätte, mir etwas anzuhängen. Nicht, dass sie tatsächlich Jessica oder Maddy umgebracht haben könnte.«

Spencer zuckt mit den Schultern. »Du bist genauso klug wie Brie und Nola ist deine Freundin, richtig? Was denkst du?«

»Ich denke, es gibt keine Beweise.« Ich mache eine Pause. »Ich war bei ihr zu Hause und in Gegenwart ihrer Familie hat sie sich ziemlich seltsam benommen. Sie lügt sehr viel. Streitet sich mit ihren Eltern. Aber das machen die meisten, die ich kenne. Ich habe Mörder kennengelernt. Niemand versteht es. Es gibt keine offenkundigen Hinweise. Es ist nicht immer eine bestimmte Art Mensch. Es geht nicht um jemanden, der mehr oder weniger geliebt wird. Es ist eine Tat, für die sich jemand entscheidet. Oder es ist ein Unfall. Jeder könnte unter bestimmten Bedingungen zum Mörder werden. Genau das versteht niemand.«

Spencer gießt mir noch einmal ein, diesmal fast nur Cola. »Und wer war es dann?«

»Irgendwo versteckt sich ein Detail, bei dem es *klick* machen müsste.« Ich klopfe mit den Fingern gegen das Glas, dann halte ich abrupt inne. Das Geräusch jagt mir einen Schauer über den Rücken. »Was ist an dem Abend mit meiner Flasche passiert?«

Spencer nimmt nachdenklich einen Schluck. »Ich musste dich einholen. Und ich bin gleich nach dir abgehauen.«

»Und du hast nichts gesehen?«

»Wie sollte ich?«

»Ich hörte Glas splittern, als ich weglief. Was, wenn –«

»Was, wenn was?« Er blickt zu den Sternen an seiner Zimmerdecke hinauf und ich schalte das Licht aus, damit wir sie leuchten sehen können. »Du machst dich nur verrückt, wenn du dauernd darüber nachdenkst. Es gab keinen Grund, uns anders zu verhalten.«

»Jessica hat dich angerufen, weil sie sich von jemandem verfolgt fühlte.«

»Stimmt.«

»Greg? Weil sie sich gestritten hatten?«

»Vielleicht.« Er setzt sich auf. »Nein, Jessica hat irgendwann *sie* gesagt. Irgendwas mit ›sie ist immer noch da draußen‹ oder ›sie ist immer noch hinter mir‹. Es war definitiv eine Sie.«

Ich boxe in ein Kissen. »Mein Gott, Spencer, warum hast du mir das nicht gleich erzählt?«

»Weil du ausgeflippt bist, nachdem du am Handy warst und ihre Stimme gehört hast.«

»Da wurde ich ja auch noch nicht verdächtigt, sie getötet zu haben.« Meine Gedanken rasen. »*Sie*. Was hat sie noch gesagt? Ich will alles wissen.«

Er schiebt sich die Haare aus der Stirn. »Ich erinnere mich nicht an jedes Wort. Aber die Polizei hat meine schriftliche Aussage. ›Bla, bla, kannst du herkommen? Bla, bla, diese Angst. Bla, bla, hab acht. Bla, bla, beeil dich.«

»Hab was?«

»Hab acht.«

Ich runzele die Stirn und schüttele verständnislos den Kopf.

»Irgendwie war da so was wie Altenglisch untergemischt.

Ich hatte mein Handy im Auto auf Lautsprecher. War schwer zu verstehen.«

»Jessica hat auf Altenglisch mit dir geredet? Wie in *Beowulf*?«

»Nein, eher wie bei Shakespeare oder so.«

»Das ist nicht … vergiss es.« Aber ich habe bereits ein flaues Gefühl im Magen.

Er kaut nervös an seiner Lippe. »Das war das Letzte, was ich von ihr gehört habe. Das Verrückte ist, dass sie plötzlich so ruhig klang. Was, wenn gar nicht Jessica am Telefon war?«

Wieder läuft mir ein Schauer über den Rücken. »›Was in dem Schlaf für Träume kommen mögen‹?«

Er zeigt auf mich. »Das ist es!«

Ich schließe die Augen und lege meine Stirn an seine Brust.

»Scheiße.«

28

Bevor Spencer am nächsten Morgen aufwacht, schleiche ich mich davon und nehme mir ein Taxi zum Campus. Als ich an den Wohnheimen ankomme, geht gerade die Sonne über den himmelhohen Kiefern auf und überflutet den See mit goldenem Licht.

Brie ist Frühaufsteherin. Ich rieche starken Kaffee und höre Schubert-Klänge, als ich an ihre Tür klopfe. Sie wirkt angenehm überrascht, als sie mich sieht, und dann leicht verwirrt, als sie meine Reisetasche entdeckt.

»Ist wohl spät geworden?«

»Hab bei Spencer übernachtet.«

Sie öffnet die Tür, damit ich reinkommen kann, und ich setze mich auf ihr Bett, als hätte es die letzten paar Monate nicht gegeben. Brie legt ein Lesezeichen in ihre Ausgabe von *Othello* und lehnt sich an die Kante ihres Schreibtisches.

»Ich kann echt eine Lernpause gebrauchen.«

»Wie lange warst du auf?«

»Zu lange.«

Zum ersten Mal bemerke ich, dass Brie mir in den letzten paar Wochen ziemlich ähnlich geworden ist. Sie hat abgenommen, dunkle Ringe unter den Augen und ihr Lächeln ist nur halbherzig. Ich bekomme ein schlechtes Gewissen, weil ich ihre Anrufe ignoriert habe. Sie bietet mir eine Schachtel mit Gebäck von der guten Bäckerei an und ich nehme mir ein Stück. Butterflocken mit einem weichen Schokoladenkern.

»Also du und Spencer?« Bevor ich protestieren kann, gießt sie die Hälfte ihres Kaffees in eine zweite Tasse und reicht sie mir.

»Wir sind nur Freunde. Und ich will dir nicht deinen Kaffee klauen.«

»Ich bestehe darauf. Hast du noch mal über unser Gespräch von gestern nachgedacht?«

Ich nehme einen Schluck von dem aromatischen French-Press-Kaffee. »Ziemlich viel.«

»Und?« Brie wirft mir ein Päckchen Zucker zu und ich fange es auf, ohne ihrem Blick auszuweichen.

Ich mustere ihr seelenruhiges Gesicht. »Was, wenn ich dir sagen würde, dass ich Jessica getötet habe?«

Sie zögert keinen einzigen Moment. »Wir würden meine Eltern anheuern.«

»Hast du jemals wirklich geglaubt, dass ich es gewesen sein könnte?«

»Nicht eine Sekunde.«

»Du hast mich mit einem versteckten Mikrofon ausgefragt«, erinnere ich sie. »Und gestern hast du gesagt, dass Zweifel der Grundstein für Vertrauen sind.«

»Das sind sie auch.« Sie wirkt nicht so überzeugt wie gestern.

»Ich weiß nicht, wie wir bis hier gekommen sind.«

Sie trinkt einen großen Schluck Kaffee. »Mir fällt dazu einiges ein.«

»Du hast mich verletzt. Ich habe dich verletzt. Du würdest Justine nie verlassen.«

»Ich liebe sie.« Sie sieht mich beinahe schuldbewusst an.

»Sie war immer für mich da.«

Wir haben uns gegenseitig aufgegeben, wird mir klar. Es war eine zweigleisige Angelegenheit.

»Also, bevor ich meine Beziehung zu der einzigen Person zerstöre, die in den letzten Monaten für *mich* da war, möchte ich wissen, warum du uns an dem Abend, als Jessica starb, alle um ein späteres Treffen gebeten hast.«

»Bitte verlang das nicht von mir«, wispert sie.

»Wenn du willst, dass ich mich gegen Nola wende, brauche ich ein Zeichen deines guten Willens.«

Bries Wangen werden rot und sie beißt in ihren Ärmel. »Das darfst du niemals weitererzählen.«

»Werde ich nicht.«

»Ich war mit Lee Madera zusammen. Du kannst sie fragen.«

»Also liegt es nicht an Justine. Sondern an mir.«

»Das Timing hat nie gepasst«, sagt sie mit heiserer Stimme. »Zuerst hast du den homophoben Witz über Elizabeth Stone gerissen, gerade als ich dich um ein Date bitten wollte. Dann hast du diese *Dear Valentine*-Verarsche abgezogen, als ich endlich dachte, du wärst doch nicht so wie die anderen. Und dann kam die Cast-Party, auf der du dich Spencer an den Hals geworfen hast. Du hast mir so oft das Herz gebrochen. Als du mich schließlich geküsst und dann deine Hand weggezogen hast, um dich wieder an Spencer ranzuschmeißen ... Ich dachte, das war's. Doch selbst danach, als Justine und ich auf dem Halloweenball diesen Riesenkrach hatten, habe ich nach dir Ausschau gehalten und fand dich dann mit dieser Elftklässlerin. Es hat eben nie gepasst.«

Das Bild formt sich erneut in meinem Kopf. Nicht sie hat mein Herz die ganze Zeit als Geisel gehalten. Ich hatte eine Chance nach der anderen, die Dinge richtig anzugehen, es aber immer vermasselt.

»Es tut mir so leid, Brie. Das war mir nicht bewusst.«

Brie hebt zögernd den Blick. »Ich möchte dich nicht noch einmal verlieren.«

»Ich gehe nicht verloren. Maddy und Jessica sind tot. Sie können nicht zurückkommen. Cori schirmt sich mit Vetternwirtschaft ab und Tai und Tricia werden an der öffentlichen Schule schon zurechtkommen. Du und ich finden wieder zueinander. Oder nicht. Es liegt an dir.«

»Ich vermisse dich.«

Ich lächle, aber meine Lippen zittern nervös. »Ich dich auch. Du bist das einzig Gute in meinem Leben.«

»Du bist meine sehr schlechte Gewohnheit.« Sie grinst und wischt sich mit dem Handrücken über ihre feuchten Wimpern.

»Erzähl der Polizei von Nola.« Sie legt den Zettel, auf dem sie ihre Theorie über Nola notiert hat, in meinen Schoß.

Ich öffne das Fenster einen Spaltbreit und atme die eiskalte Luft ein. »Es ist egal, was ich ihnen erzähle. Es gibt keine Beweise gegen Nola.«

Was bedeutet, dass mir nur noch Zeit bleibt, bis der DNA-Test abgeschlossen ist und ich verhaftet werde.

In vierundzwanzig Stunden oder weniger.

*

An diesem Nachmittag kommt Nola zurück. Ich treffe mich am Bahnhof mit ihr und sie erzählt mir von den restlichen Thanksgiving-Ferien. Ihre Eltern waren ausgerastet und hatten Bianca

angefleht, nach Hause zu kommen, worauf sie sich schließlich
auch einließ, und als die anderen Gäste eintrafen, hatten sie natürlich alle so getan, als wäre nichts gewesen. Der Rest war nur
bla, bla, bla: Bordeaux, Klippen-Golf, Cranberry-Wodka.
Wir holen uns in der Stadt etwas zu essen, das sie unbedingt
mit ins Wohnheim nehmen will. Das passt mir sehr gut, weil
es mir die Gelegenheit bietet, noch einen letzten Blick in ihre
Tagebücher zu werfen, bevor ich irgendwelche Anschuldigun-
gen äußere. Das Glück ist auf meiner Seite, denn gleich nachdem wir in ihrem Zimmer sind, stellt sie ihr Essen hin und geht
erst mal ins Bad. Sofort mache ich mich über die Tagebücher
her und blättere sie fieberhaft durch.

Es sind hauptsächlich langweilige Aufzählungen alltäglicher
Abläufe, alle in der geübten Schönschrift. Ich finde ein paar ab-
geschriebene Gedichte sowie Sonette und Dialoge von Shakespeare. Es sind ein oder zwei berühmte Texte darunter, die ich
auch kenne, aber die meisten sind unbekannt, zumindest mir.
Schließlich finde ich einen Eintrag aus diesem Jahr und mir
bleibt fast das Herz stehen, als ich die erste Zeile in der feinen,
einstudierten Handschrift lese:

Tai Burned Chicken

Ich schlage das Tagebuch zu, meine Gedanken rasen. Nola
könnte jede Sekunde zurück sein. Ich hetze quer durch das Zimmer und verstecke das Tagebuch rasch unter meinem Mantel.
Auf den meisten Seiten – eigentlich auf fast allen – ist etwas ab-
geschrieben, was andere sich ausgedacht haben. Ich habe nicht
das genaue Datum dieses Eintrags aufgeschnappt, nur das Jahr.
Soweit ich es verstehe, hat Nola den Racheblog als Quellen-
material benutzt, um ihre Schönschrift zu verbessern. Wie ver-

rückt ist das denn? Emily Dickinson, Shakespeare – das ist eine Sache. Aber so was?

Nola öffnet die Tür und schwebt zurück ins Zimmer. Sie sieht wie eine altmodische Puppe aus, denn sie trägt ein kurzes schwarzes Samtkleid mit einem Spitzenkragen, eine weiße Strumpfhose und dunkle Mary Janes. Ihre Haare sind mit einem seidig glänzenden schwarzen Band zusammengebunden und ihre Augen wirken mit dem schwarzen Eyeliner und der Wimperntusche sogar noch größer. Sie hat sich wieder in die Schul-Nola verwandelt.

Ich bleibe zögernd am Bett stehen, das Tagebuch steckt am Rücken in meiner Jeans und wird von meinem Mantel verdeckt. Ein Teil von mir möchte einfach damit wegrennen, aber ich kann mich nicht dazu durchringen. Nach allem, was wir durchgemacht haben, muss ich es von ihr hören – falls sie es wirklich war. Kein Rätselraten mehr und keine hypothetischen Verbindungspunkte. Ich brauche ein Geständnis oder das Gegenteil.

»Möchtest du eine heikle Geschichte hören?«

»Immer.« Sie träufelt ein bernsteinfarbenes Dressing über ihren Salat, dann schaut sie mit funkelnden Augen zu mir auf. »Lass kein Detail aus.«

»Ich habe auf der Rückfahrt zufällig Brie im Zug getroffen.«

Ihre Miene verfinstert sich, aber sie sagt kein Wort. Stattdessen beißt sie affektiert von einer Erdbeere ab und rührt ihren Tee mit einem Plastiklöffel um. Dann winkt sie übertrieben mit der Hand, als wolle sie mir die Erlaubnis erteilen, fortzufahren.

»Sie hat sich sogar entschuldigt, weil sich die Dinge so hochgeschaukelt haben.«

»Darauf könnte ich wetten.«

»Sie klang, als würde sie es auch so meinen.«

»Ha!«, schnaubt Nola.

Ich lasse mich schwer aufs Bett fallen und wippe nervös mit den Knien auf und ab. Ich möchte nicht vom Thema abkommen. »Sie hat ihre eigene Meinung zu dieser ganzen Jessica-Sache.«

»Darf ich hoffen, dass du die Möglichkeit hattest, das Gespräch aufzuzeichnen?«

»Natürlich nicht. Sie hat mich total überrumpelt.«

»Geht es dir gut? Warum hast du mich nicht angerufen?« Nola scheint ehrlich besorgt zu sein, was alles noch schmerzhafter macht.

»War schon in Ordnung. Ich bin danach zu Spence, nur für alle Fälle.«

Sie wirft mir einen fragenden Blick zu.

»Er ist raus. Mehrere Alibis. Und er hat auf der Couch geschlafen. Er denkt, es war Greg.«

Sie entspannt sich. »Ich hätte früher zurückkommen sollen. Meine Eltern sind so besessen von meiner Schwester, sie hätten es nicht mal mitbekommen, wenn ich abgehauen wäre.« Sie schüttelt den Kopf und winkt ab.

»Ich bin sicher, dass das nicht stimmt.«

»Es reicht nie. Sie wollen, dass ich Bianca *bin*«, sagt sie mit einem traurigen Lächeln.

Das Thema lenkt mich etwas ab, aber ich sehe sie entschlossen an. »Brie hat eine wirklich interessante Theorie.«

Sie seufzt hörbar laut. »Kannst du endlich mit dem Brie-Geschwafel aufhören?«

»Wie bitte?«

»Ich hab's verstanden. Du liebst sie. Das war schon immer so. Und das wird auch immer so bleiben.« Sie schlägt einen spöttischen Tonfall an. »Wenn sie sagt, der Himmel ist gelb, sagst du, Mensch, Brie, das ist mir noch gar nicht aufgefallen, wie genial du bist.«

Mir fällt die Kinnlade herunter. »Du weißt nicht das Geringste über Gefühle, Nola. Und das schockiert mich nicht, weil ich nicht mal sicher bin, ob du welche hast. Du tust so, als stünden wir uns unendlich nahe, und dann knallst du mir so was ins Gesicht?«

Sie lacht völlig ungeniert. »Kay, komm mal von deinem hohen Ross herunter. Ich spreche nur deine Sprache. So redest du andauernd mit anderen.«

»Nicht mehr. Ich hasse es, dass ich so scheiße zu dir war.«

»Und ...?«

»Und ich habe mich dafür entschuldigt.«

»Ach ja?« Sie wirft ihre leere Salatschüssel in den Müll und nimmt sich einen übergroßen Chocolate-Chip-Cookie. Sie hält ihn mir hin, aber es fühlt sich nicht wie ein Friedensangebot an. Eher wie ein Ritual, das den Beginn eines erbitterten Wettstreits markiert, wie eine Münze, die am Anfang eines Spiels geworfen wird.

Ich schüttele unbehaglich den Kopf. »Ich dachte es jedenfalls. Aber ich schweife ab. Ich muss das jetzt loswerden und endlich damit abschließen.«

»Reiß das Pflaster ab, Donovan«, sagt sie grinsend.

»Brie ist von ihrer Theorie ziemlich überzeugt – nein, sie ist sich so gut wie sicher«, korrigiere ich mich. »Für sie gibt es nur eine Person, die zu allen Puzzleteilen passt. Hunter, die Website, ich, die Ermittlungen. Nur Jessica nicht.«

»Schon ist die brillante Theorie dahin.«

»Ich weiß, wir haben Jessica immer für das wesentliche Teil gehalten. Aber wenn man ein Puzzle zusammensetzt, darf man sich nicht von einem fehlenden Teil verrückt machen lassen. Man verbindet die Teile, die man hat, und dann entsteht manchmal dennoch ein Bild.«

»Aber was, wenn auch die anderen Teile nicht zusammenpassen?«

»Die Sache ist die, sie passen ziemlich gut zusammen.« Sie hält einen Moment inne. »Okay, dann schieß los.«

Ich hole tief und zitternd Luft und verknote meine Finger. Mein Herz flattert, mir ist leicht schwindelig. So müssen sich Ärzte oder Polizisten fühlen, wenn sie Familienangehörige über den Tod eines geliebten Menschen informieren. Es hat etwas Unwirkliches, wie in einem Traum, und ich habe Angst davor, was als Nächstes passiert.

»Brie denkt, dass die einzige Person, die all das getan haben kann, du sein musst.«

Sie hält mitten im Kauen inne und schaut mich vollkommen reglos an wie ein Reh, das gerade ein ungewöhnliches Geräusch gehört hat und nicht weiß, ob es bereits in Gefahr ist. Sie schluckt, nippt an ihrem Tee und faltet dann die Hände auf ihrem Schreibtisch.

»Was denkst du?«, fragt sie.

Ich bin mir nicht sicher, bis ich die Worte ausspreche. »Ich weiß, dass sie recht hat.«

29

Nola bewegt keinen Muskel. »Mach weiter.«

Mein Herz klopft so schnell, dass es sich wie ein Summen in meiner Brust anfühlt. »Was meinst du?«

»Erzähl es mir. Erzähl mir, wie ich es getan habe. Denn von meiner Warte aus scheint es ja eher so, als würdest du ins Gefängnis wandern.«

Ich atme tief ein und schaudere. »Du streitest es nicht ab?«

»Ich möchte nur, dass du mir erzählst, was du denkst. Und wie du es beweisen willst.«

Ich schiebe meine Hand in die Tasche und gebe ihr das Aufnahmegerät, das sie für mich gekauft hat. Es ist natürlich nicht eingeschaltet. Ansonsten würde sie nicht mit mir reden. Sie beäugt es neugierig.

»Ich denke, dass du eine Lügnerin bist. Ich denke, deine Eltern können das bestätigen. Ich denke, dass du zu Grausamkeit und Mord fähig bist. Das hast du bewiesen, als du Hunter aus Dr. Kleins Haus entführt, ihn getötet und seinen Kadaver im Wald vergraben hast. Du hast ihn nicht gefunden, nachdem er von einer anderen Person gequält wurde. Du hast ihn gequält. Nur um zu sehen, wie es sich anfühlt.«

»Falsch«, sagt sie und klingt dabei gelangweilt. »Ich habe Hunter nicht gequält.«

»Aber du hast ihn entführt. Und du hast ihn getötet.«

»Ach, wirklich?«

»Einige würden das für ziemlich durchgeknallt halten. Andere würden sogar sagen, dass die Tötung eines Tieres die natürliche Vorstufe für den Mord an einem Menschen ist.«

»Nur fürs Protokoll, Kay. Ich hatte nicht vor, diesen verdammten Kater zu töten. Der ursprüngliche Plan war, ihn auf heldenhafte Weise zu finden und ihn Dr. Klein zurückzubringen. Aber er hat sich unfassbar dämlich angestellt.« Sie redet so beiläufig darüber, dass mir die Haare im Nacken zu Berge stehen. »Bestialischer kleiner Freak.«

»So viel dazu«, sage ich. »Und jetzt zu mir.«

»Es geht nur um dich«, sagt sie leise. Sie lächelt ein Marionettenlächeln, als hätten Fäden ihre Mundwinkel angehoben und ganz plötzlich wieder fallen gelassen.

»Ja, in diesem Fall stimmt das sogar. Der Racheblog. Du hast mich erpresst, damit ich die ganze Schule gegen mich aufbringe. Ich musste Tais Chancen auf eine Profikarriere zerstören. Tricia zum Schulwechsel zwingen. Cori demütigen, wenn das überhaupt möglich ist. Das ganze Fußballteam wäre beinahe untergegangen. Und ich weiß nicht mal, ob du wirklich je etwas gegen mich in der Hand hattest.«

»Polizeiakten sind leicht zu hacken. Selbst die von Minderjährigen, die unter Verschluss stehen.«

»Nicht für die meisten.«

Nola nickt gnädig.

»Aber du bist besser als die meisten.«

»Und du bist schlimmer. Nicht viele Leute würden damit herumprahlen, dass sie gelogen haben, um ihren verdammt gruseligen, toten Bruder zu beschützen. Aber du bist damit davongekommen. Du hast deinen Freundinnen sogar all die üblen Sachen angehängt, um das Geheimnis zu wahren, und dann hast du es mir einfach erzählt. Was hast du dir dabei gedacht?«

Ich schüttele den Kopf. »Ich habe dir vertraut.«

Sie lächelt boshaft und beißt sich auf die Lippe. »Ups!«

»Du hattest mich in der Hand. Der Racheblog war ein Manipulationsspiel. Dein Manipulationsspiel.« Ich hole das Tagebuch hinter meinem Rücken hervor und zeige ihr den Eintrag. »Ups!«

Sie zuckt mit den Schultern. »Die Website existiert nicht mehr.«

»Ich bin kein Computergenie, aber ich bin ziemlich sicher, dass die Ermittler auch gelöschte Websites aufspüren können.«

»Nur mit einem Durchsuchungsbeschluss. Und es gibt keinen begründeten Verdacht, um einen zu erlassen.« Doch ihr Blick bleibt auf dem Tagebuch hängen. Ich packe es fester, wie eine Waffe.

»Was uns zu Maddy führt. Bevor du zu mir ins Zimmer kamst, hattest du sie getötet, nur um diese dunkle Ahnung über sie bei mir auszulösen, damit wir sie gemeinsam finden. Ich nehme an, dass du Schlaftabletten in ihren Kaffee gemischt hast, bevor sie ihr Bad nehmen wollte, und dass du sie dann unter Wasser gedrückt hast. Aber diesmal – und das ist der Teil, den Brie nicht versteht, aber den ich mir zusammenreimen kann – hast du es getan, um den Verdacht von mir *abzulenken*.«

Ihre selbstgefällige Maske erstarrt und ich bemerke, wie ihre Unterlippe unsicher zuckt.

»Du warst es, habe ich recht?« Ich trete einen Schritt auf sie zu, der mich zugleich näher zur Tür bringt, denn ich muss mir eine Fluchtmöglichkeit aus ihrem Zimmer offenhalten. Ich habe keine Ahnung, wozu sie jetzt und hier und ohne Zeugen fähig ist.

»Du hast es dir anders überlegt. Du wolltest mir nicht mehr die Schuld in die Schuhe schieben, sondern einen Rückzieher machen. Du bist sogar so weit gegangen, Maddy zu töten, nur nachdem du ein Foto von ihr und Spencer gesehen hattest. Denn das war die perfekte Möglichkeit, den Verdacht auf eine andere Person zu lenken. Du bist eine meiner wenigen Freundinnen, Nola. Und ich weiß, dass ich auch deine bin. Es ist noch nicht zu spät, das Richtige zu tun.«

Sie sieht mich mit glasigen Augen an. »Natürlich ist es zu spät. Es gibt kein Richtig oder Falsch mehr.«

»Stell dich der Polizei. Es muss nicht noch jemand verletzt werden. Es gibt bereits Opfer. Dagegen können wir nichts mehr tun. Wir können die Zeit nicht zurückdrehen.«

»Würdest du das gern?«, unterbricht sie mich. »Würdest du rückgängig machen, was du getan hast?«

»Natürlich bereue ich, dass ich so gemein zu dir war.«

Sie schaut mich mit feuchten Augen an, ihre Lippen zittern. »Du warst mehr als gemein. Du hast mich gequält.«

Ich versuche mich daran zu erinnern, wie wir über sie hergezogen sind. Wir haben diese Witze über Totenbeschwörung gemacht, über Teufelsanbetung ... nicht gerade nette Sachen. Aber weiter sind wir eigentlich nicht gegangen.

Sie gibt mir die Holzschatulle von ihrem Schreibtisch, und als ich sie öffne, finde ich darin ein Dutzend Briefumschläge, die mit *Dear Valentine* beschriftet sind, sowie ein Glasgefäß, in dem sich kleine getrocknete Orchideenblüten befinden.

Und dann trifft mich die grausame, harte Wahrheit.

Nola hat den Racheblog erstellt und eine Verbindung zwischen mir, meinen Freundinnen und Jessica geschaffen. Sie wusste alles über den *Dear Valentine*-Vorfall. Aber sie war nicht nur die Überbringerin.

Ich starre einen Moment sprachlos auf die Schatulle, dann öffne ich einen der Umschläge. *Alles von mir.* Ich nehme den glatten Knochen heraus, doch dann lege ich alles zurück und schlage den Deckel wieder zu.

»*Dear Valentine*«, sagt sie leise mit ihrer leiernden Stimme. Ich richte den Blick auf sie. »Es tut mir leid. Ich würde alles tun, um es wiedergutzumachen.«

Sie nickt langsam, als befände sie sich unter Wasser. »Keine Entschuldigung der Welt kann jemals ausmerzen, wie ich mich deinetwegen gefühlt habe. Ich war das erste Mal von zu Hause weg. Meine Familie war nur noch ein Scherbenhaufen, meine Eltern hatten mich weggeschickt und ihr habt mich wie den letzten Dreck behandelt. Ich war so verflucht einsam. Ich dachte, du würdest es verstehen, Kay. Du warst ebenfalls nicht wie die anderen. Aber du hast immer verzweifelt so getan. Und du hast mich zerstört.«

»Das ist nicht fair. Du hättest gar nichts über mein früheres Leben wissen dürfen.«

»Das habe ich aber und ich dachte –«

»Du lagst falsch. Ich habe mich nur angepasst.«

»Du hast ein Miststück aus dir selbst gemacht. Und du hast mich zu dem gemacht, was ich heute bin. Du hast mein Leben ruiniert.«

»Ich kannte dich nicht mal«, sage ich schwach.

»Was macht das für einen Unterschied?« Ihre Augen füllen sich mit Tränen, aber ihr Gesichtsausdruck bleibt unverändert. »Du hast mich trotzdem zerstört.«

»Hast du überhaupt jemals ein Wort mit Jessica gewechselt?«

»Ich kannte sie nicht«, sagt sie.

»Was macht das für einen Unterschied?«, wiederhole ich leise. »Du hast sie dennoch umgebracht.«

»Ich hatte nicht die Absicht, sie zu töten. Ich wollte dich verletzen und ich sollte das Opfer sein. Darum ging es eigentlich bei der Website.«

»*Deiner* Website.«

»Ich hatte alles perfekt geplant. Du würdest den Zugang erhalten, wenn du genügend falsche Passwörter eingegeben hättest. Du brauchtest mich gar nicht. Nur deine eigene Paranoia und genügend Zeit zur Selbstzerstörung.«

Ich nicke. »Und du brauchtest ein Opfer.«

»Na ja, der Plan sah vor, dir einen Mord anzuhängen. Ich war nicht gerade begierig darauf, jemanden zu töten. Und noch weniger davon begeistert, zu sterben. Aber jemanden in einen Mord zu verwickeln, geht nicht ohne Leiche. Ich entschied mich für Halloween, um mir dann die Handgelenke aufzuschlitzen und mich in den See zu stürzen. Weil ich wusste, dass du mich finden würdest.«

»Aber so ist es nicht gekommen.«

Sie zwirbelt an einer hängenden Efeupflanze, hält plötzlich inne und stellt sie auf den Boden. Dann beginnt sie, alle hängenden Pflanzen abzunehmen. »Nein. Ich habe dich in den Wochen vor dem Mord beobachtet, um sicherzugehen, dass jeder deiner Schritte zu meinem Plan passte. Aber du bist von meinen Erwartungen abgewichen. Du hast dich von Spencer getrennt. Er hatte mit diesem Mädchen geschlafen, das mir vorher nie wirklich aufgefallen war. Wie bei den meisten. Jessica Lane. Und Tatsache ist, dass du ein Motiv hattest, sie zu töten. Durch sie hätte ich den Verdacht viel besser auf dich lenken können als durch mich.«

»Also hast du beschlossen, Jessica umzubringen, nachdem ich mit Spencer Schluss gemacht hatte?«

»Nein. Ich meine, ich habe darüber nachgedacht. Aber Mord ist ...« Sie verzieht das Gesicht. »Pfui!«

»Was ist dann passiert?«

»Der Halloweenball. Ich bin genau wie alle anderen dort hingegangen. Ich war entschlossen, meinen Plan durchzuziehen, habe mich auf den Weg zum See gemacht und ins Wasser gestarrt. Und ich begann an mir selbst zu zweifeln. Ich verdiente es nicht, zu sterben. Und ich war nicht allein. Jessica war dort, lief unruhig auf und ab, schrieb Textnachrichten und wollte einfach nicht gehen. Schließlich habe ich sie angesprochen und sie gefragt, ob alles okay sei, aber sie sagte nur, ich soll mich verpissen. Ich bat sie freundlich, mich allein zu lassen, und sie wiederholte ihre Worte. Also nahm sie meinen Platz ein. Ich habe es nicht gerade genossen, sie zu töten, aber ich würde lügen, zu behaupten, dass ich nicht dankbar war. Niemand möchte sterben. Also durfte ich leben. Und Jess musste sterben. Und du solltest die Schuldige sein. Du hast mir sogar eine Mordwaffe hinterlassen. Es war wie ein Zeichen.« Sie hält einen Kaktus in der Hand und berührt die Stacheln sanft mit ihren schmalen Fingerspitzen.

Ich lehne mich fassungslos an die Tür. Die ganze Zeit haben wir uns an die Verbindung zwischen Jessica und ihrem Mörder geklammert, dabei ist sie nur durch Zufall entstanden.

»Auch Maddy war so nicht geplant. Wie du schon sagtest, ich wollte die Dinge in eine andere Richtung lenken.«

Maddy war so nicht geplant. Mir wird schwindelig.

»Ich habe es für dich getan, Kay«, sagt sie mit einem freudlosen Lächeln. »Jetzt weißt du es. Und auch, dass ich versucht habe, den Spieß umzudrehen und deinen Namen reinzuwaschen. Nun, du hast gesagt, dass du alles tun würdest, um wiedergutzumachen, was du mir angetan hast. Das ist der Moment der Wahrheit. Wirst du mich anzeigen oder lässt du mich davonkommen? Denn im Moment bist du die Einzige, die mich ins Gefängnis bringen kann. Und nach allem, was ich deinetwegen ertragen musste, solltest du dich fragen, ob du damit leben kannst.« Sie stellt den Kaktus hin und verschränkt die Arme vor der Brust.

Lüge für mich, wie du es für Todd getan hast.

Aber als ich es für Todd tat, war es eine tödliche Lüge. Ich möchte wirklich wiedergutmachen, dass ich Nola so verletzt habe. Doch Jessica und Maddy verdienen Gerechtigkeit, die sie auf diese Weise nicht bekommen würden. Und ich will nicht für den Mord an zwei Menschen büßen, die nicht ich getötet habe.

»Nola, ich werde mir niemals verzeihen, was ich getan habe. Aber für dich zu lügen würde nichts daran ändern. Du hast zwei unschuldige Menschen getötet. Und du wolltest mir einen Mord anhängen.«

»Bitte, Kay.« Wieder steigen ihr Tränen in die Augen, klare blaue Teiche mit dunklen, gezackten Rändern. »Du bist die einzige Freundin, die ich habe.«

»Ich bleibe deine Freundin. Maddy war auch meine Freundin. Du kannst immer noch das Richtige tun.«

Sie verdreht die Augen, sodass die Tränen überlaufen, kohlschwarze Spuren auf ihren Wangen hinterlassen und ihre Wimpern verkleben.

»Das Richtige tun«, sagt sie höhnisch. Dann schnappt sie sich eine schmale Glasvase von ihrem Schreibtisch, macht einen überraschend schnellen Satz auf mich zu und knallt sie mir auf den Kopf.

Der Schmerz entlädt sich wie ein Blitz und feuert einen Adrenalinstoß durch meinen Körper. Im Bruchteil einer Sekunde gehen mir Hunderte Gedanken durch den Kopf. Ich werde sterben. Ich blute bestimmt. Wahrscheinlich ist mein Schädel gespalten. Mein Gehirn ist verletzt. Aber ich habe keine Zeit. Ich habe nur den Schmerz und die Wahl zwischen kämpfen oder fliehen.

Die Vase zersplittert in ihrer Hand, Scherben fallen auf den Boden, rote Streifen rinnen an ihren Fingern hinab. Wir ducken uns beide gleichzeitig weg, aber die Bruchstücke sind so scharfkantig, dass sie sich erneut schneidet und flucht. Ich will um Hilfe rufen, aber ich fühle mich zu schwach und meine Stimme klingt leise und zitternd.

Als ich mich aufrappele, dreht sie sich um, greift nach einem Cuttermesser von ihrem Schreibtisch und schiebt vor meiner Nase die Klinge heraus. Ich will die Tür aufreißen, aber es ist zu spät, also stemme ich mich dagegen und trete ihr in die Rippen.

Sie fällt nach hinten, weil ich jedoch mit dem Rücken an der Tür lehne, muss ich mich auf sie zubewegen, um entkommen zu können. In diesem Moment packt sie mich am Arm und zieht mich zu sich. Sie rammt mir die Klinge in den Bauch, durch die Wucht schreie ich auf, aber glücklicherweise durchstößt sie nicht den dicken Burberry-Wollmantel.

»Ich habe für dich getötet! Du schuldest es mir!«, brüllt sie, ihr Gesicht ist weiß vor Wut.

Ich taste nach dem Schreibtisch und schließe die Finger um den Keramiktopf, in dem der Kaktus steht. Ich schlage den Topf seitlich gegen ihren Kopf, woraufhin sie mich loslässt, auf die Knie fällt und ihren Schädel umklammert. Ich wirbele herum, öffne die Tür, renne den Flur hinunter und aus dem Wohnheim.

Draußen renne ich weiter. Mir ist schwindelig und übel und ich taste meinen Kopf nach Blut ab, aber ich spüre nur winzige Glassplitter in meinen Haaren. Nichts Klebriges. Ich drehe mich nicht um, denn ich habe Angst, dass sie irgendwo hinter mir ist, dass sie mich mitten auf dem Campus aufschlitzen könnte, ohne dass jemand auch nur einen Finger rührt, weil mich alle so sehr hassen. Ich gehe nicht zur Campuspolizei. Ich laufe direkt zum Polizeirevier in der Stadt und frage nach Detective Morgan. Dann ziehe ich meinen Mantel aus, hebe mein Sweatshirt hoch und nehme das kleine Mikro ab, das ich bei mir trug – das Mikro, das Nola am Morgen nach Maddys Tod in meine Tasche gesteckt hat –, und gebe es ihr.

»Hier ist Ihre Mörderin«, sage ich.

Sie reicht mir ohne ein Wort ein Taschentuch und ein Glas Wasser, ihre Lippen umspielt der Hauch eines Lächelns.

»Und jetzt sagen Sie mir, was Sie in Jessicas Zimmer von mir gefunden haben.«

Sie holt eine verschlossene Plastiktüte aus einem Aktenschrank und legt sie auf ihren Schreibtisch. »Es ist ein Beweisstück«, sagt sie. »Deshalb müssen wir es noch eine Weile hierbehalten.«

Tränen füllen meine Augen, als ich die Tüte über dem verloren geglaubten Foto glatt streiche, das ich in der Innentasche von Todds Mantel versteckt hatte.

30

Das eigentliche Opfer war Bianca.

Nachdem ich den Beweis abgeliefert und meine Zeugenaussage gemacht hatte, wurde ich direkt in die Notaufnahme gebracht, wo mein Kopf durchgecheckt wurde. Ich hatte wirklich Glück gehabt. Keine verletzte Haut, kein Anzeichen für eine Gehirnerschütterung. Nur Glassplitter in meinem Haar und eine große, schmerzende Beule.

Ich rief aus der Klinik Greg an, um ihm zu sagen, dass es vorbei war. Er hielt den Atem an, als ich ihm erzählte, wer Jessica getötet hatte, dann weinte er am Telefon. Ich hatte ganz vergessen, wie groß seine Liebe für sie war. Ich schickte zwei kurze Nachrichten an Spencer und Brie, dass ich am Leben, aber außer Gefecht gesetzt war. Dann rief ich Bernie und Mrs Kent an. Ich weiß nicht genau, warum, aber ich fühlte mich schuldig. Bernie hatte mir Geld gegeben – eigentlich, damit ich Nolas Freundin war. Vielleicht auch, um sie aus Schwierigkeiten herauszuhalten. Und ich hatte sie der Polizei ausgeliefert. Aus welchem Grund auch immer rief ich sie auf dem Weg zurück zum Campus an und erzählte ihnen, dass Nola wegen Mordes verhaftet worden und dass es zum Teil meine Schuld gewesen war.

Sie entschuldigten sich. Bei mir.

Dann fragten sie mich, was ich wirklich über Bianca wüsste, und ich sagte natürlich, dass ich nichts weiß.

Wäre ich bei der Verhaftung dabei gewesen, hätte ich erfahren, dass Nola in Wahrheit Bianca ist. Sie begann sich Nola zu nennen, als sie an die Bates kam. Sie änderte komplett ihren Kleidungsstil, ihre Frisur, sogar ihren Akzent. Ich vermute, sie hatte es satt, Bianca zu sein. So, wie die Kents davon sprachen, war es ein schreckliches Geheimnis.

Aber es ähnelt der Geschichte meines Lebens.

Nola ist also eine pathologische Lügnerin. Es gibt quasi keine Möglichkeit herauszufinden, ob irgendetwas von dem, was sie mir je erzählt hat, der Wahrheit entspricht. Die Kents luden mich ein, sie jederzeit besuchen zu kommen. Es war recht seltsam.

Ich verkroch mich den Rest des Nachmittags in meinem Zimmer, bis die letzten Polizeiwagen den Campus verlassen hatten. Ein Teil von mir wollte zu Brie und ihr bei Kaffee und Croissants erzählen, wie alles zusammengebrochen war, ein anderer Teil wollte vom Campus fliehen und die ganze Nacht ziellos mit Spencer durch die Gegend fahren. Aber ich konnte mich nicht dazu durchringen, einem der beiden tatsächlich gegenüberzutreten. Beide genießen die Freiheit, nun wieder zur Normalität zurückzukehren. Ich hingegen war aus dem Orbit geschleudert worden und würde weiterhin rennen müssen, um aufzuholen.

Nola hatte in der Zeit bis zu ihrer Verhaftung einen letzten Racheakt zustande gebracht. Und dieser hinterließ eine Schockwelle. Sie hatte die *Dear Valentine*-Story per E-Mail an die ganze Schule verschickt, an die Presse und an Jessicas Familie und darin behauptet, dass Jessica das Opfer war. Ich fand die

Geschichte eine Stunde nach meiner Rückkehr aus der Klinik auf sieben Nachrichtenseiten. Aber ich habe beschlossen, mich nicht zu verteidigen. Ich kenne die wahre Geschichte, genau wie meine verbliebenen Freunde, Nola und die Polizei. Jessicas Eltern werden die Wahrheit erfahren, wenn der Fall vor Gericht aufgerollt wird. Es ist nicht wichtig, dass die Allgemeinheit die Wahrheit kennt. Was ich getan habe, habe ich getan, genau wie der Rest von uns. Dass es dabei um jemanden ging, der letztendlich zum Mörder wurde, ändert nichts an der Tatsache, dass es geschehen ist. Es wird auch Konsequenzen geben. Ich werde nicht gerade eine Topauswahl haben. Mein Ruf ist versaut. Meine Eltern müssen sich damit abfinden. Jessica ist tot, genau wie Maddy, was indirekt auf mein Ego und auf mein fehlendes Urteilsvermögen zurückzuführen ist. Ich werde für den Rest meines Lebens die Last tragen müssen, was wir Nola angetan haben und welche Folgen das für Jessica und Maddy hatte. Ich werde die wohlverdiente Strafe von achthundert Dollar übernehmen, Alex.

Als ich mit dem letzten Artikel durch bin, ist der Campus immer noch fast menschenleer und ich beschließe, in der kalten Dämmerung eine Runde zu laufen. Die meisten Schülerinnen werden, um die Ferien bis zum letzten Tag auszunutzen, erst morgen Abend zurückkehren. Ich bin froh über jeden Moment, den ich allein sein kann. Als ich am See ankomme, ist die Sonne gerade untergegangen, ein eisiges Blau säumt den Horizont, die letzten Reste des Tageslichts. Die Erde knirscht unter meinen Sneakers, mein Atem bildet Wolken. Ich bleibe an der Stelle stehen, wo wir Jessica gefunden haben, und schaue ins Wasser. Man würde meinen, es gäbe dort irgendeine Markierung, aber das ist nicht so. Es würde hässlich aussehen. Es ist nichts als Wasser, Wasser, Wasser. Ich erinnere mich nur an die genaue

Stelle, weil ich das Dornengestrüpp hier ganz schön niederge-
trampelt habe, als ich Brie vor einem unbekannten Grauen retten wollte. Unbekannt in jenem Moment. Jetzt wissen wir es.
Ich ziehe meine Jacke aus und schiebe sie unter das Gebüsch.
Es ist eine windstille Nacht und der See ist glatt wie ein polier-
ter Stein. Sterne sind auf der Wasseroberfläche verstreut wie
Schneeflocken. Ich ziehe einen Schuh und eine Socke aus und
tauche den Fuß bis zum Knöchel ins Wasser. Es ist so kalt, dass
der Schmerz mich lähmt, ja hypnotisiert. Ich ziehe den anderen
Schuh aus.

Ich habe Jessica zwar nicht getötet, aber ich habe andere
Dinge getan. Böse Dinge, die vielleicht noch schlimmer sind.
Und ich habe es immer geschafft, wieder von vorn anzufangen,
wie hier an der Bates. Es ist so, wie Tricia einmal sagte: *Jeder hat
Geheimnisse.* Und wahr sind Dinge, die wir tun, nicht Dinge,
die passieren. Zum Beispiel, als ich Todd ein Alibi verschaffte, nachdem Megans Nacktfotos von seinem Handy verschickt
worden waren.

Und als ich Rob ein Alibi verschaffte, nachdem Todd gestorben war.

In einer Tragödie gibt es so viele Wahrheiten. Eine un-
umstößliche ist, dass das Fußballspiel um zehn zu Ende war,
und sie ist nur deshalb unumstößlich, weil ihr so viele Menschen zustimmen. Eine Wahrheit ist nur eine Wahrheit, wenn
man sie ausspricht, und das immer wieder. Unser Auto parkte in
der Nähe der Schule, aber ich bat Todd, mich zu meinem Fahrrad zu begleiten, das ich am Spielplatz stehen gelassen hatte,
denn das war der Plan.

Rob und sein Freund Hayden wollten Todd die Scheiße aus
dem Leib prügeln. Nachdem Rob mir in seinem Truck die Beweise gezeigt hatte, sagte er, dass jeder auf dieser Liste Megan

getötet hatte. Auch ich. Und mir wurde klar, dass ich nur eine Möglichkeit hatte, mich von dieser Schuld zu befreien. Rob stimmte sofort zu. Er und Hayden würden Skimasken tragen und ich würde losrennen, um Hilfe zu holen, damit es nicht wie ein abgekartetes Spiel aussah. Keine Waffen. Niemand würde je davon erfahren. Es war der perfekte Plan.

Natürlich bot Todd mir an, bei ihm und seinen Freunden mitzufahren, aber ich bestand auf dem Spaziergang, weil es so ein schöner Abend war. Weil das der Plan war.

Der Weg durch den Park und über den verlassenen Parkplatz, weg vom Spielfeld, wo die Leute lachten und feierten, kam mir endlos lang vor.

Mein Bruder legte den Arm um mich, wuschelte mir durch die Haare und nannte mich Kleine. Mein Magen zog sich langsam zusammen, bis er nur noch die Größe einer Gewehrkugel hatte. Als wir am Spielplatz ankamen, blieb ich neben meinem Fahrrad stehen und wartete. Aber nur für einen Moment.

Denn während Todd und ich dort in der Dunkelheit standen, brüllte jemand: »Weg da, Kind!« Plötzlich wurden wir von der einen Seite des Spielplatzes von Schweinwerfern geblendet. Robs Truck schoss aus der Dunkelheit hervor und krachte direkt in Todd – und meine Welt explodierte in unendliche, mikroskopisch kleine Teile.

Ich wollte schreien, nach Todd sehen, aber Hayden warf mein Fahrrad auf die Ladefläche des Trucks, packte mich und schon schlingerten wir auf der Straße davon. Ich zitterte heftig auf seinem Schoß, unfähig, meinen Blick von dem scharfen Scheinwerferlicht auf der schmutzigen Fahrbahn abzuwenden.

Rob sprach ruhig und tief und drohend. »Hör mir zu. Du bist direkt bei Megan zu Hause vorbeigefahren, um ihrer Mom beim Backen zu helfen. Du bist direkt bei Megan zu Hause vorbeigefahren, um ihrer Mom beim Backen zu helfen. Du bist direkt bei Megan zu Hause vorbeigefahren, um ihrer Mom beim Backen zu helfen.«

Eine Wahrheit ist nur eine Wahrheit, wenn man sie ausspricht, und das immer wieder.

Ich hatte das Fußballspiel gleich nach dem Abpfiff verlassen und war auf meinem Fahrrad zu Megans Haus gefahren, um ihrer Mom dabei zu helfen, Chocolate-Chip-Cookies zu backen, Megans Lieblingskekse. Ihr Bruder Rob und sein Freund Hayden waren dort, aßen Pizza und spielten Dungeons & Dragons. Als ich dort ankam, hatten sie etwa sechs Stunden einer Zehn-Stunden-Session hinter sich. Eine halbe Stunde später bekam ich den Anruf, bei dem meine Welt zum zweiten Mal stehen blieb. Todd war tot, getötet durch einen Unfall mit Fahrerflucht.

Ich ziehe auch den Rest meiner Klamotten aus und starre auf das Wasser. Als ich in meinem ersten Jahr an der Bates in den See gesprungen bin, war ich Katie, das Mädchen, das ihre beste Freundin nicht vor dem Selbstmord bewahrt und ihren eigenen Bruder auf dem Gewissen hatte. Ich tauchte als Kay wieder auf, als die soziale treibende Kraft, die sich ihren Weg freikämpfte – bis auf wenige Zentimeter vor dem Ziel, das sie immer erreichen wollte. Dieses Mädchen zu sein, den Kerl ihrer Träume kennenzulernen, mehr Freundinnen zu haben, als sie brauchte, ein Collegestipendium zu ergattern – die Illusion eines perfekten Lebens.

Ich wate knietief ins Wasser, die Kälte nagt an meiner Haut. Jetzt tauche ich in den See ein als Mensch, der im Grunde nichts und niemanden hat. Brie und Spencer, vielleicht sogar Greg, werden da sein, wenn ich sie brauche. Aber sie kennen mich nicht. Sie wissen nicht, was ich getan habe. Wozu ich fähig bin.

Und trotz all seiner hübschen Worte hat Spencer keine Ahnung, was es bedeutet, jemanden zu lieben, der etwas Schreckliches getan hat. Es verändert dich.

Eine Wolke schiebt sich über den Mond, das Wasser scheint tiefer zu werden.

Wer werde ich sein, wenn ich diesmal auftauche?

In Tranquility war ich Katherine, Nola hatte mich so genannt.

Ich muss nur noch ein halbes Jahr an der Bates überstehen, und wenn ich es schaffe, meine Noten zu verbessern und wieder ins Spiel zu finden, habe ich vielleicht doch noch eine winzige Chance auf ein Stipendium, auch wenn es keins der Colleges sein wird, die meine Eltern sich für mich gewünscht haben. Vielleicht nehme ich das Angebot der Kents an, sie irgendwann zu besuchen. Natürlich kann ich ihre Tochter niemals ersetzen. Aber ihr Haus wird eine lange Zeit leer sein und egal, was mein Vater behauptet, aus einem bestimmten Grund hat er mich weggeschickt. Er hat keine Ahnung, dass ich Rob bei seinem Plan geholfen habe, aber er ahnt, dass ich mehr weiß, als ich zugeben will. Und er wird mir nie verzeihen. Ich kann es ihm nicht verübeln.

Ich habe seinen Sohn getötet.

So eine Sache lässt dich nie mehr los, selbst wenn du sie nicht beabsichtigt hattest. Sie setzt sich in dir fest, sickert durch deine Haut und kriecht immer weiter, bis sie tief in dein Mark, in deine Knochen eingedrungen ist. Sie bewegt sich, wenn du dich bewegst, sie steht still, wenn du still stehst, aber sie schläft niemals, nicht in einem einzigen Moment.

Nola und ich sind uns nicht besonders ähnlich, aber was mich betrifft, lag sie auch nicht völlig falsch. Ich stiftete sie nicht dazu an, Jessica umzubringen, ich stiftete auch Todd oder

Rob nicht zu ihren Taten an, aber ich spielte dabei eine Rolle. Ich redete.

Was, wenn ich Megan gegenüber andere Worte benutzt hätte? Wenn ich mich geweigert hätte, für Todd zu lügen? Wenn ich keine Valentine-Briefe geschrieben hätte? Wenn ich jetzt mit einem von ihnen sprechen könnte?

Ich möchte daran glauben, dass ich wüsste, was ich dann sagen würde. Denn ich habe genug vom Lügen. Vielleicht macht das die Person aus, die Katherine sein wird.

Ich spüre keine Kälte mehr. Ich nehme einen tiefen Atemzug, mache mich für einen langen Tauchgang bereit und stürze mich in das Vergessen.

Danksagung

Es gibt mehr Menschen, bei denen ich mich bedanken muss, als Platz finden in diesem Buch.

Mein erster Dank gebührt meiner Agentin Andrea Somberg, denn ohne sie würde ich meine Danksagung noch immer im Oscar-Redestil vor dem Badezimmerspiegel üben. Andrea ist eine unerschütterliche Fürsprecherin, eine geduldige Händchenhalterin und eine Expertin im Entschärfen von Schreibängsten.

Mein zweiter Dank geht an meine unglaubliche Lektorin bei Putnam, Arianne Lewin. Ari ist unfassbar brillant und es war eine große Ehre, dabei zuzusehen, wie sich mein Buch durch ihre Vorschläge entwickelte und in sich wuchs. Sie ist unermüdlich, blitzschnell und ihr Enthusiasmus ist gefährlich ansteckend. Es ist aufregend, mit Ari zu arbeiten.

Vielen, vielen Dank an Amalia Frick, die endlose Entwürfe gelesen hat, Änderungen mit mir am Telefon durchgegangen ist und mir wunderschöne Leseexemplare geschickt hat.

Ich bin so dankbar, dass Maggie Edkins ein perfektes Cover für das Buch gestaltet hat.

Ich danke allen bei Putnam und Penguin Random House,

die Zeit damit verbracht haben oder verbringen werden, um an meinem kleinen Projekt zu arbeiten und daraus etwas Großes zu machen.

Ich bin dankbar für die unbezahlbaren Kommentare und kritischen Bemerkungen, mit denen mich Katie Tastrom, Chelsea Ichaso, Jessica Rubinkowski, Sa'iyda Shabazz, Michelle Moody, Joy Thierry Llewellyn, Kate Francia und Jen Nadol unterstützt haben. In den späteren Bearbeitungsrunden hätte ich mich höchstwahrscheinlich in Tränen und geschmolzenen Klondike Bars verloren, wenn ich nicht die Ratschläge, das Feedback und den Zuspruch von Kaitlyn Sage Patterson, Rachel Lynn Solomon und Jessica Bayliss gehabt hätte. Dank schulde ich auch der Schwesternschaft, die vor vielen Jahren mutig meine fürchterliche Fan-Fiction in den Kellerräumen des neuen Wohnheims vorgelesen haben.

Ich danke meiner Familie, die meinen Erfolg mit mir feiert, mich bei all meinen Bemühungen unterstützt und die es möglich gemacht hat, in diesem Jahr weiterzuarbeiten, als das Leben dazwischenkam, wie es nun mal ist.

Ich danke meinem Mann David, der für dieses riskante Unterfangen alles gegeben hat. Ich bin dankbar, ihn als Partner, Co-Elternteil und Freund zu haben, weil er mich durch lange Nächte und hektische Tage voller Notizen und Handlungsskizzen und Elternsein begleitet hat. Ohne seine Hilfe würde es dieses Buch nicht geben.

Am dankbarsten bin ich schließlich meinem Sohn Benjamin. Mit und für.

Zwei starke junge Frauen, getrennt durch mehr als ein Jahrtausend und verbunden durch eine Prophezeiung

»Episch, intensiv und voller Magie und Mythologie.«

Kirkus Reviews

**Claire Legrand
Die Empirium-Trilogie –
Zorngeboren (Bd. 1)**
592 Seiten
€ (D) 20,– / € (A) 20,60
Lieferbar
978-3-03880-020-0

Der New York Times-Bestsellerautor: Adam Silvera

> »Leidenschaftlich, ehrlich und menschlich: Nur Adam Silvera konnte diese Geschichte schreiben.«
>
> Becky Albertalli, Autorin von LOVE, SIMON

Adam Silvera
Was mir von dir bleibt
Roman
384 Seiten
€ 18,– (D) | € 18,50 (A)
Erscheint am 22. März 2019
978-3-03880-022-4

LChoice App kostenlos laden,
dann Code scannen und jederzeit
die neuesten Arctis-Titel finden.